누군가 내 몸에
빙의했다

누군가 내 몸에
빙의했다 vol.2

신솔라 장편소설

초판 1쇄 찍은 날 | 2023년 7월 14일
초판 1쇄 펴낸 날 | 2023년 7월 21일

지은이 | 신솔라
발행인 | 이진수
펴낸이 | 황현수

펴낸곳 | 주식회사 카카오엔터테인먼트
등록번호 | 제2015-000037호
등록일자 | 2010년 8월 16일
주소 | 경기도 성남시 분당구 판교역로 221 6(일부)층

제작·감수 | KW북스
E-mail | paperbook@kwbooks.co.kr

ISBN 979-11-385-8941-3 04810
    979-11-385-8939-0 (set)

누군가 내 몸에 빙의했다 VOL.2

신솔라 장편소설

Post-Possession Damage Control

Yeondam

CONTENTS

chapter 6	7
chapter 7	42
chapter 8	107
chapter 9	150
chapter 10	261
chapter 11	311
chapter 12	408
chapter 13	471

chapter 6

릴리엔느는 허탈했다.

'카실, 이 바보 같은 자식.'

카실의 왼쪽 손목이 잘린 지 벌써 일주일째. 그는 매일같이 술만 찾아 댔다.

"아무도! 아무도 날 지켜 주지 않아!"

지금도 그렇다. 카실은 술에 잔뜩 취해 고래고래 소리쳐 대고 있었다. 어찌나 열심히 발광을 해 대는지 릴리엔느가 들어온 것도 눈치채지 못했다.

"젠장, 왜 날 안 믿는 거야! 내가 그런 게 아니란 말이다!"

쨍그랑! 술병을 집어던지자 유리 파편이 튀어 올랐다.

"이건 모함입니다! 폐하, 폐하! 아버지! 왜 저를 믿지 않으십니까? 저는 독살을 사주하지 않았다고요! 이건 모함이란 말입니다!"

카실은 울음을 터뜨렸다.

"죽여 버릴 거야! 다 죽여 버릴 거야! 칸나, 칸나 발렌티노! 반드시 죽여 버릴 거야!"

한참을 발악해 대던 카실은 결국 바닥에 고꾸라졌다. 드디어 잠이 든 것이다.

'한심한 녀석. 할 줄 아는 것은 남 탓밖에 없지.'

릴리엔느는 카실을 싸늘하게 노려보았다.

'차라리 사형을 내리시지, 왜 군이 살려서는.'

불행 중 다행인 것은 카실이 곧 지방 도시로 요양을 떠난다는 사실이었다. 말이 요양이지, 추방이나 마찬가지였지만.

차라리 잘됐다. 손이 잘린 카실은 자신의, 그리고 아르곤 오라버니의 오점이 될 것이다.

'아예 죽어 없어졌다면 후환은 없었을 텐데.'

복도를 걷던 릴리엔느의 발걸음이 딱 멈춰 섰다. 맞은편에서 황후가 걸어오고 있었다.

'어?'

그런데 황후는 혼자가 아니었다. 뒤에 거느린 시녀들은 그렇다 쳐도 황후를 닮은 금발의 여인과 함께였다. 설마…….

'아멜리아 언니?'

"무엄하군."

어느새 지척까지 다가온 황후가 엄격하게 말했다.

"카실 황자의 동복누이가 아니랄까 봐, 황녀 역시 황궁 예법에 우둔하기 그지없군그래."

"죄, 죄송합니다. 제가 잠시……."

"그래. 자네의 동생이 그리되었으니 넋을 놓을 만하지. 이해하네."

황후는 인자하게 웃었지만 눈빛은 경멸로 가득했다.

"황자의 상태는 어떠한가?"

"지금은 잠들었습니다."

"온종일 술을 마시며 궁인들을 괴롭힌다고 들었네만. 쯧, 어찌 변하는 것이 없어."

천한 태생이라 그런가 학습 능력이란 게 없군. 황후는 나지막이 그 말을 덧붙였다.

"자, 그럼 계속 가자꾸나, 아멜리아."

"예, 폐하."

릴리엔느는 멀어지는 그들의 뒷모습을 응시했다.

'황후와 사이가 좋아졌나?'

황녀의 피부병이 조금씩 나아지고 있다는 소문이 들렸다. 그래서인 가, 황후와의 살벌했던 관계가 원만해진 것처럼 보였다.

'하지만 아직 베일을 쓰고 있어서 잘 모르겠어.'

몇 년 전 마지막으로 본 아멜리아는 흉측한 시체 같은 얼굴이었는데.

칸나 발렌티노가 그녀의 진료를 맡았다는 건 유명한 사실이었다. 점차 나아 간다는 이야기도 들렸지만.

'설마, 그럴 리가 있겠어? 그 수많은 명의도 못 고친 병을.'

릴리엔느는 아멜리아의 병이 낫지 않길 바랐다. 가능하면 영원히.

아멜리아 이자베르크. 황후의 딸이자 메르시 가문의 비호를 받는 아멜리아가 사교계에 등장한다면……

'내 자리가 위태로워질 테지.'

한때는 아르곤이 황제가 되는 것을, 그리하여 자신은 황제의 여동 생이 되는 꿈도 꾸기도 했다.

헛된 희망이었다. 아르곤은 황위에 관심 없었던 것이다.

언젠가 한번 아르곤에게 왜 황제가 되려 하지 않느냐고 추궁했을 때, 그는 웃으며 이렇게 말했다.

"황궁 밖에 얼마나 흥미진진한 일들이 많은데, 그걸 포기해? 물론 넌 모르겠지만."

도저히 이해할 수 없었다. 권력의 정점에 서는 일보다 재미있는 것이 대체 어디에 있단 말인가?

그러나 어리석게도 아르곤은 그걸 몰랐다. 황실보다는 황실 바깥에서 지내는 시간이 더 긴 사람이었으니.

'그러니 내 살길은 내가 찾아야 해.'

릴리엔느의 어머니, 테레사 귀비는 무희 출신이다. 즉 릴리엔느 피의 반은 천민인 것이다. 그러나 황제의 전폭적인 사랑을 받고 있기에 지금의 세력을 유지하고 있다.

'아버지가 돌아가신 후에도 지금의 권력을 유지하기 위해서는……'

역시나 결혼밖에 없다. 최고의 남자와 결혼하지 않는 이상, 미래에는 추락할 일만 남아 있었다.

'발렌티노 공작이어야만 해.'

아디스, 발렌티노, 메르시.

황족과 엇비슷한 권력을 유지하기 위해서는 오로지 저 세 가문뿐이다.

'발렌티노 공작 외에는 대안이 없어.'

"공작 부인, 왔는가?"

황후는 칸나를 아주 반갑게 맞이했다.

"어서 오게. 자, 앉아서 차 한잔하지."

"감사합니다, 폐하."

황후는 아주 신이 나 있었다. 그럴 수밖에 없었다.

'드디어 카실 황자, 그 거슬리는 녀석을 치웠어.'

얼마 전 카실은 귀족들 앞에서 공개 처형을 당했다. 왼쪽 손목이 잘린 것이다.

그리고 바로 어제, 요양을 핑계로 추방을 당했다. 만약 다시 돌아오더라도 예전처럼 기세등등하게 굴진 못할 것이다. 황제 역시 이전처럼 노골적인 사랑을 퍼부을 수 없겠지.

'어느 정도는 발렌티노 공작 부인 덕이지.'

칸나 발렌티노, 참으로 마음에 드는 여인이었다. 지금도 자신의 간지럼증을 해결해 주는 약을 가지고 왔다. 뿐만 아니라.

"아멜리아가 거의 다 나았더군."

황후는 순순히 인정했다.

"겉으로 보기에는 이제 아무런 문제가 없어. 이게 다 공작 부인 덕분이네."

"이게 다 폐하께서 지원을 아끼지 않으신 덕분입니다."

"이런, 겸손하기도 하지."

콧대를 높이거나 뭔가를 요구할 만도 한데 칸나는 절대 그러는 법이 없다.

'그래, 내가 옛날부터 인복 하나는 있었지.'

정말이지 좋은 인재를 만났어. 황후는 자신의 운에 만족하며 웃었다.

"폐하, 이번에 새로 지은 약을 가지고 왔습니다."

황후는 짐짓 태연한 척 손짓했다. 저 약을 얼마나 기다려 왔던지! 길게 늘어진 약병들을 탐욕스러운 눈으로 응시하며 미소 지었다.

"잘 쓰도록 하지."

"영광입니다."

칸나가 고개를 숙이며 인사하는 순간.

'음. 역시 좋은 향기야.'

달콤한 향기가 코끝을 스치자 입꼬리가 올라갔다. 일전에 황후도 사용했던 저 향수는 언제 맡아도 정신을 빼앗길 만큼 향기로웠다.

'게다가 다른 향수와는 달리 향이 지속되는 시간도 굉장히 길었지.'

다른 향수들과는 차원이 달랐다. 지나치게 좋아서일까, 너무 빨리 써 버리고 말았다.

그렇잖아도 아쉬워하고 있을 때 그 향이 흩어지자 또다시 탐욕이 꿈틀거렸다. 그리고 황후는 평생 욕심을 참아 본 적 없는 여자였다.

"그 향수 말이네. 일전에 부인이 내게 준 것."

"예, 폐하."

"훌륭하더군. 아주 마음에 들었네."

결국 또 달라는 말이었다. 그러자 칸나가 공손하게 허리를 숙였다.

"폐하께 선물해 드릴 수 있다면 영광이지요."

황후를 알현한 후, 칸나는 아멜리아를 찾아갔다.

"이대로 몇 주 더 지켜보고 재발할 기미가 보이지 않으면 완치 판정을 내려도 되겠어요."

"정말이야?"

"예, 전하."

그러자 아멜리아가 기쁨의 눈물을 흘렸다.

"정말 고마워. 이 은혜는 잊지 않을게, 공작 부인. 아니…… 칸나라고 불러도 될까?"

"물론이죠."

일을 마친 후, 칸나는 집으로 돌아갔다.

'진짜 오랜만에 외출했네.'

황후와 아멜리아를 만나러 아주 오랜만에 집 밖으로 나왔다.

카실 황자의 장파형 이후, 제국은 떠들썩해졌다. 그래서 당분간 칩거를 택했다. 적어도 이 소란이 식기 전까지는 몸을 사려야 했으니.

'아버지는 아직도 베니치아에 계시고.'

선원들이 검은 안개에 감염되지 않았음을 확인했음에도 불구하고, 그는 아직 돌아오지 않았다.

'아버지가 돌아오면 편지 일을 여쭈어 봐야 할까?'

어쩌면 이대로 넘어가는 게 나을지도 모른다.

'만약 아버지가 하신 일이 아니라면 괜한 의심만 사게 될 거야.'

칸나는 신중하게 고민했다. 이번 일, 죽음의 위기를 겪으며 여실히 깨달았다.

'지금보다도 더 정신 바짝 차리고 살아야 해.'

자신은 '이주화'가 아니다. 어쩌면, 아니, 아마도 영원히 칸나로 살아가게 될 것이다. 그러니 한 수 한 수 계산하며 정성껏 둬야만 했다.

'문제는 내 욕망이 앞뒤가 안 맞는다는 거지.'

칸나는 냉담한 남편인 실비엔과 이혼하고 싶었다. 그리고 아디스 가문에서 분가하고 싶었다. 그와 동시에, 그 누구에게도 핍박당하지 않을 권력을 갖고 싶었다.

그러나 아이러니하게도 발렌티노와 아디스는 위기의 순간 그녀를 지키는 방패가 되어 주었다.

'그렇다고 해서 나를 억누르면서 살 순 없잖아. 난 발렌티노도, 아디스도 지긋지긋하다고.'

칸나는 양피지 위에 우선순위를 휘갈겼다.

<욕망 1위. 이혼/분가(*부동의 1위임*!)
욕망 2위. 권력(카실 같은 놈들이 감히 못 건드릴 만큼!)>

그 외의 자잘한 소망은 일단 생각하지 않으려 했다. 지금은 선택과 집중이 필요할 때니까.

'아무리 권력이 좋아도 이혼이랑 분가는 포기 못 해.'

무려 부동의 1위다. 별표도 두 개나 쳐 놨다. 이혼, 그리고 분가는 자신이 행복해지기 위한 수단이었다.

행복을 포기할 수는 없는 법.

'그러니 결국 발렌티노와 아디스에 준하는 권력을 쌓는 수밖에 없어.'

그게 과연 가능한 일인지는 생각하지 않았다.

반드시 필요한 일이라면, 설령 그것이 불가능할지라도 일단 하는 수밖에 없다. 달리다 보면 목표 지점까지는 아니더라도 그 근처까지는 도착하겠지.

그러니까 욕망 1을 실현하기 직전까지 열심히 머리를 굴려야 한다. 아디스와 발렌티노에서 빼낼 것이 있으면 사정없이 빼내고.

'그런데 만약에 아버지가 끝까지 이혼을 허락 안 해 주시면 어떡하지?'

평생을 시어머니의 구박과 남편의 무심함 속에서 살아야만 한다면.

"망할, 끔찍해."

칸나는 육성으로 욕을 지껄였다. 생각만 해도 진저리가 쳐진다.

죽을 때까지 불행하게 썩느니 차라리 다 버리고 산으로 도망가고 말지. 어쩌면 예전에 아버지에게 둘러댔던 것처럼, 정말로 타국의 해안 마을에서 사는 것도 좋을지도 모른다.

'……그럴듯한데?'

생각해 보니 정말 그럴듯했다.

비참하게 사느니, 차라리 다 버리고 아무도 자신을 모르는 곳으로 떠나 새로 시작하는 것도 괜찮을 거다.

'그래, 차라리 그렇게 하자. 얄덴 왕국으로 가는 거야. 그곳은 아슬란 제국보다 여성의 권리가 높다고 했어.'

하지만 그건 최후의 수단이었다.

새 신분을 조작하여 만들어 내는 것도, 여자 홀몸으로 타지에 정착하는 것도 결코 쉬운 일이 아닐 테니까.

'오히려 잘못되면 지금보다도 더 불행해질 수 있지.'

어찌 됐든 서대륙은 계급 사회다. 개인의 힘만으로는 한계가 있는 것이다.

게다가 자신은 불길함의 상징인 검은 머리를 가졌으니, 남들보다 족쇄 하나는 더 차고 있는 셈이었다. 지금은-절대로 인정하고 싶지 않지만-발레티노와 아디스의 성이 자신을 보호해 줄 때도 있다.

하지만 타국에서 새 신분으로 살다가 카실 같은 놈을 만나면?

그때는 살아날 구멍 따위는 없을 거다.

그러니까 최고의 시나리오는 이곳에서 안전하게 이혼하고, 깔끔하게 분가하는 것이다.

'그리고 반드시 그 전까지 내 기반을 만들어 놔야 해.'

아슬란 제국에서 이혼한 귀족 여성은 단숨에 추락한다. 어디를 가도 뒷말의 대상이 되지만, 돈과 명성과 권력을 가졌다면 이야기가 달라진다.

다행히 칸나에게는 황후, 그리고 아멜리아라는 좋은 씨앗이 있었다.

'게다가 조금이지만 평판도 좋아진 것 같고.'

칸나는 오늘의 신문을 흘끗 내려다보았다.

<동대륙 무역 선원들의 고질병, 드디어 해결되다!>

<……놀랍게도 이 병을 고친 의원은 대귀족 발렌티노 가문의 공작부인으로 알려져…….>

향후에도 의술 방면으로 명성을 드높여 갈 자신은 있다. 그러나.

'돈이 부족해.'

루시를 돌봐 주는 명목으로 받는 돈이 있지만, 귀족 영애의 한 달 용돈 수준밖에 되지 않는다.

'혹시 후에 새 신분을 사고 망명하게 될 경우를 생각해서라도 돈을 많이 벌어 놔야 해.'

다행히 그녀는 좋은 돈벌이 아이디어를 몇 가지 가지고 있었다.

그중 하나가 바로 향수.

지금 이 세계 향수의 향은 지나치게 원색적이었다. 오로지 식물에서 추출한 향을 그대로 희석하거나 비슷한 식물의 향끼리 섞어 쓰는 것이 전부였다. 그래서 뻔한 꽃향기가 전부였다.

그러나 주화의 세계는 온갖 분위기와 감정, 장소와 시간을 표현해

낸 다채로운 향으로 가득했다.

그런 향수를 사용하고 또 만들어 온 자신에게 지금 이곳의 향수는 촌스럽기 그지없었다.

'그리고 황후도 그렇게 느꼈겠지.'

황후에게 선물한 향수는 프리지아, 목련, 은방울꽃과 장미꽃, 버지니아의 향료를 조합하여 만들었다. 맡는 순간 분홍색 꽃잎이 봄바람에 흔들리는 장면이 연상되며 은은한 상쾌함, 그리고 달콤함이 느껴지는 향수였다.

'그런 향을 맡았으니 이제 이곳의 뻔한 꽃 향수에는 절대 만족 못 할걸.'

게다가 이 시대의 향수는 금방 향이 날아가지만 칸나는 휘발을 억제할 수 있는 원료를 알고 있었다.

'흰붓꽃 뿌리나 나뭇진을 첨가하면 향이 오랫동안 남아 있지.'

지금까지의 단순한 꽃향기와는 달리 다채로운 향을 풍기며 오래 지속되기까지 하는 향수.

판매를 시작하면 불티나게 팔릴 것이 분명하다. 게다가 이 시대에서 향수는 굉장한 고가의 사치품으로 귀족들이 아니고서야 구입할 수 없는 고액의 물품이었다.

만약 이 향수가 아슬란 제국뿐만 아니라 서대륙의 모든 귀족에게 판매된다면…….

'돈벼락 맞는 거지.'

대륙 전역에 히트 칠 자신은 있다.

문제는 유통망이었다. 서대륙 전역에 판매할 능력을 갖춘 상단은 그리 많지 않았다.

메르시 후작가의 메르시 상단, 라스파엘로 백작과 실비엔의 데보르 상단, 그리고.

'아디스 상단.'

서대륙 끝까지 판매할 유통망을 가진 상단은 고작 이 정도였다.

'메르시는 황후의 외가니까 패스.'

황후에게 모든 것을 몰빵할 생각은 없었다. 한 바구니에 가진 것을 다 몰아넣는 것은 어리석은 짓이니까.

'그리고 데보르 상단은 동대륙 문물을 중심으로만 판매하고 있으니 적합하지 않아. 게다가 실비엔과는 더는 어떻게든 엮이고 싶지 않고.'

그러니 남은 것은 아디스뿐.

칸나는 전략을 바꿔야 할 때임을 깨달았다.

'분가하기 전까지 이용할 수 있는 건 다 이용해야 하니까.'

"누님에게는 저뿐입니다."

"제게 의지하십시오."

그래, 분명히 그렇게 말했지.

칸나의 입꼬리가 올라갔다.

'그래. 네 소원대로 해 줄게, 칼렌.'

칼렌 아디스를 이용할 때가 왔다.

"뭐?"

훈련 중이던 칼렌의 움직임이 멈추었다.

"지금 뭐라고 했지, 알릭?"

"발렌티노 공작 부인께서 만남을 요청하셨습니다."

지금껏 칸나가 먼저 그를 찾은 적이 있었던가?

언제나 찾아가는 칼렌을 내쫓고 뿌리치고 걷어찼던 그녀다. 그런데 갑자기 무슨 용무로 자신을 찾는단 말인가?

'이제 와서 왜?'

기껏 마음을 다잡았는데.

칼렌은 입술을 꾹 다물었다. 최근 들어 그는 살면서 단 한 번도 겪어 보지 못한 온갖 조롱과 거부를 당했다. 모두 다 칸나가 준 것이었다.

가장 최근의 거절이 무엇이었더라?

"네가 나를 무시해 줬으면 좋겠어."

"만약 내가 너에게 감정을 갖는다면, 그건 아마 끔찍한 혐오일 거야."

"너를 미워하는 데 내 감정을 낭비하고 싶지 않아."

폭력 같은 말에 얻어맞고 제 방으로 돌아가는 순간, 텅 빈 공허함에 발끝까지 시려 왔었다.

그때 자신을 후려친 감정이 치욕인지 분노인지 아니면 비참함인지, 아직도 확실하게 알 수가 없었다.

'실비엔 발렌티노와 사이가 좋아진 모양이지.'

그도 듣는 귀가 있었다.

실비엔이 칸나를 구하기 위해 황자에게 화살을 쏜 일. 또한 그녀의 죄를 덜어 주기 위해 황제의 절충안을 받아들인 일은 이미 너무나도 유명해 모르는 이가 없을 정도였다.

그렇게 뒤꽁무니를 쫓아다니더니 기어코 마음을 얻어 낸 듯했다.

'그래, 잘되었다.'

그동안 칸나를 향한 마음은 반쯤은 동정심이고 반쯤은 죄책감이었다. 그렇게 믿었다. 그러니 더는 그 알량한 감정 따위에 휘둘리고 싶지 않았다.

"부인께는 뭐라고 전할까요?"

집사의 물음에 칼렌은 고개를 저었다.

"기다리지 말라고 전해라."

"예, 알겠습니다."

집사가 떠난 후 칼렌은 다시 검을 휘둘렀다.

그래. 이토록 쉬운 일인데 왜 그동안 망설였던 걸까?

'앞으로는 누님을 보지 않을 거다. 누님의 일에 관여도 하지 않을 거다.'

진작 이랬어야 했다. 진즉에.

기다리지 마라.

집사가 칼렌의 말을 전했을 때 칸나는 순순히 고개를 끄덕였다. 어쩌면 정말 그에게 바쁜 일이 있을지도 모른다고 생각한 것이다. 그러나 그런 대답이 사흘째 반복되니 도저히 모를 수가 없었다.

칼렌은 고의로 그녀를 피하고 있었다.

"아니, 기다리겠어."

오늘도 '기다리지 마십시오'라는 대답이 돌아오자 칸나는 아예 소파에 앉아 버렸다.

"이곳에서 계속 기다릴 거야. 칼렌에게 그렇게 전해."

"예, 부인."

미리 준비해 온 책을 넘기며 기다렸다. 그렇게 세 시간이 지나자 창문을 두드리며 빗방울이 떨어지기 시작했다.

칼렌이 돌아온 것은 그로부터 5분 후였다.

"......"

문을 열고 들어오는 순간 칼렌이 멈춰 섰다. 연습 중에 비를 맞은 걸까? 그의 몸은 가볍게 젖어 있었다.

"여기서 뭐 하십니까?"

"널 기다렸어."

"그러지 말라고 전달했을 텐데요. 집사가 일을 제대로 못 한 모양이군요."

"아니, 내가 기다리겠다고 했어."

"그러니까 드리는 말씀입니다."

성큼성큼 걸어 들어온 칼렌은 탁상 위 빈 잔에 위스키를 채워 넣었다.

'오, 훈련 열심히 하나 보네.'

칸나는 그의 뒷모습을 응시했다. 빗물에 젖은 셔츠 아래로 완벽한 형태의 근육이 드러나 있었다.

'하기야 아디스는 아디스지.'

항상 서류 처리하는 것만 봐서 몰랐는데 그는 훈련도 못지않게 하는 모범생이었다.

"앞으로는 전할 말이 있으면 집사를 통해서 하십시오."

칼렌은 단숨에 위스키를 털어 마신 후 몸을 돌렸다.

"저는 당신과 나눌 이야기가 없습니다."

"……."

"그러니까 이제 저를 찾아오지 마십시오."

그가 잔을 쥔 손을 들어 문을 가리켰다. 축객령이었다.

"나가세요, 칸나 발렌티노."

❧

'이걸 어떻게 한다?'

칸나는 연구실 창가에 앉아 밖을 내다보았다. 공격적으로 퍼붓는 폭우가 대지를 부술 듯 떨어져 내리고 있었다.

'칼렌을 어떻게 해야 할까?'

오로지 그 생각뿐이었다. 유용한 체스 말을 어떻게 움직이는 게 효율적일지, 골똘히 고민했다.

그 외의 다른 감상은 없다.

칼렌이 자신을 서늘하게 응시할 때, 찾아오지 말라고 잘라 낼 때, 방 안에서 쫓아낼 때.

칸나는 조금도 놀라지 않았다. 당연히 상처 받는 일 따위도 없었다.

'그래, 그래야 칼렌 아디스지.'

도리어 익숙했다. 그동안 이상했던 칼렌이 아닌 그녀가 익히 알고 있던 본래의 동생으로 돌아온 것뿐이니까.

'분명한 건 나이가 들어서인지 내게 죄책감을 느끼고 있다는 거지.'

그래서 얼마 전엔 그답지 않게 숙이고 들어오거나 화해를 청하기도 했다. 비록 금방 사라질 죄책감이었겠지만.

'역시 고작 그 정도일 줄 알았어. 진지하게 받아들이지 않길 잘했지.'

하지만 지금의 칸나에게는 그러한 태도가 필요했다. 그런데 하필이면 지금 그 죄책감이 사라져 버리다니.

'그렇다면 다시 생기게 하면 그만이지.'

답은 나와 있다.

칸나는 의자에서 몸을 일으켰다. 쭉 늘어진 약병을 훑어보다가 하나를 골라서 들어 올렸다.

'이 약이 적당하겠군.'

칼렌 아디스. 지금의 나에게는 네 죄책감이 필요해.

그러기 위해서는 희생이 필요했다. 아주 약간의 희생이.

장마가 시작된 걸까? 비는 며칠째 계속해서 쏟아졌다.

칼렌은 실내 연무장에서 검을 휘둘렀다. 마음이 복잡한 탓일까, 평소와는 달리 검 끝이 무뎠다.

조금 전 집사가 찾아와 이렇게 말했다.

"오늘도 발렌티노 공작 부인께서 찾아오셨습니다."

그 말에 칼렌은 당황했다.

어제 문전박대를 당했음에도 또 찾아오다니, 이건 예상하지 못했다. 그러나 그의 마음은 변하지 않았다.

"방에서 내보내. 내가 돌아갔을 때 마주치지 않게 해라."

그뿐만이 아니라 칼렌은 일부러 훈련 시간을 연장했다. 칸나를 만나지 않기 위해서였다.

그런 자신의 결정이 우스웠다.

그녀를 피하려고, 만나지 않으려고, 정해진 일정을 마음대로 바꿔 버리다니. 대체 뭐가 무섭다고?

'그런가? 무서운 건가?'

칼렌은 검을 바닥에 콱 꽂았다.

누님, 아니, 칸나 발렌티노 앞에서 평정을 잃는 것이 그렇게 두려운가?

'역시나 누님을 멀리해야 한다.'

그녀가 대체 뭐라고 이렇게나 자신을 휘두른단 말인가? 고작 어린 시절의 죄책감 따위로는 변명이 되질 않는다.

'차라리 아디스 저택에서 내쫓을까?'

그래, 그러는 게 좋겠다. 그러면 자신은 다시 예전처럼 견고한 일상으로 돌아갈 수 있겠지.

칼렌은 수건으로 땀을 닦으며 창밖을 응시했다. 어느덧 밤이 어두워져 있었다. 이쯤 되면 칸나도 더는 기다리지 않고 떠났겠지.

그렇게 생각하며 문을 열자 차가운 공기가 확 밀려들었다. 빗소리가 우렁차게 귀를 때린다.

칼렌은 우산을 펼치며 앞으로 걸어갔다.

"……."

그러나 몇 걸음 가지 않아 도로 멈춰 섰다. 쏟아지는 폭우 속, 누군가가 서 있었다. 상대를 확인한 순간 뒷골이 당겨 왔다. 그만큼 당황했다.

"칼렌."

칸나였다.

"이제 끝났어?"

그녀가 힘없는 동작으로 젖은 머리칼을 쓸어 넘겼다.

"계속 기다렸어."

많이 놀라서일까? 칼렌의 호흡이 멈췄다. 멈췄다는 것을 뒤늦게 알아차리고는, 거칠게 숨을 뱉어 냈다.

그는 딱딱하게 굳은 입술을 간신히 움직였다.

"여기서……."

칼렌의 떨리는 시선이 그녀의 머리칼을 타고 내려갔다. 새하얀 뺨에 달라붙은 몇 가닥의 머리칼, 파리하게 질린 입술, 흠뻑 젖은 옷…….

칼렌은 어째서인지 몹시도 망연해진 기분으로 멍하니 그녀를 응시했다. 대사를 짜내는 것이, 말을 생각해 내는 것이 이토록 어려웠던가?

"뭘 하시는 겁니까?"

그러자 칸나가 힘없이 웃었다. 눈을 깜빡이자 긴 속눈썹에 맺힌 빗방울이 추락했다. 뺨의 곡선을 타고 흘러 입술 안으로 스며든다.

"말했잖아. 널 기다렸어."

"……."

"할 말이 있어서."

그녀의 몸 위로 쏟아지는 빗줄기가 폭력 같다.

정신을 차려 보니 그녀에게 다가가 우산을 기울이고 있었다. 미처 막지 못한 빗줄기는 칼렌의 어깨 위로 떨어졌다.

"왜 저택에서 기다리시지 않고?"

지나치게 놀라서일까, 당황해서일까. 목이 아팠다. 불덩이를 삼킨 것처럼 뜨거웠다.

"만나 주지 않을 것 같아서."

칸나의 가냘픈 목소리가 비수처럼 심장에 박혔다.

그래. 그럴 작정이었다.

"그래서 이곳에서 기다린 겁니까?"

"이렇게라도 하지 않으면, 만나지 못할 것 같았어."

힘없이 속삭인 칸나가 옅게 웃었다. 빗물에 젖어 부서질 것 같은 자태였다.

"칼렌, 할 말이……."

그 순간, 칸나의 몸이 휘청였다. 칼렌은 무너지는 그녀의 어깨를 잡아 세웠다.

"……!"

그리고 그 즉시 충격이 머리를 후려쳤다.

'맙소사.'

칸나의 몸이 얼음장처럼 차가웠다!

"쿨럭!"

그때, 칸나가 기침했다.

그런데 무언가 이상했다.

짙은 풀 냄새, 흙냄새, 살냄새, 땀 냄새, 비 냄새, 온갖 냄새가 어지럽게 퍼져 혼란한 이 순간, 돌연 강렬한 쇠 향이 훅 찔러 왔다.

이 향은…….

'아니야.'

아니야, 그럴 리 없어.

무엇이 아닌지도 모른 채 무작정 부정하며, 칼렌은 서둘러 칸나의 어깨를 잡아당겼다.

"……!"

칼렌의 눈이 크게 열렸다. 그녀의 입가가 피로 젖어 있었다!

그 순간 칸나가 푹 고꾸라졌다. 칼렌은 반사적으로 그녀를 안아 들었다.

무서울 만큼 가벼웠다. 끔찍할 만큼 차가웠다. 마치 영혼이 텅 비어 버린 시체 같다, 그런 생각이 드는 순간 불길함이 경종을 울렸다.

쾅!

"당장 의원을 불러!"

언제 저택까지 달려왔는지 알지 못했다. 방금 지른 고함이 자신의 것이던가?

"칼렌? 대체 무슨 일이니?"

"의원을 부르라고 했다! 어서!"

클로이가 물었지만, 들리지 않았다. 보이지도 않았다. 칼렌의 서릿발 같은 명령에 의원은 금세 달려왔다.

"어떤가? 누님은 괜찮은가?"

"……"

의원은 대답하지 않았다. 그늘이 진 눈. 진득한 어둠에 칼렌의 가슴이 덜컥 내려앉았다.

"왜 대답이 없지?"

"……그, 그것이."

"똑바로 말해."

"맥이, 아주 희미하게 뛰고 있습니다."

자세한…… 경과를…… 알 것 같습니다만…… 호흡이 약하시고…… 맥도 희미…… 심각한 고열이…….

새하얗게 점멸한 머리 안으로 의원의 말이 드문드문 들려왔다. 칼렌의 표정이 무섭게 굳었다. 엉망진창으로 일그러진 머릿속과는 달리, 그의 얼굴은 어느 때보다도 냉정했다.

"그래서 결론이 뭐지?"

"위독하십니다."

의원은 한숨을 내쉬며 고개를 저었다.

"죄송합니다만 마음의 준비를 하고 계시는 게 좋을 겁니다."

"엉터리군."

칼렌은 의원의 멱살을 잡아 패대기치고 싶은 욕망을 억누르며 명령했다.

"됐으니 자네는 나가. 그리고 다른 의원을 불러와라."

그러나 찾아온 의원들 모두가 같은 의견을 도출해 냈다. 상태가 위중하다, 특히나 열이 심하다, 열이 내려가지 않으면 이대로 죽을 것이다.

네 번째로 달려온 의원도 같은 진단을 하자 칼렌은 결국 버럭 소리쳤다.

"그럴 리가! 누님은 그저 비를 맞았을 뿐이다. 다른 의원을……."

그때였다.

"쿨럭, 쿨럭!"

죽은 듯 기절한 칸나가 기침을 해 댔다. 그러다가 왈칵, 피를 토해 냈다. 그뿐만이 아니라 온몸을 떨며 발작을 시작했다!

"칼렌 님, 잠시만 비켜 주십시오!"

의원이 서둘러 달려들어 칸나의 상태를 살폈다. 손수건을 칸나의 입안에 밀어 넣으며 몸을 옆으로 돌려 눕혔다.

다행히, 몇 초 지나지 않아 칸나의 발작은 사라졌다. 그러나 그 짧은 순간 칼렌은 지옥 끝까지 떨어진 기분이었다. 손아귀가, 이마가, 온 몸이 땀으로 흠뻑 젖었다.

"이제 진정됐습니다. 고열이 심하면 발작이 일어나기도 합니다만, 그런 경우인 듯합니다."

칼렌은 완전히 할 말을 잃었다. 망연자실한 그를 보며 의원이 충고했다.

"약을 제조해서 올리겠습니다. 매시간 꼬박꼬박 잘 먹이시고, 몸의 땀을 주기적으로 닦아 주신 후 옷을 갈아입혀 주십시오. 그리고……."

그 후 의원이 몇 가지 조언들을 늘어놓았다.

"……내가 하겠다."

의원이 나간 후, 하녀 레아가 약을 먹이려고 하자 칼렌이 쉰 목소리로 말했다.

"내가 누님을 돌보겠다. 나가라."

레아는 군말 없이 그의 말에 따랐다. 탁. 방문이 닫히자 공간이 밀폐됐다. 그제야 칼렌은 천천히 걸어가 칸나를 내려다보았다.

아름다운 누님. 창백한 누님. 시체 같은 누님…….

그 순간 심장 한구석이 쿡 쑤셔 왔다. 그 격통에 칼렌은 침대맡에 주저앉아 가슴을 부여잡았다.

만약에, 아주 만약에.

'정말로 이대로 죽으면 어떡하지?'

이대로 죽어 버리면. 정말로 죽어 버리면.

"칼렌, 할 말이……."

누님이 할 말이 있다고 했다. 자신에게 해야 할 이야기가 있다고 말했다. 그래서 며칠째 자신을 찾아왔다. 만나 주지 않음에도 불구하고, 문전박대까지 했음에도 불구하고.

"칼렌, 나 할 말이……."

할 말이 있어서 계속해서 찾아왔다.

"할 말이 있어서……."

무엇이었을까?

그녀가 그토록 하고 싶어 했던 말이 무엇이었을까?

이제 와서 뒤늦게 간절히 궁금해졌다.

무엇이었기에 쏟아지는 폭우 속에서 몇 시간을 기다린 걸까? 이렇게 되도록, 이렇게…….

'죽을 때까지 기다린 거지?'

대체 무슨 말이기에? 그리고 그깟 말을 들어 주는 게 뭐가 어렵다고 그녀를 피했던 걸까?

'나 때문에.'

순간 숨이 콱 틀어 막혔다. 누군가 목을 조르는 것만 같았다.

'내가 말을 들어 주지 않아서.'

그래서 차가운 빗속에 온몸을 던지면서까지 기다렸다. 그 결과가 무엇인가?

칸나가 아프다. 괴롭다. 어쩌면, 정말로 어쩌면 죽을지도 모른다.

더 지독한 것은 이런 장면이 낯설지 않다는 사실이었다. 그가 기억하는 칸나는 언제나 아프거나, 슬퍼하거나, 힘들어하거나, 괴로워했다. 어린 시절부터 성인이 된 지금까지 줄곧.

줄곧 누님은 아프기만 한다.

그리고 빌어먹게도 자신은 여전히 가해자였다. 언제나 그랬듯 이번에도 그러했다.

'내가 이렇게 만들었어.'

칼렌은 허리를 굽히며 두 손으로 얼굴을 덮었다.

'다 나 때문이다.'

문득, 옛 기억이 떠올랐다.

"오빠, 그거 알아? 내가 칸나 언니를 집에서 쫓아냈어."

어린 시절. 철없었던 그때.

"기사들한테 문 열어 주지 말라고 했어. 그래서 저택 밖에서 서성거리며 기다리고 있나 봐."

이자벨의 말을 한 귀로 듣고 넘긴 칼렌은 책을 팔락 넘기며 말했다.

"저리 가, 이자벨. 나 책 읽을 거야."

"에이, 재미없어. 내가 드디어 칸나 언니를 내쫓았는데 기쁘지도 않아?"

"시끄러워. 저리 가서 놀아."

이자벨을 내쫓은 후 독서에 빠졌다. 저녁까지 책을 읽던 중, 빗소리
가 들렸다.

"……."

비가 쏟아진다.

"저택 밖에서 열어 줄 때까지 기다리고 있나 봐."

문득 이자벨의 목소리가 스쳐 지나갔지만 무시했다. 방치했다. 그
러든가 말든가 관심 없다. 아니, 어쩌면 이자벨의 말대로 다른 곳으로
가 버린다면 더 좋을 수도 있겠지.

열 살의 칼렌은 대수롭지 않게 생각했다. 그때에는 보호자 없는 소
녀가 어디로 가게 될지, 어떤 삶을 살게 될지 깊이 생각하지 못했다.

그렇게 잊고 있다가 그날 저녁, 함께 식사하던 어머니가 기사에게
명령했다.

*"이제 곧 공작 각하께서 돌아오실 거다. 그 전에 어서 칸나를 안으로 데려
오렴."*

잠시 후, 칼렌은 기절한 칸나가 기사의 등에 업혀 가는 것을 보았
다. 오랜 시간 밖에서 떨어서일까? 입술이 새파랗게 질려 있었다.

바로 지금처럼.

"……."

칼렌은 시커멓게 가라앉은 얼굴로 칸나를 내려다보았다.

그때와 같았다. 그때와 변함이 없었다.

어린 시절과는 다르다고, 그때는 철이 없어서 몰랐다고, 그래서 멋모르고 그녀를 괴롭힌 거라고 스스로를 변명했지만.

무엇이 바뀌었는가?

칸나는 여전히 그때처럼 아픈데. 비에 젖어 앓고 있는데.

"할 이야기가 있어서."

"기다렸어."

"만나 주지 않을 것 같아서."

자괴감에 머리가 타들어 간다. 그렇지 않아도 최근 힘든 일을 겪은 사람인데. 그래, 미치광이 황자에게 인간 사냥을 당할 뻔한 사람인데.

칸나 앞에서 통제를 잃는 게 그렇게 무서웠던가?

내가 아닌 다른 사람이 되는 것 같아서?

'그게 뭐 어쨌다고?'

자신이 저지른 짓들을 생각하면 그녀의 냉대는 아무것도 아니다. 뒤늦게라도 그녀가 마음을 바꾸고 찾아온 것만으로 감사해야 했다.

그랬더라면 이런 일은 일어나지 않았을 텐데.

"죄송합니다……."

칼렌은 조심스럽게 칸나의 손을 잡았다. 작고 가늘어서 조금만 힘을 주어도 부러질 것 같은 손. 너무나도 연약한 사람이다. 아무 잘못도 하지 않은 사람이다.

그런데 언제나 아픈 건 이 사람이다. 아픔과 괴로움은 늘, 늘 칸나의 몫이었다.

"죄송합니다."

허리를 굽혔다. 고개를 숙여 칸나의 손등에 이마를 기대었다. 이 손 앞에서 자신은 명백한 죄인이었다.

"제가 잘못했습니다."

그러니까 어서 눈을 뜨길. 일어나서 자신의 애원을 듣기를.

"부디 제게 벌을 내려 주십시오, 누님……."

으으. 칸나는 속으로 신음을 삼켰다. 묵직한 눈꺼풀을 간신히 들어 올렸다.

'며칠째지?'

정신을 차린 것을 보니 사흘 정도 지났겠군. 딱 그 정도만 아프고 말 독약이었다.

'으, 생각보다 독했어. 이렇게 아플 줄은 몰랐는데.'

하지만.

칸나는 씩 웃었다. 침대맡 의자, 팔짱을 끼고 앉은 채 졸고 있는 칼 렌을 보니 독약이 제 역할을 톡톡히 해낸 모양이다.

그때였다. 기적을 느낀 걸까? 칼렌이 번쩍 얼굴을 들어 올렸다.

"정신이 드십니까?"

"……."

"제 얘기 들리십니까? 뭐라고 대답 좀 해 보십시오."

"쿨럭, 쿨럭."

칼렌의 안색이 창백해졌다.

"잠시만, 잠시만 기다리십시오. 의원을 불러오겠습니다."

곧 들어온 의원이 칸나의 완쾌를 알렸다.

"하지만 후유증이 있을 수 있으니 당분간은 몸보신을 하셔야 합니다."

그때 칼렌의 안도하는 표정이라니. 칸나는 비웃음을 꾹 참아 눌렀다.

'이렇게까지 통할 줄 몰랐는데.'

독약을 먹고 빗속에 서 있기를 잘했다.

'후유증 없는 독약이니까. 며칠만 고생하면 완벽하게 낫는 거고.'

비록 며칠 고생했지만 그럴 만한 가치가 있었다. 칼렌의 모든 죄책감과 동정심을 되살아나게 했으니.

"괜찮으십니까?"

칼렌이 직접 보약을 들고 들어왔다.

"약 드십시오."

"고마워."

칸나는 힘없이 약을 들이켰다.

'웩, 써.'

표정에 드러난 걸까? 칼렌이 작은 사탕을 내밀었다.

'뭐야?'

순간 거부감이 확 밀려왔다. 칼렌이 주는 사탕 따위 받고 싶지 않은데…….

'손을 후려쳐서 사탕을 바닥에 떨어뜨린 뒤 이따위 것 필요 없어! 라고 외치고 싶다.'

하지만 지금 그의 호의를 거절하는 건 바보나 하는 짓이다. 칸나는 고마워하는 표정을 만들어 내며 사탕을 받았다. 입안에 쏙 넣고 굴렸다.

딸기 맛이다.

진부하긴.

"고마워."

"아뇨."

그러고는 할 말이 있는 듯 미적거리며 방 안을 맴돈다. 칸나는 그가 무슨 말을 할지 예상했지만, 아무것도 모르는 척 고개를 갸웃거렸다.

잠시 후, 칼렌이 결심한 듯 말했다.

"죄송합니다."

그 말 할 줄 알았지. 그러나 칸나는 놀랐다는 듯 눈을 크게 떴다.

"저 때문에 이런 고초를 겪으셨습니다."

"아니야. 나야말로 미안해."

칸나는 음울하게 웃으며 고개를 숙였다.

"내가 그동안 너에게 심했던 것 같아. 나쁜 말만 하고 차갑게 굴었어. 그러니 네가 날 외면하는 것도 당연……."

"아닙니다."

칼렌이 서둘러 그녀의 말을 끊었다.

"아닙니다. 그런 말 하지 마십시오. 다 제가 속이 좁아 벌어진 일입니다."

알긴 아는구나. 다행히 자기 성찰 하나는 기가 막히게 잘하는 녀석이었다.

"당신이 일어나면 꼭 하고 싶었던 말이 있었습니다."

칼렌이 침대맡까지 다가왔다. 바닥에 무릎을 굽혀 앉았다. 칸나와 눈높이를 맞추기 위해서일까, 아니면…….

무릎을 꿇고 죄를 고하기 위해서일까.

"제가 잘못했습니다."

칼렌의 목소리가 희미하게 떨리고 있었다.

"이번 일도, 그리고 어린 시절의 일도 모두 다."

그의 손끝도 미세하게 경련하고 있었다.

"후회하고 있습니다."

"……."

"감히 용서는 바라지도 않습니다. 그저 죗값을 치르고 싶습니다."

칼렌 아디스가. 차기 아디스의 가주로 일컬어지는 자가, 알렉산드로를 쏙 빼닮은 냉혈한으로 유명한 자가.

"부디 저를 벌해 주십시오. 무엇이든 달게 받겠습니다."

지금 무릎을 꿇고 벌을 내려 달라 애원하고 있다.

'진심이구나.'

칸나가 뺨을 때리면 순순히 맞을 것이고, 침을 뱉어도 조용히 감내할 것이다. 심지어 저 완벽한 등에 채찍을 휘둘러도 비명 하나 지르지 않고 참아 낼 것 같았다.

'뭐, 그것도 조금은 속 시원할 것 같기도 하지만.'

뿌듯하면서도 가소로웠다. 목적을 이루었으니 당연히 기쁘지만, 그저 그뿐이었다.

'이제 와서 뭐라는 거야?'

칼렌의 참회 따위 관심 없다. 만약 얼마 전의 칸나였다면 저런 말도 그저 귀찮았을 것이다. 성가셨을 것이다.

'벌을 내려 달라고?'

싫어. 칸나가 마음속으로 속삭였다.

'벌을 내리면, 너는 죗값을 치를 기회를 얻는 거니까.'

과거의 기억들. 잊고 살았지만 잊어버린 것은 아니다.

'나는 그때 스스로 죽으려고 했다고, 칼렌.'

열네 살, 가족들의 괴롭힘과 냉대에 지친 칸나는 죽기로 결심했다. 죽기 위해 직접 독약을 만들었고, 입안에 털어 넣었다. 살아 있는 것보다 죽는 것이 달콤할 것 같아서.

'비록 죽는 데에는 실패했지만.'

그랬던 자신이 어떻게 칼렌을 용서한단 말인가?

그러나 딱히 증오에 사로잡혀서 마음을 불태우고 싶지도 않았다. 칼렌에게는 용서나 벌은커녕, 심지어 미움 한 줌조차 주고 싶지 않았다. 그를 떠올리며 분노하는 시간조차도 아까웠으니까.

그렇기에 칼렌은 그저 아무것도 아니었다. 아무것도.

지금은 글쎄, 체스 말 정도로 승격했지만 이용 가치를 다하면 가차 없이 버릴 예정이었다.

그러나 지금은 웃어 줄 때였다. 이 녀석은 자신에게 인격체가 아니다. 활용해야 할 도구다. 다 쓰면 가차 없이 버릴 도구. 뭐, 다시 필요해지면 재활용도 하고.

"칼렌."

그 부름에 칼렌이 충직하게 고개를 들어 올린다. 저 간절한 눈빛이라니. 그의 잘생긴 얼굴을 만천하에 보여 주고 싶었다.

칼렌 아디스가 애원하는 모습, 모두가 구경하면 재밌을 텐데.

"있지, 내가 누님이라고 부르지 말라고 했던 거 기억나?"

"……예."

"누님이라고 불러도 좋아."

"예?"

"누님이라고 불러도 좋다고."

칼렌은 말없이 그녀를 응시했다. 우습게도 그의 입술이 잘게 떨리고 있었다.

'뭐야, 설마 감격한 거야?'

시시하긴. 그러나 칸나는 더 시시한 대사를 꺼냈다.

"최근 들어 많은 생각을 하게 됐어."

슬픈 표정을 장착한 채 준비했던 대사를 읊었다.

카실 황자에게 죽임을 당할 뻔한 일. 죽음의 위기를 오가며 생각이 바뀌었다는 것. 그리고 자연스럽게 꺼낸 가족의 소중함이 어쩌고저쩌고, 블라블라블라.

"그때, 카실 황자가 내게 화살을 쏘려고 할 때."

칸나는 일부러 뜸을 들이며 부끄러운 표정을 지었다.

"네가 생각나더라."

칼렌을 할 말을 잃은 듯했다. 그는 거의 환상을 보는 얼굴이었다.

"네가 예전에 내게 했던 말…… 나에게는 너밖에 없다고, 너에게 기대라는 말. 그 말이 생각났어."

전혀, 눈곱만큼도, 조금도 떠오르지 않았다. 향수 팔아먹을 생각하기 전까지는 칼렌의 'ㅋ' 자도 생각나지 않았으니.

"네 말이 맞았어. 내게는 너뿐이더라, 칼렌."

으, 이 대사는 좀 힘들다. 혀가 썩을 것 같아. 위기가 찾아왔지만 칸나는 다음 대사에 집중했다.

'눈물즙, 눈물즙! 한 방울이라도 좋으니까, 제발 나와라!'

마침내 찔끔, 간신히 짜낸 눈물 한 방울. 일부러 칼렌에게 잘 보이게끔 고개 각도를 틀어 주며 흐느낌을 뱉었다.

"흑. 정말 무서웠어."

"누님……."

칼렌이 목소리가 떨렸다. 흘끗 시선을 내리깔아 보니 그는 이제 손끝까지 떨고 있었다. 이 장면에 완전히 몰입한 모양이었다.

"흑, 흑흑."

칸나는 두 손으로 얼굴을 덮었다.

어깨를 떠는 모습이 어찌나 가냘프던지. 마치 처연한 꽃송이 같았다. 칼렌은 저도 모르게 칸나의 떨리는 어깨로 손을 뻗었다가, 닿기 직전 내렸다. 주먹을 꽉 말아 쥐었다. 다시 한번 자괴감이 그를 갈기갈기 찢었다.

'가여운 누님.'

어찌나 불쌍한지. 안쓰러운지.

"칼렌, 네가 옳았어."

칸나는 울먹이며 칼렌의 손을 붙잡았다.

"내게는 너뿐이야, 칼렌. 날 생각해 주는 사람은 너밖에 없어. 그렇지?"

칼렌은 자신을 붙잡은 그녀의 손을 응시하다가, 반대쪽 손으로 그녀의 손등을 덮었다.

"예."

어째서인지, 그 묵직한 무게감에 칸나는 흠칫했다. 순간 저도 모르게 빼내려 했지만.

"누님의 말이 옳습니다."

칼렌은 그녀의 손등을 지그시 눌렀다. 이제 와 떨어지려고 해도 허락하지 않는 것처럼.

"누님에게는 제가 있습니다."

칼렌이 그녀를 올려다보았다. 맹목적일 만큼 열렬한 눈빛이었다.

"그러니 이제 안심하십시오."

그러니 이용하십시오. 칸나의 귀에는 그렇게 들렸다.

아주 아름다운 대사였다.

chapter 7

이후 칼렌의 변화는 놀라웠다. 마치 길든 짐승처럼 온순했고 때로는 순종적으로도 느껴졌다. 칸나의 말이라면 뭐든 들어줄 듯 굴었다. 그렇기에 향수 사업 이야기를 꺼내는 건 아주 쉬웠다.

'그래도 너무 이용하려 드는 것을 티 내면 안 되니까.'

다행히 핑곗거리는 적당했다. 제국 모두가 인정하는 욕심쟁이, 황후를 이용한 것이다.

"칼렌, 이 향기 맡아 봐."

그와 함께 정원을 산책하던 중 칸나는 칼렌에게 제 손목을 들이밀었다.

"어때?"

"아름다운 향입니다."

"그냥 하는 말 아니지?"

"아뇨. 그동안 줄곧 해 오던 생각입니다. 누님에게서는 항상 이 향기가 풍기지 않습니까?"

"이 향수, 내가 직접 만든 거야. 이것뿐만 아니라 다른 몇 가지 향수를 만들 수 있어."

그러고는 걱정스러운 한숨을 내쉬었다.

"그런데 황후 폐하께서 내 향수들을 아주 마음에 들어 하셔."

"그러십니까?"

"응. 하지만 지위가 굉장히 높으신 분이어서인지, 매번 부탁해서 얻어 내는 게 거슬리셨나 봐."

"설마 조향법을 요구하기라도 했습니까?"

아니, 그러지 않았다. 자신에게 치료약을 건네받는 처지에 그렇게 막무가내로 굴 만큼 멍청한 여자는 아니니까.

그러나 칸나는 굳이 부정하지 않았다. 대신 이렇게 말했다.

"내게는 이 향기를 지킬 힘이 없어."

이 한마디를 툭 던져 주며 처량하게 어깨를 늘어뜨렸다.

'이 정도면 황후가 조향법을 달라고 협박하는 것처럼 보이겠지.'

거짓말은 단 한마디도 하지 않았다. 단지 그렇게 보이게끔 행동했을 뿐.

"폐하는 감히 그러실 수 없을 겁니다."

고맙게도 칼렌은 속아 주었다.

"앞으로는 그 누구도 누님의 것을 빼앗을 수 없을 겁니다. 그것이 설령 황족일지라도."

그리고 현명한 칼렌이라면 이 조향법을 빼앗기지 않을 최고의 방법을 도출해 내겠지.

"그 조향법을 저에게 파십시오. 제가 사들이겠습니다."

"어?"

"그리고 폐하께는 아디스 가문이 개발하던 향수라고 둘러대십시오."

"하지만 황후 폐하께서 이 향수를 아주 좋아하시는걸. 너에게 피해를 끼치고 싶지 않아."

"저와 척을 지면서까지 향수를 얻으려 하지는 않을 겁니다. 게다가 굳이 빼앗을 필요 없도록 대중화할 테니 걱정하실 필요 없습니다."

"그게 무슨 뜻이야? 그럼 이걸 사람들에게 팔겠다는 거야?"

"예."

"그렇구나. 그래, 기왕 이렇게 된 것 잘 팔렸으면 좋겠다."

그러고는 또다시 쓸쓸한 웃음을 지었다.

"그 수익이 아디스 가문에 조금이라도 도움이 되면 좋을 텐데. 난 항상 폐만 끼쳤으니까, 어떻게 해서든 도움이 되고 싶어."

"그런 말씀 마십시오."

칼렌은 예상대로 극히 부정했다.

"저는 돈을 벌기 위해 이 사업을 하려는 게 아닙니다. 그러니 오해하지 마십시오. 수익금은 누님에게 전부 드릴 겁니다."

이건 생각지도 못한 수확이었다. 자신의 몫으로 매출액의 절반쯤 얻어 내는 게 최대 목표였는데, 전부 다 준다니!

'독약 먹어 가면서 눈물즙 짜고 쇼하길 잘했어.'

칸나는 정말 그래도 될까, 그래도 되는 걸까, 몇 번 뜸을 들였으나 결코 사양의 말은 하지 않았다.

"고마워, 칼렌."

그래. 너에게 웃어 주는 게 얼마나 힘든데, 이 정도 쓸모는 있어야지, 칼렌.

칸나의 눈은 사막처럼 건조했다. 그러나 그녀는 양쪽 입꼬리를 올렸다. 웃음 지었다.

"역시 나에게는 너뿐이야. 내 동생 칼렌."

칼렌을 거짓에 취하게 한, 아주 달콤한 미소였다.

이자벨은 도저히 이 현실을 믿을 수 없었다.

'어떻게 칼렌 오빠가 내게 이럴 수 있어?'

칼렌 아디스, 아디스 상단은 얼마 전 신제품을 출시했다. 향수였다. 지금껏 그 어디에서도 맡아 볼 수 없었던 매혹적인 향수.

출시한 지 며칠 만에 선풍적인 인기를 끌었고, 심지어 황후는 대량으로 사들였다는 소문까지 돌았다.

그리고 향수가 나온 지 일주일이 된 지금, 제국 그 어디에서도 향수를 구할 수 없었다.

다 팔린 것이다. 그 비싼 고가의 사치품이, 몽땅 다!

제국에서 이 정도 반응을 이끌었으니 곧 타국에서도 선풍적인 인기를 끌 것이다. 서대륙의 유행을 선도하는 것은 언제나 아슬란 제국이었으니까.

여기까지는 아무런 문제도 없었다. 도리어 자랑스러웠다.

손만 대면 모든 사업을 성공시키는 칼렌 아디스. 그 덕에 차남임에도 불구하고 가문의 후계자로 유력한 쌍둥이 오빠가 이번에도 또 성공했으니.

그러나 문제는 이거였다.

'향수 이름이 왜 칸나야?'

누군가는 칸나 꽃에서 유래했다고 추측했고, 누군가는 누이인 칸나 발렌티노의 이름을 빌렸다고 추측했다.

그리고 그때마다 언급되는 또 다른 이름은.

"그런데, 이자벨 양은 칼렌 경의 쌍둥이 동생 아니던가요?"

"그러게요. 왜 이자벨 양의 이름을 붙이지 않았을까요?"

"아마 칸나 발렌티노 공작 부인에게서 영감을 받아 만든 향수이기 때문이겠죠."

"솔직히 무척 아름다우시잖아요."

최근 칸나는 귀부인들 사이에서 꽤 호감으로 변하는 추세였다.

수많은 여성을 겁간하고 성추행해 온 카실 황자. 그 망나니가 칸나 덕분에 큰 벌을 받았다. 같은 여성으로서 환호할 수밖에 없는 일이었다.

"다음 칸나 향수는 또 언제 나올까요? 이번에 못 산 것이 너무 아쉽네요."

"발렌티노 공작 부인에게 살짝 부탁해 볼까요? 어쩌면 하나쯤은 얻을 수 있을지도 모르잖아요."

사교계 어디를 가도 다 칸나, 칸나, 칸나의 이름이 나왔다. 그리고 그때마다 이자벨은 비교당했다. 특히나 자신과는 줄곧 앙숙인 칼레이나 메르시─ 메르시 후작 가문의 영애가 어찌나 놀려 대던지.

"그런데 왜 이자벨 영애의 이름을 붙인 향수는 없을까요? 뻔하죠. 이자벨 양은 칼렌 경에게 큰 영감을 주지 못한 거예요."

칼레이나 메르시, 이 못된 년 같으니라고! 그러나 도저히 반박할 말이 없었다.

모두 다 사실이었으니까.

'너무해. 지금까지 내 이름으로는 아무것도 만들지 않았으면서!'

그러나 더 최악인 상황은 이후에 벌어졌다.

"뭐? 칼렌 오빠, 지금 뭐라고 했어?"

"황자 전하의 생일 연회 때 칸나 누님을 에스코트할 예정이다."

아르곤 황자가 아주 오랜만에 본인의 생일 연회를 열었다. 이자벨은 언제나처럼 칼렌에게 가 에스코트를 요청했으나, 돌아온 것은 거절의 답이었다.

"칸나 언니를 에스코트한다고? 내가 아니라?"

"그래."

"그러면 나는?"

알렉산드로는 아직 베니치아에 있고, 오르시니는 검은 안개 일로 어떤 섬으로 들어간 상태였다. 즉, 오로지 칼렌뿐인데.

"에릭에게 부탁해라."

에릭은 클로이의 외가, 실론 백작 가문의 장자로 이자벨과는 사촌 관계였다. 썩 괜찮은 상대였다. 그러나 칼렌과는 비교할 수 없을 정도로 급이 떨어진다.

"싫어. 칼렌 오빠가 있는데 왜 에릭 오빠에게 부탁해!"

쌓아 둔 설움이 한 번에 폭발했다.

"오빠가 칸나 언니를 에스코트하면 다들 날 뭐라고 생각하겠어?"

이자벨은 울음을 터뜨리며 소리쳤다.

"당연히 오빠가 나보다 칸나 언니를 위한다고 생각할 것 아니야! 설마 날 초라하게 만들 생각이야?"

그러나 칼렌은 일말의 동요도 없는 싸늘한 눈으로 그녀를 응시했다. 아니, 도리어 꾹꾹 눌러 숨기던 경멸마저 툭 튀어나온 듯했다.

"그렇다면 칸나 누님은 초라해도 된다는 말인가?"

이자벨의 말문이 막혔다.

"그리고 아무도 널 무시하지 못할 거다, 이자벨. 네 주변에는 널 아끼는 사람들로 가득하니까. 그러나 누님은 달라."

칼렌은 단호하게 말했다.

"누님에게는 나쁘이다."

"……."

"이야기는 끝난 걸로 알겠다. 나가."

결국 이자벨은 침대에 파묻혀 서럽게 울음을 터뜨렸다. 어린 시절부터 지금까지 인형 한 번 빼앗겨 본 적 없이 자라 왔다. 그런 이자벨에게 이번 일은 커다란 시련이었다.

'칸나 언니만 없었으면 에스코트를 빼앗길 일도 없었을 테고, 향수에도 내 이름이 붙었을 거야.'

자신이 마땅히 취해야 할 것들을 칸나가 가져가 버렸다.

'언니가 나타난 이후로 모든 게 엉망이 되어 버렸어.'

칸나만 아니었으면 루시의 차에 독초를 탈 일도 없었을 거다. 그 일이 칼렌에게 발각되는 일도, 그의 경멸을 받는 일도 없었겠지.

한참을 울던 이자벨은 밤이 되어서야 침대에서 몸을 일으켰다.

'이렇게 당하고 있을 수만은 없어.'

이대로 가다가 칸나는 자신의 것을 야금야금 다 빼앗아 버리고 말 것이다.

칼렌의 애정, 에스코트, 그리고 향수의 이름까지 다.

원래대로라면 모두 자신의 것이었어야 했으니.

아르곤은 최근 유행하는 야외 연회를 택했다. 마석으로 만든 빛의 구슬이 테이블 위, 그리고 나무 곳곳에 매달려 밤을 밝혔다.

'예쁘다. 나무에 별이 맺힌 것 같아.'

그리고 아르곤 황자는 동대륙 양식의 정자 안, 커다란 황금빛 비단 쿠션에 몸을 늘어뜨린 채 손님들을 맞이했다.

'저건 좀 심하게 격식을 안 차리는데……?'

아르곤은 마치 게으른 짐승 같았다. 셔츠는 위쪽 단추가 두세 개 풀려 있었고, 백금빛 머리칼은 마구잡이로 흐트러져 있었다. 충격적일 정도로 느슨한 모습에 칸나는 직감했다.

'아르곤 황자는 황위에 관심이 없는 게 분명해.'

그렇지 않고서야 이미지 관리를 저렇게까지 조금도 안 할 리 없으니까.

"황자 전하 좀 봐. 너무 잘생겼어!"

"꺄악, 오늘은 귀여우시지 않아?"

"저 헝클어진 머리 봐. 내가 빗어 드리고 싶어라."

신기하게도 몇몇 귀족 영애에게는 기묘한 매력을 어필한 모양이었다.

"생신을 축하드립니다, 황자 전하."

칸나가 다가가자 아르곤의 입이 벌어졌다.

"오."

"예?"

"예쁘다."

"영광입니다, 전하."

칸나는 당황하지 않고 대답했다.

"정원을 지날 때는 조심하지 그래? 공작 부인 때문에 애써 준비한 꽃들이 다 시들어 버릴까 봐 무서운데."

이 칭찬이 더 대단한데요. 소름이 돋았지만 칸나는 태연하게 "감사합니다." 하고 인사했다.

'오늘 좀 신경 쓰긴 했으니까.'

머리칼은 단정하게 풀고, 진주알을 촘촘히 엮은 머리 장식을 늘어뜨렸다. 검은 머리칼 위에 흩어진 하얀 진주는 별빛이 흩어진 것처럼 보였다.

"잠시 여기 앉아서 담소 좀 나누다 가지 그래? 동대륙에서 들여온 의자인데 굉장히 푹신하거든. 한번 앉아 볼래?"

그때 곁에 선 칼렌이 불쾌한 기색을 숨기지 않으며 선을 그었다.

"이만 물러가겠습니다, 전하."

"그래, 경은 이만 가 봐. 공작 부인은 나랑 조금 더……."

"전하, 죄송합니다만."

"경한테 물은 게 아닌데?"

그러고는 눈을 접어 웃으며 물담배를 입에 물었다.

"게다가 내가 착각한 게 아니라면, 칼렌 경은 공작 부인의 보모가 아니라 남동생인 걸로 알고 있는데."

"아시다시피 누님은 파티에 익숙하지 않으십니다. 남동생으로서 충분히 도움을 드릴 만한 부분이지요."

"아, 정말, 그래? 그렇다면 부인, 나랑 춤출래? 지금 춤곡은 마침 내가 좋아하는 건데."

"누님은 병석에서 일어나신 지 얼마 되지 않았습니다. 춤을 출 정도로 회복되지 않았으니, 부디 양해 부탁드립니다."

칼렌은 그야말로 철벽 수비를 펼치고 있었다.

'너무 심한데.'

지나치게 노골적인 경계에 칸나가 민망할 정도였다.

"대단하네. 누가 보면 경이 남편인 줄 알겠어."

"그럼, 좋은 시간 되시길 바랍니다, 전하."

잠시 후, 아르곤에게서 멀찍이 떨어졌다고 확신이 들 때쯤 칸나가 물었다.

"칼렌, 아르곤 황자 전하랑 사이 안 좋아?"

"손이 지저분하기로 유명한 자입니다. 가까이해서 득 될 것 없습니다."

"……."

아, 그래. 칸나는 떨떠름하게 웃었다.

'대신 쳐 내 준 건 고맙긴 하지만.'

자신도 아르곤과는 가까이 지낼 생각이 없으니까.

'그런데 과보호가 좀 심한 것 같기도 하고.'

향수 이름을 '칸나'로 지었을 때부터 조금 과하다고 생각하긴 했다.

아무래도 얼마 전, 칸나가 죽을뻔한 날─쇼한 날─이후로 그에게 무언가가 단단히 각인된 것 같았다. 죄책감이나 보호 본능, 뭐 그런 시시한 것들.

'이러다가 나중에 다 쓰고 버렸을 때 달라붙지 않으려나 몰라.'

훗날 자신의 자본이 탄탄해진 후 칼렌을 버려야 할 때 질척거리면 귀찮아질 텐데.

'뭐, 떨어질 때까지 버리면 되지.'

달라붙으면 쳐 내고, 엉겨 붙으면 걷어차고. 그럴 때마다 아픈 것은 칼렌일 테니 상관없다.

'으으, 생각만 해도 귀찮아.'

순간 상상의 불꽃이 어른거렸다. 지금 자신에게 마음을 활짝 열었으니 배신당하면 아주 큰 상처를 받을 거다. 그것도 귀찮은 건 마찬가지지만.

'나에게 상처 받으면 재미있을 것 같기도 하고. 울지도 모르고.'

칼렌이 운다고? 설마 그럴 리는 없겠지만, 상상하니 꽤나 웃겨서 칸나는 장난스럽게 키득거렸다.

"좋은 일이 있으신 듯합니다, 공작 부인."

그때 황자의 정석과도 같은 자가 다가왔다. 나사가 하나 풀린 듯한 아르곤과 달리 머리칼 한 올까지 말끔하게 쓸어 넘긴 크레센트 황자였다.

"황자 전하를 뵙습니다."

"그동안 잘 지내셨습니까?"

그럼, 잘 지냈지. 손목이 잘릴 뻔하고, 인간 사냥을 당할 뻔하고. 그러나 칸나는 호호 웃으며 대답했다.

"예, 덕분에. 감사합니다."

"항상 그러했지만, 오늘따라 유독 아름다우시군요."

"과찬이세요."

그러자 지켜보던 칼렌이 딱딱하게 물었다.

"황자 전하. 실례되는 질문입니다만, 누님과 면식이 있으십니까?"

"예, 그렇습니다."

착각일까? 순간 칼렌에게서 냉기가 확 풍긴 것 같았다.

'왜? 설마 크레센트도 바람둥이야?'

그런 타입은 아닌 것 같은데. 칸나는 떨떠름하게 칼렌의 얼굴을 살폈다. 감정이 담기지 않은 무표정이었으나 이상하게도 차갑게 느껴졌다.

"이번에 아디스 상단에서 출시한 향수 말입니다."

다행히도 크레센트는 넉살 좋게 화제를 바꾸었다.

"매력적인 향기더군요. 처음 맡은 날 밤, 내내 잠을 설칠 정도였습니다."

그러고는 빙긋 웃었다.

"아멜리아 누님과 어머님께 선물해 드렸습니다. 두 분 다 아주 좋아하시더군요."

"감사합니다."

칼렌이 대답했다. 크레센트는 오묘한 눈으로 칸나를 응시했다.

"향수 이름이 칸나라지요? 이름만큼 매혹적인 향이더군요."

"감사합니다."

이번에도 칼렌이 대신 답했다.

'말을 못 섞게 하는 것 같은데, 착각이겠지?'

잠시 후, 결국 칸나와 말 몇 마디 못 섞은 크레센트가 떠났다.

"칼렌."

칸나는 아까보다 더 진지하게 물었다.

"크레센트 황자 전하와의 대화를 막은 것 같은데. 혹시 내 착각이니?"

"착각입니다."

"……."

"죄송합니다. 거짓이었습니다. 착각이 아닙니다."

칼렌은 한숨을 내쉬며 마른세수를 했다.

"부디 용서해 주시길. 그러나 크레센트 황자 전하에게는 다른 의도가 있었습니다."

"응?"

"그렇지 않고서야 밤잠을 못 이뤘다는 개소리…… 실례. 헛소리를 하지 않으셨겠죠."

칸나는 복잡한 눈으로 칼렌을 올려다보았다.

개소리는 네가 하는 것 같은데, 칼렌.

"향수 얘기한 거잖아, 향수. 날 얘기한 게 아니라."

그러나 칼렌이 일목요연하게 반박했다.

"그 향은 지금껏 누님에게서만 풍기던 향기였지요."

"응, 그건 그렇지."

"크레센트 황자 전하는 향수가 출시되기 전 이미 누님과 만난 전적이 있는 데다가, 처음 맡았을 때 밤잠을 못 이뤘다고 했습니다."

"……."

"그 말은 즉, 누님을 처음 만났던 날 밤, 잠을 못 이뤘다고 돌려 이야기한 겁니다."

뭘 그렇게 장황하게 말하나 했더니, 일목요연한 개소리였다.

"그런 게 아니야. 내가 예전부터 황후 폐하께 향수를 선물했다고 했잖아. 그러니 날 만나기 훨씬 전부터 향을 맡아 보셨을 거야."

"가족에게 풍기는 향이 아무리 좋을지언정 밤잠을 못 이루는 얼간이는 없습니다."

"……."

말이 안 통한다. 칼렌이 이렇게까지 목석이었던가?

"어쨌든 그럴 리가 없어. 크레센트 황자는 나보다 훨씬 어린걸. 다섯 살인가 여섯 살 정도 차이 나잖아? 게다가 난 일단 유부녀라고."

"그러나 누님은 미인이죠. 굉장한."

칼렌은 말해 놓고서 실수였다고 생각했는지, 빠르게 덧붙였다.

"기분 나쁘셨다면 다음부터는 끼어들지 않겠습니다. 죄송합니다, 누님."

"……."

칸나는 굳이 괜찮다고 말해 주지 않았다.

'아르곤은 피하고 싶지만, 크레센트와는 친해져도 나쁠 게 없는데.'

속단하기엔 이르지만 그녀가 보기에 차기 황제는 크레센트가 될 것 같았다. 게다가 황후의 아들이기도 하고. 권력자와 친해져서 나쁠 건 없지 않은가?

'칼렌 이 녀석 과대망상 하는 경향이 있네.'

왠지 계속 데리고 다니다가는 사람들과의 대화를 모조리 차단할 것 같았다.

마침 적당한 핑곗거리가 나타났다. 연못 다리 너머에 모여 있는 귀족 영애들을 발견한 것이다.

언뜻 보니 한 귀족 영애가 칸나 향수를 들고 있었고, 다른 영애들은 향을 맡으며 감탄하고 있었다. 이런 타이밍에 자신이 다가간다면 함께 대화할 거리가 생길 테지.

"칼렌, 나는 이제 저쪽으로 가 볼게. 에스코트해 줘서 고마웠어."

"예? 하지만……."

"설마 여자들만의 대화에 끼어들려는 건 아니겠지?"

"……알겠습니다. 부디 즐거운 시간 되시길."

드디어 해방이다! 칸나는 칼렌이 잡을세라 서둘러 종종걸음으로 걸어갔다.

"아."

걸어가는 도중, 연못 다리의 중앙에서 이자벨과 마주쳤다.

"안녕, 이자벨."

"언니."

이자벨이 칸나를 위아래로 훑어보았다.

"오늘 예쁘네. 그 드레스는 엘 앙드와의 것 아니야?"

"그래?"

"설마 몰랐어?"

"응, 나는 잘 몰라. 칼렌이 선물해 준 거라."

이자벨의 눈빛이 한층 어두워졌다. 엘 앙드와의 드레스를 얻기 위해 수많은 영애가 줄을 서고 있었고, 이자벨도 그중 하나였는데.

'칼렌 오빠가 언니를 위해 바로 가져다준 거야.'

칸나가 없었으면 저 드레스도 자신의 것이었겠지. 그렇게 생각하자 심기가 격하게 뒤틀렸다.

'다 내 것이어야 하는데.'

칼렌이 돌아선 이유는 알고 있다.

칸나 때문에. 칸나 때문에 루시를 괴롭힌 것을 들켜서. 그래서 칼렌의 마음이 돌아선 거다.

'그러니까 이번엔 언니 차례야.'

칸나가 자신을 괴롭힌다면, 그걸 칼렌이 본다면 모든 것이 원래대로 돌아올 것이다.

이자벨은 일부러 오만하게 명령했다.

"뭐 하는 거야? 앞길 막지 말고 비켜 줘, 언니."

최근의 칸나는 결코 호락호락하게 굴지 않는다. 그러니 얌전히 비켜 주지 않겠지.

'어라?'

그러나 의외로 칸나가 뒤로 물러나는 것이 아닌가?

아니야, 그렇게 순순히 굴면 안 되는데!

"찬물도 위아래가 있는 법이라고 했어."

아, 모르겠다. 이자벨은 되는대로 지껄였다.

"위와 아래를 나눠야 하는 순간이 온다면, 아래는 언니가 되겠지."

칸나가 화를 내길 바라며 아무렇게나 신랄하게 내뱉었다.

"아무리 우리가 자매라고는 하지만 언니의 불분명한 출생은 변하지 않잖아? 그러니 물러날 때는 물러나 줘."

칸나는 그저 듣고만 있었다. 갑자기 얘가 왜 시비를 거는지 알 수가 없었다.

'목적이 뭐지?'

아주 뻔하고 유치한 도발이지 않은가? 듣기 민망할 정도로 원색적인 헐뜯기였다.

'이자벨도 참. 의외로 말싸움에는 약한 타입인가?'

귀찮은지라 그냥 네네, 고개를 끄덕이며 무시할까도 했지만.

"계속할 수 있는 일이 아니면, 처음부터 하지 말렴."

문득 엄마가 했던 말이 스쳐 지나갔다. 그래서 아주 귀찮았지만, 칸나는 이자벨을 상대해 주기로 했다.

"무슨 말을 하는지 모르겠구나. 내 출생이 불분명하다니, 그게 무슨 뜻이니? 나는 알렉산드로 아디스, 아디스 공작 각하의 친딸인데."

"정확히 말하면 서녀지. 나는 적녀고."

칸나가 미끼를 덥석 물자 이자벨은 신이 나서 쏘아붙였다.

"글쎄, 그리고 과연 피가 섞이긴 했을까? 내가 보기에 언니는 아버지와 닮은 부분은 하나도 없어서 말이야."

그러고는 칸나를 분해하듯 빤히 훑어보았다.

"언니는 조금도 닮지 않았어."

"……."

"모르는 사람이 아버지와 언니를 보면, 부녀인 걸 짐작도 할 수 없을걸."

말해 놓고 나니 꽤 그럴듯했다. 일단 아무렇게나 생각나는 대로 지껄인 거지만, 사실이 그렇지 않은가?

'그래, 그러고 보니 칸나 언니와 아버지는 닮은 구석이 하나도 없어.'

검은 머리칼, 검은 눈동자. 창백하게 느껴질 만큼 새하얀 피부. 붓으로 그린 것 같은 쌍꺼풀과 풍성한 속눈썹, 눈썹은 얇은 아치형이다. 꽃물에 물든 듯한 붉은 입술은 유난히 도톰하고, 특히나 오른쪽 눈 아래의 눈물점은 질투 날 만큼 매력적이었다.

그와 반해 자신은, 아버지는, 오르시니와 칼렌은 완전히 다른 인상이었다.

적당히 그을린 듯한 피부색에, 눈매는 벼린 칼날처럼 날카로운 외꺼풀이다. 짧은 속눈썹, 그리고 짙은 눈썹에 굵직한 얼굴선을 가졌다.

둘 다 미형임은 분명했지만 완전히 종류가 달랐다. 닮은 구석은 단 하나도 없는 것이다.

'그래, 생각해 보니 이상해. 어떻게 저렇게까지 닮은 부분이 없지?'

아디스 가문은 성기사의 후손으로 유독 그 피가 강하다고 들었다. 즉, 누구와 짝을 맺든 아디스의 특징이 도드라지게 나타나는 것이다.

심지어 루시조차 아버지를 쏙 닮은 초록색 눈동자와 아몬드형 눈매를 가지고 태어났는데.

"그런 말은 삼가도록 해, 이자벨. 그건 아버지를 의심하는 일이고 나아가 아디스 가문에 먹칠하는 일이란다."

칸나는 한숨을 내쉬며 이자벨을 지나치려 했다. 그러나 그때, 이자벨이 빠르게 몸을 틀었다. 그러더니 제 어깨로 칸나의 어깨를 퍽 후려쳤다.

"……!"

어찌나 힘이 세던지. 단 한 번의 후려침에 칸나는 뒤로 쭉 밀려났다. 한 걸음 두 걸음 세 걸음, 단숨에 주춤주춤 뒷걸음질 치던 그 순간.

칸나는 이자벨의 얼굴을 보았다. 억울해하고 놀라워하는, 그리고 아파할 준비를 끝마친 피해자의 표정.

그 찰나 칸나는 이자벨의 의도를 알아차렸다.

"꺄악!"

이어지는 순간, 이자벨은 뒤로 벌러덩 넘어졌다.

근처 귀족들의 시선이 확 모이는 것이 느껴졌다. 그 시선을 강렬히 의식하며 이자벨은 격하게 다리 위를 뒹굴었다. 그 바람에 팔꿈치가 확 쓸리는 것이 느껴졌다.

아프다. 하지만 참아야 한다.

'아예 살갗이 까져서 피가 나야 해. 그래야만 칼렌 오빠가 화를 낼 테니까. 언니가 내게 상처 입힌 것을 봐야……'

첨벙!

"꺄아아아악!"

"사, 사람이 빠졌어요!"

……어? 이자벨은 바닥에 엎어진 채로 눈을 끔뻑였다.

방금 그 소리는 뭐지? 뭔가가 빠진 소리가 들렸는데…….

그때, 수많은 기척이 달려오는 게 느껴졌다. 이자벨은 재빨리 괴로운 표정을 지으며 끙끙거렸다.

드디어 부축하러 사람들이 오고 있었다! 그러나.

'왜, 왜 그냥 지나쳐?'

그 발소리는 그대로 이자벨을 지나가 다리의 끝으로 향했다.

무시당했다. 다리 위에 구르듯 넘어졌는데, 모두가 자신을 무시하고 지나갔다.

이자벨은 완전히 멍해져서 고개를 들어 올렸다. 바글바글 몰린 사람들이 다리 끝에 서서 아래를 내려다보고 있었다. 격한 파문이 일렁이고 물거품이 올라오는 연못을.

'설마.'

그때, 한 귀족 남성이 다급하게 외쳤다.

"발렌티노 공작 부인께서 연못에 빠지셨습니다!"

'좀 심했나?'

밀려 넘어지는 척, 스스로 연못에 몸을 던진 칸나는 몸뚱이가 얌전히 가라앉게 내버려 두었다.

'아니야, 이자벨의 기를 꺾으려면 이 정도는 해 줘야 해.'

보아하니 자신을 모함할 계획인 듯했다. 그래서 곧장 더 큰 모함으로 되받아치기로 결정한 것이다.

'하기야, 이자벨이 질투가 날 만하지.'

뽀글뽀글. 물거품을 뱉어 내며 차분하게 생각했다. 이자벨이 어쩌다가 이런 발칙하고 어설픈 짓을 하게 됐는지, 그 동기는 충분히 이해할 수 있었다.

칼렌이 주는 것을 제가 가져야 한다고 생각했겠지.

그러나 칸나는 당분간 칼렌을 그대로 내버려 둘 예정이었다. 즉, 이자벨의 질투 역시 계속 이어질 거라는 소리. 그러니까 귀찮더라도 애초부터 싹을 잘라 내는 게 옳았다.

'피해자 코스프레를 하려는 모양인데 하려면 제대로 해야지.'

바로 나처럼.

제대로 피해자가 되기로 했으니 지금 이 순간도 누군가가 구해 주기를 기다릴 작정이었다.

'수영은 할 줄 알지만.'

연못에 빠진 귀부인. 심지어 수영도 못 해. 그쪽이 더 불쌍해 보이니까.

첨벙! 그때 격한 물보라가 이는 소리가 들렸다. 누군가의 강인한 팔이 그녀의 허리를 와락 휘감아 위로 헤엄쳤다.

"푸핫!"

수면 위로 올라온 칸나는 거칠게 숨을 토해 냈다. 그러고는 즉시 몸을 늘어뜨린 채 기절한 척했다.

'얼굴아, 창백해져라.'

사고가 생기면 더 큰 일을 당한 쪽을 피해자로 여기는 법이다. 이자벨은 다리에서 넘어졌고 칸나는 다리에서 떨어졌다. 게다가 기절까지 했으니 누가 봐도 자신이 피해자였다.

"맙소사, 이게 어찌 된 일인지!"

"어쩌다가 연못에 빠진 거지?"

"이자벨 아디스 영애와 이야기 중인 것 같았는데."

"설마 아디스 영애가 민 것 아니야?"

"쉿, 조용히 해!"

웅성웅성 떠드는 음성들은 예상대로 흘러가고 있었다.

'순진한 이자벨, 이왕 할 거면 제대로 해야지. 고작 넘어지는 걸로 뭘 하겠다고.'

칸나는 굉장히 편안한 마음으로 구원자의 품에 기댔다. 이대로 적당히 버티다가 오늘 저녁쯤에 일어나 줄 생각이었다.

그때, 뒤늦게 알아차리고 달려온 걸까? 칼렌의 다급한 목소리가 가까워졌다.

"누님! 이게 어찌 된 일입니까!"

"칼렌 경. 발렌티노 공작 부인께서 연못에 빠지셨습니다."

"곧 의원이 올 테니 염려하지 마세요."

"이자벨 아디스 영애와 이야기 중에 변을 당하신 모양입니다."

쏟아지는 이야기 중, 칼렌의 귀를 거칠게 후려갈긴 문장이 있었다. 칼렌은 방금 그 말을 건넨 귀족 영애를 응시했다.

칼레이나 메르시 후작 영애였다.

"지금 뭐라고 하셨습니까, 영애?"

"이자벨 영애와 발렌티노 공작 부인께서 담소를 나누고 계셨습니다. 다리 위에 단둘뿐이었지요."

평소 이자벨과는 앙숙이었던 칼레이나 메르시는 이 기회를 놓치지 않았다.

"연못 다리가 발을 헛디뎌서 넘어질 정도로 좁지 않은데, 뭔가 이상하네요."

난간이 없긴 했지만, 폭이 굉장히 넓어 일부러 누군가 밀치지 않는 이상 빠질 위험은 없었다. 그런데 칸나는 빠졌다.

왜일까?

"아, 듣자 하니 아디스 영애와 격한 논쟁을 벌이셨다고 하던데요. 이곳까지 소리가 들렸어요. 뭐라더라? 서녀라는 단어를 들은 것 같은데."

잘해 주고 계십니다, 메르시 영애. 칸나는 내심 칼레이나를 응원했다.

'평소에 이자벨과 사이가 안 좋다더니 이렇게 도움을 주네.'

칼렌의 얼굴이 시퍼렇게 질렸다. 그가 이자벨을 쏘아보았다.

"아, 아니야!"

이자벨은 황급히 고개를 저으며 제 팔뚝을 내밀었다.

"난 밀치지 않았어. 오히려 칸나 언니가 나를 밀었는걸. 이걸 봐! 칸나 언니가 나를 밀어서 이렇게⋯⋯."

"지금 당장 퇴석해라, 이자벨 아디스."

칼렌이 분노를 눌러 참으며 명령했다.

"집에서 이야기하지. 당장 돌아가."

이자벨은 충격을 받아 입술을 떨었다. 칼렌의 저런 얼굴은 처음이었다. 마치 적을 노려보는 듯한 눈빛이라니!

눈물이 나올 만큼 서러워 울음을 터뜨리고 싶었지만, 본능이 경고했다. 지금 칼렌을 거슬러서는 안 된다.

이자벨이 훌쩍이며 떠나자 칼렌은 다시 칸나에게 시선을 돌렸다.

"누님."

새하얗게 질린 얼굴. 물에 흠뻑 젖어 기절한 모습을 보니 얼마 전 빗속에 서 있던 장면이 떠올랐다.

욱씬. 가슴에 통증이 일었다.

'대체 몇 번이나 이런 모습을 봐야 하는 거지?'

몇 달 전. 칸나는 어깨에서 피를 줄줄 흘리며 집으로 돌아오더니 그 대로 풀썩 졸도했다.

그것이 시작이었다.

조세핀 엘레스터에게 온실에서 마구잡이로 폭행을 당했고, 카실 황자에게는 인간 사냥을 당할 뻔했으며, 자신에게 무시당해 빗속에서 떨다 죽을 뻔한 것으로도 모자라, 이제는.

이제는 이자벨에게 괴롭힘을 당해 연못에 빠졌다.

'가여운 누님.'

칸나는 마치 버림받은 새끼 사슴 같았다. 어미에게 버림받고 홀로 굵은 눈물방울을 뚝뚝 흘리는 가여운 사슴. 악의를 가진 짐승들이 주위에서 들끓고, 언제나 일방적으로 공격당한다.

'아니, 이제 누님에게는 내가 있다.'

누님에게는 오로지 나뿐이다. 그러니 다시는, 그 누구도 칸나를 함부로 대할 수 없게 지킬 거다.

칼렌은 그리 결심했다. 그는 칸나를 연못에서 꺼내 온 남자를 응시했다.

"누님을 구해 주셔서 감사합니다."

그리고 돌려 달라는 듯 두 팔을 내밀었다.

"사례는 후에 확실히 하도록 하겠습니다. 이제 누님을 제게 건네주시지요."

그러자 칸나를 안은 남자가 웃었다.

"사례라뇨."

가벼운 산들바람 같은 음성이었다. 그러나 그것은 태풍처럼 칸나의 머리를 후려치고 지나갔다.

'왜, 왜 당신이……?'

순간 자신이 폭 안겨 있는 남자의 품이 몹시도 불편해지기 시작했다. 설마 그 사람일 줄이야!

"제 아내를 구하는 일에 타인의 사례는 필요 없습니다."

실비엔 발렌티노가 웃으면서 말했다. 누군가에게는 당연한 말이겠지만, 칼렌에게는 노골적인 빈정거림으로 들렸다. 그의 눈매가 차갑게 얼어붙었다.

"누님을 돌려주십시오."

"돌려 달라?"

실비엔이 의아한 듯 고개를 기울였다.

"아주 이상한 말씀을 하시는군요, 칼렌 아디스 경. 마치 제가 칼렌 경의 것을 빼앗기라도 한 것 같습니다."

"이번 연회, 누님의 에스코트 역할은 접니다. 그러니 제가 책임지는 게 옳습니다."

"그 무엇도 배우자의 책임보다 중하지는 않지요. 마음만 감사히 받겠습니다."

뭐래, 이 미친놈이!

'그냥 날 칼렌에게 넘겨!'

칸나는 그렇게 외치고 싶었다. 둘 다 싫지만, 실비엔에게 안겨 있는 것보다는 칼렌이 훨씬 나았다!

'대체 이 자식은 무슨 생각이야?'

칼렌을 열 받게 하는 데 재미라도 붙인 걸까?

"게다가 칼렌 경이 지금 무엇을 하실 수 있겠습니까?"

"그게 무슨 말씀이십니까?"

"지금 제 아내에게 가장 필요한 것은 옷을 갈아입고 몸을 닦는 겁니다. 경은 기껏 해 봤자 하녀들에게 맡기는 것 정도일 텐데."

실비엔은 아주 야릇한 의미를 담아 웃었다.

"하지만 저는 직접 제 손으로 할 수 있지요."

이…… 미친놈…….

칸나의 얼굴이 홧홧하게 타올랐다. 대체 왜 이러는지 모르겠다만 단 하나는 분명했다.

'이 자식, 제정신이 아니야.'

그렇지 않고서야 모두가 다 듣는 곳에서 자신을 '아내'로서 대할 리 없으니까.

"저는 별실로 들어가 제 아내를 돌보겠습니다. 의원에게는 그쪽으로 오라 전해 주십시오."

실비엔은 칸나를 안은 채 유유히 걸어갔다. 즉시 사람들의 웅성거림이 퍼져 나갔다. 역시나 두 사람 부부 금실이 좋아졌다, 발렌티노 공작 부인이 드디어 사랑을 받는 것 같다, 이러한 이야기들.

칼렌은 그 속삭임들 사이에 우두커니 서 있었다.

아릿한 통증이 느껴져 무심코 고개를 내려 보니, 불끈 쥐고 있는 주먹이 보였다. 너무 힘을 준 나머지 손톱이 손바닥을 파고든 것이다.

칼렌은 표정 잃은 얼굴로 제 손바닥을 내려다보았다.

"……."

기분이 좋지 않았다. 아주 더러웠다.

"다행히 별다른 이상은 없으십니다. 추락의 충격으로 잠시 정신을 잃으신 것 같으니, 크게 걱정하실 건 없습니다."

진단을 마친 의원이 방을 빠져나갔다.

'이제 너도 가는 거지?'

조마조마한 마음으로 기다렸다. 실비엔도 나가기를. 꺼져 주기를. 그러나.

드르르륵! 실비엔이 의자를 침대 옆에 끌어다가 앉는 소리가 들렸다.

'앉지 마, 앉지 마!'

칸나는 기겁하며 슬그머니 실눈을 떴다. 실비엔이 긴 다리를 꼬자, 바지 밑단 아래로 탄탄한 발목이 드러났다.

'다 됐으니까 이제 가도 되는데? 왜 자리 잡고 앉아?'

칼렌에게 호언장담했던 것과 달리 그는 칸나를 직접 닦아 주지 않았다. 당연히 그가 그럴 거라고는 생각하지 않았다. 그저 칼렌을 놀리는 괴상한 취미가 생긴 건가, 의심했을 뿐.

'사디스트? 뭐 그런 건가?'

실비엔의 속을 어떻게 알겠는가?

그는 그저 하녀를 불러 칸나의 몸을 닦게 하고 새로운 옷을 입혔다. 그러는 와중 그 또한 새 옷으로 갈아입은 상태였다.

'그럼 이제 칼렌을 부르든가, 아예 나가 주면 안 되겠니?'

실비엔과 대화를 나누고 싶지 않다. 그래서 칸나는 꿋꿋하게 기절한 척을 지속했다.

'얘기 나누기 껄끄러운데.'

마지막으로 그를 보았을 때가 재판장에서다.

실비엔 뒤에서 몰래 일을 꾸며 뒤통수를 때렸으니, 얼굴을 보는 게 불편할 수밖에. 그래서 칸나는 실비엔이 떠날 때까지 기절한 척을 하려고 했지만.

"제가 언제까지 기다려야 눈을 뜨실 겁니까?"

순간 뜨끔했다. 설마 기절한 척한 것을 아는 건 아니겠지. 그래, 그럴 리가…….

"어쩔 수 없군요. 의원은 괜찮다고 했지만, 아무래도 걱정이 되어서 말이지요. 인공호흡이라도 해야 할까 고민이 되는군요."

"……."

개자식.

그는 자신이 기절한 척한 것을 알고 있었다. 저건 의심이 아닌 확신의 어조였다. 그러나 지고 싶지 않기에, 칸나는 뒤척이며 연기했다.

"으음."

"……."

"음, 앗?"

"……."

"여, 여긴 어디죠? 아, 공작 각하께서 왜 여기에?"

"……."

실비엔은 기가 막힌 듯 입꼬리를 올려 웃었다. 그러나 칸나는 뻔뻔하게 고개를 기울였다.

"연못에 빠진 것까지는 기억나요. 각하께서 저를 구해 주신 건가요?"

"예, 그렇습니다."

실비엔은 결국 칸나의 장단에 맞춰 주기로 한 모양이었다.

"왜요?"

아까부터 줄곧 궁금한 물음이었기에, 칸나는 솔직하게 질문했다.

"이번에는 왜 구하셨어요?"

굳이 나서서 도울 이유가 없을 텐데.

게다가 얼마 전에는 자신에게 뒤통수를 거하게 맞지 않았던가? 감정이 잔뜩 상해 있을 텐데, 이유 없이 구할 리 없다.

"연못에 빠진 사람을 건져 낸 행동에 이유가 필요합니까?"

그야, 상대가 너와 나니까.

칸나가 의심을 떨치지 못하자 실비엔이 부드럽게 웃었다.

"용건이 있긴 합니다만."

"……."

그래, 그럴 줄 알았지. 아무런 이유도 없이 자신을 구할 사람이 아니다.

"하지만 상황이 상황이니만큼 나중에 말씀드리지요."

"아뇨, 괜찮으니 얘기해 주세요. 그게 제 마음이 편합니다."

"그렇습니까?"

"네."

"좋습니다. 칸나 양께서 한번 봐 주셨으면 하는 사람이 있습니다."

그래, 이거지. 우리 사이에는 거래가 있어야지. 그의 용건이 확실해지자 칸나는 내심 마음이 놓였다.

"어디가 안 좋은 사람인데요?"

"동대륙의 독에 중독됐습니다."

"독이요?"

칸나는 깜짝 놀랐다.

"예. 독살을 시도한 자의 말에 의하면, 동대륙에서도 알려지지 않은 독인지라 해독법이 없다고 했습니다."

그래서 날 찾아온 거군. 그는 칸나가 평소 동대륙의 약재에 해박한 것을 알고 의뢰를 하는 것이다.

'독성을 가진 약재의 해독 방식은 다 알고 있으니까, 내가 해결할 수도 있을 거야.'

다른 종류의 독이라면 모를까, 동대륙의 약재에서 추출한 독이라면 그녀가 해박한 분야였다. 그러니까 받아들여도 되겠지.

칸나는 순순히 고개를 끄덕였다.

"좋아요. 한번 살펴보죠."

"그러시겠습니까?"

"예. 만약 독성을 제거하는 데 성공하면 제 요구를 들어주셔야 해요. 제가 바라는 건 일전과 같아요."

칸나는 검지를 단호하게 펼쳐 말했다.

"저와 이혼해 주세요."

그러고는 빠르게 덧붙였다.

"이건 전에도 이야기했지만, 아버지가 허락 안 해 주실 수도 있어요. 책임지고 설득해 주셔야 합니다."

"알겠습니다."

"……."

지나치게 매끄러운 대답인지라 칸나는 불안했다.

설마 또 안 믿는 걸까, 아니면 이제 조금은 믿고 있는 걸까? 도저히 저 속에 뭐가 있는지 알 수가 없다.

믿는지 안 믿는지는 둘째 치고, 지금 이 대화도 지나치게 매끄럽지 않은가?

'나한테 얼마 전에 뒤통수 맞은 거 다 까먹었나?'

배신감은커녕 불쾌한 기색조차 없다. 그런 일이 아예 없었던 일처럼 느껴질 만큼.

"그런데 독살을 시도했다는 사람, 지금 잡아 뒀나요?"

"물론입니다."

"그 사람, 절대 죽이면 안 돼요. 어떤 독을 썼는지 정확하게 알아내야만 하니까."

"알겠습니다."

"그자는 어디에 있어요? 감옥에 갇혔나요?"

"갇혀 있기는 합니다만 일반 감옥은 아닙니다."

"어디에 있는데요? 그리고 환자는요?"

쏟아지는 질문에 실비엔이 미소를 지었다.

"따라오시겠습니까?"

칸나는 대답하는 대신 자리에서 벌떡 일어나는 것으로 보여 주었다. 중독은 일분일초가 급한 문제였으니 지체할 시간이 없었다.

"그래요, 당장 가요. 다만 그 전에 아디스 저택에 들러 도구를 챙겨야 할 것 같은데, 그럴 만한 여유가 있나요?"

"아아, 문제없습니다."

실비엔은 문을 열었다.

"가시죠."

"누님?"

실비엔과 방을 나서자마자 칼렌과 마주쳤다.

"누님, 괜찮으십니까?"

그는 빠르게 다가와 칸나의 어깨를 붙잡고 한 바퀴 빙그르르 돌렸다.

"어디 다치신 곳은?"

"괜찮아."

"이런, 아직 머리칼이 젖어 있습니다. 지금 당장 저택으로 돌아가지요."

그러자 실비엔이 난감하게 웃었다.

"죄송합니다만, 칼렌 경. 칸나 양은 저와 함께 가기로 했습니다."

순간 칼렌의 손아귀에 힘이 들어갔다. 그가 딱딱하게 끊어 말했다.

"누님, 저와 함께 저택으로 돌아가시죠."

"……."

칸나는 문득 기시감을 느꼈다. 이 상황, 어디서 많이 본 것 같은데…….

그때 칸나는 칼렌이 필요 없어서 냉정하게 떨치고 가 버렸지만.

'지금은 좀 더 써먹어야 하니까.'

그러니까 조금은 성의를 가지고 달랠 필요가 있다. 칸나는 미안한 미소를 지으며 칼렌의 팔 위로 손을 얹었다.

"칼렌, 나는 가야 해."

"……."

"중요한 일이 생겼어. 용건을 보고 올게."

"누님."

"금방 돌아올 거야."

그런데 왜 굳이 이렇게 달래야 하는 거지?

'애새끼도 아니고.'

귀찮음이 맹렬하게 치솟았지만 칸나는 그림처럼 아름답게 웃었다.

"응? 칼렌."

"……."

"놔줘."

결국 저번과 같았다. 칼렌의 손아귀가 힘없이 떨어져 나갔다.

칸나는 그에게 한 번 더 미소를 지어 보였으나, 그저 그뿐. 망설이지 않고 그의 옆을 지나쳤다.

"여기에 있다고요?"

"예."

아디스 저택에 들러 침통과 각종 장비를 챙긴 후, 실비엔은 칸나를 이끌고 어디론가 향했다. 의외로 아주 익숙한 장소였다.

발렌티노 저택. 주화가 7년간 머물렀던 실비엔의 집이었으니.

칸나는 복도를 걸어가며 물었다.

"이 저택에 누가 있다는 거죠? 독에 당한 환자, 아니면 독살을 시도한 살수?"

"둘 다 이곳에 있습니다."

실비엔이 향한 곳은 지하실이었다. 지하실의 끝, 거대한 문 앞에 선 그가 황금색 열쇠를 밀어 넣었다.

'이거 열리는 문이었어?'

겉으로 표는 안 냈지만 내심 놀라고 말았다. 지하실 복도의 막다른 곳에 위치한 문. 항상 잠겨 있어서 폐쇄된 공간으로 알고 있었는데.

'설마…….'

안으로 들어서는 순간 공간이 확 어두워졌다. 벽에 걸린 미약한 등불만이 암흑을 밝히는 전부였다. 실비엔은 등불을 잡아 올리며 말했다.

"계단이 가파르니 조심하십시오."

이런 비밀 공간이 있었다니. 칸나는 그의 등을 따라 조심조심 걸으며 물었다.

"뭐예요 여긴? 공작님의 은밀한 비밀의 장소?"

"비밀은 아닙니다. 굳이 숨기지 않으니까요. 하지만 은밀은, 예. 맞는 말 같군요."

실비엔이 뚜벅뚜벅 계단을 내려가며 말했다.

"이 문 너머에 무엇이 있는지 아는 사람이 몇 없긴 합니다."

흥미진진했다. 으리으리한 공작저 지하에 비밀의 공간이라니.

'가주들은 다 이런 걸 가지고 있는 건가?'

그러고 보니 아디스 저택에도 비슷한 장소가 있다. 아무도 들어가지 못하도록 엄명이 내려온 방.

'푸른 수염의 방도 아니고. 아버지는 대체 그 방에 뭘 숨겨 두신 거야?'

오로지 알렉산드로 아디스만이 접근할 수 있는 방. 그 은밀한 공간에 무엇이 있는지는 아무도 몰랐다.

"여기서 계단이 끝납니다. 조심하십시오."

계단을 내려가자 나타난 것은 예상대로 지하 감옥이었다.

'윽.'

순간 확 풍기는 비릿한 혈향에 칸나는 코를 틀어막았다.

'피 냄새.'

자신이 살던 곳 지하에 이런 게 있었다니, 소름이 끼쳤다. 그때였다.

"실비엔."

순간 칸나는 비명을 지를 뻔했다. 어둠 속에서 누군가가 소리 없이 다가온 것이다.

'라, 라파엘인가?'

흐릿한 불빛 아래 남자의 보라색 눈동자는 검푸르게 보였다. 라파엘은 칸나를 흘끗 내려다보다가 시선이 마주치기도 전에 얼굴을 돌렸다.

"굳이 이곳까지 모셔 와야만 하나?"

"그야 살수를 지상으로 올릴 수는 없으니까, 라파엘."

실비엔이 부드럽게 반박한 후 칸나를 안으로 이끌었다. 그러자 라파엘은 못마땅한 듯 미간을 좁혔지만 더는 말리지 않았다.

"……."

그를 지나치는 순간 눈이 마주쳤고, 칸나는 손을 살랑살랑 흔들었다.

'반가워요. 오랜만.'

이런 의미의 손짓이었지만 라파엘은 경계 어린 표정으로 재빨리 시선을 피했다.

'내가 전염병이냐?'

일전에 사과했던 건 조금도 먹히지 않은 모양이었다.

"라파엘, 준비는 다 된 건가?"

"그래."

"수고 많았어."

실비엔이 부드럽게 웃으며 쇠창살을 열었다. 그러고는 칸나를 내려다보며 고개를 저었다.

"밖에서도 충분히 들릴 겁니다."

"예?"

"안으로는 들어오지 마십시오."

탕. 대답도 듣지 않고 쇠창살을 닫았다.

'대체 어떻기에?'

칸나는 떨떠름하게 돌바닥을 내려다보았다. 울퉁불퉁 거친 표면 위로 검붉은 줄기가 굽이굽이 흐르는 것이 보였다. 이것은…….

'피?'

순간 오싹 소름이 돋았다.

'그래. 상대는 살인하려 한 사람이니까.'

그런 사람에게 정보를 캐냈으니 당연한 거지. 그제야 자신이 아주 위험한 일에 개입했다는 현실감이 확 느껴졌다.

"흐, 으흑, 허억……."

실비엔이 창살 안으로 들어가자 살수의 호흡이 끊어질 듯 거칠어졌다. 그를 보자마자 경기를 일으킨 것 같았다.

"뭐, 뭐든 말하겠습니다! 말하겠습니다! 무엇이든! 그, 그러니 살려만……!"

"정말입니까?"

실비엔이 의아한 듯 물었다. 소름 끼칠 만큼 다정한 목소리였다.

"어제와는 태도가 다르군요. 차라리 죽이라 하시기에, 진심으로 믿고 그리 대우해 드렸건만."

"흑, 흐흑, 자, 잘못했습니다, 제가……."

"이런, 울지 마십시오. 공연히 체력을 낭비할 필요는 없지 않습니까?"

칸나는 그의 나긋나긋한 말투에 기가 질렸다. 어떻게 암살자를 상대로 저렇게 상냥하게 말할 수 있단 말인가?

"다행히 이제라도 마음을 바꾸신 듯하니 믿도록 하겠습니다. 부디 실망시키지 마시기를."

"큭, 흐흑, 흑……."

"들으셨겠지만, 지금 창살 밖에는 숙녀분이 서 계십니다. 험한 일에는 어울리지 않는 분이시죠. 그 점을 고려하여 협조 부탁드립니다."

"흐, 흐으으……."

"어떤 독을 사용했습니까?"

칸나는 숨을 죽이며 창살 안에서 들리는 정보에 귀 기울였다. 그리고 내심 예상했던 것이 들어맞았음을 알았다.

'초오를 말하는 것 같은데…….'

보랏빛의 독특하게 생긴 꽃잎, 길쭉한 줄기 등, 초오의 생김새와 비슷했다.

"그, 그것의 뿌리에서 채취한 독입니다. 도, 동대륙에서도 알려지지 않아, 몇몇 사람밖에 모, 모릅니다."

역시나 황후가 아멜리아를 암살하려 할 때 사용했던 독초, 초오가 맞았다.

"라파엘, 혹시 메모할 것 있어요?"

칸나의 말에 라파엘이 사제복의 앞주머니에서 만년필과 작은 수첩을 내밀었다. 칸나는 단숨에 초오를 그려 낸 후 창살 안으로 내밀었다.

"각하, 이게 맞는지 확인 부탁드려요."

다음 순간 손아귀에서 종이가 빠져나갔다. 실비엔이 가져간 모양이다.

"마, 맞습니다. 이렇게 생겼습니다!"

"확실합니까?"

"예, 정말입니다! 저, 정말로……."

"거짓일 시에는 어떤 일이 벌어질지 알고 계시지요? 틀림없이 서로에게 불유쾌한 순간이 될 겁니다."

저 인간은 협박도 우아하게 하는구나. 엉엉 울고 있는 상대에게 저러는 건 진짜 무서운데.

'이걸 주화가 보면 좋을 텐데.'

무서워서 정이 뚝 떨어지지는 않을까? 칸나는 혀를 쯧 찼다.

❧❦❧

"녹두와 흑두, 둘 중에 무엇을 가장 먼저 구할 수 있나요?"

"녹두는 발렌티노 저택의 약재실에 보유하고 있습니다."

"그렇다면 녹두부터 먼저 준비해 주세요. 그리고 흑두와 감초가 필요한데, 혹시 죽엽도 구할 수 있을까요?"

"가능합니다."

"좋아요. 흑두와 감초를 준비해서 같은 비율로 섞어 끓이도록 해요. 오래 가열할 필요는 없고, 한 시간 반 정도면 적당할 겁니다. 그 후 따로 우려낸 죽엽과 섞으세요."

칸나는 사용해야 할 약재의 양까지 세세하게 적어 라파엘에게 내밀었다. 그는 반쯤은 감탄하고 반쯤은 의심하는 눈으로 응시하다가 사라졌다.

잠자코 구경하던 실비엔이 물었다.

"잘 아시는 해독 처방전인가 봅니다."

"그 처방전으로 어지간한 독은 해독할 수 있어요. 하지만 그 보라색 식물의 독에도 통할지는, 글쎄요. 한번 시도해 봐야 알겠죠."

아니, 사실은 확실히 통한다. 흑두과 감초로 만든 감두탕이라면 초오의 독을 말끔히 제거할 수 있다. 그러나 칸나는 일부로 모호하게 말했다. 겸손을 떨기 위해서가 아니었다.

'동대륙에서도 막 발견된 독초를 해독할 수 있다고 확신하면 이상하니까.'

"그래서, 환자는 어디 있죠?"

"일단 옷부터 갈아입어야 할 것 같군요."

실비엔은 그녀의 드레스 끝자락을 흘끗 내려다보았다.

"피가 묻었습니다."

실비엔이 하녀를 불러 명령하자, 하녀가 난감한 얼굴로 고백했다.

"죄송합니다. 엘레스터 백작님께서 공작 부인의 옷은 전부 다 폐기하라 하셔서……."

너무나 조세핀다운 행동이라 놀랍지도 않았다. 그 시어머니가 집 나간 며느리의 물건을 가만히 내버려 둘 리 없지 않은가?

"게다가 지금은 새벽인지라 영업 중인 의상실이 없을 것 같은데……. 저, 조세핀 마님의 옷을 빌려 올까요?"

"아니, 됐어."

조세핀의 옷을 빌리라고? 차라리 피 묻은 옷을 입고 말지. 칸나는 진저리를 치며 하녀를 내보냈다.

"공작 각하, 옷은 됐으니 환자부터 보여 줘요."

"지하 감옥에는 독소가 가득하니 일단은 씻고 나오시는 게 칸나 양 건강에 좋을 겁니다."

대체 그곳에서 무슨 일이 벌어지기에 독소가 가득해?

환자도 중요하지만 자신의 목숨이 더 중요하다. 칸나는 더는 거부하지 않고 고개를 끄덕였다. 떠나는 칸나의 등 뒤로 실비엔의 고요한 목소리가 울렸다.

"준비되시면 제 침실로 오십시오."

꒰꒱

더러워진 옷을 입고 있는 건 문제가 아니다.

'하지만, 막 샤워한 후에 다시 입는 건 정말 싫어.'

결국 칸나는 하녀들이 잠옷으로 입는 네글리제를 빌려 입고 실비엔의 방으로 향했다.

"오셨습니까?"

침실 안에 들어간 칸나의 발이 딱 멈춰 섰다.

"기다리고 있었습니다."

희미한 등불만이 어둠을 밝히는 방 안, 실비엔은 침대에 앉아 있었다. 그가 나른하게 웃으며 손짓했다.

"이리 오십시오."

쏟아지는 달빛이 그의 몸을 적나라하게 적셨다. 완전히 쓸어 올린 물기 머금은 은발, 벌어진 나이트가운 틈으로 드러난 탄탄한 가슴까지 새하얗게 빛났다.

순간 칸나는 그 비현실적으로 아름다운 장면에 완전히 압도되어 한 발짝 뒤로 물러날 뻔했다.

'음, 아니지.'

하마터면 창피한 짓을 할 뻔했네. 칸나는 태연한 표정을 지으며 걸어 들어갔다.

"어서 일어나세요. 이제 환자에게 가야죠."

"갈 필요 없습니다."

"대체 그게······."

"여기 있지 않습니까."

실비엔이 가지런하게 웃었다.

"접니다."

"······예?"

"제가 그 독에 당했습니다."

······.

"뭐라고요?"

칸나는 한발 늦게 반응했다. 다른 사람도 아니고 실비엔이라니, 실비엔이 그 초오에 당했다니?

'그럴 리가!'

이 사람이 자신을 바보로 아는 건가? 초오가 얼마나 위험한 극독인데! 사지 멀쩡하게 정상 생활 절대 못 한다고!

'······라고 말할 수도 없고!'

입을 벌렸으나 아무것도 내뱉지 못하고 부들부들 떨었다. 초오에 대해 아는 게 있으면 이상한 상황이니까!

대신 이렇게 돌려 말했다.

"독에 당하신 것치고 지나치게 멀쩡하신걸요."

시름시름 앓거나 사경을 헤매고 있는 게 정상이다. 그런데 실비엔은 아픈 기색이 조금도 없었다.

'그러고 보니 실비엔에게는 수면향도 통하지 않았지.'

어쩐지 약간의 짜증이 치밀었다.

'세례를 받아서 그런 건가? 성력 때문에······ 아니야, 그것 때문은 아닐 텐데.'

고대 성기사의 후손이면서 남성인 자들. 즉, 아디스와 발렌티노 가문의 남자들은 대신전의 세례를 받으면 성력을 사용할 수 있게 된다. 그러나 실비엔이 독에 무탈한 이유는 그것 때문이 아닐 것이다.

칸나는 확신할 수 있었다. 왜냐하면.

'아디스 가문에 독 먹고 죽은 남자가 있잖아?'

알렉산드로 아디스, 아버지의 형제가 바로 그런 사례였다.

실비엔이 어깨를 으쓱였다.

"칸나 양도 아시겠지만, 제가 다소 건강한 편입니다."

"본인의 건강을 과신하시니 할 말이 없네요. 하지만."

칸나는 그를 똑바로 쏘아보며 손가락을 내밀었다.

"당한 독이 뭔지도 모르면서 그렇게 여유를 부리시다니, 어리석은 짓이었어요."

말을 이으면 이을수록 어이가 없었다. 환자가 본인이었으면 진작 말해 줬어야지! 더 빠르게 처치할 수 있었을 텐데!

"독성 치료는 시간 싸움이에요. 아무리 처리하기 쉬운 독이라도 퍼진지 오래 지나면 손쓰기 힘들어지는 경우도 허다하고요. 그러니까……."

아니지, 내가 대체 무슨 소리를 하는 거야? 순간 허탈함이 확 밀려왔다. 저도 모르게 의사 모드에 돌입하여 잔소리를 늘어놓긴 했는데 상대가 누구인가? 실비엔이다.

'그래, 맞아. 젠장, 내가 무슨 상관이야?'

괜한 소리를 하고 말았다. 칸나는 짜증이 확 치밀어 입을 다물었다. 할 수 있다면 뒤로 가기 버튼을 눌러 방금 전 대사를 지우고 싶을 정도였다.

실비엔은 그런 칸나를 물끄러미 쳐다볼 뿐 아무 대꾸도 하지 않았다.

차라리 다행이었다.

"지금 상태는 어때요? 정말 아무렇지도 않아요?"

그러자 실비엔이 왼쪽 가슴 위로 손을 덮었다.

"약간 답답한 느낌이 있긴 합니다만."

초오의 독성은 혈관을 팽창시키고 심장의 기능을 약화한다. 실비엔은 미약하게나마 불편함을 느끼고 있었다.

"독에는 언제 당했는데요?"

"오늘 오전입니다."

들을수록 어이가 없어진다. 그렇다면 진작 얘기하고 진료를 받았어야지, 왜 이렇게까지 시간을 끌었단 말인가!

'무사 안일주의에 물든 환자들은 혼쭐이 나야 해!'

에이 설마 나는 괜찮겠지, 하다가 저세상 가고 나서 정신 차리지! 칸나는 한숨을 푹 내쉬며 침대맡에 걸터앉았다.

"잠시 열을 확인할게요."

그녀는 실비엔의 이마 쪽으로 손을 뻗었다. 그러나 감히 함부로 만지지 못하고, 머뭇머뭇 망설였다.

"……만져도 돼요?"

상대는 실비엔이다. 함부로 만졌다가는 몸에 서리가 돋아날지도 몰라. 칸나가 묻자 실비엔이 피식 웃었다.

"만지십시오."

허락이 떨어졌다.

칸나는 그제야 실비엔의 이마 위로 손을 올렸다. 순간 칸나는 깜짝 놀랐다. 손바닥 아래 느껴지는 형태가 너무나도 완벽해서, 장인이 정성스레 빚은 조각 같았던 것이다.

'굳이 이마까지 이렇게 멋질 필요가 있나?'

재수 없어. 속으로 툴툴거리며 그의 열을 체크했다.

'미열이 있긴 하네.'

그래도 사람이기는 한지 어느 정도 독성이 돌긴 하는 모양이었다. 게다가 팔목에 살짝 흩어지는 실비엔의 숨결에도 약간의 열감이 담겨 있었다.

"일단 독성이 더 퍼지는 것을 막아야겠어요. 가운을 벗어 보세요."

칸나는 준비해 온 침통에서 침을 꺼내 들었다.

"지금 하려는 건 배독 요법, 즉 체내의 독성을 제거하는 치료법이에요. 일전에 동대륙 선원들에게도 한 적 있는데, 보셨죠?"

"예."

"그만큼 효과가 있는 치료법이니 믿고 맡기셔도 좋아요. 두려워할 필요 없어요."

"예, 두려워하지 않도록 노력해 보죠."

그의 말에 칸나는 머쓱해졌다.

하기야 마물을 상대하는 사람이다. 그런 남자에게 고작 이 바늘 같은 도구가 위협적으로 느껴질 리 없었다. 게다가 동대륙 선원들에게 침을 놓는 것을 본 적 있기에, 실비엔은 순순히 가운을 뒤로 젖혔다.

'와.'

칸나는 저도 모르게 시선을 피했다가, 아주 자연스럽게 다시 제자리로 돌려놓았다. 진료하며 남성의 벗은 상체는 여러 번 봤지만 저런 몸은 처음이었다.

'영화에서나 몇 번 봤지.'

칸나는 그의 우아한 얼굴과는 완전히 다른, 한 마리 육식 동물 같은 몸에 잠시 얼어붙었다. 사뭇 외설적으로 느껴지기까지 하는 몸인지라 목뒤의 솜털이 바짝 곤두섰다.

칸나는 딱딱하게 굳은 목소리로 말했다.

"누워요."

저도 모르게 명령처럼 말하고 말았다. 내뱉은 순간 덜컥 걱정됐지만, 실비엔은 놀라울 만큼 순순하게 굴었다. 칸나는 자신의 말에 따르는 그가 조금 이상하게 느껴졌다.

"편안히 누우세요. 몸에 힘 풀어 주시고요."

칸나는 그의 옆에 바싹 다가가 앉았다. 그리고 조용히 덧붙였다.

"잠시 살필게요."

그러고는 그의 가슴팍 위로 두 손가락을 올렸다. 침을 놓을 만한 적당한 혈도를 찾아야 했다.

'……침이 들어가기나 할까?'

지방 따위 없는, 오로지 단단한 근육만으로 짜인 가슴의 감촉에 그런 의문까지 들었다.

어째서인지 긴장이 되어 칸나는 침을 삼켰다.

한편 실비엔은 그녀를 보고 있던 눈을 아래로 내리깔았다. 정확히는 알 수 없지만 제 살갗을 어르듯 훑는 그녀의 손가락이 무언가를 찾고 있음은 분명했다.

일말의 떨림도 없는 손가락은 가슴팍에서부터 천천히 아래로 미끄러져 내려갔다. 얼마간은 간지러운 감촉을 인내하며, 실비엔은 다시 시선을 들어 올렸다.

그 찰나, 칸나는 엄숙할 만큼 진지한 눈빛이었다.

그야말로 완벽한 몰입이었다. 귓가에 걸어 넘긴 머리칼이 **뺨** 위로 사르르 흘러내렸음에도 눈치채지 못한 것 같았다. 오히려 더더욱 집중했는지 도톰한 입술을 꾹 깨문다.

그는 그녀의 잇새에 물린 붉은 살덩이를 응시하다가 눈을 감았다. 부드러운 감촉이 울퉁불퉁한 근육이 잡힌 배를 훑듯이 미끄러져 내려온다. 지독할 만큼 느린 움직임이었다.

그러다가 마침내, 위치를 찾은 걸까. 돌연 힘을 가해 꾹 내리누른다. 그 바람에 그녀의 손톱이 배를 긁는 것이 느껴졌다.

"조금 아플지도 몰라요."

작게 속삭이는 목소리가 귓가에 닿았다.

"괜찮습니다."

칸나가 톡, 침을 놓았다. 그리고 실비엔의 얼굴을 흘끗 살폈다. 누가 보면 잠든 걸로 착각할 만큼 편안한 표정이었다.

"아파요?"

"아프지 않습니다."

"다행이네요. 이대로 움직이지 말고 기다리세요."

"알겠습니다."

이제 기다리는 일만 남았다. 칸나는 한숨을 쉰 채 긴장을 풀었다.

'대체 어쩌다가 독에 당한 거지?'

워낙에 독이 안 듣는 이상한 체질이다 보니 별로 독을 주의하지 않았는지도 모른다…… 는 아닌 것 같다.

그녀가 아는 실비엔은 방심을 모르는 사람이었다.

"어쩌다 독에 당했어요?"

아. 칸나는 제 입술을 때릴 뻔했다. 저도 모르게 묻고 만 것이었다. 과한 참견이었으나 의외로 실비엔은 대수롭지 않게 대답했다.

"동대륙의 암기에 당했습니다."

"암기?"

"예. 서대륙에는 없는 아주 신기한 무기였습니다."

"……."

궁금했지만 더는 묻지 않았다. 대체 어떤 무기이기에 실비엔이 중독된 걸까?

'뭐, 솔직히 저건 중독 수준도 아닌데. 살짝 체한 정도?'

초오의 극독이 침투했음에도 그저 가슴이 살짝 답답한 정도라고 하니, 이대로 내버려 둬도 자체 치유가 될 것처럼 보였다. 그러니 실비엔 본인도 여유롭게 굴었겠지.

그런데도 굳이 자신에게 이 일을 맡긴다는 것은.

'혹시 모를 뒤탈을 예방한다든가, 혹은 후일을 대비하여 미리 독의 정체와 해독 처방전을 얻어 내기 위해서라든가.'

아니면 둘 다겠지. 칸나는 물끄러미 실비엔을 바라보았다.

문득 이 순간이 꿈처럼 느껴졌다.

서로의 숨소리가 전부인 고요한 밤. 그의 침실, 서로 잠옷만을 입은 상태로 침대 위에 있다. 심지어 실비엔은 가운을 반쯤은 벗은 상태라니.

'주화의 기억으로 보면 이건 천지가 개벽할 만한 대사건인데…….'

그의 발목을 붙잡고 엉엉 울던 칸나, 아니, 주화가 떠올랐다. 그때 실비엔은 웃으면서 다정하게 이야기했지.

"놓으십시오."

아주 상냥한 목소리로.

"놓지 않으면 손목을 도려내겠습니다, 칸나 양."

정말 도려냈을까……?

만약 그 순간 주화와 몸이 뒤바뀌지 않았더라면 주화는 절대 놓지 않았을 거다.

'주화가 원래 한번 물면 몇십 분은 버티는 애니까.'

평소처럼 엉엉 울며 더 붙잡았을 것이다.

'계속 더 버텼다면 실비엔은 정말로 내 손목을 도려냈을까?'

그게 아니면, 그가 먼저 귀찮음을 감수하고 주도적으로 이혼을 진행했을지도 모른다.

그렇게 얼마의 시간이 지났을까? 칸나가 침을 제거하자 실비엔이 눈을 떴다. 부드럽게 풀린 푸른 눈동자가 칸나를 응시했다.

"끝났습니까?"

"네."

"수고하셨습니다."

"곧 해독제가 완성될 시간이 됐어요. 조금만 기다리세요."

칸나는 딱 잘라 말한 후 침대에서 몸을 일으켰다.

"저는 이만 아디스 저택으로 돌아가 볼게요. 마차를 불러 주시겠어요?"

"이상하군요."

"예?"

실비엔이 옆으로 비스듬히 몸을 기울이며 턱을 괴었다.

"동대륙의 선원들을 돌볼 때는 완치할 때까지 병동에 상주하지 않았습니까?"

"……."

"저도 나름 환자입니다만."

뭐가 같으냐고, 네 몸은 철인이니까 감두탕 먹으면 싹 나을 거라고 말하고 싶었지만 그건 의원으로서 아주 무책임한 말이었다.

게다가 거래는 거래니까.

"좋아요, 그러죠."

"그러십시오."

"해독제가 오면 먹는 것 정도는 혼자 하실 수 있겠지요? 피곤해서 이만 좀 방에서 쉬고 싶은데."

방을 나서기 직전 칸나가 빠르게 덧붙였다.

"그리고 라스파엘로 데보르 백작님께 감사하다고 전해 주세요."

"……."

대답이 돌아오지 않는다.

칸나가 뒤를 돌아보자, 실비엔이 여전히 턱을 괴고 누운 상태로 그녀를 물끄러미 응시하고 있었다. 그리고 툭 물었다.

"감사?"

그러고는 입꼬리를 올려 기묘하게 웃는다.

"왜?"

……설마 반말?

아니, 그럴 리가 없지. 칸나는 어깨를 으쓱였다.

"그때, 재판이 끝나고 제게 마차를 보내 주셨잖아요. 감사 인사를 드려야 할 방법을 모르겠네요."

"데보르 백작께서, 마차를 보냈다고요?"

"설마 모르셨어요?"

그는 대답하는 대신 아주 기묘하게 웃었다. 무언가에 발칙함과 불
쾌감을 느끼는 것 같기도 했다.

"기꺼이 전해 드리겠습니다."

그것으로 정말 끝이었다. 실비엔은 반대쪽으로 돌아누우며 이불을
끌어 올렸다.

'뭐야, 제 할 말만 하고.'

칸나는 속으로 툴툴거리며 방을 빠져나갔다. 하여간 재수 없는 자
식이었다.

"칼렌 님이 돌아오셨습니다."

하녀의 말에 이자벨은 재빨리 이불 안으로 숨어들었다.

"커튼 쳐! 그리고 나 지금부터 잘 거야! 누가 찾아오면 절대 들여보
내지 마!"

이자벨은 이불 안에서 몸을 웅크렸다.

'무서워.'

몇 시간 전, 자신을 조용히 노려보던 칼렌의 눈동자를 떠올리자 온
몸에 오한이 일었다.

'분명히 화를 낼 거야.'

그리고 지금의 칼렌 오빠는 제정신이 아니다. 칸나 언니의 이름으
로 향수를 만들 때부터 이상하다고 생각했지만.

'미친 게 분명해. 그러니 내 얘기를 믿을 리가 없어.'

비록 일부러 부딪치긴 했지만 연못 안으로 빠뜨릴 생각은 결코 없었다.

'아닌가? 내 힘이 너무 강했나?'

이자벨은 자신의 힘이 일반적인 여성보다 훨씬 강한 편인 것을 알고 있었다.

열세 살 때였던가? 또래의 어린 기사 수련생들과 장난으로 팔씨름을 해 봤는데 모조리 다 이겨 버리고 말았다. 그 이후 이자벨은 그런 장난 따위 치지 않았다.

'어쩌면 그때보다 힘이 더 세졌는지도 몰라.'

그래서 칸나가 튕겨 나간 걸 수도……?

'아니, 어쩌면 칸나 언니가 날 골탕 먹이려고 일부러 빠졌을 수도 있어.'

분명한 건 자신에게 그럴 의도가 없었다는 거다!

클로이에게 이 억울함을 호소했지만, 엄마는 그저 난감한 듯 웃으며 "왜 싸우고 그러니?"라고만 할 뿐, 도와줄 생각은 없어 보였다.

이자벨도 엄마에게 별다른 기대를 품지 않았다. 칼렌과 이자벨이 틀어질 경우 늘 칼렌의 편을 들었으니.

'다 짜증 나. 이 집에 내 편은 이제 아무도 없어. 난 외톨이야.'

이불 안에서 훌쩍훌쩍 울다가 깜빡 잠이 들었던 것 같다.

"이자벨."

"……!"

이자벨은 눈을 번쩍 떴다. 칼렌의 목소리였다!

"일어나."

"……."

"깨어난 것 알고 있다."

잠시 갈등하던 이자벨은 이불을 걷어차고 일어났다.

"잠든 숙녀 방에 불쑥 들어오는 법이 어디 있어? 무례해, 칼렌 오빠."

"무례한 건 너겠지."

칼렌이 조용히 말했다.

"대체 왜 그런 일을 벌인 거냐?"

"무슨 일?"

"몰라서 물어? 누님을 밀쳐 연못에 빠뜨린 짓을 얘기하는 거다."

"그런 적 없어. 그저 사고로 어깨가 부딪쳤을 뿐이야. 그때 난 뒤로 넘어졌고, 언니는 운 없게도 연못에 빠진 거지."

말하다 보니 서러움이 밀려왔다.

그래, 자신도 넘어졌는데. 뒤로 발라당 넘어져서 굴렀는데. 팔꿈치가 까져서 피가 줄줄 흘렀는데! 그건 신경도 안 쓰고!

이자벨은 붕대에 감긴 팔꿈치를 들이밀며 외쳤다.

"오빠 눈엔 이건 안 보여? 칸나 언니가 연못에 빠진 것만 신경 쓰여?"

"그까짓 것과 연못에 빠진 것을 비교하는 건가?"

"그까짓 것이라고? 난 귀족 영애야! 시집도 안 간 여자의 몸에 상처 난 게 얼마나 큰일인지 몰라서 그래?"

칼렌은 한숨을 참았다. 그저 이대로 대화를 그만두고 싶을 지경이었다. 어쩌다가 이자벨이 이렇게 됐을까? 철딱서니 없고 안하무인에 이기적이다.

"난 오빠 여동생이야! 쌍둥이 여동생이라고!"

"……."

"그런데 이렇게 차별하는 건 너무하잖아!"

이자벨은 눈물을 뚝뚝 흘리며 그동안 쌓인 서러움을 토로했다.

"향수도 그래! 왜 칸나 언니 이름만 따서 만들어?"

"이자벨."

"그럼 내가 뭐가 돼? 사람들이 날 뭐라고 생각하겠냐고!"

칼렌의 눈빛이 점점 가라앉았다. 누님의 이름으로 향수를 만들 때, 칸나는 반대했다.

"부담스러운데. 그러지 않았으면 좋겠어."

그런데 이자벨은 왜 제 이름으로 향수를 안 만들었냐고 울면서 칭얼거린다. 일곱 살짜리 어린아이가 떼쓰는 것 같았다.

향수는, 칼렌의 고집으로 칸나의 이름을 붙였다.

지금껏 세상에 없던 아름다운 향기. 심지어 칸나는 향의 휘발을 억제하는 재료까지도 알아냈다. 이건 혁신적인 발견이었다. 그러나 황후를 속이기 위하여 조향법을 만들어 낸 사람이 칸나임을 숨겨야만 했다.

칼렌은 그것이 안타까웠다. 모두의 찬사를 받아야만 마땅한 경이로운 향수인데, 조향사를 밝힐 수가 없으니. 그래서 작게나마 경애의 의미로 칸나의 이름을 붙였다.

"칼레이나 메르시, 그 계집애가 나한테 뭐라는 줄 알아?"

"……."

"걔가 다른 영애들을 선동해서 나를 비웃는 걸 알고 있냔 말이야!"

이자벨이 악을 지르며 부르르 떨었다.

"오빠가 내 친오빠면 그래서는 안 되지. 날 이렇게 비참하게 만들면 안 되지!"

"그만해."

"막말로 칸나 언니가 뭔데 그래? 우리와 피가 섞였는지 안 섞였는지도 모르는 사생아인데!"

터무니없는 비방에 마침내 칼렌의 눈이 날카로워졌다. 이자벨이 이 정도로 형편없었던가?

"그렇잖아. 칸나 언니를 봐 봐. 우리랑 조금도 닮지 않았잖아! 머리부터 발끝까지 비슷한 구석은 하나도 없어!"

"더는 아디스 가문을 모욕하지 마라, 이자벨 아디스."

피곤이 밀려온다. 머리가 지끈지끈 아파 온다. 이자벨이 내뱉은 헛소리 때문인지, 아니면 실망감 때문인지 알 수 없었다.

"앞으로 너는 근신이다. 사교계는 물론 저택 밖으로도 나갈 생각은 하지 마라."

"뭐?"

이자벨의 눈이 흔들렸다.

"언, 언제까지?"

"내가 다시 허락할 때까지다."

"그러니까 언제 허락할 건데?"

"칸나 누님에게 고분고분하게 굴 때까지."

칼렌이 힘주어 말했다.

"영원히 굽히지 않는다면, 넌 다시는 집 밖으로 나갈 수 없을 거다."

그 말에 이자벨은 폭발했다.

"칼렌 아디스, 네가 무슨 권리로! 네가 가주야? 네가 아빠냐고!"

"설마하니 아버지나 오르시니 형님이 내 결정에 반대하실 것 같나?"

분하게도 그의 말이 옳았다. 아버지가 부재중인 동안, 가주 대리 권한은 칼렌에게 있었으니.

"내게는 망아지처럼 날뛰는 동생을 단속할 권한이 있다. 그러니까."

칼렌은 제 쌍둥이 여동생을 향해 경고했다.

"칸나 누님께 예를 갖춰 행동해."

결국 이자벨의 뺨 위로 눈물 한 방울이 떨어졌다.

"이 나쁜 새끼야……."

칼렌은 그녀를 뒤로한 채 방을 빠져나갔다.

"나쁜 개자식아! 나보다 고작 몇 분 먼저 태어난 걸로 유세야! 아아 아악!"

탁, 문을 닫자 이자벨이 화병을 집어 던지며 발악하는 소리가 들렸다.

칼렌은 잠들기 위해 침대에 누웠다. 그러나 잠이 오지 않았다.

누님이 돌아오면 보고하라고 말했는데, 누구도 찾아오지 않는다. 시간이 몇 시인데 아직까지 돌아오지 않는 걸까?

칼렌은 감았던 눈을 떠 베개 옆에 두었던 회중시계를 확인했다.

벌써 새벽이 이렇게 깊어 가는데.

'설마 위험한 일이 생긴 건 아니겠지?'

불량배라든가, 강도를 만났다든가……. 그러나 그녀의 동행자를 떠올리면 그럴 가능성은 전무했다. 게다가 두 사람은 어찌 됐든 부부이지 않은가. 깊은 밤을 함께해도 이상하지 않은 사이다.

'하지만 집으로 돌아온다고 했으니까.'

이전과 몹시도 비슷한 상황이었다. 자신은 붙잡고, 칸나는 뿌리치고, 실비엔을 쫓아가고. 그때 자신이 어찌나 병신 같던지, 그 지독한 비참함이 아직도 생생했다.

그러나 지금은 다르다. 칸나는 부드럽게 웃으며 곧 돌아오겠다고 했다. 예전과는 달랐다. 그러니 이제 안심하고 자도 될 텐데.

그러나 잠이 오지 않는다.

"우리와 피가 섞였는지 안 섞였는지도 모르는 사생아인데!"

"조금도 닮지 않았잖아! 머리부터 발끝까지 비슷한 구석은 하나도 없어!"

아까부터 이자벨이 던진 말이 머리를 울렸다.

누님을 얼마나 깎아내리고 싶었으면 그런 생각을 했을까? 칼렌은 도저히 이자벨이 자신의 쌍둥이라는 것을 믿을 수 없었다.

이자벨의 눈에는 아버지가 그리 호락호락해 보였던가? 만약 의심이 가는 점이 있다면 진즉에 친자 검사를 했을 것이다.

마석을 이용하는 연금술사 중에는 혈족을 구분하는 기술을 가진 자들이 있다. 루시 역시 친자 검사를 마친 후 친딸로 판명되어 받아들이지 않았던가? 그러니 만약 칸나에게 일말의 의심이 있었더라면 진즉 친자 검사를 진행했을 거다.

하지만 알렉산드로는 그러지 않았다. 즉, 친딸이라는 확신이 있는 것이다.

'그런데도 그런 말을 지껄이다니.'

"피가 섞였는지 안 섞였는지도 모르는……!"

두근두근. 악마의 속삭임을 들은 것처럼 심장이 기이하게 뛰었다.

개소리다. 누님이 누님이 아닐 리가 있나? 칼렌은 진득한 불쾌감에 젖어 미간을 좁혔다.

이자벨의 말이 가시처럼 따끔거렸다.

아주 오랫동안.

다음 날, 칸나는 아침 일찍 일어났다.

"일어나셨습니까?"

"어, 그래."

"세숫물을 준비할까요?"

줄곧 기다리고 있었던 건지 하녀가 다가와 의중을 물었다. 당연하다면 당연한 시중이지만, 이 집에서는 단 한 번도 받아 보지 못한 예우였다.

칸나는 신기한 눈으로 하녀를 쳐다봤다. 설마하니 자발적으로 하녀들이 그럴 리 없고.

'실비엔이 제대로 된 하녀를 붙여 줬네.'

그는 적어도 '거래'를 하는 중에는 칸나를 철저하게 대우하는 편이었다.

'거래 상대를 대하는 태도가 아내를 대하는 것보다 훨씬 더 깍듯해.'

⋯⋯하지만 생각해 보면 주화를 대할 때도 첫 태도는 그다지 나쁘지 않았던 것 같은데. 대체 어느 기점부터 점점 '죽어도 상관없어!' 정도로 냉랭하게 변한 거지?

칸나는 골똘히 주화의 기억을 훑어보다가 고개를 탈탈 저었다. 어느 기점으로 확 변했는지 생각이 나지 않았다. 어차피 자신에게는 중요한 문제도 아니었다.

"그리고 여기 새 옷을 준비했습니다."

"그래."

"식사는 어떻게 하시겠습니까?"

"필요 없어. 공작 각하는 일어나셨어?"

"예."

실비엔의 상태가 궁금했다. 자신의 예측이 맞는다면, 감두탕을 복용한 그는 이제 희미한 미열조차 사라졌을 것이다.

'만약 다 나았다면.'

두근두근. 가슴이 기대감으로 뛰었다.

'드디어 이혼이다.'

"바로 찾아뵌다고 전해 줘."

"예."

하녀가 공손히 절을 하고 나갔다. 칸나는 그 모습을 빤히 쳐다보다가 너털웃음을 터뜨렸다.

그제야 저 하녀가 누구인지 기억해 낸 것이다.

"아가씨, 옷이 더러워졌습니다. 이걸 저보고 어떻게 하란 말씀이신가요?"

당연히 네가 빨래를 했어야지.

그러나 저 하녀는 콧방귀를 뀌며 "아가씨가 직접 하시든가 버리시든가 마음대로 하세요."라고 대꾸했지. 결국, 주화는 혼자 욕탕에 주저앉아 옷을 벅벅 빨았다.

'불쌍한 주화.'

⊰᪥⊱

"어."

실비엔의 방으로 향하는 중, 칸나는 검은 사제복을 입은 남자와 마주쳤다.

"라파엘."

"……."

라파엘이 막 실비엔의 방을 나서서 문을 닫고 있었다. 그는 칸나를 발견하더니 자리에서 멈춰 섰다. 거의 반사적인 반응 같았다.

"좋은 아침이에요."

칸나는 일부러 두 손을 길게 늘어뜨린 채 천천히 다가갔다. 괴롭힐 의도가 전혀 없다는 것을 보여 주기 위해서였다.

"그때는 잘 들어갔어요?"

그때. 재판이 끝나고 그가 마차를 이끌고 나타났던 때. 그는 칸나를 집 앞에 내려 준 후 떠났는데 워낙 정신이 없는지라 완전히 잊고 지내고 있었다.

'데보르 백작에게 고맙다는 말을 전해 달라고만 했지, 라파엘에게 고맙다는 말은 안 했네.'

어찌 됐든 라파엘이 백작의 명령을 수행한 거잖아.

"고마웠어요. 차 한잔이라도 대접했어야 했는데, 제가 그때 경황이 없어서."

"아닙니다."

당연히, 그런 제안을 했더라도 라파엘은 단칼에 거절했을 것이다. 라파엘은 자신과 함께 있으면 긴장한다. 언제 어디서 공격해 올지 모르는 광견을 앞에 둔 사람 같았다.

"그러지 말고 나중에 제대로 대접할 기회를 줘요. 일전에 약차원에서도 그렇고, 매번 도움만 받는 것 같아서."

"그러실 필요 없습니다."

"제가 그러고 싶어서 그래요."

칸나는 눈을 반짝였다.

'라파엘이 데보르 백작과 꽤 가까운 것 같으니까.'

그러니 그가 직접 마차를 이끌고 데보르 백작의 호의를 대행한 거겠지.

'어쩌면, 실비엔을 중간에 끼지 않고 데보르 백작과 연결될 수도 있지 않을까?'

결국 돈 생각이었다. 칸나는 데보르 백작에게 팔아먹을 수 있는 정보가 꽤 많았다. 동대륙의 식물이나 약재에 관한 정보는 적어도 이 세계에서 자신만 한 권위자가 없다.

'어제 같은 경우도 그래. 초오의 독성과 해독제 배합법은 안 알려져 있잖아? 동대륙의 약재를 취급하는 데보르 백작이라면 관심 많겠지.'

그러나 실비엔을 거치지 않고서는 그와 닿을 수단이 없다. 하지만 라파엘과 친해진다면, 어쩌면 기회가 생길지도 모르지.

'게다가 여러모로 정말 고마운 점이 있기도 하고.'

기회도 얻고, 고마움도 표현하고, 얼마나 좋단 말인가?

칸나는 그에게 적당히 가까워졌을 때쯤 자리에 멈춰 섰다. 그리고 자신이 지을 수 있는 가장 사교적인 웃음을 만들었다. 상대로 하여금

'나에게 호감이 있나?' 싶을 정도의 착각을 일으키는 미소였다.

"나중이라도 좋으니 시간을 내줘요. 알겠죠?"

가까이에서 보니 그의 목덜미가 뻣뻣하게 굳어 있는 게 눈에 들어왔다. 그동안 주화가 얼마나 괴롭혔으면 저렇게까지 긴장하는 걸까?

반쯤은 안쓰러웠지만 반쯤은 한심했다. 저럴 거면 차라리 주화가 나쁜 짓 못 하도록 적절한 조치를 취했어야지.

'그냥 바보처럼 묵묵하게 당하기만 하니까.'

그러니까 주화가 더 신나서 날뛰었던 거지. 칸나는 어느 때보다 화사하게 웃었다.

"기다리고 있을게요, 라파엘."

간다, 가. 가 줄 테니까 이제 그만 굳어 있으렴.

칸나는 그를 지나쳤다. 실비엔의 방까지는 고작 몇 걸음이었다.

❧

실비엔은 창가에 서서 밖을 내다보고 있었다.

"몸은 좀 어때요?"

그는 칸나를 바라보지도 않은 채 대답했다.

"괜찮습니다."

"제가 한번 살펴볼게요."

칸나는 다가가서 손을 내밀었다. 실비엔은 한 손에 쥐고 있던 신문을 창턱에 내려놓으며 팔을 내밀었다.

"……."

긴 팔을 휘감은 새하얀 셔츠는 팔목의 단추까지 단정하게 잠겨 있다.

'내가 걸으라고?'

칸나는 황당한 눈으로 실비엔을 올려다보았다. 그러나 실비엔은 태평하게 그녀를 마주 보았다. 맑은 호수처럼 잔잔한 눈은 무엇이 문제인지 모르는 듯했다. 아니면 모른 척하고 있거나.

어느 쪽이든 발렌티노 공작이 숨 쉬듯 취할 수 있는 당연하고도 마땅한 권리였다. 칸나는 그 태생적인 오만함에 기가 질렸다.

'됐다, 항의하기도 싫다.'

어차피 곧 이혼할 건데 뭘.

칸나는 그의 소매 커프스단추를 똑 푼 후 다소 거칠게 걷어 올렸다. 그러자 핏줄이 돋아 있는 팔뚝이 드러났다.

주화가 오랫동안 흠모했던 팔이었다. 그저 눈으로 훑는 것만으로도 탄탄한 질감이 느껴지는 팔은 우아하면서도 남성적인지라, 주화는 언젠가 저 팔에 머리를 기대어 잠을 청하는 날을 꿈꿨다.

'억지로 매달릴 때 외에는 닿아 본 적도 없지만.'

주화가 그토록 만지고 싶어 했던 팔이라고 생각하니 기분이 이상해졌다.

"맥박을 확인할게요."

칸나는 팔목 위에 손가락을 지그시 올렸다.

두근두근. 두근두근. 손가락 아래에서 맥동이 펄떡였다. 역시나 정상이다.

'대체 뭘 먹고 자랐기에 초오 독이 통하지를 않아?'

확인한 후 곧장 손을 뗐으나 그는 팔을 내리지 않았다.

"옷을 걷어 올렸으면 다시 내려 주는 게 예의 아닙니까?"

예상치 못한 힐난이었다. 칸나는 헛웃음을 흘렸다.

"공작님이야말로. 소매 정도는 본인이 걷고 내리는 게 예의를 아는 귀족 신사 아니겠어요?"

그러자 그가 심드렁하게 대꾸했다.

"그렇다면 저는 예의를 모르나 보군요."

그리고는 픽 웃으며 덧붙였다.

"아니면 칸나 양의 생각과는 달리 무뢰한이든가."

그 어조에서 기묘한 가학성이 느껴졌다. 도저히 모를 수 없는, 애초에 숨기지도 않는 고의였다.

'뭐야? 내가 뭘 잘못했나?'

거슬리는 짓은 아무것도 안 했는데 왜 저렇게 빈정거린단 말인가? 터무니없는 행패를 부려 놓고 그의 푸른 눈동자는 언제나처럼 침착했다.

'내가 저놈 속을 어떻게 알겠어? 알고 싶지도 않아.'

이제 곧 실비엔이 이혼을 주도해 줄 거다. 이런 상황에서 사이가 틀어지면 좋을 것 없다.

"그런가요? 그런데 어쩌죠?"

하지만 어째서인지, 계획과는 다른 말이 나왔다. 칸나는 그를 호전적으로 응시하며 웃었다.

"저 또한 굉장히 무례한 여자라서."

머리로는 알고 있다. 실비엔이 원하는 대로 순순히 따르는 게 이득이라는 것을 아는데, 그런데도 도저히 호락호락 굴고 싶지 않았다.

"공작님이 제게 바라는 예의를 갖추기는 힘들겠군요."

그리고는 손가락으로 그의 말려 올라간 셔츠 자락을 꾹 짚었다가, 떼었다.

"차라리 후에 하인이나 예의 바른 애인을 시켜 셔츠를 내려 달라고 하는 게 좋겠어요. 아니면 그 반대를 하시든가."

아, 마지막 말은 덧붙이지 말걸.

성질을 있는 대로 부리며 빈정거리고 나서야 조금 과했음을 깨달았다. 칸나는 재빨리 말을 돌렸다.

"어쨌든."

흠흠. 목소리를 사무적으로 가다듬었다.

"이제 열을 재 볼게요. 어제는 미열이 있었는데, 떨어졌는지 확인해 봐야겠어요."

"그러십시오."

"……."

"……."

그러라고 했으면서, 실비엔은 허리를 숙여 준다거나 고개를 내려 주는 친절 따위는 베풀지 않았다. 어쩌면 당연했다. 방금 칸나가 노골적으로 애인이 어쩌고저쩌고 조롱했으니.

'싸움은 저쪽이 먼저 걸었다고.'

대체 왜 시비를 걸었을까? 자신은 아무것도 잘못한 게 없는데.

'오늘 기분이 안 좋은가? 내가 운 없이 잘못 걸린 건가?'

모르겠다. 칸나는 결국 모든 것을 포기했다. 구태여 몸 좀 숙여 달라고 요청하고 싶지도 않았다.

그래서 실비엔의 가슴팍 앞까지 바짝 다가갔다. 조금만 몸을 기울이면 그의 쇄골에 얼굴이 닿을 정도로 가까웠지만, 그래서 굉장히 불편했지만, 그 불편한 심기를 드러내고 싶지 않았다.

그녀는 일부러 그 어느 때보다 태평한, 약간은 지루해 보이는 표정을 지으며 팔을 뻗었다. 그가 먼저 퉁명스럽게 굴었으니 자신도 똑같이 대응할 생각이었다.

그래서 불친절하다 못해 약간은 과격한 몸짓으로 그의 이마에 손을 얹었다. 체온과 체온이 거칠게 겹쳐졌다. 손아귀 아래의 온도를 느끼며 칸나는 조용히 호흡했다.

'으.'

기묘한 불편함이 손바닥을 타고 올라 손목을 지나쳐 팔꿈치까지 뻣뻣하게 만들었다.

'제길, 불편해.'

이렇게 가까이 접근한 것도, 만지는 것도, 무엇보다 이 모든 것을 실비엔이 묵인하는 것도. 모두 다 불편했다.

주화가 꿈꿔 왔던 상황이라고 생각하니 더더욱 그러했다. 칸나는 그 숨 막히는 감각을 뿌리치듯 고개를 획 들어 올렸다.

"……."

물끄러미, 저를 내려다보고 있던 푸른 눈과 닿았다. 칸나는 그 눈을 도전적으로 쏘아보았다. 그가 주는 압박감이 지긋지긋했다.

"확실히."

그래서 더 퉁명스럽게 말했다.

"확실히, 어제보다는 열이 내렸네요."

"……."

"어제는 가슴이 답답하다고 하셨는데 지금은 어떠신가요?"

실비엔은 제게서 떨어져 나가는 손을 빤히 바라보며 말했다.

"괜찮습니다."

"그래도 당분간은 감두탕, 어제 처방해 드렸던 약을 복용해 주세요. 이상 증세가 있으면 반드시 말씀해 주시고요."

"그렇게 하지요."

웃음기가 어린 목소리였다. 실비엔이 한 발짝 뒤로 물러났다.

"이제 아디스 저택으로 돌아가셔도 좋습니다."

그는 다시 신문을 집어 올렸다. 용건이 끝났다는 듯, 넓게 펼쳐 읽어 내린다.

"이혼은요?"

실비엔이 신문을 펄럭 넘겼다. 그러고는 건조하게 대답했다.

"칸나 양의 뜻대로 될 겁니다."

chapter 8

'이혼이다. 드디어 이혼이야!'

칸나는 터져 나오는 웃음을 꾹 참으며 걸어갔다.

실비엔은 약속을 지키는 사람이다. 지난 카실 황자와의 재판에서 증명된 사실이니까. 그러니 실비엔은 이혼을 진행할 거다. 알렉산드로 아디스─ 그녀의 아버지를 설득하는 것도 그의 일이 된 것이다.

'아버지, 빨리 돌아오세요! 이혼해야 한다고요!'

기분 너무 좋아! 터지려는 웃음을 참으며 걸어 나가던 길이었다.

칸나는 복도에서 딱 멈춰 섰다.

"어머나."

아주 반가운 얼굴을 마주친 것이다.

"안녕, 메리, 잘 지냈니?"

"……!"

메리 골디안. 조세핀 엘레스터가 아끼는 수족이자 이 저택에서 아주 오래 일한 고용인. 칸나가 이 세계에 돌아왔을 때 얼굴에 물을 부어 깨운 건방진 하녀를 만났다.

"종아리는 좀 어떠니? 걷는 데는 지장 없고?"

칸나가 사근사근 웃으며 다가가자 메리가 뒷걸음질 쳤다. 그녀의 종아리를 거의 작살내듯 후려쳤으니 당연한 반응이었다.

"응? 왜 대답이 없지?"

"아, 아니요! 전혀 지장 없습니다."

"그렇지. 그렇게 우렁차게 대답해야지. 안 그러면 물어본 내가 머쓱해지잖니."

"죄, 죄송합니다."

"엘레스터 백작님은? 어디 계셔?"

"여, 여행을 떠나셔서……."

"아아, 그래. 지금 부재중이시구나."

어쩐지 지나치게 평화롭더라니. 칸나는 짓궂게 웃었다.

"안타깝네. 누군가 네 종아리를 회초리질 해도 막아 줄 사람이 없다는 거잖아."

메리의 안색이 새하얗게 질렸다. 칸나는 잔인한 쾌감을 느끼며 실실 웃었다.

"회초리질 재미있던데."

"히익!"

"누군가를 때리는 게 그렇게 흥미진진한 줄 처음 알았단다."

"자, 잘못했습니다."

"응? 뭐가?"

이런 저열한 협박이 조금도 미안하지 않았다.

'쟤가 그동안 주화를 괴롭힌 것에 비하면 양반이지.'

주화가 이걸 봐야 하는데. 그러면 조금은 위안이 될까?

'주화는 지금쯤 뭐 하고 있으려나?'

칸나는 쓸쓸하게 웃으며 메리를 지나쳤다.

'지금쯤 떡볶이는 먹었으려나? 여기서 사는 동안 굉장히 그리워했잖아.'

먹고 싶다, 떡볶이.

어쨌든 주화는 잘 지내고 있을 것이다. 그럴 수밖에 없는 환경이니까. 떡볶이도 있고 치킨도 있고 순대도 있지 않은가?

무엇보다 그녀를 사랑하는 가족이 있을 테니.

᳀᳀᳀

아디스 저택의 분위기는 몹시 살벌했다.

"이자벨 아가씨와 칼렌 경께서 크게 싸우셨어요."

싸운 게 아니라 칼렌이 일방적으로 혼낸 거겠지. 칸나는 레아가 구워 온 스콘을 입안에 밀어 넣었다.

"근신? 정말이야?"

"예. 게다가 감시하는 기사들까지 붙었어요."

"클로이가, 아니, 어머니가 그걸 내버려 두셨어?"

"아예 모른 척하시던걸요."

하기야 클로이라면 그러고도 남을 거다. 그녀는 제 딸인 이자벨을 아꼈지만 아들인 오르시니와 칼렌은 거의 신처럼 떠받들었으니.

기분이 묘했다. 오래전에는 모두가 합심하여 자신을 무시하거나 괴롭혔는데 이제는 자신 때문에 그들 사이에 분열이 일어난다니.

'이건 좀 볼 만하네.'

평화로웠던 아디스 가문을 조각조각 내는 것도 꽤 재미있었다.

"누님, 오셨습니까?"

"칼렌."

칼렌이 빠르게 다가와 그녀를 살폈다.

"몸은 어떠십니까?"

"괜찮아."

"괜찮으실 리가. 연못에 빠져 기절하시지 않았습니까!"

어제 일이 떠올랐는지 칼렌의 얼굴에 분노가 묻어났다.

"휴식을 취하셔야 했는데, 그러지도 못했죠."

"괜찮아. 발렌티노 저택에서 푹 자고 왔어."

"……."

칼렌은 눈썹을 찌푸렸다. 그는 제 턱을 어루만지며 거슬리는 눈으로 칸나를 응시했다. 그리고 마침내 무엇이 못마땅한지 알아차렸다.

칸나의 드레스.

칸나 소유의 드레스도 아니고, 자신이 선물한 드레스도 아니고, 연못에 빠져 갈아입었던 드레스와도 다르다. 그렇다면 뻔하지.

'발렌티노 공작이 선물 공세를 해?'

웃기는 일이었다.

그동안 긴 세월, 누님을 홀대해 놓고 이제 와 선물로 환심을 사려하다니. 충직한 동생으로서 심기가 몹시 불편했다.

'그런 자식들은 변덕이 죽 끓듯 하지.'

하지만 안타깝게도 누님은 남자를 잘 모른다. 순진하기도 하지. 만일 누님이 선물 공세에 마음이 약해진다면, 실비엔 발렌티노를 다시 믿어 버린다면.

'안 돼.'

마음 약한 칸나는 언젠가 또다시 상처 받을 것이다. 칼렌은 도저히 그 꼴을 지켜볼 수 없었다.

"누님, 그 드레스가 마음에 드십니까?"

"응? 어, 응."

칸나는 드레스를 내려다보며 대충 대답했다. 솔직히 별생각 없었다. 그러나 그 대답에 칼렌의 기분은 완전히 뒤틀렸다.

'역시 누님의 마음이 흔들리고 있어.'

실비엔, 그 냉혈한의 변덕에 휘둘리도록 내버려 둘 수 없다. 그러니까 저 옷 따위는 아무것도 아니게 만들어야 했다.

"오늘 시간 괜찮으십니까?"

"왜?"

"저와 함께 외출하시죠."

"무슨 일인데?"

칼렌은 역겨움을 참으며 칸나의 옷자락을 노려보았다.

"누님, 부디 불쾌하게 듣지 마시길. 누님은 다른 귀부인에 비해 옷과 장신구가 부족합니다."

사실은 사실이니까, 칼렌은 뻔뻔하게 말했다.

"괜찮으시다면 제가 선물을 해 드리고 싶습니다."

칸나의 마음에 본능적인 거부감이 불쑥 튀어나왔다.

'너 따위한테 선물을 받으라고? 재수 옴 붙으면 어떡해?'

하지만 주는 상대가 아무리 재수 없고 불쾌할지언정 물건은 귀한 법이다.

'게다가 나중에 팔 수도 있고.'

칸나는 활짝 웃었다.

"좋아. 나야 고맙지."

칼렌이 향한 곳은 엘 앙드와의 부티크였다.

"어서 오세요, 칼렌 님. 소식을 듣고 기다리고 있었습니다."

앙드와는 칸나 또래의 젊은 여인으로 물결치는 황금빛 머리칼이 매우 아름다운 미인이었다.

'소문으로 듣던 것보다 훨씬 더 예쁘네. 전직 오페라 배우였다더니.'

칸나는 치수를 잰 후 소파에 앉아 앙드와가 보여 주는 드레스를 구경했다. 샘플 드레스로, 후에 칸나에게 맞게 제작할 예정이라고 했다.

"누님, 마음에 드는 옷이 없으십니까?"

칸나가 무표정하게 보기만 하자 칼렌은 조금 초조해진 듯했다.

"아니, 아니. 나는 다 좋아."

라고 말하면 내 의견이 없어 보이니까, 칸나는 재빨리 덧붙였다.

"붉은색 계열 드레스가 특히 마음에 들어. 내가 빨간색을 좋아하거든."

그러자 칼렌이 앙드와에게 눈짓했다.

"붉은색 드레스는 모두 다 아디스 저택으로 보내 주십시오."

"예, 알겠습니다."

칸나는 그의 무식한 센스에 혀를 찼다.

'나보고 맨날 같은 색깔 드레스만 입으라는 거냐!'

그러나 칼렌은 한 수 위였다.

"지금까지 보여 준 옷도 모두 다 보내십시오, 앙드와 양."

"네, 칼렌 님."

칸나는 황망한 눈으로 쳐다보았다.

'이게 그 유명한 여기서부터 저기까지 싹 다 주세요, 인가!'

설마하니 눈으로 직접 보게 되는 날이 올 줄이야.

"칼렌, 그럴 필요까지는 없는데."

차라리 현금으로 나 주지. 칸나는 작은 목소리로 속삭였다.

"사실 마음에 들지 않는 디자인도 있었단 말이야."

"나중에 마음이 바뀔 수도 있잖습니까?"

"……."

"혹시 모를 때를 대비하는 겁니다."

칼렌의 말에 칸나는 말문이 막혔다. 세상에 이런 돈지랄을 봤나.

'어차피 모조리 다 살 거면 내가 뭘 좋아하는지 왜 물어본 거야?'

의아해할 때, 칼렌이 그 이유를 말해 주었다.

"앙드와 양. 앞으로 드레스를 디자인할 때는 붉은 공단으로 하나 더 만들어 주시죠. 이건 개인적으로 드리는 의뢰입니다."

앙드와는 같은 디자인의 옷을 다른 사람에게 팔지 않는다. 그 말은 즉, 앙드와는 칸나의 전속 디자이너가 된 것이나 마찬가지라는 소리였다.

"누님, 이제 그 하찮은 드레스는 버리시는 게 어떻겠습니까?"

칼렌은 그제야 배부른 표정으로 칸나의 드레스를 힐난했다.

"이런 말씀 실례입니다만, 누님과는 어울리지 않습니다."

그래. 실비엔 발렌티노 같은 냉혈한은 어울리지 않는다.

'누님에게는 마음이 따뜻하고, 오로지 누님만을 사랑하고, 무조건적으로 복종하는 남자가 어울리지.'

그리고 키 185 이상의 좋은 체격에 검술이 출중하고 명문가 출신에 학식이 뛰어나며 잘생겼지만 본인이 잘생긴 줄 모르면서 누님 외의 다른 여자에게 관심이 없는, 그런 남자가 어울린다.

칼렌은 흐뭇하게 웃었다.

'그런 남자가 아니고서야 감히.'

◦❦◦

'칼렌은 뭔가에 꽂히면 확 꽂히는 스타일이었구나.'

칸나는 새로운 사실을 알게 됐다. 왜냐면 칼렌이 꽂힌 게 바로 자신이니까.

'어린아이가 된 기분이야.'

지금 그의 신경은 온통 '칸나 기 살려 주기, 부둥부둥해 주기'에 쏠린 것 같았다. 게다가 그는 칸나에게 호위 기사까지 붙였다.

"처음 인사드립니다, 공작 부인. 클로드 아젤입니다."

진한 금발의 넉살 좋은 청년이었다.

"칼렌, 난 호위 필요 없어."

"제가 저택에 없을 때 누님에게 문제가 생기면 어쩌려고요?"

칼렌은 단호했다.

"누님이 호위가 필요하다고 생각하실 때만 부르십시오. 그 외에는 잊고 지내시면 되지 않습니까?"

"……."

그건 꽤 괜찮네. 칸나는 그제야 동의했다.

"앞으로 잘 부탁해요, 클로드 경."

"모시게 되어 영광입니다, 발렌티노 공작 부인."

활짝 웃는 모습이 소년 같은 기사였다. 칸나는 그를 빤히 들여다보았다.

'선홍이랑 조금 닮은 것 같기도 하고.'

이목구비가 아니라, 눈빛이. 맑으면서도 날카로운 눈빛이 그녀의 남동생과 닮아 있었다.

이 외에도 칼렌은 많은 것을 쏟아부었다. 앙드와 부티크에서 광기의 쇼핑, 그것은 시작에 불과했다. 칼렌은 보석, 장신구 기타 등등의 사치품들까지 휩쓸었다. 덕분에 칸나의 텅 비었던 드레스 룸은 발 디딜 틈 없이 빼곡해지기 시작했다.

"기분이 좋지 않으신가요?"

"응? 아니, 좋지. 당연히 좋은데."

칸나는 레아에게 어색하게 웃어 주었다. 칼렌이 준 게 아니면 더 좋았을 텐데 말이야.

'그래, 물건에는 죄가 없어.'

그래도 칼렌이 골랐다는 사실이 불쾌하니까, 나중에 다 현금으로 바꿔 버려야겠다.

'칼렌이 떠나서 다행이다.'

떠나기 직전, 칼렌은 "승마 좋아하십니까? 내일은 말을 보러 가죠."라는 제안을 했다.

그러나 칸나는 슬슬 한계였다. 재산이 조금씩 늘어나는 건 환영이었지만 칼렌과 며칠 내내 온종일 붙어 있는 건 정신적으로 큰 스트레스였으니까.

'칼렌 녀석 얼굴 안 보니까 살 것 같네.'

칼렌은 베니치아로 떠났다. 얼마 전까지 칸나가 머물렀던 해안 도시, 그리고 아직 아버지가 계신 곳.

그곳에 검은 안개가 나타나고 대량의 마물이 출몰했다. 마물의 수가 역대급으로 많은지라, 실비엔 발렌티노 역시 기사단을 이끌고 떠났다고 들었다.

'실비엔이랑 아버지는 빨리 돌아왔으면 좋겠어. 그래야 이혼을 진행할 텐데.'

실비엔과 아버지가 돌아오면, 그때는……. 그때는 이혼을 진행한다.

'그래, 앞날이 어떻게 되든 일단 실비엔과는 이혼해야 해.'

권력은 아디스 가문에서도 충분히 쌓을 수 있으니까. 이혼하고 아디스에 붙어서 이득 될 것을 쪽쪽 빨아먹은 후에, 그때 분가하는 거다. 그날을 생각하자 새삼 가슴이 두근두근 뛰었다.

그러나 머리는 아주 냉정하게 가라앉았다. 생각대로 풀린다면 소원이 없겠지만…….

'세상에는 '만약'이라는 게 있으니까.'

만약, 아주 만약 운이 없어서 모든 것이 잘 안 될 경우도 대비해야 했다.

'만약 이혼과 분가 둘 다 성사되지 않는다면, 바로 플랜 B로 간다.'

가짜 신분을 만들어서 얄덴 왕국으로 이주하는 것. 이건 최악의 경우를 대비한 보험이었다.

'혹시 모르니까, 플랜 B도 미리미리 준비해 놔야겠어.'

칸나는 며칠 동안 조용히 저택에 머물며 고용인들을 살폈다. 일단 전속 하녀 레아. 칼렌이 붙여 준 고용인답게 아주 유능했다.

'그러나 결국 칼렌의 사람이지.'

그러니 탈락.

'조금 더 간사하고 비열하고 돈밖에 모르는 타입이 좋겠어.'

다행히 그런 타입의 하녀를 하나 알고 있다.

하녀 에리엘. 올해 서른다섯으로, 과거 주화의 전속 하녀였다. 노름판에 빠진 부친 덕에 빚이 산더미였고, 책임져야 할 동생까지 있는지라 항상 잔업을 도맡아 했다.

주화가 어떻게 저 하녀의 사적인 부분까지 알게 됐냐면.

'에리엘이 주화의 드레스에 붙은 금단추를 훔치다가 걸렸지.'

그러자 주화에게 제발 이 일을 비밀로 해 달라며, 울고불고 사정했다. 당시 칸나의 몸에 들어온 지 얼마 안 됐던 어린 주화는 어영부영이 일을 넘겼다.

그런데 에리엘이 그때의 은혜를 갚았느냐 하면, 그것도 아니었다. 도리어 자신의 약점을 주화가 쥐고 있다고 여겨 그녀를 고립시키는 데 일조했다.

'양심도 없고 신의도 없어.'

훌륭해. 내가 찾는 인재야.

"부르셨습니까, 부인?"

에리엘은 잔뜩 긴장했다.

"오랜만이네, 에리엘."

"예, 부인."

"이렇게 얘기하는 게 얼마 만이지? 거의 10년 만인가?"

"예, 부인."

"어머, 부인이라니. 그냥 칸나 님이라고 부르렴. 우리는 보통 인연이 아니잖니?"

"……."

"아버지는 여전하시니?"

그 말에 에리엘의 얼굴이 새하얗게 물들었다. 과거의 칸나였다면 그럴 필요 없겠지만 지금은 완전히 달라졌다.

'성격도, 상황도, 모두 다 달라.'

다른 사람처럼 성격이 변한 데다가, 지금은 칼렌 아디스의 비호를 받는 칸나다. 그렇기에 지금 이 저택 그 누구도 칸나를 홀대할 수 없었다.

그녀에게 함부로 굴었던 이자벨의 결말이 어떠한가?

파국이었다.

'대체 왜 다시 이 저택으로 돌아온 거야?'

칸나는 에리엘에게 아주 큰 문젯거리였다. 만약 과거 자신의 도둑질을 칸나가 고발한다면.

'지금의 칼렌 님은 분명히 날 쫓아낼 거야.'

당연히 추천장도 받지 못하겠지.

'안 돼. 아직 아버지의 빚이 많이 남았어.'

에리엘은 두 손으로 치맛자락을 꽉 쥐었다.

칸나는 그런 에리엘을 구경하며 여유롭게 차를 즐겼다. 더는 아무것도 이야기할 필요가 없었다. 그저 미묘하게 웃으며 바라보는 것만으로 협박이 되고 있을 테니까.

'하지만 나는 지금 에리엘을 벌주려는 게 아니니까.'

도리어 그녀를 자신의 수족처럼 부릴 필요가 있다. 칸나는 탁상 위에 올려놓은 벨벳 상자를 가리켰다.

"이거 열어 봐."

"예?"

"열어 보라고."

에리엘은 머뭇거리며 상자를 열었다.

"……!"

에리엘의 눈동자가 잘게 떨렸다. 백금으로 세공한 사파이어 목걸이에서 광채가 번쩍이고 있었다.

"이, 이게……."

얼마 전 칼렌이 선물해 준 최상품이었다. 돈 모으는 입장에서 보석 하나하나가 아깝긴 하지만, 사람에게 투자할 땐 돈 아끼는 게 아니다.

"너도 알다시피 나는 결혼한 몸이야. 지금 이 저택에는 객으로 머물고 있지."

"……."

"그래서 믿고 일을 맡길 만한 사람을 찾는 게 쉽지 않아."

에리엘은 칸나가 하는 말을 바로 알아들었다. 그러나 곧장 묻지 않았다. 에리엘의 눈에 경계와 의심이 일렁이는 것을 보며, 칸나는 부드럽게 웃었다.

"돌려주겠어?"

"예?"

"그 목걸이 말이야."

"아, 예."

에리엘은 다시 상자를 칸나에게 내밀었다. 그때 그녀의 손끝은 탐욕과 망설임으로 미세하게 떨리고 있었다.

"그래서 말인데, 네가 나에게 좋은 하녀를 추천해 줬으면 좋겠어."

순간 에리엘은 자신의 귀를 의심했다. 하녀를 추천해 달라고? 왜? 자신에게 무언가 시키려던 게 아니었던가?

"난 내 수족처럼 믿고 부릴 수 있는 하녀가 필요해."

"……."

"내 말을 목숨 바쳐 따를 하녀 말이야. 그 하녀에게……."

칸나는 목걸이가 든 상자를 툭 건드렸다.

"이 목걸이를 선물로 줄 거거든."

그리고 에리엘은 결코 스스로 저 목걸이를, 그 기회를 다른 사람에게 넘기지 못할 것이다. 칸나는 에리엘이 선택할 때까지 충분히 기다려 주었다.

"다른 사람을 구하실 필요 없습니다, 부인."

갈등은 오래가지 않았다. 에리엘은 평생 충실했던 하녀인 것처럼 깊숙이 허리를 숙였다.

"무엇이든 시켜만 주세요."

에리엘이 맡은 임무는 정보 길드를 알아보는 것이었다.

'나는 수도에서 함부로 움직일 수 없으니까.'

플랜 B. 가짜 신분을 만들고, 얄덴 왕국으로의 망명을 도울 만한 브로커를 찾을 생각이었다. 그래서 에리엘에게 제국에서 가장 크고 수완 좋은 정보 길드를 찾아오라고 명령했다.

'에리엘에게 내 계획을 말할 수는 없으니까.'

어차피 그 정도 규모의 길드라면 신분 세탁 브로커와는 금방 연결해 줄 수 있을 것이다.

'그래도 어느 정도 시간이 걸리겠지. 에리엘도 평범한 하녀니까.'

그러나 급한 일이 아니기에 상관없다. 이건 자신의 플랜 A가 모조리 무너지고, 이곳에서의 생활이 여의치 않아졌을 경우를 대비한 일이니까.

'그러니까 일단 이 일은 잊고, 지금 생활에 집중하면서 지내는 게 좋겠어.'

그 이후 순조로운 나날이 이어졌다. 칸나는 가끔씩 루시와 나들이를 나가거나 연구실에서 연구를 하는 등, 아주 오랜만에 찾아온 평화를 즐겼다.

그리고 초대장이 날아왔다.

'나에게도 초대장이 오는 날이 생기다니.'

초대자는 레일라 에버딘 백작 영애. 그녀는 간략한 편지와 함께 초대장을 보냈다.

'티 파티의 주제가 새 친구 사귀기라고?'

각자 친한 친구를 데려와 다른 영애들에게 소개해 주는 자리라고, 칸나와는 앞으로 친구가 되고 싶어서 이렇게 초대를 하게 되었다고, 그러니 꼭 와 달라는 말이 덧붙어 있었다. 무엇보다.

"드레스 코드가 검은색이래, 레아. 어떻게 생각해?"

"신기하네요. 새로운 유행일까요?"

"그럴 수도 있고, 아닐 수도 있고."

"예?"

"아무렴 어때? 그래도 괜찮아. 준비해 줘."

"알겠습니다."

"엘 앙드와에게 의뢰하면 될 거야."

엘 앙드와. 모든 귀족 여인이 탐내는 그 디자이너는 이제 칸나의 전속 디자이너가 됐다. 물론 공짜는 아니었다.

'칼렌에게 어마어마한 대가를 받았다는 소문을 들었는데.'

지방에 있는 성 한 채를 받았다느니, 작은 휴양지를 받았다느니, 더 나아가 칼렌의 정부가 되었다는 소문도 들렸다.

'원래 소문은 부풀려지기 마련이지.'

분명한 것은 칼렌이 앙드와에게 다른 귀족들의 옷을 만들지 않아도 될 만큼의 거금을 썼다는 거다.

그런 칼렌이 우스웠다. 과거에는 자신을 하녀 취급했던 칼렌이. 며칠 내내 지하실에 가둬 죽음의 위기를 선물했던 칼렌이 이렇게나 변하다니.

'칼렌 녀석, 아무리 죄책감에 사로잡혀 있다고 해도 그렇지. 뭔가에 홀린 것처럼 굴고 있어.'

대체 무엇에 홀린 것인지는 모르겠다만 홀려 있는 동안엔 최대한 본전을 뽑을 생각이었다.

'버리기 전까지는 아주 유용하겠어.'

칸나는 만족스럽게 웃었다.

"그리고 오랜만에 아멜리아 전하께 가 봐야겠어. 채비를 해 줘."

피부병의 예후도 볼 겸, 수다도 떨 겸 가 보는 게 좋겠지.

칸나는 몸을 일으켰다.

며칠 후, 칸나는 티 파티에 참가했다.

"어서 와요, 발렌티노 공작 부인. 제 초대에 응해 주셔서 감사합니다."

레일라 에버딘이 다가와 웃는 얼굴로 맞이했다. 그러나 곧 눈을 동그랗게 떴다.

"어머나? 드레스 코드가 순백색인 것을 모르셨나요?"

그랬다. 파티장 내의 모든 귀족 영애가 순백색 드레스를 입고 있었다. 새하얀 백조들 속의 유일한 흑조처럼, 오로지 자신만이 검은색 드레스였다.

그러나 칸나는 침착하게 대응했다.

"초대장을 보니 검은색이라고 되어 있던걸요."

"어머나, 그럴 리가요. 이번 드레스 코드는 순백색인걸요."

레일라가 시치미를 뚝 떼자 칸나는 준비해 온 초대장을 내밀었다. 영애는 꼼꼼히 읽어 보더니 미안한 표정을 만들었다.

"이런. 어쩌죠? 제 하녀가 실수한 모양이에요."

"하녀?"

"예. 초대장을 작성하는 하녀가 따로 있는데, 실수로 검은색이라고 적은 것 같네요."

"그것참 이상하네요."

칸나는 주위를 둘러보았다.

"하필이면 제 초대장에만 그런 실수를 하는 게 가능한가요?"

"제가 따끔하게 질책할 테니 부디 넓은 마음으로 이해해 주세요, 부인."

그러자 곁에 선 후작 영애가 까르르 웃으며 끼어들었다.

"그래요, 발렌티노 공작 부인. 큰 실수도 아니지 않나요?"

그 말을 시작으로 하나둘씩 귀족 영애들이 몰려들었다. 달콤한 사탕에 몰려드는 개미 떼 같은 기세였다.

"검은 드레스가 아주 잘 어울리시는걸요."

"그래요. 분명 하얀 드레스는 어울리지 않으셨을 거예요."

"본인에게 잘 어울리는 색인데, 그리 불쾌해할 것 없어요."

와……. 칸나는 헛웃음을 참으며 잠자코 쏟아지는 말들을 들었다. 그때였다.

"무슨 소란이에요?"

익숙한 목소리였다. 칸나를 빼곡히 둘러쌌던 영애들이 옆으로 비켜서자 한 여인이 다가왔다.

릴리엔느 황녀였다.

"황녀 전하를 뵙습니다."

"어머, 공작 부인."

릴리엔느가 놀란 듯 부채를 탁 펼쳤다.

"검은색 드레스군요."

너구나. 칸나는 이 일을 선동한 사람이 릴리엔느임을 깨달았다.

"이게 어떻게 된 거죠? 왜 발렌티노 공작 부인만 검은 드레스를 입고 있는 거예요?"

"제 하녀가 실수한 모양이에요, 전하."

"엄중히 문책하세요."

릴리엔느가 화가 난 듯 레일라에게 쏘아붙였다.

"제국에서 검은색이 얼마나 불길한지 모르는 사람이 있다면 나와 보세요. 검은색은 재앙이고 불운이에요. 결코 가까이해서는 안 될 불행의 상징인데, 그런 색의 드레스 코드를 전달하다니."

언뜻 들으면 칸나의 편을 들어 주는 것 같았지만, 모조리 다 그녀를 걷어차고 헐뜯는 소리였다. 아나나 다를까 레일라는 물론 곁에 선 영애들의 얼굴에는 즐거움이 가득했다.

"황녀 전하 말이 옳습니다. 저는 검은색만 봐도 토악질이 나오는데⋯⋯ 그런 색의 옷을 입은 발렌티노 공작 부인의 마음은 참담하실 거예요."

"아아, 저라면 죽고 싶을지도 모르겠어요."

"내 몸에 검은색을 지니느니 차라리 벌거벗고 돌아다니는 게 낫지요."

웃음소리와 조롱이 쉴 새 없이 쏟아졌다.

"그런데, 공작 부인은 혼자 왔나요?"

릴리엔느가 궁금한 듯 고개를 갸웃 기울였다.

"이번 모임의 목적은 알고 있겠지요? 서로에게 새로운 인연을 소개해 주는 파티예요."

"그래요, 공작 부인. 공작 부인도 친구를 데려왔겠지요?"

레일라가 신이 나서 채근했다. 그녀 혼자 입장한 것을 뻔히 봤을 텐데도, 주위를 기웃거리며 살피는 척했다.

"공작 부인의 친우분을 소개해 주세요."

"그래요. 정말 궁금한걸요."

"설마 혼자 오신 것은 아니시겠죠?"

"그럴 리가요. 명색이 공작가의 안주인이신데, 친우 한 분 없는 외톨이일 리가 있나요."

칸나는 이 티파티의 목적이 친구 소개의 장이 아님을 알고 있었다. 애초부터 칸나를 분해하고 해체하기 위해 만든 파티였다.

칸나는 릴리엔느를 빤히 쳐다봤다.

'너도 참 열심히 사는구나.'

칸나는 그녀의 삶을 이해할 수 있었다. 릴리엔느는 그저 본인의 미래를 위하여, 해야 할 일을 열심히 하는 것뿐이었다.

'하기야, 릴리엔느에게는 내 자리가 간절할 테지.'

발렌티노 공작 부인이라는 지위.

최근 칸나가 실비엔과 사이가 좋아졌다는 소문이 돌고 있다. 그래서일까, 릴리엔느는 어떻게든 칸나에게 흠집을 만들 생각인 듯했다.

'뭐, 이쪽에서는 흔한 일이지.'

사교계는 귀부인들의 전쟁터다. 혀와 인맥과 드레스가 무기가 되어 세력을 겨루는 귀족 여인들의 싸움터. 릴리엔느 입장에서 칸나는 적이었고, 적을 공격하는 건 당연한 일이었다.

그러나 칸나는 이런 게 정말 귀찮았다. '발렌티노 공작 부인'의 지위에 일말의 애착도 없기에 전의조차 일지 않았다. 안 그래도 살아남기 빠듯한데 이런 신경전까지 일일이 헤쳐 나가야 하는 걸까?

그래서 한 방에 끝낼 무언가를 준비하긴 했는데…….

"어머? 공작 부인, 왜 아까부터 한마디도 안 하는 거죠?"

릴리엔느의 물음에 주변 영애들이 웃음을 터뜨렸다.

"설마하니 정말 부를 친구가 없었어요?"

깔깔깔! 꺄하하! 아하하! 요란한 웃음소리가 칸나의 귀를 때렸다.

"가여운 공작 부인. 하기야, 이해는 해요. 누가 공작 부인과……."

그때였다.

"아멜리아 이자베르크 황녀 전하 드십니다!"

순간, 주위가 쩽하게 얼어붙었다. 모두가 급격히 입을 다문 가운데, 또각또각 걸어오는 구두 굽 소리만이 울려 퍼졌다.

"에버딘 백작 영애가 초대했어요?"

릴리엔느의 매서운 눈초리가 레일라에게 날아들었다.

"아, 아뇨, 저는……."

레일라는 떨리는 목소리로 더듬거렸다. 그럴 리가, 자신은 아멜리아를 초대하지 않았는데!

"칸나 양."

아멜리아가 환히 웃으며 다가오자 칸나를 둘러쌌던 영애들이 뒷걸음질 치며 물러났다. 마치 악귀를 물리치는 부적 같았다.

"늦어서 미안해."

"황녀 전하, 이제 오셨군요."

칸나는 반갑게 그녀를 맞이했다. 그리고 완전히 얼빠진 레일라와 간신히 표정 관리 중인 릴리엔느를 흘끗 훑어보았다.

'설마 내가 아멜리아를 초대할 줄은 몰랐겠지.'

지금까지 아멜리아는 피부병을 감추기 위해 은둔하듯 숨어 지냈으니. 이런 사교 파티에 참가할 거라고는 생각하지 못했을 거다.

"그런데……."

아멜리아는 주위를 둘러보다가 인상을 팍 찡그렸다.

"이게 무슨 상황이야?"

모두가 새하얀 드레스를 입고 있다.

"드레스 코드는 검은색이라고 하지 않았어?"

"아아, 그게 말이지요."

칸나는 서글픈 얼굴로 레일라를 응시했다.

"그건 레일라 에버딘 백작 영애에게 여쭤 보셔야 할 것 같아요."

"에버딘 백작 영애?"

그러자 아멜리아의 시선이 천천히 레일라에게 돌아갔다. 눈이 마주치는 순간 레일라의 숨이 거칠어졌다.

'왜 아멜리아 황녀 전하가……?'

황후와 완전히 똑같은 인상, 금발과 금안이 아니었더라면 알아보지 못했을 거다. 그만큼 두문불출하는 황녀였다.

칸나가 아멜리아의 병을 치료했다는 소문이 들리긴 했지만 저 정도로 말끔하게 나았을 줄은 몰랐다. 무엇보다, 칸나가 황녀를 친구랍시고 초대할 줄은 누가 알았겠는가!

"에버딘 백작 영애라고 했던가요?"

아멜리아가 음산하게 말했다.

"발렌티노 공작 부인이 내게 검은색 드레스를 입어야 한다고 신신당부하더군요. 파티의 주최자가 정한 드레스 코드라고."

"그, 그것이……."

"난 처음에 이상하다고는 생각했는데, 발렌티노 공작 부인이 참 순진해서. 초대장이 잘못됐을 리 없으니 믿어도 된다고 하더라고."

반말로 바뀌었다.

"그런데 뭐야?"

아멜리아가 삐뚜름하게 웃으며 주위를 둘러보자, 영애들이 하나같이 시선을 내리깔았다.

"우리 빼고 다들 하얀 옷이네."

아멜리아의 성정은 유명했다. 그 무서운 황후에게도 지지 않고 싸운다는 난폭한 황녀.

"지금 장난해?"

그런 아멜리아가 이를 드러내며 웃었다. 황후를 똑 닮은 웃음이었다.

"제, 제 하녀가……."

레일라는 덜덜 떨리는 입술을 간신히 움직였다. 하녀 핑계를 대는 동안 머릿속이 복잡하게 녹아내렸다.

'아멜리아 황녀 전하가 사교 활동을 시작하셨어.'

그렇다면 이제 사교계는 어떻게 되는 거지? 분명히 황후가 강력한 뒷배가 되어 줄 텐데. 그 말은 즉, 메르시 후작가 역시 아멜리아의 뒤에 서게 된다는 뜻이었다. 분명 수많은 귀족과도 교류하게 되겠지. 황제로 유력시되는 크레센트 황자의 동복누이니까. 그렇다면.

'어쩌면 릴리엔느 전하의 곁에 있는 것보다 더 득이 클 수도 있어.'

그러니까 아멜리아와의 관계를 망쳐 버리면 안 된다!

지금 이 순간 그런 생각을 품은 건 에버딘 백작 영애뿐만이 아니었다.

'머리 굴러가는 소리가 여기까지 들린다.'

칸나는 여유롭게 부채질하며 즐겁게 구경했다.

'강한 패는 이럴 때 쓰라고 있는 거지.'

지금 자신이 보유한 강력한 체스 말은 총 세 개.

황후와 황녀, 그리고 칼렌 아디스.

칸나는 저 셋을 적재적소에 배치하여 이득을 볼 생각이었다. 굳이 자신이 나서서 개싸움을 할 필요가 있겠는가?

그래서 아멜리아의 진료를 보러 갔을 때 이 이야기를 꺼냈다.

"제가 처음으로 귀족 영애의 티 파티에 초대받았어요, 황녀 전하. 친한 친구를 소개하는 자리래요."

수줍게 웃으며 속삭이자 아멜리아가 제 일처럼 기뻐해 줬지.

"다행이야! 드디어 칸나 양의 진가를 알아주는 모양이네."

함께 가 줄 수 있냐는 말에 아멜리아는 흔쾌히 동의했다. 어차피 곧 사교계에 얼굴을 내밀 참이었으니.

"칸나 양의 친구로 소개되다니, 나야말로 영광인걸."

그런데 첫 사교계에서 이런 농락을 당해 버렸다. 아멜리아의 성격에 그냥 넘어갈 리가 있나?

'황후의 귀에 들어가면 일이 더 커질 테지.'

이 일은 칸나가 아멜리아, 나아가 황후의 비호를 받고 있음을 알리는 계기가 될 것이다. 그래서 허튼 수가 있을 것을 알면서도 기꺼이 참가했다.

릴리엔느와 그녀를 따르는 영애들에게도 한 번쯤은 제대로 알려 줄 필요가 있었다. 자신에게 더는 이런 장난질을 쳐서는 안 된다는 것을.

'불은 질러 놨어.'

그러니 이제 멀찍이 떨어져 활활 타오르는 불구경이나 즐기면 그만이었다.

"당장."

아멜리아가 낮은 목소리로 명령했다.

"당장 그 하녀를 데려와."

파티장에 하녀의 비명이 울려 퍼졌다.

"아아악!"

아멜리아는 차가운 눈으로 하녀를 내리깔아 보았다.

"누가 멈추랬지?"

아멜리아의 말에, 곁에 선 건장한 시녀가 다시 회초리를 휘둘렀다.

찰싹! 찰싹! 회초리질이 계속해서 이어진다. 아멜리아는 심판의 화신처럼 냉정하게 처벌했고, 그 자리에 선 귀족 영애들은 겁에 질려 한마디도 하지 못했다.

얼마나 지났을까? 하녀는 견디지 못하고 풀썩 쓰러졌다. 그러나 아멜리아는 가차 없는 여자였다.

"깨워라."

일말의 온정도 없는 목소리로 명령했다.

"깨워서 다시 회초리질을 시작해. 감히 제국의 황녀를 모욕한 죄인이다!"

그것은 마치 폭거 같았으나 폭거가 아니었다. 카실처럼 손속에 자비가 없었지만 카실과는 달리 벌의 명분이 또렷했다.

"저, 전하!"

레일라 에버딘은 보다 못해 무릎을 꿇었다.

만약 일이 더 커진다면? 하녀가 자신이 시킨 일이었음을 실토한다면? 그리하여 아멜리아의, 황후의 눈 밖에 난다면? 자신은 다시는 사교 활동을 할 수 없을 것이다!

'릴리엔느 황녀님은 왜 나를 지켜 주지 않는 거지?'

레일라는 원망의 눈으로 릴리엔느를 응시했다.

'전하가 재미있을 것 같다고 의견을 냈잖아요! 전하가 시킨 일이나

마찬가진데 왜 보고만 있는 거예요!'

결국 보다 못한 릴리엔느가 한 발짝 앞으로 나섰다.

"아멜리아 언니, 부디……."

"물러나, 릴리엔느."

아멜리아는 릴리엔느를 바라보지도 않았다.

"더 큰 벌을 내릴 생각이 아니라면 아무 말도 하지 마."

그러나 릴리엔느는 꿋꿋하게 말을 이었다.

"부디 화를 푸세요, 언니. 저 천한 것의 실수 따위로는 언니의 명예에 흠집조차 내지 못합니다. 원하신다면 제 옷과 바꿔 입으셔도 좋아요. 그러니……."

"명예? 지금 네가 나에게 명예를 논해?"

아멜리아가 입꼬리를 올리며 잔인하게 웃었다.

"설마 너와 나의 명예의 무게가 같다고 생각하니?"

릴리엔느의 말문이 막혔다. 같은 황녀지만 혈통이라는 거대한 강물이 그들 사이를 가로지르고 있었으니. 그 강은 결코 릴리엔느의 힘으로 뛰어넘을 수 없는 한계였다.

레일라는 릴리엔느가 자신을 구하지 못함을 깨달았다. 어떻게 해야 할까? 어떻게 해야 살아남을 수 있을까? 떨리는 눈을 헤매던 어느 순간, 검은 눈동자와 마주쳤다!

레일라는 칸나에게 매달렸다.

"죄송합니다, 발렌티노 공작 부인. 제가 하녀 관리를 잘못하여 이런 일이 벌어졌어요."

칸나는 잠시 고민하다가 결정했다. 그렇잖아도 점점 지루해져 가고 있던 참이었으니.

'슬슬 진화해야겠어.'

칸나는 머리끝까지 화가 난 아멜리아에게 다가가 은근슬쩍 팔짱을 꼈다.

"황녀 전하, 이만 화를 푸세요."

"하지만 칸나 양, 이건 그냥 넘어갈 실수가 아니야. 나와 칸나 양을 작정하고 모욕한 거나 마찬가지라고!"

칸나는 분노한 아멜리아의 팔을 쓰다듬었다.

"그래서 하녀에게 벌을 내렸잖아요. 이쯤 되면 에버딘 백작 영애도 깨닫는 바가 있을 겁니다."

그러고는 레일라에게 슬쩍 눈짓했다.

"그렇지요, 에버딘 백작 영애?"

"네, 네!"

동아줄이 내려왔다! 레일라는 덥석 붙잡았다.

"다시는 이와 같은 실수를 하지 않을 겁니다! 부디 용서해 주십시오, 황녀 전하."

"이런."

쯧쯧. 칸나는 혀를 찼다.

"가엽게도 울고 있잖아요, 황녀 전하. 부디 이쯤에서 용서해 주세요."

"하지만!"

"제가 부탁드릴게요."

"……!"

아멜리아는 입술을 깨물었다. 화난 짐승처럼 씩씩거리다가, 결국 어깨를 축 늘어뜨렸다. 칸나가 부탁이라는 말까지 했는데 도저히 무시할 수가 없다.

"좋아. 칸나 양이 그렇게 말하는데 어쩔 수 없지."

그 순간 레일라는 하마터면 안도의 울음을 터뜨릴 뻔했다. 드디어 용서받은 것이다!

"역시 자애로우세요, 황녀 전하."

칸나는 그렇게 말하며 주위를 둘러보았다.

"황녀 전하께서 이번 한 번 너그러이 넘어가셨으니, 다음부터는 조심해야 할 거예요. 에버딘 백작 영애, 알겠지요?"

칸나는 모두를 보며 웃었다. 그리고 상냥하게 말했다.

"그러니 다들 주의하도록 해요."

귀족 영애들은 멍하니 서서 그 장면을 바라보고 있었다. 마치 맹수를 조련하듯 아멜리아를 다루는 칸나의 모습을.

"아하하하!"

황후는 호탕하게 웃었다.

"역시 내 딸이로구나. 그렇지 않나, 메르시 후작!"

"그렇습니다, 폐하."

"그래. 내 딸이 그 천한 무희의 딸년 하나 누르지 못할 리 없지."

아멜리아의 첫 사교계 데뷔치고는 아주 성공적이었다. 황후는 만족스럽게 웃었다.

"부디 후작도 황녀에게 신경 써 주게. 사교계는 처음이나 마찬가지니, 많이 서투를 게야."

황후궁에 웃음꽃이 피어 가는 반면, 귀비궁은 비탄으로 가득했다.

"테레사, 그러지 말고 일어나서 물 한 모금이라도 하시오."

"폐하……."

카실 황자의 장파형 이후 테레사는 시름시름 앓았다. 그러다 릴리엔느가 겪은 수모를 듣고 다시 한번 졸도했다.

"제가 못난 탓이지요."

테레사의 눈에서 눈물이 뚝뚝 떨어져 내렸다.

"제가 폐하께 걸맞은 여자였다면 카실도, 릴리엔느도 그리 무시당하지 않았을 텐데."

황제의 얼굴이 어두워졌다. 그러나 섣불리 위로하지 못했다. 왜냐하면 맞는 말이었으니까.

"아르곤 그 아이도 그래서 진즉에 황위를 포기한 겁니다. 안 될 것을 아니까. 천한 어미를 가진 이상, 황위를 이을 수 없다는 걸 이미 아니까 밖으로 나도는 것이겠지요."

"그런 말 마시오."

"흑흑, 불쌍한 내 아이들."

한참 울던 테레사는 결국 다시 한번 실신했다. 황제는 밤새 그녀를 간호하다가 아침이 되어서야 집무실로 돌아왔다.

어쩌다가 이렇게 된 걸까? 얼마 전까지만 해도 상황은 이 정도로 최악은 아니었다.

릴리엔느는 사교계의 꽃으로 군림했다. 카실은 유배가 끝나고 다시 돌아올 예정이었다.

'칸나 발렌티노.'

믿기지 않지만 일의 중심에는 그녀가 있었다. 그 여자가 아멜리아의 피부병을 고쳐 사교계의 판도를 바꾸었고 카실을 위기로 몰아 손목을 잃게 만들었다.

황제는 깊은 생각에 잠겼다. 그러다 문득, 탁상 위에 올라온 편지를 발견했다.

오르시니 아디스에게서 온 편지였다.

평화로운 나날들이 이어지던 어느 날. 청천벽력 같은 소식이 저택을 내리쳤다.

"뭐?"

지하 연구실에서 마석을 이용하여 약물을 만들던 칸나는, 하마터면 마력이 응축된 마핵을 떨어뜨릴 뻔했다.

"레아, 지금 뭐라고 했어?"

"오르시니 님께서……."

레아가 칸나의 눈치를 살피며 조심히 말을 맺었다.

"오르시니 님께서 실종되셨다고 합니다."

오르시니는 언제나처럼 검은 안개와 관련한 일을 처리하고 있었다. 최근에 향한 곳은 페일런섬. 그곳에 검은 안개가 나타나 기사단을 이끌고 떠났다.

그동안 주기적으로 편지를 보내 상황을 보고했으나.

<기사들이 전멸했습니다.>

<이곳은 뭔가 이상합니다.>

<자세한 이야기는 후에 설명하겠습니다. 그러나 더는 기사들을 보내지 마십시오.>

<절대로 보내면 안 됩니다.>

다급한 상황에서 쓴 듯한 편지를 마지막으로, 돌연 연락이 끊겼다.

아디스 저택에 그림자가 드리워졌다.

"흑흑, 내 아들…… 어쩌면 좋아. 불쌍한 내 아들."

클로이는 시름시름 앓아누웠고, 근신 중인 이자벨 역시도 매일 밤 울음을 터뜨린다고 했다.

"오르시니 오빠가 죽었나 봐! 오빠마저 없으면 난 어떡해!"

오르시니 아디스로 말하자면 칼렌과는 정반대 성향의 망나니였다.

'칼렌은 모범생이지. 성실하고, 무엇 하나 허투루 하는 게 없어.'

반면 오르시니는 외골수 성향이 강해서 관심 없는 분야는 아예 거들떠보지도 않았다. 그래서 소년 시절부터 교양 수업을 빼먹기 일쑤였고, 누구에게나 공평하게 예의 없이 굴었다.

그럼에도 불구하고 그는 아디스 공작의 눈 밖에 난 일이 없었다. 수많은 무례를 저질렀음에도 황제조차 그를 후하게 평가했다. 왜냐하면.

'괴물 중의 괴물이라지.'

그의 검술, 그의 무력만큼은 알렉산드로의 젊은 시절을 완전히 빼닮았다고 한다. 언젠가 후에 더 성장하면, 알렉산드로 아디스를 뛰어넘을 수도 있다는 평가까지 듣는 녀석이었다.

그런 오르시니가 실종됐다. 그리고 오르시니와 함께 떠난 아디스 가문의 기사들은 전멸했다.

"역시 오르시니 경도 죽은 모양이야."

"쉿! 조용해. 누가 듣겠어."

"아무도 없는데 뭐 어때?"

"그래도 조심해. 마님이 들었다가는……."

"병석에 계신데 어떻게 듣겠어?"

그 대신 내가 듣고 있답니다.

'다들 똑같은 얘기만 하네.'

칸나는 창문을 닫았다. 창밖에서 들려오는 하인들의 이야기를 엿듣는 것도 슬슬 재미없었다.

'오르시니가 죽었다고?'

그 괴팍한 녀석이 죽었다니. 기분이 이상했다. 조금 더 솔직히 말하자면.

'기분이 조금 좋은 것 같기도 하고…….'

칸나는 이 집안사람들을 모조리 다 싫어했다.

'아, 루시는 빼고.'

그중 가장 싫은 사람이 바로 오르시니다. 칼렌도 싫지만, 오르시니를 미워하는 마음과는 비교할 수도 없었다.

'실감이 안 나서 그런가? 그렇게 좋지도 않네.'

그때 루시가 찾아왔다.

"칸나 언니."

눈물을 흘린 걸까, 루시의 눈가가 새빨갛게 부어 있었다.

"왜 그래, 루시?"

"언니."

"무슨 일 있니?"

루시는 말없이 울음을 터뜨렸다.

"무슨 일이야, 루시?"

칸나는 루시의 떨리는 등을 쓰다듬었다.

"언니, 사실은……."

한참 동안 울던 루시가 울먹이며 고백했다.

"제가 오르시니 오라버니를 죽였어요."

"……."

그게 무슨 소리람? 칸나는 심드렁하게 루시를 응시했다.

"오, 오르시니 오라버니가 무서워서, 그래서, 다시는 보고 싶지 않다고 신에게 기도했어요."

"……."

"그래서 신이 제 소원을 들어주셨나 봐요. 이, 이제 어떡해요?"

아이고, 순진해라. 칸나는 웃음을 꾹 참았다. 상대는 심각하게 울고 있는데, 여기서 웃으면 실례다. 칸나는 루시를 번쩍 들어 올려 제 무릎에 앉혔다.

"괜찮아, 루시."

"하, 하지만."

"네 잘못이 아니야."

"하지만 제가 신에게 빌었는걸요."

"오르시니가 죽게 해 달라고?"

그러자 루시가 고개를 도리도리 저었다.

"그건 아니에요. 무, 무서우니까, 만나지 않게 해 달라고……."

"왜? 설마 오르시니가 널 괴롭혔어?"

설마 그 망할 자식이! 자신에게 그랬던 것처럼 루시를 때린 걸까?

'어린애도 아니고. 다 커서도 그런 쓰레기 짓을 한단 말이야?'

오르시니는 어릴 때 자신을 괴롭혔다. 아주 악랄하게.

만약에, 아주 만약에, 어떤 미친놈이 오르시니의 행동을 변호할 생각이라면 당시의 어린 나이를 핑곗거리로 삼을 것이다. 그때 오르시니가 어려서 뭘 몰랐다고. 어려서 무지했다고.

'물론 개소리지만.'

하지만 성인이 된 지금 어린 소녀를 괴롭힌다면? 그건 대신전의 신령조차도 감쌀 수 없을 것이다.

"아뇨, 그런 건 아니지만요."

다행히도 루시는 부정했다.

"오르시니 오라버니는 절 괴롭힌 적 없어요. 그냥…… 그냥, 무시하시죠."

하지만 루시는 그것조차 무서웠겠지.

오르시니는 덩치가 큰 칼렌보다도 조금 더 몸집이 컸고, 굉장한 근육질의 몸을 가졌으며, 무엇보다도 눈빛이 몹시 사나웠다. 시선이 마주치는 것만으로도 칼에 푹 찔린 듯한 느낌을 주었으니.

어린 루시에게 공포의 대상이 되기에 충분했다.

"그래서, 무서워서, 만나고 싶지 않다고 기도했는데, 정말로 신께서 들어주실 줄은."

"그런 게 아니야, 루시."

칸나는 루시의 보랏빛 곱슬머리를 쓰다듬었다.

"신은 인간의 기도를 들어주지 않는단다."

"······네?"

"음, 정정할게. 절대로 쉽게 들어주지 않으셔. 그러니까 네 기도도 듣지 않으셨을 거야."

말하는 중 후회가 되기 시작했다. 루시를 위로하기 위해서 한 이야기인데, 어린 소녀에게는 너무 각박한 말이지 않은가?

"어쨌든, 오르시니가 만약 죽었다 하더라도 네 소원 때문은 아니지."

만약 그리 쉽게 소원을 들어준다면, 그동안 오르시니는 천 번쯤 죽었을 것이다. 어린 시절 자신의 수많은 기도 중 하나가 바로 '오르시니가 없어졌으면 좋겠어'였으니까.

그러나 오르시니는 없어지지 않았다.

'오히려 내가 이곳에서 없어졌지.'

그렇다면 다른 방식으로 소원을 들어주신 건가? 칸나는 잡념을 떨치며 루시를 위로했다.

"그리고 오르시니는 죽지 않았을 거야. 그러니까, 그렇게 자책할 필요 없어."

루시를 달랜 이후로 며칠이 더 흘렀다. 클로이는 여전히 병석이었고, 이자벨은 매일 울었으며, 하인들은 불길한 말을 숙덕거렸다.

그리고 칸나는 황제의 부름을 받았다.

'나를 왜?'

불길한 예감이 들었다. 어떻게든 피하고 싶었지만, 황제의 명령은 피할 수 있는 것이 아니었다.

"클로드 경, 황실에 갈 거예요. 마차를 준비해 줘요."

"예, 공작 부인."

칸나는 처음으로 칼렌이 붙여 준 호위 기사를 불렀다.

'별일 없겠지?'

바짝 긴장됐다. 대체 무슨 일로 자신을 부르는 걸까?

'좋은 일일 것 같지는 않은데.'

"페일런섬으로 가도록."

어쩐지 불길하더라니.

칸나는 멍하니 바닥을 내려다보다가 고개를 들어 올렸다. 퀭한 안색의 황제와 눈이 마주쳤다.

'페일런섬으로 가라고?'

페일런섬은 오르시니가 실종된 그 장소였다.

"송구하오나, 폐하. 이해가 가지 않는 점이 있습니다."

"무엇인가?"

"저는 아디스의 혈족이긴 하지만 세례를 받지 않았습니다. 그렇기에 오르시니나 칼렌, 그리고 아버지처럼 성력을 발현할 수 없어요."

"알고 있다. 짐은 부인이 섬의 검은 안개와 대항하길 기대하지 않는다."

"그렇다면……?"

"부인의 명성은 익히 들었다. 아멜리아 황녀의 피부병을 고치고, 동대륙 무역 선원들의 괴병까지 해결했다지."

자랑스러워야 하는데 이상하게도 찜찜했다.

"페일런섬은 검은 안개가 나타나기 전부터 기이한 일이 일어났다."

"기이한 일이라뇨?"

"매해 특정 시기가 되면, 섬사람들이 단체로 광증을 앓는다고 하더군."

황제는 창밖을 내다보았다. 비가 내리고 있었다.

"마침 지금이 그 시기다."

콰쾅! 벼락이 내리친다.

"우기가 되면 마을 사람들이 단체로 광증을 앓는다고 하지. 이상하지 않은가, 공작 부인?"

"⋯⋯예."

실제로도 이상했기에, 칸나는 순순히 인정할 수밖에 없었다. 매년 같은 시기마다 그런 일이 반복된다면 확실히 병증일 가능성이 있었다.

"그런 괴기한 일에는 공작 부인 같은 명의가 필요하겠지. 직접 가서 확인하고 오도록."

그러고는 덧붙였다.

"황명이다."

"칸나!"

소식을 들은 걸까? 저택에 오자마자 클로이가 칸나를 반겨 왔다.

"페일런섬으로 간다고 들었다. 부디 오르시니를 찾아 주렴!"

"아니, 저는⋯⋯."

오르시니를 찾으러 가는 게 아닌데요. 그놈이 거기서 뒈졌든 말든 관심 없는데요.

"오르시니가 죽었을 리 없어! 그렇지? 살아 있을 거야!"

"……"

"오르시니가 원래 그렇잖니! 워낙에 제멋대로잖니! 틀림없이 섬 어디선가 술이나 퍼마시고 있겠지, 그렇지?"

"……"

아들을 정확하게 잘 알고 계시네요.

그렇게 말하고 싶었지만, 클로이의 얼굴이 심각했기에 조용히 입을 다물었다. 클로이는 눈물을 뚝뚝 흘리며 외쳤다.

"부디 오르시니를 찾아 주렴. 응? 그러면……."

"어머니. 아디스 공작 부인."

칸나는 미소 지으며 그녀의 말을 끊었다.

"제가 누군지 모르세요?"

클로이가 멍하니 칸나를 바라보았다.

"저 칸나예요."

"……"

"칸나라고요. 기억 안 나세요?"

당신과 당신의 아들이 악질적으로 괴롭혔던 칸나.

칸나는 웃음을 흘렸다. 이 이상의 말은 필요치 않았다. 제 손을 붙잡은 클로이의 손을 뿌리쳤다.

"저는 황제 폐하의 명을 받아 마을의 병증을 조사하러 가는 겁니다."

"……"

"그 외의 일을 할 시간이 있을지는, 글쎄요. 잘 모르겠네요."

조금 더 거칠게 말하고 싶었지만, 인내하기로 했다.

'칼렌 아디스의 어머니니까.'

그리고 칼렌 아디스는 아주 유용한 체스 말이니까. 아직은 버릴 때가 아니니까. 그래서 이런 말을 해 주었다.

"오르시니를 믿으세요."

마음에도 없는 말을.

"오르시니가 어디서 객사할 만한 애는 아니잖아요?"

아무 생각 없이 던진 말인데.

"맞아…… 그래. 네 말이 옳다. 칸나 네 말이 옳아."

"……."

"내 아들, 오르시니. 그래. 오르시니를 믿어야지. 그 애는 믿을 만한 애니까."

우습게도 클로이는 그 말에 위로를 받은 것 같았다.

'뭐야? 괜히 말했어.'

정말로 위로가 될 줄 알았다면 말하지 않았을 텐데. 칸나는 불쾌해졌다.

페일런섬의 동행자는 호위 기사 클로드 경이었다.

"안전은 걱정하지 마세요. 공작 부인. 제가 일당백은 합니다."

클로드는 이런 상황에서도 싱글싱글 웃었다.

"일당백이요?"

"그럼요. 만약 제가 오르시니 경과 함께 페일런섬에 갔다면 동료들이 전멸하는 일은 없었을걸요."

"……."

칸나가 빤히 쳐다보자 클로드가 난감한 듯 눈썹을 찌푸렸다.

"아이고. 죄송합니다. 농담이었습니다."

"아뇨. 저한테 죄송할 필요 없죠."

"아뇨, 아뇨, 죄송합니다. 칼렌 경께서 주의하라고 경고하셨는데도 이러네요."

클로드가 머리를 긁적였다.

"제가 워낙 실없는 놈이라. 농담할 일이 아닌데도 농담을 했네요."

"솔직히 그렇긴 해요."

"역시 그렇죠?"

"네."

"그렇잖아도 욕 많이 먹습니다. 농담할 때와 장소를 가리지 않으면, 밤길에 칼 맞아 죽을 거라는 소리도 여러 번 들었죠."

칸나는 피식 웃었다.

"누가 그런 소리를 해요?"

"이번에 죽은 제 동료들이요."

클로드가 어깨를 으쓱였다.

"대체 오르시니 경께서 왜 그런 편지를 보냈는지 모르겠습니다."

기사들이 전멸했다. 그러나 절대 지원 세력을 보내지 말아라.

"그런 이상한 편지만 보내 놓고 연락이 끊겼으니……."

"저는 오르시니를 찾으러 가는 게 아니에요."

혹시 그런 기대를 품고 있을지도 모른다. 칸나는 딱 잘라 말했다.

"그러니까 오르시니를 찾는 데 시간을 쓸 일은 없을 거예요."

"아, 물론입니다. 오해하지 마세요, 공작 부인."

클로드가 싱긋 웃었다.

"오르시니 경께서는 탈 없이 할 일 하고 계실 겁니다."

"……."

"그러니 괜히 그분 찾는 데 시간 낭비할 이유가 없죠."

칸나는 할 말을 잃었다. 의외로 오르시니는 기사들에게 엄청난 신뢰를 받는 모양이었다.

'윽, 저 반짝반짝한 믿음. 기분 나빠.'

불쾌했지만, 그와는 별개로 클로드가 꽤 마음에 들었다.

'보통 성격 같지가 않아.'

사실은 동료들이 죽어서 누구보다 슬플 텐데, 내색하지 않는다. 그 대신 농담을 던졌다. 게다가 자신의 검은 머리카락과 검은 눈에도 불편한 기색이 전혀 없다. 겉으로 그러는 척하는 게 아니라 진심으로 아무 생각 없어 보였다.

'나는 이런 실없는 타입을 꽤 좋아하는 편이지.'

호불호가 극심히 갈릴 테지만 자신에게는 호였다. 오히려 한없이 심각하거나 아래로 가라앉는 타입이었다면 자신과는 맞지 않았을 것이다.

'클로드 아젤이라고 했지.'

눈빛뿐만이 아니라 성격도 선홍이와 비슷하네. 칸나는 그가 더 마음이 들었다.

'어쩌면 잘 지낼 수 있을지도 모르겠어.'

가는 길, 칸나는 페일런섬에 대해 생각했다.

'발견된 지 얼마 안 된 섬이지.'

페일런은 본래 제국의 영토가 아니었다.

섬의 원주민들끼리 외부와의 접촉 없이 살아왔지만, 이백 년 전쯤인가? 제국의 귀족이 우연히 발견했고, 당시 황제는 그냥 두기 아까우니 제국령으로 포함시켜 버렸다.

'결국 힘으로 뺏은 거지. 날강도가 날뛰는 세상이라니까.'

그런데 백 년 전쯤 섬에서 극심한 전염병이 돌아 인구수 절반이 죽는 사건이 있었다.

그러나 제국은 지원을 해 주긴커녕 거의 버려두다시피 외면했다고 한다. 그 와중에도 세금만 꼬박꼬박 받아 가는 날강도짓만 할 뿐. 그래서인지 페일런섬은 제국에 대한 적개심이 또렷하다고 들었다.

"섬에서는 항상 조심해야 합니다, 공작 부인."

클로드 경이 싱글싱글 웃는 낯으로 말했다.

"페일런섬 사람들은 황실에 대한 충성심이 지극히 낮은 편입니다. 게다가."

"게다가?"

"현재 섬에는 대사제 한 명이 머무르고 있습니다."

이건 처음 듣는 이야기였다. 대사제, 즉 대신전의 고위 사제가 페일런섬에 있다고?

"페일런섬의 주민들은 오랫동안 광증을 앓아 왔다고 합니다. 알고 계시죠?"

"물론이죠. 그 광증 때문에 제가 그곳에 가게 된 거니까."

"예. 그 이야기를 들은 대사제가 섬을 구원하겠노라 선언하며 들어갔다고 하더군요."

"제가 끌려가는 걸 보니 대사제께서 아직 구원을 못 하셨나 보네요."

"예, 아직은 그렇죠."

대사제라. 대신전에서도 아주 고위급일 텐데.

'라파엘과 비슷한 부류일까?'

예의 바르고, 무뚝뚝하고, 융통성 없고, 반듯하고, 순진하고.

'이 세계의 성직자들은 다 그런 걸지도 몰라.'

라파엘을 생각하니 대사제가 어떤 사람일지 궁금해졌다.

chapter 9

"제국에서 손님이 오실 줄은 몰랐군요."

페일런섬의 영주가 그녀를 맞이했다.

"어서 오십시오. 환영합니다. 저는 페일런섬의 영주, 하일론 데일입니다."

아주 유약한 인상의 중년 사내였다. 그리고 그의 곁에는 한 남자가 있었는데…….

'역시 저 사람이 대사제겠지?'

아니길 바랐지만 역시 맞는 것 같다. 흰 법복이 몸에 꽉 끼다 못해 터질 듯한 사나이였다.

'그런데 눈빛이…….'

눈빛이 아주 더럽다. 칸나는 대사제의 눈에 깃든 음욕을 느꼈다.

"이분이 바로 대사제 카를레옹 님이십니다."

칸나는 일렁이는 혐오감을 감추며 인사했다.

"만나 뵙게 되어 영광입니다, 대사제님. 저는 의원 자격으로 오게 된 칸나 발렌티노입니다."

"부인께 신의 가호가 따르길."

대사제는 돼지기름 같은 땀을 닦아 내며 꾸벅 인사했다.

"뵙게 되어 영광입니다, 부인. 아주 아름다우시군요. 이렇게 아름다운 분께서 의원 일을 하신다니 의외입니다."

하하하! 대사제가 웃으며 말을 이었다.

"공작 부인 같은 미인에게는 의술 따위는 필요 없을 겁니다."

"……예?"

"부인의 미모만 보면 10년 묵은 병도 다 나을 텐데요. 하하, 혹시 미모로 의원이 되신 것 아닙니까?"

순간 칸나의 얼굴이 얼음처럼 차가워졌다. 그녀는 불쾌감을 숨기지 않고 정색했다.

"아니요. 미모로 된 거 아닙니다."

"예?"

"의원 일을 하는 데 외모는 필요 없습니다, 대사제님."

곁에서 듣던 영주, 하일론의 안색이 흐려졌다.

"공작 부인. 대사제님께서는 칭찬을 하신 겁니다. 부디 오해가 없으시길."

"……칭찬?"

"예, 그렇습니다."

그 말에 칸나가 싸늘하게 굳혔던 표정을 풀었다. 방긋 웃었다.

"그래요? 칭찬이었어요?"

그제야 대사제의 당황이 씻은 듯 사라졌다. 그는 호탕하게 웃으며 다시 한번 칭찬했다.

"하하하! 물론입니다. 저는 공작 부인께서 의원 일처럼 궂은일을 하시기에는 지나치게 아름다우시다고 말씀드린 것뿐입니다."

"그렇군요. 그런데 그게 칭찬인가요?"

"예?"

"제 귀에는 모욕으로 들리는군요."

그러나 대사제는 칸나의 적의를 알아차리지 못하고 어리둥절하게 고개를 기울였다.

"아니요, 모욕이 아닙니다. 오해하지 마십시오."

칸나는 굳이 대답하지 않았다. 미모로 의원이 된 게 아니냐는 말. 주화의 세계에서 그런 말을 들었으면 상대의 따귀를 때렸을 거다.

'진짜 한 대 치고 싶네.'

만약 대사제의 따귀를 때리면 어떻게 되는 걸까?

'신성 모독.'

그리고 신성 모독은 아마도…….

'화형이었지.'

이건 귀족들에게도 고스란히 적용되는 법률이었다.

'이런 게 대사제라니, 실망이야. 라파엘 같은 사람을 기대했는데.'

어쩌면 라파엘 같은 부류가 드문 걸지도 모른다. 하기야 그럴 만했다. 대신전은 근친으로 이루어지는 역겨운 집단이니 썩을 만도 하지 않은가?

'명색이 고대 신성 사제의 후계라는 자들이 근친혼이나 하고 앉아 있고…… 선조들이 보면 얼마나 역겨워할까?'

대신전. 제국법 위에 선 신성불가침의 영역.

아디스와 발렌티노가 고대 성기사의 후손이듯, 대신전의 사제들은 고대 신성 사제들의 후손이었다.

게다가 대신전에는 신령이라는 기이한 존재가 있다. 역사에 따르면 오백 년 전쯤, 세계수에서 태어난 신의 사자라나 뭐라나?

'글쎄, 그건 대신전의 일방적인 주장이니까. 실제로 신령의 존재를 믿지 않는 사람들도 많고.'

그러나 대외적으로는 신령이 세계수와 결합하여 마기를 정화하고, 검은 안개에서 서대륙을 보호한다. 그것이 대신전의 존재 이유였다.

그러한 신성한 목적을 가진 집단이지만.

'한 꺼풀 벗기고 보면 쓰레기통이나 마찬가지지.'

대신전의 모든 사제는 한 핏줄의 혈족들이다. 아주 오랜 역사 동안 근친혼으로만 유지된 집단이라는 것이다.

'성력을 유지하기 위해서라지만, 너무 역겹잖아.'

그러나 그러한 노력 끝에 사제들은 세례 의식 없이도 자연스럽게 성력을 발휘할 수 있다고 한다.

반면 근친혼을 하지 않은 성기사의 후손들, 즉 아디스와 발렌티노의 경우는 달랐다. 반드시 세계수에서 세례 의식을 치러야만 성력을 일깨울 수 있었다.

성력이라. 참으로 탐나는 힘이었지만 이는 대대로 남성 후손들에게만 허락된 일이었다. 칸나는 물론 이자벨 역시도 세례는 받지 못했다.

"공작 부인, 오시느라 정말 고생 많으셨습니다. 혹시 필요하신 것이 있으시다면 언제든 말씀해 주십시오."

영주가 재빨리 분위기 전환에 나섰다. 칸나도 더는 대사제와 말을 섞고 싶지 않았기에 영주에게 아무거나 물었다.

"영주님, 혹시 오르시니 아디스 경의 소재를 아십니까?"

당연히 모를 거라고 생각해서 던진 질문이었다. 그러나.

"그놈은 죽어야 마땅합니다!"

깜짝이야!

칸나는 버럭 소리를 지른 대사제를 놀라서 쳐다봤다. 대사제는 엉덩이에 화살을 맞은 멧돼지처럼 광분해서 소리쳤다.

"신께서 반드시 그놈을 벌하실 겁니다! 그놈이, 그놈이 감히!"

그때였다.

댕— 댕— 성의 대종이 맑게 울려 퍼졌다. 그 종소리에 영주가 재빨리 끼어들었다.

"대사제님, 예배 시간입니다. 부디 신도들을 실망시키지 말아 주십시오."

"······어쨌든 오르시니 경의 불경함은 제가 대신전에 낱낱이 전할 것입니다! 그렇게 알고 있도록 하십시오!"

대사제가 뒤뚱거리며 나갔다.

"영주님. 이게 무슨 소리죠?"

"크흠."

"오르시니 아디스 경의 소재를 물었습니다."

그러나 영주는 대답하지 못했다. 입에 가시가 돋은 듯 입술을 꾹 깨물며 안절부절못하다가 조심스레 입을 열었다.

"흠흠, 사실 그분은 지금······."

"······?"

"감옥에 계십니다."

칸나는 오르시니를 발견했다.

"······."

저게 오르시니라고?

'저 부랑자가?'

영주성의 지하 감옥. 오르시니는 짚 더미 위에 벌러덩 누워 있었다. 대체 왜 저런 꼴을 하고 있는 걸까? 클로드 경 역시 할 말을 잃은 듯했다.

"야."

칸나가 그를 불렀다. 그러자 오르시니는 천천히 눈을 떴다. 진즉 인기척을 느꼈지만, 계속 무시한 듯한 기색이었다. 그러나 칸나와 눈이 마주치고는 용수철처럼 허리를 벌떡 일으켰다.

'맙소사, 머리에 짚 붙은 것 봐.'

그렇잖아도 산발로 헝클어진 붉은 머리칼에 짚더미가 달라붙어 있다. 칸나는 삐딱하게 웃으며 빈정거렸다.

"보기 좋네, 오르시니. 부랑자라고 불러 줄까? 아니면, 죄수?"

오르시니는 그답지 않게 얼빠진 얼굴로 칸나를 응시하다가 피식 웃었다.

"지독한 년. 또 괴롭히려고 나왔냐?"

뭔 헛소리람? 당황한 클로드와 칸나는 서로 시선을 교환했다.

"그래, 네 마음대로 해라. 이 빌어먹을 섬보다 악몽 속에 있는 게 더 나으니까."

"……."

설마 이걸 꿈이라고 여기는 건 아니겠지. 그러나 그럴듯한 가정이었다. 워낙 갑작스럽게 등장했으니 믿기지 않겠지.

'하여간 은근히 얼빵해 가지고는.'

쯧쯧. 칸나는 혀를 찼다.

"누구 마음대로 네 꿈에 나를 불러? 불쾌하게."

"뭐?"

"헛소리하지 말고 정신 차려."

침묵이 내려앉았다. 잠시 후, 오르시니가 벌떡 일어나 창살 가까이 다가왔다.

"뭐야 너."

그는 거의 증오에 가까운 눈으로 칸나와 클로드를 번갈아 보았다.

"네놈들이 왜 여기 있어."

"내가 하고 싶은 말인데."

칸나는 창살을 툭, 걷어찼다.

"대단하신 오르시니 아디스께서 죽어 마땅한 죄를 저질러 감옥에 갇히시다니."

"네가 왜 여기 있냐고!"

아 깜짝이야!

"꺼져! 당장 꺼지지 않으면 바닷물에 처박아 버리겠어!"

그러고는 클로드에게 소리쳤다.

"클로드 경! 내가 기사들을 보내지 말라고 경고했을 텐데!"

"오르시니 경, 사정이 있습니다. 일단 진정하시고……"

"닥쳐! 당장 이 계집애를 데리고 꺼져!"

울컥. 분노가 치솟아 올랐다. 그러나 다행히 아직 이성은 붙어 있었다. 그녀는 음산하게 명령했다.

"클로드 경, 나가 있어요."

"예?"

"남매끼리 할 이야기가 있어서 그래요. 나가 있어요."

"알겠습니다."

클로드는 명령을 칼같이 지키는 기사였다. 그는 군말 없이 감옥 밖으로 빠져나갔다.

탁. 문이 닫히는 소리가 들렸다.

"후……."

드디어 둘만 남았구나. 칸나는 깊은숨을 내쉬며 머리칼을 쓸어 올렸다. 그리고.

"이 개자식이!"

창살을 와락 움켜쥐며 빽 소리 질렀다.

"누구는 오고 싶어서 온 줄 알아!"

진작 소리치고 싶었는데 클로드 경 때문에 참았다. 칸나는 분노를 빵 터뜨렸다.

"널 보러 온 것 아니니까 착각하지 마! 재수 없는 자식아!"

분명히 반박할 거라고 생각했다. 그러나 어째서일까, 의외의 일이 벌어졌다.

"……."

오르시니가 허탈한 표정으로 자리에 주저앉은 것이다!

'뭐야? 왜 답지 않게 여기서 멈춰?'

몇 번 더 욕을 해 올 줄 알았는데. 오르시니는 전투력을 잃은 듯 무기력해 보였다.

"야, 오르시니."

"……."

"너 지금 실종 처리된 것 알고 있어?"

"……."

"설마하니, 대사제를 때리고 감옥에 갇혔을 줄이야."

영주에게 그 말을 들었을 때 어찌나 속이 시원하던지. 그러나 별개로 오르시니의 행동은 미친 짓이었다.

"너 제정신이 아니구나."

대사제의 권위는 일국을 호령한다. 감히 황제조차도 쉽게 대하지 못하는 자라는 말이다.

그런데 오르시니는 그런 대사제의 싸대기를 때렸다고 한다. 저 솥뚜껑만 한 손바닥으로 대사제의 통통한 얼굴을 왼쪽 오른쪽 번갈아 가면서.

"귀찮게 하지 말고 좀 꺼져라."

툭. 오르시니가 창살에 어깨를 기대며 중얼거린다.

"실종된 게 아니라 잠시 쉬는 것뿐이니 그렇게 전해. 그러니 어서 닥치고 꺼져."

"쉰다고?"

칸나의 입가에 조소가 어렸다.

"네 꼴을 봐. 거지처럼 짚 더미를 덮고 자고 있는데, 제대로 쉴 수나 있겠니?"

"……."

오르시니가 고개를 비스듬히 올려 그녀를 노려보았다. 어두운 감옥 안, 그의 초록색 눈동자가 짐승처럼 흉흉하게 빛났다.

칸나는 매혹적으로 웃으며 속삭였다.

"꺼내 줄까?"

순간, 지난 기억이 스쳐 지나갔다. 아멜리아 독살 혐의로 감옥에 갇혔을 때 저에게 굴욕적인 제의를 했던 오르시니의 모습이.

"핥아 봐."

칸나는 창살 안으로 발을 밀어 넣었다. 새빨간 구두가 조롱하는 뱀의 혀처럼 반들거렸다.

"그럼 꺼내 줄게."

"……"

"어때? 꽤 구미가 당기는 제안이지?"

오르시니가 천천히 고개를 내려 그녀의 구두 끝을 응시했다. 칸나는 깔깔깔 웃음을 터뜨리고 싶었다. 속 시원하구나! 오르시니에게 이런 굴욕을 안겨 주다니……

"……!"

다음 순간, 오르시니가 칸나의 발목을 붙잡았다.

"그래, 구미가 당기네."

체온이 닿은 지점부터 목 끝까지 소름이 오소소 돋아 올랐다. 저도 모르게 반사적으로 발목을 비틀었지만 꿈쩍도 하지 않았다.

오르시니가 입꼬리를 비틀어 올리며 웃었다. 흉포한 미소였다.

"핥다 못해 씹어 먹을 수도 있을 것 같은데."

이 미친 새끼. 칸나는 그를 혐오의 눈으로 노려보다가 차갑게 말했다.

"놔."

"왜. 발목까지 씹어 먹을 참인데."

그가 빈정거렸다.

"이제 와 무섭냐?"

"무섭다기보다는 더럽지."

"뭐?"

"너에게 닿는 게 이렇게까지 역겨울 줄은 몰랐거든."

또박또박 말한 후 다시 한번 발목을 비틀었다. 오르시니는 이번엔 강제로 잡지 않았다. 그의 손아귀에서 빠져나온 칸나가 한 발짝 뒤로 물러났다.

"난 네가 거기서 평생을 썩든 말든 관심 없어. 뭐, 그 꼴을 지켜보는 게 재미있을 것 같긴 하네."

"……."

"왜 감옥에 처박혀서 놀고 있는지는 모르겠지만, 말했다시피 소식이 차단된 덕에 넌 지금 실종 상태야."

쯧쯧쯧. 경멸을 담아 혀를 차 주었다.

"나한테 무슨 말을 전하라고 했던가? 미안하지만 난 안 그럴 거야. 내가 네 뒤처리를 해 줘야 할 의무라도 있니?"

그녀는 오르시니의 다리를 걷어차고 싶은 마음을 담아 창살을 툭툭 건드렸다.

"전하고 싶은 말이 있으면 네가 직접 해."

오르시니는 그녀를 사납게 쏘아보았다. 살기마저 도는 눈빛이었으나 칸나는 콧방귀를 뀌었다. 저까짓 게 감옥 안에 갇혔는데 어쩌겠는가? 멱살을 잡을 수도, 때릴 수도 없는 처지인 것을.

"……."

그러나 다음 순간, 오르시니의 눈매에 힘이 탁 풀렸다. 그러고는 다시 짚단 위로 벌러덩 드러누웠다.

'뭐야?'

역시나 오르시니답지 않은 태도였다.

"뭐야, 너? 내 말 안 들려?"

"닥치고 꺼져. 난 당분간 이곳에서 나갈 생각 없다."

칸나는 눈을 가느다랗게 뜨며 그를 노려보았다.

"네가 데려온 기사들이 다 전멸해서?"

"……."

대답이 돌아오지 않았다. 정곡인 모양이다.

"그래서 시무룩하기라도 한 거야? 다 죽고 너 혼자만 남아서 겁이라도 먹었어? 아니면 죄책감?"

다음 순간, 오르시니가 느릿느릿 몸을 일으켰다. 그리고 제 앞을 가로막은 창살을 콱 붙잡았고, 단숨에 옆으로 잡아당겼다.

우드득. 기이한 소리와 함께 창살이 엿가락처럼 휘었다.

'괴, 괴물…….'

오르시니가 벌어진 창살을 넘어 빠져나왔다.

괴물인가? 어떻게 저걸 저렇게 쉽게……. 칸나가 충격을 받은 사이, 어느새 가까이 다가온 오르시니가 그녀의 멱살을 와락 잡아챘다.

"꺼져."

형형하게 타오르는 눈이 그녀를 죽일 듯 쏘아보았다.

"경고했다. 당장 이 섬에서……."

다음 순간, 칸나의 손이 오르시니의 멱살을 잡았다. 그리고 단숨에 확 끌어당겼다. 예기치 못한 행동에 그의 몸이 칸나 쪽으로 끌려왔다.

"말귀 못 알아들어?"

멱살은 너만 잡을 수 있는 게 아니야. 칸나는 크게 열린 오르시니의 눈을 노려보며 낮게 속삭였다.

"넌 지금 실종 처리됐어. 네가 알아서 할 생각이면, 그럴 생각이라고 직접 전해. 날 시키지 말고."

"……!"

"사람 귀찮게 하지 말고 네 일은 네가 똑바로 해결하란 말이야, 이

양아치 새끼야."

부딪친 눈빛 사이로 증오의 불꽃이 튀었다. 오르시니의 기세는 실
로 무시무시했지만, 칸나는 물러서지 않았다.

그때였다.

"말씀 중에 죄송합니다, 공작 부인."

밖에서 클로드의 목소리가 들려왔다.

"영주님의 따님께서 찾아오셨습니다."

"……."

그의 목소리에 칸나의 머리가 차갑게 식었다.

"제기랄."

오르시니는 욕설을 지껄이며 칸나의 멱살을 풀었다. 그때 다시 한
번 목소리가 들려왔다. 이번엔 여자의 목소리였다.

"들어가도 되겠습니까?"

"예, 물론이지요."

칸나가 대답했다. 벌컥, 감옥의 문이 열리고 한 여자가 들어왔다.
여자는 상냥하게 웃으며 말했다.

"오르시니 님, 만찬실로 가시지요. 식사를 준비해 놨습니다."

"……."

"어서 올라가서 식사하세요. 이미 아시겠지만 페일런섬의 송어 맛
은 일품이랍니다."

"필요 없어."

그러나 여자는 표정 하나 변하지 않고 사근사근 말했다.

"제 성의를 봐서라도 이만 감옥에서 나와 주세요. 오르시니 님께서
이렇게 오래 계시니 아버지도 굉장히 곤란해하고 계십니다."

"곤란? 날 이곳에 처넣은 게 누군지 잊은 모양이군."

"그럴 수밖에 없었다는 것 아시잖아요, 오르시니 님? 그렇게 많은 사람 앞에서 대사제님을 폭행하셨으니."

"그래서 얌전히 있어 주겠다는데 말이 많구나."

보아하니 영주는 오르시니를 감옥에서 나오게 하려고 노력하는 모양이었다.

'이거야 원, 갇힌 게 아니었잖아.'

본인 스스로 처박혀서 뒹굴뒹굴하고 있었던 거였군.

설득이 통하지 않음을 예감한 걸까? 잠시 침묵하던 여자가 담담히 말했다.

"오늘 오전, 카밀튼 경의 시신을 찾았습니다."

순간 오르시니의 눈매가 딱딱하게 굳었다. 클로드 경 역시 마찬가지였다. 여자가 달래듯이 말을 이었다.

"그분은 오르시니 님의 충직한 부하셨다고 들었습니다. 부디 마지막 가는 길을 지켜봐 주세요."

"……."

오르시니는 여자를 무섭게 노려보다가, 그대로 휙 지나쳐 감옥을 빠져나갔다.

"이제야 감옥을 나가셨네요."

여자는 방긋 웃으며 그제야 칸나 쪽을 돌아보았다.

"너무 늦게 인사드리네요. 제 이름은 레이첼 데일, 페일런 영주님이 제 아버님 되십니다."

"반가워요. 저는…….."

"이번에 황제 폐하께서 보내 주신 의원님이시지요?"

레이첼이 살갑게 웃으며 다가왔다. 아주 선량해 보이는 미소였다.

"오시는 길 고생 많으셨을 텐데 정말 감사해요. 하지만 괜한 수고를 하신 듯하여 마음이 아프네요."

"괜한 수고라면?"

"페일런섬 사람들의 이상 증세는 질병이 아니랍니다. 악귀에 들린 것이지요."

레이첼은 진심으로 안타깝다는 듯 서글프게 말했다.

"하지만 이곳까지 오셨으니 직접 둘러보시는 게 좋겠어요. 제가 섬을 안내할 겸 동행하겠습니다."

"아가씨! 비도 오는데 어딜 나가십니까!"

"제롬 경."

레이첼은 다가오는 기사를 향해 활짝 웃어 보였다.

"제 호위 기사 제롬 경입니다. 경, 인사드려. 이분은 황제 폐하께서 보내 주신 의원님이셔."

그러나 제롬은 노골적으로 빈정거렸다.

"왜 오셨답니까? 귀신 잡는 일에 의원이 무슨 소용이라고. 도움도 안 될 것을."

"말조심해, 제롬 경. 이분은 귀족이셔. 발렌티노 공작 부인이시지."

"아, 발렌티노 공작님의 부인이시군요. 저도 이야기는 많이 들어 봤습니다. 워낙에 유명한 분이라서."

"……"

"별명이 뭐라더라, 오물? 뭐 그 비슷한……."

제롬은 말을 멈추었다. 어느새 그의 턱 끝에 날카로운 검날이 번뜩이고 있었다.

"벨까요?"

클로드가 웃으며 칸나에게 물었다.

"아니면 혀를 자를까요?"

"이, 이게 대체……."

제롬이 당황한 듯 얼굴을 붉혔다. 안절부절못하고 지켜보던 레이첼이 요청했다.

"기사님, 검을 내려 주세요."

그러나 클로드가 상냥하게 대꾸했다.

"저는 공작 부인의 명령만을 듣습니다, 영애."

칸나는 내심 놀랐다. 클로드가 이렇게 나올 줄은 몰랐던 것이다.

'호위라는 거, 정말 좋은데?'

이렇게나 편리하다니. 칼렌이 괜히 붙여 준 게 아니었다.

"검을 내려요, 클로드 경."

"예."

클로드는 이번에도 칸나의 말을 따랐다. 스르륵, 그가 검을 내리자 레이첼은 안도의 한숨을 내쉬었다. 그러나 제롬의 얼굴은 새빨갛게 달아올라 있었다. 그가 비난했다.

"불시에 검을 겨누다니, 기사답지 못한 행동입니다!"

"뭐 그건 그러네요."

"……뭐?"

"그건 그렇다고요."

"지, 지금 기사답지 못하다고 인정하는 겁니까?"

"예."

"……."

긁적긁적. 클로드가 뺨을 긁으며 헤실거렸다.

"그건 제롬 경도 마찬가지 아닌가요?"

"뭐, 뭐?"

"감히 귀부인께 되바라진 말을 지껄이지 않았습니까? 마음 같아서는 그 혀를 반토막으로 베고 싶습니다만."

클로드는 아무렇지도 않게 험악한 말을 했다.

"공작 부인께서 워낙에 착하신지라, 차마 그런 명령은 내리지 못하시네요. 아쉽게도 말이죠."

"……."

"그러니 공작 부인께서 비단결 같은 마음을 가지신 걸 행운으로 여기시죠."

칸나는 조금 부끄러워졌으나, 꿋꿋하게 고개를 치켜들었다. 호위 기사가 저렇게 말하는데 창피해할 수 없지 않은가?

"제가 대신 사과드리겠습니다."

레이첼이 재빨리 끼어들어 사과했다.

"정말 죄송합니다, 공작 부인."

"그래, 마땅히 그래야지요."

칸나는 방긋 웃었다.

"기르는 개가 잘못을 해도 주인이 사과하는 법입니다. 하물며 직속 호위 기사가 이렇게 방만하게 구는데, 당연히 레이첼 양이 사과하셔야죠."

"……!"

제롬이 이를 악물었다. 그러나 주먹을 꽉 쥐고 부르르 떨 뿐, 더는 아무런 말도 하지 못했다.

'그러게, 호위 기사 교육을 진작 잘해 놨어야지.'

상냥한 레이첼에게는 안됐지만 그녀가 감수해야 할 일이었다.

"자, 그럼 가죠."

칸나는 레이첼과 함께 마을을 둘러보았다. 그러나 얼마 가지 않아 근처의 작은 찻집으로 피신했다.

"비가 너무 많이 쏟아지는군요."

쿠쿵! 멀리서 천둥소리가 울렸다.

"비가 잦아들 때까지 잠시 기다리는 게 좋겠어요."

"그래요. 차 한잔하죠."

마침 배가 고픈 참이었다. 칸나는 차 한 잔과 함께 나오는 호밀 빵으로 배를 채웠다.

'건강에 좋은 맛이네.'

설탕도 버터도 첨가하지 않은, 천연 유기농 무가당 호밀 빵이었다.

'아아, 브라우니 먹고 싶다. 커피랑 같이 먹으면 진짜 맛있는데.'

칸나는 뒤에 서 있는 클로드를 흘끗 응시했다.

"클로드 경. 빵 먹을래요?"

클로드에 대한 호감도가 대폭 상승한지라, 그녀는 먹을 것을 권했다. 그러나 클로드는 웃으며 거절했다.

"괜찮습니다. 임무 중에는 공복이 편합니다."

"공복이 편…… 하다고요?"

"예. 그래야 몸이 가볍거든요."

"……."

공복이 편하다니. 칸나는 도저히 이해할 수 없는 사고였다. 옆에서 지켜보던 레이첼이 물어 왔다.

"호밀 빵, 어때요? 맛이 없지요?"

"아뇨, 맛이 없다기보다는……."

딱히 맛이 없다기보다는, 아예 아무런 맛도 느껴지지 않는……. 그러니까 맛이 없는 거였다.

"네, 맛이 없네요."

그러자 레이첼이 서글픈 웃음을 지었다.

"비록 맛은 형편없을지 모르겠지만, 호밀은 섬사람들의 주식이에요. 이런 척박한 섬에서 농사를 지을 만한 곡식은 몇 없거든요."

"그렇군요."

"예, 그러니 부디 양해 부탁드려요."

그렇게 말하면서도 정작 레이첼은 빵에 손끝 하나 대지 않았다. 그녀는 이미 점심으로 싱싱한 굴과 송어 스테이크를 먹은 참이었으니.

결국 호밀이 주식인 것은 섬사람들, 즉 섬의 가난한 주민들뿐이었다.

"그런데, 저는 섬 밖의 여성분은 처음 봐요. 내륙 사람들은 모두 공작 부인처럼 아름다우신가요?"

"아뇨. 제가 유독 그래요."

겸손이라고는 눈곱만큼도 없는 말이었으나 레이첼은 아무렇지도 않게 수긍했다.

"그렇군요."

"네."

"어쩐지 그럴 것 같았어요. 정말 아름다우세요, 부인."

"고마워요."

레이첼은 잠시 망설이다가 물었다.

"그렇다면 오르시니 님은요?"

"오르시니?"

"예. 내륙에는 오르시니 님 같은 분이 많은가요?"

"무슨 의미로요?"

"멋있으시잖아요."

뭐라고! 하마터면 칸나는 찻물을 뿜을 뻔했다. 사레에 걸려 콜록콜록 기침을 해 대자 레이첼이 손수건을 내밀었다.

"저는 오르시니 님처럼 멋진 분은 처음 봐요. 섬 남자들과는 차원이 다른 분이에요."

진심인가? 칸나는 그녀의 정신 상태를 의심했다.

"레이첼 양, 설마 외모 때문에 그래요? 외모 때문인가? 역시 외모 때문이죠?"

"무, 물론 외모도 훌륭하시지만……."

"안 돼! 겉모습에 속지 말아요!"

그 녀석, 허우대만 번지르르한 양아치라니까!

물론 사람에게는 취향이란 것이 있다. 만약 사나운 인상, 남성적 느낌이 강렬한 외모를 좋아하는 여자라면 오르시니에게서 눈을 뗄 수 없을 것이다.

"남자에게 외모는 중요하지만 외모보다 중요한 게 더 많다고요. 오르시니는 좀, 아니, 많이 난폭한 경향이 있는데……."

"용맹하신 거죠."

"용……."

칸나는 차마 말을 잇지 못했다. 용맹이라니, 용맹이라니. 설마 이 여자, 용맹이라는 단어 뜻을 모르는 걸까?

레이첼은 마치 꿈에 젖은 듯한 얼굴로 중얼거렸다.

"그분은 정말 강인하고 용감하신 분이에요. 마치 야수의 왕, 사자 같으시지요."

"……."

칸나는 맨 뒷부분만 다른 의미로 공감했다.

하기야 오르시니가 야수 같긴 하다. 녀석의 형형한 안광과 난폭한 성질머리는 인간이라기보단 짐승에 영역에 가까운 데다가, 머리카락 도 사자 갈기 같고.

"하지만 겉모습과는 달리 마음은 여리신 분이에요."

정말이지, 지나치게 편파적인 의견이었다. 칸나는 결국 참지 못하고 강렬하게 반발했다.

"그건 절대로 아니에요."

"아녜요, 전 알아요."

"아니에요. 아니라니까요!"

레이첼은 눈을 가느다랗게 떴다. 오르시니를 깎아내리는 칸나의 의 견이 몹시 마음에 들지 않는 듯했다.

"기사님들을 잃었을 때 오르시니 님은 크게 상심하셨어요."

"……."

"겉으로는 내색하지 않으셨지만 큰 죄책감에 시달리고 계시겠지요. 전 알아요. 그분 마음은 마치 유리구슬처럼 투명하고 아름답다는 것을."

……마지막은 못 들은 걸로 쳐야겠다. 칸나는 쏟아지는 문장을 자체적으로 검열했다.

순간 오르시니가 보냈다는 편지의 한 문구가 떠올랐다.

<기사들이 전멸했습니다.>

<기사들을 보내지 마십시오.>

칸나는 조심스레 물었다.

"기사단이 전멸했다는 소식은 저도 들었어요. 마물 때문인가요?"

"아― 아뇨. 아직 거기까진 모르셨구나. 기사님들을 해친 건 마물이 아니에요."

레이첼이 서글프게 웃었다.

"오르시니 님이에요."

……네?

칸나는 황망하게 레이첼을 쳐다봤다. 레이첼은 붉어진 뺨으로 눈을 반짝반짝 빛냈다. 그리고 황홀경에 빠진 목소리로 말했다.

"기사단을 전멸시킨 건 오르시니 님입니다."

레이첼은 그날의 이야기를 해 주었다.

아버지, 그리고 대사제와 함께 저녁 식사를 하고 있을 때.

쾅! 예고도 없이 문이 벌컥 열렸다. 모두가 식사를 멈추고 고개를 돌렸다.

"오르시니 경?"

물기에 젖은 남자가 저벅저벅 걸어 들어왔다. 그 궤적을 따라 빗물이 뚝뚝 떨어져 내렸다. 남자가 손에 들고 있던 무언가를 테이블 위로 거칠게 던졌다.

쨍그랑! 음식과 식기들이 바닥으로 쓸려 나갔다. 오르시니가 던진 괴물체는 레이첼의 앞까지 데구르르 굴러왔다.

"꺄아악!"

레이첼은 비명을 터뜨렸다. 마물의 목이었다!

"이게 대체 무슨 짓입니까, 오르시니 경!"

뒤늦게 정신을 차린 대사제가 소리쳤다. 오르시니는 아주 불경하게 웃으며 비꼬았다.

"보면 모르십니까? 마물 대가리입니다만."

"이 무슨 무례입니까! 감히…….'"

"뭔가 다릅니다."

오르시니는 대사제의 말을 끊었다.

"그동안 수천수만 번 마물의 목을 썰어 봤지만, 이렇게 생긴 놈들은 처음 봅니다."

"그게 대체 무슨!"

"검은 안개도 마찬가지입니다. 지금까지와는 다릅니다. 지나치게 신출귀몰합니다."

오르시니는 빗물에 젖은 머리칼을 쓸어 넘겼다.

"그동안 검은 안개는 한 구역에 나타나 일정 기간 점령하다가 사라졌지만……."

심기가 뒤틀린 초록색 눈이 드러났다.

"이곳의 검은 안개는 번개처럼 내리쳤다가 사라집니다. 예측할 수 없는지라 아주 많은 기사가 감염됐죠."

말을 잇는 오르시니의 목소리가 점점 거칠어졌다. 그의 분노가 향한 것은 대사제였다.

"그런데 한가하게 물고기나 처드시고 계십니까, 대사제님?"

"말조심하십시오! 경의 말대로 저는 대사제입니다. 그러한 경박한 말을 들을 이유가……."

쾅! 오르시니가 두 손바닥으로 테이블을 내리쳤다. 그리고 대사제를 향해 몸을 굽혔다.

"당신이야말로 경박한 짓은 그만두시지."

대사제가 딸꾹질을 했다.

"검은 안개가 출몰했는데 성력을 가진 자가, 심지어 대사제씩이나 되는 자가 한다는 일이 편히 앉아 송어 살점 뜯어 먹는 게 다인가?"

위압감에 질려 있던 대사제의 뺨이 바들바들 떨렸다.

"밖에 아무도 없나! 당장 오르시니 경을 끌어내라!"

그러자 벌컥 문이 열리고 기사들이 우르르 들어왔다.

"오르시니 경을 당장 끌어……."

명령하는 대사제의 말끝이 흐려졌다. 들어온 기사들은 아디스 가문의 기사들이었다.

"아, 영주의 기사들을 부른 거였습니까?"

오르시니가 픽 비웃었다.

"아무리 불러 봤자 못 들을 겁니다. 안에 못 들어가게 막기에, 잠시 휴식을 취하게 도와줬으니."

그가 놀리듯 말하자 대사제의 얼굴이 새하얗게 질렸다.

"당신은 먹는 것을 아주 좋아하더군요."

오르시니는 대사제의 옆에 수북이 쌓인 접시를 혐오스러운 눈으로 바라보았다.

"나도 그렇습니다. 특히나 술에 환장하죠. 페일런섬의 호밀주가 그렇게 맛 좋다는데, 아쉽게도 아직까지 한 방울도 핥아 보지 못했습니다. 이게 다 빌어먹을 검은 안개 때문이지."

"이…… 깡패 같은……!"

순간 그의 입가에서 비웃음이 싹 사라졌다.

"그래, 나 같은 깡패 새끼도 뭐가 더 중요한지는 알아. 근데 당신은 뭐야?"

"……."

"당신이 묵직한 엉덩이를 일으켰다면, 오늘 죽은 수많은 기사 중 몇 명은 살아남았을 거다."

"지금 네놈이 감히 나에게!"

"네가 뭔데?"

오르시니가 굽혔던 몸을 일으켰다. 자신의 그림자에 깔린 대사제를 내려다보며 비웃었다.

"검은 안개가 무서워서 송어 뒤에 숨은 돼지 새끼지."

"너!"

그때였다. 대리석 바닥 위로 늘어진 기사들의 그림자. 레이첼은 그 그림자가 꿈틀거리는 것을 보았다.

"……!"

그러나 다음 순간, 그것이 그림자가 아니라는 걸 알아차렸다.

검은 안개였다.

시커먼 아지랑이가 단숨에, 믿을 수 없을 만큼 빠른 속도로 피어올라 단숨에 기사들을 왈칵 집어삼켰다!

"검은 안개다!"

"피해!"

그러나 최초에 삼켜진 자들은 이미 대응할 수 없는 상태였다.

"크, 크아아악!"

"아아악!"

다섯 명. 다섯 명의 기사를 삼킨 시커먼 안개 안에서 찢어지는 듯한 비명이 울려 퍼졌다.

그러나 단말마였다. 몇 초 가지 않아 뚝, 비명이 끊겼다.

"……"

단숨에 홀 안이 조용해졌다. 기사들은 벽에 바짝 붙어 검을 치켜세웠다. 비명이 끊겼음에도, 악몽은 이제 시작이라는 듯 긴장한 눈이었다. 겁에 질려 덜덜 떨던 대사제가 간신히 목소리를 짜냈다.

"이, 이게 무슨……"

그때, 검은 안개가 단숨에 흩어졌다.

"……"

안개에 삼켜졌던 기사들은 그 자리에 그대로 남아 있었다. 그들은 아무 일 없었던 것처럼 멀쩡했다. 조금 전까지만 해도 검은 안개에 삼켜졌다고는, 끔찍한 비명을 질렀다고는 믿기지 않을 만큼 멀끔한 모습이었는데…….

"크으, 크으으."

그러나 입술에서 흐르는 음성은 기괴했다. 그러고는 아주 천천히 삐걱삐걱, 고장 난 인형처럼 고개를 들어 올렸다.

"······!"

레이첼은 하마터면 비명을 지를 뻔했다.

검은색. 기사들의 눈동자가 검은색으로 물들어 있었다!

그뿐만이 아니라, 머리칼 또한 정수리부터 천천히 검은색으로 변하고 있었다. 게다가 새빨갛게 충혈된 눈. 벌어진 입에서 굶주린 짐승 같은 침이 뚝뚝 떨어졌다.

"크르, 크르르······."

그때 오르시니가 그들에게 다가갔다. 그러자 감염된 기사들이 동시에 그를 노려보았다. 짐승처럼 펄쩍 뛰어 달려들었다. 인간이라고 믿을 수 없을 만큼 놀라운 도약이었으나.

"크학!"

테이블 아래 숨어 있던 레이첼은 오르시니가 어떻게 검을 휘둘렀는지 자세히 보지 못했다. 그저 단 한 번의 검 놀림으로 기사 셋의 몸뚱이가 갈라진 것만을 목격했을 뿐.

툭. 감염자의 목이 떨어졌을 때, 홀 안은 다시금 정적이 내려와 있었다. 오르시니는 다른 기사들을 돌아보며 말했다.

"시신을 수습해라. 그리고······."

그 순간, 오르시니의 눈이 커다랗게 열렸다. 그가 외쳤다.

"피해!"

다음 순간. 검은 안개가 사방에서 터졌고 홀 안의 모든 기사를 집어삼켰다.

"순식간이었어요."

레이첼이 조용히 이야기했다.

"피하고 말고 할 시간도 없었죠. 오르시니 님의 비유가 정확했어요. 벼락이 내리친 것처럼, 검은 안개가 퍼졌어요. 모든 기사님을 집어삼켰죠."

아디스의 기사들이 검은 안개에 감염됐고, 오르시니 홀로 모두를 도륙해야만 했던 그날의 일을.

"오르시니 님은 신성한 일을 하신 겁니다."

검은 안개에 닿은 자들은 감염된다. 정신이 무너지고 악의와 살의에 사로잡힌 괴물로 변한다.

"그들은 모두 오르시니 님의 손에 평안을 되찾으셨지요."

칸나는 그제야 오르시니가 평소와 달리 기운이 없었던 이유를 깨달았다. 아디스의 기사들은, 오르시니와 거의 평생을 동고동락하며 지내 온 그의 동료이자 부하들이었다. 등 뒤에서 이 이야기를 듣고 있는 클로드 경처럼.

"그 일로 대사제님과의 반목이 심해졌지요. 대사제님께서는 그때에도…… 아무것도 안 하셨거든요. 성력으로 검은 안개의 힘을 약화할 수 있으셨을 텐데요."

그래서 뺨을 맞은 거군. 그녀는 처음으로 오르시니의 폭력에 공감했다.

"비가 멎었군요."

어느새 창밖의 비가 잦아들었다.

"이제 가 볼까요?"

마을을 걷기 시작한 지 얼마 되지 않아 칸나는 기이한 현상을 목격했다.

"난다, 날아! 드디어 하늘을 나는 거야!"

중년의 사내가 킬킬 웃으며 거리를 뛰어다녔고.

"아하하하! 신난다, 너무 신나!"

한 여인이 호밀밭에서 허수아비를 부여잡고 춤을 추었으며.

"나는 물고기야! 바다 끝까지 헤엄칠 거야!"

어린 꼬마 소년이 진흙밭에서 수영을 하고 있었다.

걸음을 걸을수록, 마을을 둘러볼수록, 곳곳에서 기이한 행동을 하는 주민들이 발견됐다.

이것이 말로만 들었던 페일런섬의 광증이었다.

'정말이구나. 다들 단체로 미친 것 같아.'

그러나 레이첼은 저 모든 기행을 보고도 평온하게 웃었다.

"놀라셨나요, 의원님?"

본인이 원숭이라고 주장하며 나무에 올라탄 소녀를 보며, 레이첼이 조용히 말했다.

"하지만 제게는 놀라운 일이 아니에요. 섬에서는 아주 오랜 세월 동안 이런 현상이 일어났습니다."

"……."

"이 시기가 되면 마의 활동이 유난히 활발해져요."

"이 시기라면, 우기를 말씀하시는 거죠?"

"예. 그동안 마을 사람들 모두가 번갈아 가며 한 번쯤은 마귀에 들리고는 했지요. 저를 제외하고서요."

레이첼이 비에 젖은 흙을 조심조심 지나가며 말했다.

"그래서 전 깨달았어요. 제가 이 섬에서 아주 특별한 존재라는 것을."

모두가 한 번쯤은 귀신에게 몸을 빼앗겼다. 심지어 아버지마저도 어린 시절에 한 번 광증을 앓은 전적이 있다고 하셨다.

그러나 자신은 다르다. 오로지 자신만이.

그렇기에, 자신만이 이 섬을 구할 수 있다.

"성녀님이다!"

그때, 정상적인 마을 사람들이 레이첼을 보고 우르르 달려왔다.

"성녀님!"

"성녀님, 부디 제 아이를 구해 주세요!"

"제 남편이 또 마귀에 들렸습니다! 부디 구원을!"

이성을 가진 자들은 간절하게 레이첼의 앞에 엎드렸다. 광신도 같은 기세였다.

"오늘은 제 동생이 마귀에 들렸습니다!"

"성녀님, 검은 사도를 찾아 주세요! 악마를 부리는 사도를 찾아내어 벌을 내려 주세요!"

레이첼은 아우성치는 마을 사람들을 가련하게 응시했다.

"곧 정화의 날이 다가옵니다. 그때, 마귀를 부리는 검은 사도를 찾아낼 테니 걱정하지 마세요."

사태를 지켜보던 칸나는 몹시 당황했다. 성녀라니? 영주의 딸에게 성녀라고?

'게다가 정화의 날은 또 뭐야?'

몰려든 사람들을 돌려보낸 후 레이첼이 차분하게 설명했다.

"해마다 한 번씩 검은 사도로 의심되는 자를 찾아 정화를 한답니다."

어째서인지 몹시 불길하게 느껴지는 말이었다.

"정화는 어떻게 하는 거죠?"

"나무에 거꾸로 매달아 화형을 하지요."

불길한 예감이 적중했다. 칸나의 속이 울렁거리기 시작했다. 마냥 선량해 보였던 레이첼의 인상에 쩌적쩌적 균열이 가기 시작한다.

"검은 사도로 의심되는 사람을 찾는 게, 레이첼 양이 하는 일이고요?"

"예. 신께서 내려 주신 의무를 충실히 이행하고 있습니다."

이 섬에서 단 한 번도 광증을 앓지 않았던 유일한 여자. 게다가 영주의 딸. 그것만으로도 이 폐쇄된 섬에서는 충분히 성녀로 추대될 만했다.

"검은 사도는 어떻게 판별해 내죠?"

"제가 광증을 앓은 모든 이를 살펴본 후, 가장 강력한 마기가 느껴지는 자를 찾아냅니다."

"마기가 느껴져요?"

"예. 가장 불길한 기운을 풍기는 자가 있습니다. 그자가 검은 사도로, 다른 이들을 광증에 감염시키지요."

"그러시군요."

칸나는 빈정거리고 싶은 것을 애써 참았다. 그건 성기사의 후손인 아디스와 발렌티노 가문의 사람들도 못 하는 일이었다. 하물며 대신전의 사제들에게조차 없는 능력인데.

"그렇다면, 매년 한 명 이상의 마을 주민을 화형했다는 말이군요."

"마을 주민이기 전에 검은 사도니까요."

"그럼에도 불구하고 매년 같은 일이 일어나는 이유는 뭐죠?"

레이첼은 처음으로 대답하지 못했다. 칸나는 쏘아붙였다.

"검은 사도를 죽여 마을 정화했는데, 왜 매년 같은 일이 반복되느냐고 묻는 겁니다."

"……."

"혹시 대단히 악랄한 몽상을 하고 있다는 생각은 안 해 봤나요?"

"예?"

"어쩌면 모든 것이 레이첼 양의 망상이라든가. 아니면 착각이라든가."

그 순간 레이첼의 표정이 무너졌다. 눈빛이 잘게 떨렸다. 그때.

"왜냐하면 악은 끊임없이 증식하기 때문입니다!"

줄곧 뒤에서 따라오던 제롬이 큰 소리로 반박했다.

"그러니 부디 아가씨를 모욕하는 말씀은 거둬 주십시오! 레이첼 아가씨는 단 한 번도 잘못 선택하지 않으셨습니다."

그는 자신이 모욕당한 듯 얼굴을 붉히며 레이첼을 변호했다.

"정화 의식이 끝나면, 귀신에 홀린 사람들이 점점 줄어들어 더는 나타나지 않습니다! 다음 해, 이 시기가 될 때까지는요!"

"그래요?"

"예. 그것이야말로 제대로 된 검은 사도를 찾아내어 정화했다는 증거입니다!"

검은 사도로 추정되는 자를 화형하면, 광증은 점점 잦아들어 마을에는 평화가 찾아온다. 적어도 다음 해 우기가 찾아오기 전까지는…….

듣다 보니 무언가가 굉장히 석연찮았다.

'뭔가 있는데.'

아주 중요한 무언가 생각날 듯 말 듯 나지 않는다.

'이건 광증 따위가 아니야. 뭔가 있어.'

머릿속에 퍼즐이 어지럽게 흩어진 느낌이었다. 그러나 칸나는 결국 생각해 내지 못했다.

그날 밤, 칸나는 잠들기 직전까지도 꿍꿍거렸다.

'뭔가 있어. 뭔가 생각날 것 같은데.'

날이 밝으면 다시 마을 사람들을 자세히 살펴봐야겠다. 분명 광증을 앓는 자들의 공통점이 있을 것이다.

'그래, 그러니까 일단 자자.'

정말이지 피곤한 하루였다.

"누나!"

으.

"누나, 일어나."

"시끄러워……."

칸나는 인상을 찡그리고 이불 속으로 파고들었다. 조금만, 조금만 더 자고 싶다. 어쩌나 피곤한지 온몸이 쇠사슬에 꽁꽁 묶인 것만 같다. 정말 피곤한 하루였으니까…….

"……."

잠깐만.

칸나는 천천히 눈을 떴다. 방금 그 목소리, 뭐였지?

"누나!"

칸나는 벌떡 몸을 일으켰다.

침대 바로 옆, 아주 가까이에 한 남자가 서 있었다. 칸나는 멍하니 그 남자를 올려다보았다.

"뭐야, 그 얼빠진 표정은?"

검은 눈동자. 검은 머리카락. 그리고 날렵한 눈꼬리, 약간은 신경질적인 눈썹, 시원하게 뻗은 콧날과 이제 막 스물을 넘은 파릇한 인상.

칸나의 떨리는 시선이 남자의 얼굴을 훑었다. 믿을 수 없었다.

"서……."

입술이 떨렸다. 숨이 벅차올라 호흡이 비틀렸다.

"선홍아?"

선홍이였다. 눈앞의 남자는, 그녀가 한평생 동생으로 불러 오고 아껴 온 청년, 이선홍이었다!

"이, 이선홍!"

허겁지겁 자리에서 벌떡 일어났다. 선홍이의 손을 잡기 위해 손을 뻗을 때. 한 걸음, 선홍이가 뒤로 물러난다.

"누나, 그러지 말고 빨리 따라와. 밖에서 다 기다리고 있어."

"어, 어어?"

"빨리!"

선홍이가 등을 돌려 뛰어나간다. 멍하니 그 뒷모습을 바라보다가 엉거주춤 그를 따라 나갔다.

'뭐지? 대체 뭐지?'

어깨 위로 숄을 걸칠 정신도, 슬리퍼를 신을 여유도 없었다.

왜? 선홍이가 왜 여기에 있지? 순간 현실감이 확 밀려왔다.

'혹시 선홍이도 이 세계에 떨어진 건가?'

충분히 있을 법한 일이었다. 주화 역시도 어느 날 갑자기 자신의 몸에 빙의하지 않았던가! 어쩌면 선홍이도 기이한 현상을 겪어 이 세계에 떨어진 걸지도 모른다!

그렇게 생각하자 온몸이 떨렸다. 생전 처음 느끼는 공포감에 머리가 새하얗게 질렸다.

"이선홍! 너 당장 이리 안 와!"

"누나, 빨리 따라와!"

"기다려, 나랑 같이 가. 이곳은……."

이곳은, 이 세계는 위험하단 말이야!

그때, 누군가가 그녀의 팔을 잡아 세웠다.

"무례를 저질렀습니다. 죄송합니다, 공작 부인."

클로드 경이었다. 그가 웃으며 물었다.

"어디 가십니까? 지금 밖에 비가 많이 내립니다."

"이것 놔요!"

"하지만 공작 부인."

칸나는 선홍이가 사라진 자리를 보며 초조하게 외쳤다.

"명령이에요!"

클로드는 잘 훈련된 개처럼 명령을 따르는 기사였다. 팔을 붙잡은 힘이 사라진다. 칸나는 허겁지겁 선홍이를 따라 달려갔다. 그러나 어린 시절부터 훈련받은 운동선수를 따라가는 건 결코 쉬운 일이 아니었다.

칸나는 미친 듯이 그를 쫓아 달렸다. 불안감에 머리가 돌아 버릴 것만 같았다.

'선홍이는 안 돼. 선홍이는 안 돼.'

이 세계에 오면 안 돼. 주화로 충분하잖아. 나로 충분하잖아.

선홍이마저, 내 동생마저 이 위험한 세계에서 살게 할 수 없어!

"이선홍, 기다려!"

어느덧 칸나는 쏟아지는 폭우를 뚫고 달리고 있었다. 그러나 자신이 비에 젖고 있다는 시실조차 몰랐다.

"선홍아!"

어디 있어, 대체 어디에…….

"야옹!"

아!

귀가 번쩍 뜨였다. 그 울음소리는, 고막을 부술 듯 쏟아지는 빗소리 속에서도 또렷하게 울렸다.

이 울음소리를 모를 리가 없다. 이 울음은.

"또, 또또야?"

"야오옹!"

"또또야!"

내 고양이!

칸나는 소리가 나는 방향으로 미친 듯이 달렸다. 그래, 이건 또또의 울음이야. 내 고양이야. 언제나 내 품에서 잠들던 고양이. 따뜻하고 말랑말랑한 내 고양이.

"누나, 여기야!"

"야옹!"

그때, 저 멀리 나무 기둥 뒤에서 선홍이가 손짓했다. 그 옆에는 치즈색 털을 가진 고양이가 흠뻑 젖은 채 칸나를 응시하고 있었다.

"빨리, 빨리! 늦기 전에 빨리 와, 누나!"

"야옹!"

선홍이와, 또또와 눈이 마주쳤다.

"기……."

왈칵, 울음이 터져 나왔다.

"기다려."

쏟아지는 빗물에 섞여 눈물이 줄줄 흘렀다.

"기다려. 제발."

가지 마. 나를 두고 가지 마. 보고 싶었단 말이야. 너무 그리웠단 말이야!

"빨리 와!"

칸나는 엉엉 울며 선홍이의 뒤를 쫓았다. 선홍이 저 나쁜 자식은, 언제나 그렇듯 몸 무거운 누나 배려는 전혀 해 주지 않고 제멋대로 굴고 있었다.

또또도 마찬가지다. 옆에서 살랑살랑 애교를 부리다가 심기 뒤틀리면 저 멀리 도망갔던 것처럼, 지금은 도저히 닿지 않는 곳으로 뛰어가고 있었다!

"같이 가!"

정신없이 어두운 빗길을 뛰었다. 어느덧 숲까지 진입했으나 알지 못했다. 눈앞에 보이는 것은 선홍이와 또또뿐이었다.

마침내 선홍이가 멈춰 섰다.

그곳에, 그리운 얼굴이 있었다.

"칸나야."

칸나의 무릎이 떨렸다. 부드럽고도 강인한 목소리, 어찌나 그리웠던지.

"엄마……."

"우리 칸나."

엄마가 아빠와 함께 서 있었다. 선홍이와 또또가 그 옆에서 손짓한다. 칸나는 눈물을 뚝뚝 흘리며 다가갔다.

"엄마, 엄마."

"그래, 그동안 많이 힘들었지?"

응, 엄마! 진짜 너무너무 힘들었어!

그렇게 말하고 싶었다. 정말이지, 너무 힘들었다고. 다들 어찌나 자신을 괴롭히는지, 이 세계가 어찌나 험악한지 칭얼거리고 싶었다.

그러나 목구멍에 돌이 박힌 것처럼 너무나도 아파서 단 한마디도 뱉을 수 없었다. 그저 엄마의 앞에 서서 히끅히끅, 눈물을 뚝뚝 흘렸다.

이 세계에 와서 단 한 번도 흘리지 않았던 눈물이었다.

가족을 보는 순간, 선홍이와 또또, 그리고 엄마와 아빠의 앞에 서는 순간. 더는 참을 이유가 없었다. 그들과 함께라면 괜찮았다. 그들의 앞에서는 한없이 약해져도 괜찮았다.

"아?"

그러나 다시 고개를 들어 올렸을 때, 그곳엔 아무도 없었다.

"어?"

쏴아아아. 폭우가 쏟아지는 숲 안, 저 혼자만이 엉망이 되어 덩그러니 서 있을 뿐. 그때.

"누나, 여기!"

번쩍, 뒤에서 울리는 목소리에 칸나는 재빨리 등을 돌렸다. 어느덧 선홍이가 그곳에서 손짓하고 있었다.

"선홍아."

"응, 누나."

"엄마랑 아빠는?"

"집에 먼저 돌아갔어."

"집에?"

"응. 우리도 어서 집으로 돌아가자. 엄마랑 아빠랑 또또가 기다리고 있어."

집으로.

그것은 마법의 문장이었다.

칸나는 이제 그만 집에 돌아가고 싶었다. 이 모든 것을 악몽처럼 잊고 그저 거실 소파에 누워 한숨 자고 싶었다.

"기다려!"

그러나 선홍이가 또 뛰기 시작하자 칸나는 쫓아 달렸다. 그때였다.

"칸나야."

"……!"

칸나는 선홍이를 따라가는 것도 잊고 우뚝 멈춰 섰다. 뒤를 돌아보자, 그곳에 그가 있었다.

"오, 오빠?"

"칸나야. 보고 싶었어."

연한 갈색 머리. 사슴 같은 눈. 맑은 인상. 키가 훤칠한 남자. 한때 결혼까지 생각했던 애인이 그곳에 서 있었다.

왜 연우 오빠가 여기에 있어?

왜 다들 여기에 있어?

'뭔가, 뭔가…….'

머리가 어지럽다. 뿌연 안개에 시야가 가려진 것처럼 무엇 하나 또 렷하게 맺히지 않는다. 칸나는 머리칼을 쥐어뜯으며 비틀거렸다. 이건 뭔가. 뭔가가…….

"누나!"

그러나 생각할 틈이 없었다. 다시 한번 울리는 선홍이의 목소리에 칸나는 학습된 짐승처럼 그를 쫓아 걸어갔다.

"칸나야, 빨리 와."

"기, 기다려 오빠. 선홍아."

"누나, 빨리! 집에 가야지!"

칸나는 연우와 선홍이를 따라 비틀비틀 뛰었다. 일말의 의구심이 사라지고 이윽고 희망이 차올랐다. 얼굴에 웃음이 한가득 맺혔다.

그래. 집에 갈 수 있어. 이제 집으로 돌아가는 거야!

"얏!"

그때였다. 강한 힘이 팔을 와락 움켜쥔다. 칸나의 몸이 강제로 돌아 갔다.

"정신 차려!"

"……."

누구지?

빗물에 젖은 머리칼이 너무나도 붉어 핏물이 뚝뚝 떨어질 것 같다. 칸나는 홀린 듯 그 머리칼을 응시하다가 팔을 뿌리쳤다.

"놔, 놔요."

"정신 차리라고. 너까지 대체 왜 이래!"

"이것 놔! 난 집에 가야 해!"

이러는 사이에 선홍이가 가 버리면 어떡해! 연우 오빠가 사라지면 어떡해! 이제야 겨우 만났는데!

"집에 가게 해 줘! 집에 가고 싶어!"

칸나는 미친 듯이 몸부림쳤다. 남자의 손아귀에서 벗어나기 위해 그를 걷어차고, 손톱으로 할퀴며 발악했다.

"얏!"

간신히 남자에게서 벗어난 칸나는 미친 듯이 달렸다.

"엄마!"

어느덧 저 앞에는 엄마와 아빠가 그녀를 손짓하고 있었다.

"칸나야, 어서 집에 가자. 아빠가 된장국 끓여 놨어."

"야오오옹."

"누나, 집에 가서 치킨 먹자!"

"칸나야, 정말 보고 싶었어."

목소리들이 바로 귀 옆에서 속삭이는 것처럼 울려 왔다. 아니, 머리를 열어 뇌에다가 중얼거리는 것 같았다.

"엄마아……."

칸나는 홀린 사람처럼 비틀비틀 걸어갔다. 그때 잠자코 그녀를 바라보던 엄마가 빙그레 웃었다.

그리고 말했다.

"너 엄마가 이렇게 가르쳤니?"

……아.

순간 발에서 힘이 빠졌다. 칸나는 그대로 자리에서 철퍼덕 고꾸라졌다.

"으……."

흙밭 위에 엉망으로 넘어진 칸나는 신음을 흘렸다. 부딪친 온몸이 아팠다. 팔과 다리가, 얼굴이, 그리고.

그리고 마음이.

칸나는 눈을 감았다. 넘어진 몸뚱이를 비웃듯 비가 쏟아져 내린다.

'아니야.'

뺨 위로 내리꽂히는 빗물을 맞으며, 칸나는 간신히 생각을 끄집어냈다. 이성을 불렀다.

'아니야.'

무엇이?

'아니야.'

이것이.

'그래, 아니야.'

아니다. 절대로.

'그들일 리가 없잖아.'

그래, 아니다.

이곳에 그녀의 가족이, 그녀의 애인이 모두 다 모여 있을 리 없다. 신출귀몰하게 이곳저곳에서 나타나며 그녀를 교란할 리 없다.

그리고 무엇보다.

그들은 자신이 이 비를 맞으며 달리도록 내버려 둘 리 없다.

"누나, 일어나. 집에 가야지."

"칸나야, 괜찮니?"

"야오옹."

그러나 속삭임들은 여전히 귓가에 일렁인다.

어지럽게 흩어진 판단력이 그냥 믿어 버리라고, 그립지 않았냐고, 그들을 쫓아 마음껏 달리라고 유혹적으로 속삭였다. 그 명령을 따르면 정말 기분이 좋아질 것 같았다. 깔깔 웃으며 춤출 수 있을 것 같았다.

그러나 그러고 싶지 않았다. 그럴 수가 없었다.

"야."

칸나는 다시 눈을 떴다.

"이게 무슨 꼴이냐?"

이것만이 현실이란 것을 알았다. 저 목소리만이. 그녀가 끔찍하게 여기는 저 사람만이.

이곳이 자신의 현실이었다.

"병신."

그때, 강한 힘이 칸나의 몸을 번쩍 일으켰다. 칸나는 저항하지 않고 그 품에 안겼다.

"그러게 내가 이 섬에서 꺼지라고 했지."

쏴아아. 쏟아지는 빗속에서 오르시니가 낮게 욕설을 지껄였다.

"내 말 안 듣더니 꼴좋다, 등신아."

오르시니가 칸나를 발견한 것은 숲의 초입에서였다.

"기다려, 선홍아!"

처음에는 마을 사람인 줄 알았다. 또 광증을 겪는 주민이 미쳐 날뛰는 줄 알고 성가신 얼굴로 고개를 돌렸지만.

"선홍아!"

이 목소리는.

"마차 세워."

"오르시니 님?"

"세워."

곁에는 영주의 딸, 레이첼이 있었다.

"하지만 밖에는 비가……."

그러나 오르시니는 더 듣지 않았다. 그는 곧장 문을 박차고 뛰쳐나왔다. 여자가 달려갔던 흔적을 쫓아 숲으로 들어갔다.

"엄마아!"

오르시니의 입안에서 욕설이 아우성쳤다. 역시나 그의 누이였다!

'미친년.'

아주 엉망인 꼴이었다. 흠뻑 젖은 잠옷, 엉망이 된 맨발로 엉엉 울고 있는 꼴이라니.

'저 새끼는 뭐야?'

그리고 그런 칸나의 뒤를 클로드가 은밀하게 쫓고 있었다. 칸나는 헛것이 보이는지 한 곳을 뚫어지게 응시하며 중얼거렸다.

"어, 엄마아."

순간 오르시니의 발걸음이 멈추었다.

"엄마. 보고 싶었어."

빗방울이 쉴 새 없이 부서지는 어깨가 파르르 떨린다. 마치 다친 새 같았다.

"흐, 흐으, 으윽⋯⋯."

오르시니는 저도 모르게 나무 뒤로 숨었다.

울어? 저 독한 계집애가 울어?

재회한 이래로 눈물 한 방울 안 보였던 칸나였다. 감옥에 갇혔음에도 불구하고 사나운 눈으로 물어뜯으려 했지, 약한 구석 따위는 없었는데⋯⋯.

그랬던 여자가, 이제 와 처량하게 울다니.

어째서일까? 절대 봐서는 안 될 은밀한 비밀을 본 것 같았다. 칸나저 독사는 절대로, 설령 죽어도 남에게 저런 모습을 보여 주고 싶지 않았을 것이다. 그런데 봐 버리고 말았다.

"오빠!"

그때, 칸나가 또다시 달려갔다.

그런데, 뭐? 오빠?

"오빠! 선홍아, 같이 가!"

도저히 알지 못할 이름을 지껄이며 뛰어간다. 오르시니가 보다 못해 다가가 그녀를 붙잡았다.

"놔, 놔줘요!"

칸나는 괴물을 보듯 응시했다. 저를 알아보지 못하고 있었다.

"집에 가게 해 줘!"

칸나가 오르시니를 뿌리치고 다시 한번 달려간다.

"날 두고 가지 마. 가지 마!"

그러다가 결국 제풀에 못 이겨 풀썩 넘어지고 만다.

오르시니는 가만히 그 꼴을 구경했다.

누군가를 간절하게 쫓아가다가, 결국 실패하고, 혹은 포기하고 주저앉은 그 모습을. 집에 가고 싶다고 울부짖었으나 결국 가지 못한 그 모습을.

저토록 외로워 보이는 꼴이라니.

오르시니는 칸나를 끌어 올렸다. 칸나는 이번엔 순순히 그의 힘에 몸을 맡겼다. 저항하지 않고 품에 안긴다. 그러다가 곧 잠이 들었는지 고개를 푹 꺾은 채 규칙적으로 호흡을 내뱉었다.

등신 같은 년.

"엄마……."

네 엄마는 왜 찾냐. 가족은 왜 찾아. 넌 태어나면서부터 혼자인 계집애인데.

　그래, 너는 혼자다. 너에게는 못된 계모와 무심한 부친과 지랄 맞은 형제자매와 냉정한 남편뿐이다. 평생을 그리 살았지.

　그런데.

　"엄마아……."

　"……."

　오르시니는 칸나를 내려다보았다. 그녀의 **뺨**을 타고 흐르는 빗줄기가 흡사 눈물 같았다.

　"오르시니 경."

　오르시니는 고개를 올렸다. 클로드가 그제야 모습을 드러낸 것이다.

　"저택에서부터 이랬냐?"

　"예."

　오르시니는 클로드를 죽일 듯 노려보며 말했다.

　"넌 아무것도 못 본 거다."

　"물론이지요. 공작 부인의 명예를 위해서라도."

　클로드가 매끄럽게 대답했다.

　그렇게 잠이 들었던 것 같다.

　다시 눈을 떴을 때, 칸나는 낯선 침대에 누워 있었다. 멍하니 좁은 천장을 응시하다가 타닥타닥 타오르는 벽난로로 시선을 내렸다.

"……."

벽난로 옆, 오르시니가 벽에 기대어 앉아 잠들어 있었다.

무엇이 꿈일까?

지금 이 순간? 아니면…… 자신이 미쳐 날뛴 순간?

아마 둘 다 현실이겠지.

칸나는 자신의 몸을 내려다보았다. 진흙으로 엉망이 된 원피스는 여전히 젖어 있는 상태였다. 오르시니 저 녀석은 그녀를 침대 위에 처박고 나 몰라라 한 모양이었다.

'하기야 오르시니인데 그 정도면 친절한 편이지.'

사람을 불러 옷을 갈아입혀 준다거나 빗물을 닦아 준다거나 하는 상냥함이 있을 리가.

칸나는 오르시니의 앞에 다가가 그의 쭉 뻗은 긴 다리 끝에 쪼그려 앉았다. 그리고 그의 다리 옆, 바닥을 톡톡 손가락 끝으로 건드렸다.

오르시니가 고개를 천천히 들어 올렸다.

눈이 마주쳤다.

"……."

어른거리는 주홍빛 불빛이 피부 위로 녹아내렸다. 오르시니는 어째 서인지 호흡을 멈춘 것만 같았다.

칸나는 가만히 그의 눈을 응시하다가 씩 웃었다.

"꼴좋지?"

"……그래."

오르시니가 침을 삼키며 입꼬리를 들어 올렸다.

"나 혼자 본 게 아쉽더군. 미친년처럼 발광하는 꼴을 모두가 봤어 야 했는데."

"그냥 내버려 두지 그랬어. 그럼 곧 사람들이 발견했을 텐데 말이야."

"그럴 걸 후회하는 중이다."

오르시니는 한숨을 내쉬며 말했다.

"그리고 정신 차렸으면 그 시궁창의 쥐 새끼 같은 꼴 좀 어떻게 하지 그래? 뒷문에 욕실 있다."

"응. 그래. 갈아입을 옷 좀 구해다 주면 고맙겠어."

"……망할 년."

오르시니의 투덜거림을 뒤로한 채, 칸나는 욕실 안으로 들어갔다.

목욕을 마치고 나오자, 문고리에 원피스 하나가 툭 걸려 있었다. 오르시니가 구해 준 옷이었다.

'이 새벽에 어디서 구했대?'

궁금했지만, 알게 되면 더 빚이 늘어 갈 것 같아서 그저 감사 인사만 던졌다.

"고마워."

내가 오르시니에게 이런 말을 하게 될 날이 오다니. 그러나 고마운 건 고마운 거니까, 칸나는 깔끔하게 내뱉었다.

"덕분에 살았어, 오르시니."

오르시니는 흔들의자에 앉아 그녀를 매섭게 노려보고 있었다.

"여긴 어디야?"

"여관."

"그렇구나."

왜 이곳으로 왔는지 알 수 있었다. 칸나가 또다시 깨어나 광증을 부리면 모두가 알게 될 테니, 이곳으로 온 것이다.

'그래, 그렇다면 일이 정말 귀찮아졌을 테니까. 오르시니도 그런 꼴을 보기 싫었겠지.'

칸나는 벽난로 앞에 주저앉아 불을 쬐었다.

"이게 바로 그건가?"

중얼거리다가 웃음이 나왔다. 킥킥, 칸나는 실소하며 물었다.

"마을 사람들이 겪는다는 그 광증?"

"그래."

오르시니가 조용히 말했다.

"내 기사들 몇몇도 같은 일을 겪었다."

"그렇구나."

"이 섬은 제정신이 아니야."

"응, 그렇긴 하네. 정말 이상해."

칸나는 자신이 겪은 그 광증을 떠올려 보았다.

'광증이라기보단, 그건 환각 증상이었는데.'

환청. 환각. 온갖 환상의 것들이 그녀의 앞에 나타났다. 자신을 울고 웃게 만들었다. 만약 그 환상을 계속해서 쫓았더라면 천국과도 같은 쾌감이 기다리고 있을 것 같았다.

'아마 집으로 돌아가는 환상을 봤을 거야.'

소파에 누워서, 엄마 아빠와 수다를 떨며, 선홍이를 툭툭 걷어차며, 또또를 어루만지며, 애인과 문자 하며, 시원한 맥주 한잔 쭉―

그러면 좋아서 자지러졌겠지. 칸나는 씁쓸하게 웃었다.

"오르시니, 너는 안 겪었어?"

"그래."

"이상하네. 누구는 겪고, 누구는 안 겪고……."

무슨 차이일까? 레이첼의 말처럼 검은 사도가 악귀를 부리는 걸까?

'그게 악귀라고?'

환상을 보여 주긴 했지만, 그 환상에서 악의는 느낄 수 없었다.

만약 검은 사도라면 조금 더 악한 일을 저지르게 만들어야 하는 거 아니야? 환상에 취해 약탈을 하든가, 범죄를 저지르든가, 검은 사도 들에게 도움이 되는 일을 벌인다든가.

'그리고 사람마다 보는 환상이 다 달랐지.'

누군가는 새처럼 날아갔고, 물고기가 되어 바다를 헤엄쳤고, 또 누 군가는 호밀밭에서 허수아비와 함께 춤을 추었다.

오히려 기분이 아주 좋지 않았던가…….

'잠깐만.'

순간 섬광이 머릿속을 스쳐 지나갔다. 설마. 설마 이 현상은…….

"오빠가 누구냐?"

한창 생각에 젖어 있던 칸나에게 오르시니가 툭 물었다.

"어떤 새끼기에 등신처럼 울면서 쫓아 달려?"

"……."

칸나의 얼굴이 붉어졌다. 다른 건 참을 수 있지만, 그걸 들켜 버린 건 좀 부끄러웠다.

붉어진 양 뺨을 본 오르시니의 눈썹이 일그러졌다. 그러고는 기분 나쁜 웃음을 뱉으며 지껄였다.

"오빠는 무슨, 씨발. 염병하네."

"시끄러. 닥쳐."

"그리고 뭐, 서농? 그건 누구지?"

서농이라니. 선홍이가 들으면 화내겠네.

"신경 꺼. 남의 환상에 관심 갖는 거 아니야."

"환상?"

"그래. 난 환상을 본 거야. 검은 사도에게 홀린 게 아니라."

엄청난 수난을 겪긴 했지만 그 덕분에 무엇이 이상한지 알아차렸다. 왜 이런 환상을 본 건지, 마을에 왜 광증이 퍼지는지 짚이는 점이 있다.

그때였다. 클로드가 문을 벌컥 열고 들어왔다.

"공작 부인? 깨어나셨군요."

그의 손에는 칸나의 물건이 한가득 들려 있었다. 영주의 저택에 두고 온 칸나의 물건을 챙겨 나온 듯했다.

"클로드 경."

"예, 부인."

칸나는 클로드의 밝은 하늘색 눈을 응시했다.

자신이 환상을 보고 미쳐 날뛰고 있는데, 그런데도 명령이라는 말에 순순히 보내 줬지.

'말을 너무 잘 듣잖아.'

칸나는 잠시 할 말을 골랐다. 그러나 아무 말도 하지 못했다. 객관적으로 거부해야 할 것 같은 명령은 따르지 마세요, 라고 말하려다가 관뒀다.

어차피 이런 일은 다시 일어나지 않을 테니까.

"마침 잘 왔어요."

칸나는 자리에서 일어났다.

"클로드 경, 해 줘야 할 일이 있어요."

그날 레이첼은 잠들지 못했다.

'분명 그 목소리는 발렌티노 공작 부인이었어.'

칸나 발렌티노. 내륙에서 온 귀부인.

충격적일 만큼 아름다운 여자였다. 심지어 목소리마저도 묘하게 달짝지근한지라 레이첼은 그녀의 모든 것을 또렷하게 기억하고 있었다.

칸나에게는 색기를 넘어선 요사함마저 느껴졌다.

가시 돋은 장미처럼, 독을 품은 열매처럼 은근한 요요함이 흘렀다. 창백할 만큼 흰 피부에 흑단 같은 머리칼도, 피처럼 붉은 입술도 비현실적이었다.

불길할 만큼 아름답다.

'그런데 그녀도 광증에 시달리고 있어.'

잠옷만 입은 채 빗속을 뛰어갔지. 불경하게도, 맨발로 말이다.

문득 그녀가 한 말이 스쳐 지나갔다.

"혹시 대단히 악랄한 몽상을 하고 있다는 생각은 안 해 봤나요?"

"어쩌면 모든 것이 레이첼 양의 망상이라든가."

"아니면 착각이라든가."

아니. 아니, 아니, 아니!

레이첼은 입술을 질끈 깨물었다.

자신이 화형한 검은 사도들이 몇 명인가? 햇수로 15년째. 총 열다섯 명이었다. 언젠가는 열 살짜리 꼬마 소년이었고, 늙은 노인이었고, 젊은 사내였고, 중년의 부인이기도 했다.

"아이고, 저는 아닙니다!"
"우아아앙, 엄마아! 살려 줘!"
"억울합니다, 저는 검은 사도가 아닙니다!"

"아가씨."

핫! 레이첼은 고개를 획 들어 올렸다. 생각에 깊게 잠겨 있어서일까, 누군가가 다가오는 것조차도 알아차리지 못했다.

"제롬 경."

"괜찮으십니까?"

"괜찮아요."

레이첼은 힘없이 웃었다. 그러자 제롬이 한숨을 내쉬며 그녀의 어깨로 숄을 둘러 주었다.

"어서 주무시지 않고요?"

"하지만 아직 오르시니 님이 돌아오지 않으셨어요."

"그 미친 여자를 데리러 간 모양이죠. 명색이 오누이라고 하지 않습니까?"

칸나가 저택 안을 미친 듯이 뛰어다니다가 밖으로 뛰쳐나갔다는 고용인들의 목격담이 이어졌다.

"저, 제롬 경."

"예?"

"사실은 오늘 공작 부인이 한 말이 신경 쓰여 잠이 안 와요."

레이첼은 망설이다가 진심을 꺼냈다.

"지금까지 제가 한 일……."

"……."

"모두 다 신의 뜻이겠지요?"

제롬이 아니라면 이 말은 아무에게도 할 수 없었다.

유약한 영주인 아버지에게도, 여색을 밝혀 대는 대사제에게도 할 수 없었다. 어린 시절부터 자신을 지켜 준 제롬 경. 오빠 같은 호위 기사에게만 할 수 있는 이야기였다.

만약에, 아주 만약에. 칸나의 말이 옳다면…….

'아니야.'

허억, 생각만 해도 숨이 턱 틀어 막혔다.

"악에 현혹되지 마십시오."

그때 제롬이 굳건하게 말했다.

"아가씨께서 검은 사도를 정화한 덕에 이런 평화가 찾아온 겁니다. 그러지 않았더라면 섬사람들은 내내 광증에 시달리다 파멸했을 겁니다."

"……."

"이 섬이 무사한 것은 성녀님 덕분입니다."

성녀. 그 단어에 레이첼의 숨통이 트였다.

그래, 자신은 성녀였다. 이 마을 사람 중 유일하게 광증을 앓지 않은 사람. 모두가 자신을 성녀로 떠받들지 않는가?

"칸나 발렌티노, 그 여자는 악한 혀를 가졌습니다. 성녀님의 믿음을 시험하러 온 악의 사자가 아닐까요?"

"……."

그래. 그 여자, 뭔가 불길하긴 했다. 게다가 자신의 마음을 뒤흔드는 사악한 말로 믿음을 시험했지.

그 벌 때문일까? 그녀는 광증에 시달렸다.

"그래요……."

레이첼은 미소를 지었다.

"제롬 경의 말이 옳아요. 저는 틀리지 않았어요."

틀려서는 안 된다.

그 수많은 세월, 수많은 정화, 수많은 희생. 그 모든 죽음이 자신의 착각일 리가 없다. 착각이어서는 안 됐다.

꽃*꽃

칼렌 아디스는 마침내 저택으로 돌아왔다. 베니치아. 그 해안 도시에서의 악몽 같은 싸움은 끝이 났다. 그가 이제까지 상대했던 검은 안개 중 최악이었다. 그 규모도, 쏟아진 마물의 수도.

'피곤하군.'

힘든 여정을 끝내고 집으로 돌아온 그에게 충격적인 소식이 전해졌다.

"칼렌! 오르시니가!"

그가 도착하자마자 클로이가 눈물범벅이 된 얼굴로 뛰쳐나와 울부짖었다.

"오르시니가 실종됐다! 알고 있니?"

"예, 압니다."

"칸나가 그곳에 갔지만 걔는 오르시니에게 관심도 없을 거다. 찾는 시늉도 하지 않을 거야!"

"그게 무슨 소리입니까?"

귀가 번쩍 열렸다. 누님이 페일런섬에 갔다니?

베니치아에 있는 동안 그 역시 소식을 전해 들었다. 페일런섬. 그곳으로 떠난 오르시니가 실종되었다는 것. 함께한 기사들이 전멸했다는 편지를 남기고 연락이 끊겼다는 것.

이것은 몹시 충격적인 사실이었다. 그러나 칼렌은 오르시니의 안전만큼은 의심하지 않았다.

그렇기에, 지금 그를 놀라게 한 소식은 다른 것이었다.

"누님이 페일런섬에 있단 말입니까?"

가슴이 철렁 내려앉았다. 누님이 그 위험한 섬에 갈 일이 없을 텐데.

"누님이 왜 그곳에 간 겁니까?"

곧 전말을 알게 된 그의 얼굴이 싸늘하게 굳었다. 황제가 그녀를 보낸 거였다.

'아주 야비한 수작을 부리셨군.'

칼렌은 말에서 내려 여독을 푸는 대신 곧장 말 머리를 돌렸다.

"칼렌! 어디 가니, 칼렌!"

칼렌은 뒤에서 외치는 어머니에게 짧게 대답했다.

"페일런섬으로 갑니다."

다음 날.

날이 밝자 칸나는 클로드와 함께 마을을 둘러보았다. 광증을 앓은 사람들을 하나하나 살펴본 이후, 노을이 지기 시작할 때쯤 저택으로 돌아갔다.

"이야기 들었습니다. 지난밤 광증을 앓으셨다지요."

아주 고단한 하루였다. 레이첼이 찾아온 것은 방에서 느긋하게 휴식을 취할 때였다.

"어젯밤 그렇게 사라지셔서 걱정 많이 했습니다. 별일 없으셨기를 바랄 뿐이에요."

"……."

역시나 소문이 다 퍼진 모양이다. 그러나 칸나는 부정하지도, 긍정하지도 않았다. 대답이 없자 레이첼은 안타까운 한숨을 내쉬었다.

"공작 부인, 지금부터 부인께 아주 나쁜 소식을 전해 드리게 됐습니다."

"나쁜 소식? 그게 뭐죠?"

"저는 공작 부인에게 아주 강렬한 마기를…… 느끼고 있습니다. 죄송합니다."

"……."

뭐? 누구한테 뭘 느껴?

칸나는 기가 막힌 나머지 곧장 대꾸할 수 없었다. 개소리하지 말라고 욕을 하고 싶은 마음을 꾹 참았다. 칸나는 관자놀이를 꾹꾹 눌렀다.

"그래요?"

"그렇습니다."

"그래서 어떻게 하실 생각이죠? 저도 나무에 거꾸로 매달아 화형할 건가요?"

노골적으로 경멸을 담아 빈정거렸으나 레이첼의 표정엔 변함이 없었다.

"발렌티노 공작 부인."

"말씀해 보세요."

"부인께서는 그 일을 야만적으로 느끼실 수 있습니다. 하지만 그것만이 이 섬을 지키는 방식이에요."

어찌나 평화로운 목소리던지, 레이첼은 그 방식에 일말의 의문조차 없는 듯했다.

"그렇게 해 왔기에 페일런섬 사람들이 평화를 누리며 살아가고 있는 거랍니다."

"……."

"부디 존중해 주세요."

칸나는 입을 다물었다. 존중이라. 그렇지, 다양성을 존중하는 자세는 필요하지. 하지만…….

'멀쩡한 사람을 마녀로 몰아가서 화형하는 문화를 어떻게 존중해?'

쏟아 낼 말은 아주 많았다. 그러나 단 한마디도 쉽게 튀어나오지 않았다. 지금 마주 보고 있는 레이첼의 눈 때문에.

자신의 세계 안에 완전히 갇혀 버린 맑은 눈을 보니 어디서부터 말해야 할지 감이 잡히지 않는다.

"며칠 후, 올 한 해 광증을 앓은 자들을 모아 검은 사도를 감별하여 정화 의식을 치를 예정입니다."

"그래서요? 설마 저도 그 자리에 나오라는 소린가요?"

그러자 레이첼이 눈을 아래로 내리깔았다. 도발하듯 읊조렸다.

"자신 없으신가요?"

칸나는 자신이 가진 모든 참을성을 발휘하여 예의 바르게 대답했다.

"그게 자신감의 문제인가요?"

"부인께서 정말 검은 사도가 아니시라면 당당하게 그 자리에 서시면 됩니다. 그러면 끝날 일입니다."

"하지만 제가 검은 사도인지 아닌지를 결정하는 건 오로지 레이첼 양의 주관에 달려 있잖아요. 그런데 대체 뭘 믿고 그 자리에 서죠?"

"공작 부인, 그것은 제 주관이 아닙니다. 제 능력이지요."

"……."

한계였다. 더는 들어 줄 수가 없다. 칸나는 결국 진작부터 하고 싶었던 말을 내뱉었다.

"레이첼 양, 내 얘기 잘 들어요. 레이첼 양은 단단히 착각하고 있는 거예요."

이 여자에게 악의는 없다는 것을 안다. 그저 무지한 것뿐. 그렇다 해서 그녀의 악행이 정당화될 수는 없다.

"마을 사람들이 광증을 앓는 이유는 따로 있습니다. 레이첼 양의 생각과는 달리 검은 사도와는 관련 없어요."

"……뭐라고요?"

"검은 사도 때문이 아니라고요. 그리고 마을 사람들의 이상 증세는 광증이 아니에요. 그저 일시적인 환각일 뿐이지요."

그 말에 레이첼의 눈썹이 일그러졌다. 광증이 아니라고? 일시적인 환각이라고?

'아니, 그럴 리 없어.'

햇수로 15년. 총 열다섯 명의 사람을 나무에 거꾸로 매달아서 불태 웠다.

하늘 위로 굽이쳤던 새카만 연기와 짐승 같던 불길을 기억한다. 비명과 눈물과 원망과 저주의 말까지도. 어찌나 선명하게 떠오르는지 때로는 징그러울 정도였다.

그런데 뭐? 모든 것이 내 착각이라고?

헛웃음이 흘러나왔다. 분노에 가까운 웃음이었다.

"모든 건 레이첼 양의 착각이에요."

칸나가 한마디 한마디가 손가락이 되어 목을 휘감는다. 천천히 힘을 주어 조른다.

"레이첼 양, 듣고 있어요? 착각이란 말이에요."

턱, 숨이 막혀 온다.

"오늘 마을을 돌며 그 이유를 알아냈어요. 광증 따위가 아니었죠."

숨이 막혀 와.

"이 마을은 바다를 낀 섬인지라 내륙보다 습도가 높아요. 그래서……."

"그만!"

순간, 찢어지는 듯한 비명이 울렸다.

"그만, 그만!"

숨이 잘게 쪼개져서 흩어졌다. 가냘픈 호흡을 내뱉고 나서야, 그것이 자신의 음성임을 깨달았다.

"그만하세요! 더는 듣고 싶지 않습니다!"

레이첼은 발악하듯 고개를 저었다. 놀란 칸나의 검은 눈동자를 사납게 노려보며 명령했다.

"헛된 말로 저를 현혹하려 하지 마세요!"

레이첼의 눈과 마주친 순간 칸나의 혀끝에 힘이 풀렸다.

"검은 사도가 아니라면 곧 밝혀질 일입니다! 무엇이 그리 두려우십니까?"

칸나의 눈빛이 차가워졌다. 이쯤 되니 확실해졌다.

'이 여자, 진실을 알고 싶은 생각이 아예 없는 거야.'

설령 그녀가 아는 것과 진실이 다르다고 할지언정 레이첼은 알려고 하지 않을 것이다. 두 귀를 막고 보고 싶은 것만 보려 하겠지.

'사람의 목숨이 달린 일인데.'

칸나의 마음속에 혐오가 용암처럼 끓어올랐다.

"레이첼 양, 당신에게는 아무 능력도 없어요."

순간 레이첼의 입매가 굳었다.

"아, 아니죠. 굉장한 착각을 진실이라고 믿는 것도 능력이라면 능력이겠군요."

자신이 특별하다는 착각에 빠진 여자. 신비로운 능력을 지녔다고 믿는 여자. 그 착각으로 인해 수많은 사람을 죽였다.

'아니, 본인은 죽였다고 생각도 안 하겠지.'

그게 더 역겨웠다. 무고한 사람들을 죽여 놓고는 성스러운 행위였노라 철석같이 믿고 있다니. 그뿐만이 아니라 의심할 만한 싹은 완전히 잘라 버리고 있다. 혹여나 자신이 잘못했을까 봐. 그것이 밝혀질까봐 두려워서.

"성녀? 특별한 능력? 착각도 유분수지."

칸나는 레이첼을 노려보며 신랄하게 비난했다.

"당신의 기분, 그깟 기분 때문에 수많은 생명이 죽었어요. 마기가 느껴진다고? 아니지. 그저 당신은 가장 불쾌하게 여기는 사람을 골랐을 뿐이에요."

아니야. 레이첼은 고개를 저었다. 아니, 아니야, 그럴 리가 없다. 그럴 리가 없어.

"아가씨는 성녀님이십니다."

"성녀님 덕에 이 마을이 평화로울 수 있는 겁니다."

"모든 것이 아가씨 덕분입니다."

"아가씨는 특별한 분입니다."

그 목소리.

제롬 경의 목소리가 떠오르자 일순 일렁였던 마음의 파문이 가라앉았다.

"정화 의식에서 모든 것이 증명될 겁니다."

레이첼의 마음은 어느덧 잠잠해져 있었다.

"제가 옳다면 광증은 다시 사라지겠죠. 저는 그것을 증명해 보이겠습니다. 그러니 공작 부인께서도 그 자리에 참여하여 검은 사도가 아님을 증명해 주세요."

그 말을 끝으로 레이첼은 자리에서 벌떡 일어났다. 대화의 종결이었다.

"이는 대사제님께서도 동의하신 일입니다. 신께서 지켜보고 계시니 부디 헛된 일은 하지 마시길 바랍니다."

마침내 레이첼이 방을 나갔다. 그녀가 방문을 닫는 순간 어마어마한 피로감이 몰려왔다.

'대체 저 여자는 뭐야?'

한숨을 푹 내쉴 때 똑똑똑. 창문을 두드리는 소리가 들렸다.

"……클로드 경?"

흠뻑 젖은 금발의 남자가 창밖에 매달려 있었다.

'공작 부인.'

쏟아지는 비를 맞으며, 클로드가 입술을 뻐끔뻐끔 움직였다.

'저 여자 벨까요?'

"오셨습니까?"

오르시니가 도착한 것은 그때쯤이었다. 제롬은 재빨리 그를 쫓아갔다.

"오르시니 경, 고생 많으셨습니다. 오늘은 어떠했습니까? 검은 안개 소식은 못 들었습니다만."

"북쪽 숲. 짧게 나타났다가 사라졌다."

오르시니는 걸음을 늦추지 않으며 짤막하게 대답했다.

"그렇군요. 피해가 없어 정말 다행입니다."

제롬은 오르시니의 큰 보폭을 따라잡으려고 노력하며 말을 이었다. 오르시니 아디스가 유년 시절부터 혐오해 왔다는 누이의 이야기를.

"그런데 소식 들으셨습니까? 지난밤 발렌티노 공작 부인께서 광증을 보이셨습니다. 그리고 검은 사도라는 의혹을 받고 계시지요."

"……."

어때, 당신이 좋아하는 주제지? 제롬은 기대하며 오르시니의 표정을 살폈다. 그러나 오르시니는 아무것도 못 들은 양 처음과 같은 얼굴이었다.

'이상하네. 분명히 칸나 발렌티노를 증오하고 있다고 들었는데.'

그러니 그녀를 모욕하면 기뻐해야 하는 것 아닌가? 제롬은 다시 한 번 시도했다.

"오르시니 경은 정말 비위가 대단하십니다. 그런 오물 같은 여자와 어찌 유년 시절을 함께 보내셨습니까? 참으로 격 떨어지는 여자입니다.

정말이지······."

그때, 오르시니가 자리에서 우뚝 멈춰 섰다. 급작스러운 정지인지라 제롬 역시 서둘러 멈춰 섰다.

"오르시니 경?"

오르시니가 천천히 고개를 돌려 그를 내려다보았다. 그의 초록색 눈과 마주친 순간.

"······!"

예고도 없이 주먹이 날아왔다. 제롬은 비명조차 지르지 못하고 벽에 처박혔다.

"크흑!"

정신을 차릴 새 따위 없었다. 곧장 우악스러운 손길이 그를 잡아챘다. 오르시니가 그의 멱살을 쥐어 번쩍 들어 올렸다. 그 무시무시한 악력에 옷깃이 찢기고 제롬의 몸이 덜렁 들려 올라갔다.

"왜, 왜 이러십····· 크흑!"

순간 안면 위로 벼락이 떨어졌다. 정말이지 제롬에게는 벼락같았다. 눈앞이 번쩍번쩍, 머리가 깨질 것 같은 통증이 작렬했다.

"뭐라고 했지?"

끔찍한 고통 너머로 귀신 같은 목소리가 울렸다.

"어디 다시 한번 지껄여 봐, 개자식아."

오르시니는 제롬의 몸뚱이를 사정없이 패대기쳤다. 걷어차기 위해 발을 들어 올릴 때.

"오르시니 님!"

그때, 레이첼의 비명이 복도를 가로질렀다.

"지금 뭘 하시는 거예요!"

레이첼이 서둘러 달려와 제롬을 부축했다. 그리고 신음을 삼켰다.

"맙소사, 제롬 경……."

제롬의 얼굴이 피범벅으로 아작 나 있었다!

"어, 어떻게 이런 짓을."

오르시니 님이 이런 짓을 하다니. 레이첼의 눈동자가 경악으로 잘게 떨렸다. 도저히 믿을 수 없었다.

"왜 이러시는 거죠? 제롬 경이 대체 무엇을 잘못했다고!"

"비켜."

"뭣 때문에 이런 짓을 하시는 거예요? 오르시니 님은 이런 분이 아니시잖습니까! 대체 왜!"

"거슬려서."

오르시니의 빈정거림에 레이첼의 혀가 쨍하니 얼어붙었다.

'뭐?'

거슬려서? 거슬려서 사람을 이렇게 만들어? 대체 제롬이 얼마나 거슬리는 말을 했기에!

오르시니가 아주 낮은 목소리로 중얼거렸다.

"안 비켜?"

따지려고 했지만, 육식 동물 같은 눈빛 앞에서 레이첼은 본능적인 공포에 질렸다. 다리가 후들후들 떨려 왔다. 그녀가 간신히 옆으로 비켜서자 오르시니가 거침없이 지나쳤다. 칼날이 옆구리를 스쳐 지나간 듯 서늘했다.

"으…… 아, 아가씨, 괜찮으십니까?"

"제롬 경."

"아가씨, 죄송합니다. 제가 부족해서……."

"오르시니 님에게 마가 꼈어."

레이첼이 격한 숨을 내뱉었다.

"마가 꼈어. 다른 사람처럼 변했다고."

원래 저런 분이 아닌데. 유리구슬 같은 분이었는데. 그랬는데, 갑자기 변했다. 그 기점은 분명했다. 레이첼은 주먹을 꽉 쥐었다.

"어서 정화 의식을 해야겠어."

칸나는 가여운 클로드를 위해 서둘러 창문을 열었다.

"클로드 경, 어서 들어와요."

"실례하겠습니다."

클로드는 사양 않고 방으로 들어왔다. 머리부터 발끝까지 젖지 않은 곳이 없었다.

"고생 많았어요, 클로드 경."

"별말씀을."

클로드는 칸나가 건네는 수건으로 젖은 머리를 닦았다. 그러고는 강아지처럼 고개를 푸르르 흔들어 물기를 털어 냈다.

"공작 부인."

"네?"

"영주의 딸 말입니다."

"네."

"벨까요?"

"또 그 소리예요?"

"네. 혹시 뒤처리를 걱정하시는 거라면, 그러실 필요 없습니다. 아무도 모르게 처리할 수 있어요."

왜 자꾸 툭하면 베겠다는 걸까? 칸나는 단호하게 거부 의사를 밝혔다.

"아뇨. 괜찮아요."

"그럼 저 요망한 혀를 자르는 건 어떻습니까? 도저히 들어 주기 힘들던데요."

클로드는 아주 태연한 얼굴로 진심을 말했다.

"시골 섬마을 영주의 딸 주제에 감히 저딴 말을 지껄이다니요."

"그렇긴…… 하죠."

"당연하죠. 이 일을 칼렌 경께서 아시면 가만있지 않을 겁니다."

소년처럼 천진한 얼굴과는 어울리지 않는 과격한 말이었다. 그가 해사하게 미소 지으며 제안했다.

"그러니 레이첼 양의 혀라도 잘라 오는 건 어떻습니까? 제가 호위를 잘하고 있다는 증표로요."

"농담하지 마세요."

슬슬 그의 농담과 진담이 구분되고 있었다. 아마도 마지막 말은 농담이겠지.

"진담입니다만."

"……."

아니구나. 진심이었구나.

"그럴 필요 없어요. 어차피 저 여자는 자멸할 테니까."

조금 전 칸나는 레이첼에게 마지막 기회를 준 거였다. 진실을 들을 기회, 그리고 스스로 이 일을 수습할 기회를 주었건만.

'나를 나무에 거꾸로 매달아 화형하려고 하는 여자에게 그런 친절을 베풀 필요 없지.'

그러니까 이제 됐다. 칸나는 계획대로 일을 실행할 생각이었다.

"클로드 경."

"네?"

"제가 시킨 일은 어떻게 됐어요?"

"물론 완벽하게 끝냈습니다."

클로드가 의기양양하게 엄지손가락을 척 치켜세웠다.

"공작 부인께서 명령하신 대로 광증을 앓은 마을 주민들에게 음식을 전달해 주고 왔습니다. 굉장히 기뻐하던걸요."

"그래요?"

"예. 페일런섬의 주민들, 대체로 다들 가난하더군요. 듣자 하니 어업이고 양식장이고 돈벌이가 될 만한 상업은 모두 다 영주가 독점했다고 합니다."

"그렇군요. 고마워요. 수고 많았어요."

칸나는 진심으로 감사 인사를 전했다. 클로드 아젤. 칼렌이 선물한 호위 기사를 데려오길 정말 잘했다.

'칼렌 아디스, 이것만큼은 정말 칭찬해 줘야겠네.'

이렇게나 유용하게 쓸 수 있을 줄이야 누가 알았겠는가? 옛날 같으면 자신 혼자서 끙끙거리며 다 해야 했을 일인데.

'나 대신 클로드 경이 비 맞으면서 수고했지.'

그때 노크 소리가 울렸다. 칸나가 문을 쳐다보자 클로드가 조용히 말했다.

"대사제입니다."

칸나는 의심쩍은 시선을 보냈다. 확인하지도 않고 그걸 알아?

"흠흠. 잠시 들어가도 되겠습니까, 부인?"

밖에서 대사제의 기침 소리가 들렸다. 정말로 대사제였다.

"뭐예요? 문에다가 눈알이라도 달아 놨어요?"

칸나가 감탄하자 클로드는 별것 아니라는 듯 장난스럽게 한쪽 눈을 찡긋 감았다.

"그런데 무슨 일일까요? 귀부인을 방문하기에는 늦은 시간인데요."

그의 투덜거림에 칸나는 회중시계를 확인했다. 밤 10시. 그의 말대로 이성의 침실에 찾아오기에 적당한 시간이 아니었다.

그러나 칸나는 수락했다.

"들어오세요."

벌컥, 기다렸다는 듯 문이 열리고 대사제가 들어왔다.

"좋은 밤입니다, 공작 부인."

"안녕하세요, 대사제님. 이 늦은 밤에 어쩐 일이신가요?"

"부인이 걱정되어 찾아왔습니다. 심기가 어지러우실 듯하여."

그러고는 클로드를 흘끗 보더니 정중하게 요청했다.

"괜찮으시다면 호위를 물러 주실 수 있겠습니까? 부인께 아주 중요한 드릴 이야기가 있습니다."

아마도 레이첼과 비슷한 용건일 것이다.

"클로드 경, 나가 있어요."

칸나가 눈짓하자 클로드는 군말 없이 방을 나섰다. 탁. 문이 닫히는 순간 대사제의 입꼬리가 한껏 올라갔다.

'그렇지, 다른 놈은 방해가 된다고.'

대사제는 천천히 칸나에게 접근하며 운을 뗐다.

"레이첼 양에게 이야기 들었습니다."

"제게 마기가 느껴진다는 이야기 말인가요?"

"예, 그렇습니다. 갑자기 그런 이야기를 들어 많이 놀라셨겠습니다."

"아뇨."

칸나는 의례적인 미소를 지었다.

"신경 써 주셔서 감사합니다만 저는 괜찮습니다."

"……."

"그 외 다른 용건이라도?"

선을 딱 긋는 대답이었다.

철벽같은 태도에 대사제는 당황했다. 이 정도로 시큰둥한 반응이 돌아올 줄 예상하지 못했다.

'왜 태연한 거지? 겁을 먹어야 정상 아닌가?'

레이첼의 경고를 들었다면 지금쯤 두려움에 덜덜 떨고 있어야 할 텐데?

왜 아니겠는가?

일이 자칫 잘못되면 칸나는 나무에 거꾸로 매달려서 화형당한다. 이것은 악질적인 협박도, 저 먼 나라에서 일어나는 남의 일도 아니었다. 실제로 이 섬에서 일어나는 연례행사다.

그러니 이 이야기를 듣고도 겁먹지 않을 사람이 있을 리가.

'혹시 공작 부인이라는 지위를 믿고 있는 건가?'

레이첼의 결정은 대사제의 승인하에 이루어진 일이었다. 그렇지 않았더라면, 감히 제국에서 온 공작 부인에게 의혹을 제기하지 못했을 것이다.

'나에게는 여러모로 잘된 일이지.'

칸나 발렌티노의 결혼 전 처녀적 이름은 칸나 아디스다. 만일 아디스 가문의 딸이 검은 사도라면 아디스 가문, 즉 오르시니의 위세도 지금만 못할 터.

'놈이 추락하면 그때에는 제대로 된 벌을 내릴 것이다.'

자신을 때린 그 커다란 손아귀. 뺨이 퉁퉁 붓고 입술이 터지도록 후려치고 또 후려친 그 불경한 손을 댕강 잘라 버릴 거다.

물론 대사제가 얻는 득은 그것뿐만이 아니었다.

그는 미녀를 좋아했다. 아주 많이.

"제 앞에서는 강한 척하실 필요 없습니다, 공작 부인. 지금쯤 염려가 심하실 텐데요."

마음이 약해져 있을 때 달래 주고 대사제의 권위로 구해 줄 수 있다고 감언이설을 하면.

'당연히 넘어오겠지.'

칸나는 그가 지금껏 보았던 여자 중 가장 매혹적이고 화려한 미모의 여자였다. 도저히 건드려 보지 않고 그냥 넘어갈 수가 없었다.

"저는 대신전에 태어나고 자라 온 정식 사제입니다. 이 세상의 그 누구보다 신과 가까운 인간이지요."

대사제는 은근히 손을 뻗어 칸나의 손등 위에 올렸다.

"적어도 마을 주민들이 성녀로 추대하는 영주의 딸보다는 발언권이 강하지요."

오동통한 손가락과 닿는 순간, 칸나는 헛구역질할 뻔했다. 그녀는 역겨움을 참으며 경고했다.

"이 손 치워 주시죠, 대사제님."

"잘 생각해 보고 대답하시는 게 좋을 겁니다, 공작 부인."

대사제가 실실 웃으며 칸나의 손을 더 강하게 붙잡았다. 땀으로 미끌미끌한 손바닥이었다.

"저는 공작 부인을 위기에서 구해 드릴 수 있습니다."

그러고는 소시지처럼 도톰한 엄지손가락으로 칸나의 손등을 문질렀다. 역겨운 손으로. 손등을.

"그러니까 제게 의지하십시오. 제가…….'"

그의 손이 은근슬쩍 허리춤에 닿는 순간. 뚝. 무언가가 머리에서 끊어졌다. 칸나는 그의 손을 거칠게 뿌리쳤다.

쫘악!

"……."

얻어맞은 대사제의 손등이 후끈후끈 달아올랐다. 그는 멍하니 제 손등을 내려다보다가, 천천히 고개를 올려 칸나를 응시했다. 일순 그의 눈에서 불똥이 튀었다.

"감히 대사제의 몸에 손을 올리신 겁니까, 부인!"

대사제를 때려서는 안 된다는 걸 알지만, 칸나는 조금도 후회하지 않았다. 차라리 바퀴벌레나 지네라면 참을 수 있겠지만 저 역겨운 손은 못 참겠다. 그냥 죽고 말지.

"제 몸에 먼저 손댄 것은 대사제님이십니다."

"뭐요?"

"대신전의 상식과 규율이 제국과는 다르다는 건 알고 있습니다만, 최소한의 도의는 지키셔야죠. 하물며 혼인한 여자의 몸에 함부로 손을 대시다뇨."

그러자 대사제가 거친 비웃음을 터뜨렸다.

"처량한 신세가 가여워 구원을 해 주려 했건만. 이런 홀대가 돌아

올 줄은 몰랐습니다!"

"구원이요?"

푸흡, 칸나는 적나라한 비웃음을 터뜨렸다.

"대사제님과 신체적으로 가까워지는 것이 구원이라면 차라리 지옥에 떨어지는 게 낫겠군요."

"뭐라!"

대사제의 얼굴이 시뻘겋게 달아올랐다.

"지금 저를 모욕하신 겁니까!"

"대사제님이야말로 저를 모욕하지 마세요!"

버럭 소리치자 대사제가 놀란 듯 움찔거렸다. 칸나는 그의 눈을 죽일 듯 노려보며 쏘아붙였다.

"대사제님께서는 감히 제 몸에 손을 대셨습니다. 대신전에서는 모두가 그러합니까? 저는 이 일을 대신전에 정식으로 항의할 겁니다!"

"......!"

말로 얻어맞은 대사제의 콧방울이 부르르 떨렸다.

'어디서 계집애가 소리를 바락바락 질러!'

위기에 처해 안절부절못하고 있을 줄 알았는데, 기가 죽기는커녕 망아지처럼 날뛰고 있지 않은가!

"당장 제 방에서 나가세요. 더는 대사제님과 말을 섞고 싶지 않습니다!"

"저야말로 이 일을 항의할 겁니다. 이 수모는 절대로 잊지 않겠습니다!"

대사제가 획 몸을 돌려 방을 빠져나갔다. 쾅! 문이 부서질 듯 닫혔다.

"......."

칸나는 그대로 침대맡에 풀썩 앉았다. 폭풍이 지나간 것만 같았다.

대체 이게 뭐람?

'제기랄, 이 시기에 대사제랑 싸우다니.'

그렇잖아도 레이첼이 마기가 어쩌고저쩌고 헛소리를 하고 있는데, 이럴 때 대사제와 틀어지면 곤란하다. 하지만 이미 틀어져 버렸다. 당연히, 돌이킬 생각은 없다.

"클로드 경."

벌컥. 호명되기만을 기다렸다는 듯, 창문이 열렸다. 클로드가 예의 그 웃는 낯으로 훌쩍 들어왔다. 안타깝게도 또다시 비에 흠뻑 젖은 상태였다.

"명령하세요, 공작 부인."

칸나는 피로한 얼굴로 대사제가 나간 문을 고갯짓했다.

"잡아서 기절시켜요."

"벨까요?"

"아니, 그냥 잡으라고요."

잠시 후, 클로드는 기절한 대사제를 끌고 돌아왔다.

"얼굴을 들키진 않았죠?"

"걱정하지 마세요. 중년 여성에게 납치된 줄 알 겁니다."

"에?"

"목소리를 변조했거든요."

"……."

뭔가 물어보고 싶은 것이 많이 생겼지만, 칸나는 꾹 내리눌렀다.

"어떻게 할까요? 벨까요?"

"베겠다는 말 좀 그만 해요."

칸나는 그의 농담을 한 귀로 흘리며 끄응 신음했다.

"혹시 섬 어딘가에 숨겨 놓을 만한 곳 없을까요?"

"으음, 오늘 숲에서 버려진 오두막 하나를 봤습니다만. 거기다 숨길까요?"

"좋은 생각이에요."

칸나는 잠시 고민하다가 말했다.

"호밀 빵을 가득 쌓아 놓고 가둬 놓으세요."

클로드가 두 눈을 끔뻑였다.

"호밀 빵이요?"

"네. 호밀 빵."

갑자기 호밀 빵이라니? 클로드는 영문을 모르겠다는 얼굴이었다.

"그리고 며칠 후 정화 의식을 진행할 때쯤에 풀어 주도록 해요."

"네, 알겠습니다."

클로드는 궁금증을 참지 못하고 물었다.

"오늘 공작 부인께서 음식을 나눠 준 마을 주민들 말입니다. 그들, 돈이 없어서 주로 호밀을 이용한 음식만 먹던데."

"네, 알고 있어요."

"혹시 관련이 있습니까?"

있지, 아주 큰 관련이. 그러나 칸나는 설명해 주는 대신 은밀하게 미소 지었다.

"기대하고 있어요, 클로드 경. 며칠 후 정화 의식에서 아주 재미있는 걸 볼 수 있을 테니까."

그렇게 말하는 칸나의 눈은 악질적인 장난기와 심술, 기대감, 오만함으로 반짝반짝 빛났다. 그 어린아이 같은 표정에 클로드는 잠시 할 말을 잃었다. 그러다가 툭 한마디 던졌다.

"좋네요."

"네?"

"호위를 맡길 잘했어요."

"무슨 뜻이에요?"

"칼렌 경에게 감사한다는 뜻입니다."

클로드가 헤실거렸다.

"재미있어요. 무척."

며칠이 지났는데도 계속 생각났다.

"집에 가고 싶어."

집.

"집에 가게 해 줘!"

집이라.

오르시니는 풀숲을 거칠게 헤치며 그날을 회상했다.

사실 그날 밤 이후, 그때를 회상하지 않는 순간이 거의 없었다. 칸나,

그 독한 계집애가 울면서. 엉엉 울면서, 무언가를 간절하게 쫓아갔다.

그 장면이 처음부터 끝까지 이어지고 또 재생되기를 반복했다. 충격적인 장면이어서일까? 그 순간이 자신의 머릿속 어딘가를 인두로 지진 것만 같다. 떠올릴 때마다 욱신거린다.

끔찍한 불쾌감에 오르시니는 욕설을 내뱉었다.

"내가 왜 그깟 년 때문에……."

검은 안개. 그 염병할 현상에 집중해도 모자랄 판에.

"망할."

지금까지 출몰 장소를 돌이켜 보면 북쪽 숲에서 가장 빈도가 높게 나타났다. 그래서 오르시니는 주로 그곳을 경계하고 있었다. 지금처럼.

최근 칸나가 위기에 처했다는 것은 알지만, 그는 코웃음을 쳤다.

'알 게 뭐냐. 뒈지든가.'

어차피 그 계집애는 자신의 도움 따위 바라지도 않는다. 지난날 감옥에서 꺼내 주겠다는 도움의 손길도 거절하지 않았던가?

"집에 가고 싶어!"

그런데 왜.

"집에 가게 해 줘."

왜 자꾸 생각이…….

"아, 제기랄."

우뚝. 오르시니는 자리에서 멈춰 섰다. 그 망할 년이 대체 뭐라고 지껄인 거야?

집? 집에 가고 싶다고?

아무리 생각해 봐도 그 집은 그가 아는 집이 아닌 것 같았다. 아디스 저택도, 발렌티노 저택도 아니다. 칸나가 말하는 집은 그가 모르는 곳이었다.

'내가 모르는 집이 있다고?'

아마도 그 고집스러운 계집애를 울게 할 만큼 아름다운 곳이겠지.

'지랄하네.'

칸나에게 그런 장소가 있을 리가. 평생을 어딜 가도 홀대당하며 지내 왔을 텐데. 최근 들어 가장 대우받는 곳이 그나마 아디스 저택 아닌가? 칼렌 그 녀석이 개새끼처럼 꼬리를 흔들며 따르고 있을 텐데.

'그런데도 뭐? 집에 가고 싶어?'

대체 그 집이 어딘데? 어디로 돌아가고 싶은 건데? 그렇게까지, 엉망이 되어 가면서까지 쫓아갈 정도로 돌아가고 싶은 곳이 어딘데?

그리고.

"기다려, 오빠!"

거기까지 생각이 닿자 웃음이 터져 나왔다. 불쾌감이 열불처럼 타올랐다. 그건 누가 들어도 애인을 부르는 뉘앙스였다. 그리고 아마도, 그 빌어먹을 오빠라는 새끼는 실비엔이 아닐 테지.

'실비엔이 아닌 다른 자식이랑 정분이 났다고?'

모든 것이 조각난다. 그가 오랫동안 알아 온 칸나 발렌티노, 칸나 아디스, 그 얼굴이 조각조각 파편으로 부서졌다. 엉망으로 부서진 그녀의 초상은 더 이상 자신이 아는 사람이 아니었다.

"오르시니 님, 돌아오셨습니까?"

저택으로 돌아가자 영주가 그를 반겼다. 오르시니가 그대로 지나치려 하자.

"내일 정화 의식이 있을 예정입니다."

영주가 그의 등 뒤에서 말했다.

'어쩌라고.'

오르시니는 비웃었다. 걸음 속도조차 늦추지 않고 걸어갔다.

'일이 잘못 풀리면 나무에 거꾸로 매달려서 화형당하겠지.'

칸나가 나무에 거꾸로 매달린다고?

'볼만하겠군.'

그는 칸나에 대해 생각했다. 최근의 칸나. 저를 조롱하고 모욕하고 농락한 기분 나쁜 계집애. 정말이지 짜증 나서 견딜 수가 없다.

그런데 왜.

"무슨 일이야, 오르시니?"

"……."

"왜 찾아왔니?"

귀찮다는 눈빛. 이런 시선을 받을 것을 알면서도 왜 찾아왔는지 이해가 되지 않았다.

'뭐지? 왜 온 거야, 갑자기?'

칸나는 불쾌한 기색을 숨기지 않았다. 이제 막 자려는 참이었는데,

갑자기 오르시니가 문을 벌컥 열고 들어온 것이다.

"지금 시간이 몇 신데 찾아와?"

"……."

"노크도 없이 들어오는 건 어디서 배워 먹은 예절이야?"

뭐야, 왜 대답 안 해? 그저 자신을 무섭게 노려보기만 할 뿐 입을 열지 않는다. 대체 무슨 일이기에 저럴까?

'귀찮게 왜 저래?'

솔직히 말하자면, 무슨 용건인지 궁금하지도 않았다.

"늦었어. 나 잘 거야. 할 말 있으면 나중에 해."

그런데도 꿈쩍 않고 노려보기만 한다. 내버려 뒀다가는 악몽을 꿀 것 같아서 칸나는 침대에서 몸을 일으켰다. 문 앞에 선 그의 어깨를 손바닥으로 밀쳤다.

"나가."

밀리는 시늉이라도 좀 해 줘라, 좀.

'돌하르방이냐?'

아무리 밀어도 석상처럼 꿈쩍도 하지 않는다.

"오르시니, 눈치채지 못한 모양인데 내가 너를 있는 힘껏 뒤로 밀고 있단다. 그게 무슨 뜻인 줄 아니?"

칸나는 화사하게 웃었다.

"내 방에서 꺼지라는 뜻이란다."

그때 오르시니가 밀쳐 오는 칸나의 팔을 붙잡았다. 잡아떼려는 걸까? 칸나는 팔에 힘을 주어 버텼지만 의미 없는 시도였다.

오르시니가 그녀의 손목을 감싸 쥔 후, 그대로 위로 들어 올렸다. 그 동작이 어찌나 물 흐르듯 자연스러운지 제 어깨에 올라온 솜 인형을 치우는 것만 같았다.

그러고는 손가락을 펼쳐 허공에서 떨어뜨렸다.

"……."

칸나는 기묘한 굴욕감에 젖어 팔을 내렸다. 하기야 쇠창살을 엿가락처럼 구부린 녀석이니까.

"야."

그때, 마침내 오르시니의 입술이 열렸다. 칸나는 퉁명스럽게 대꾸했다.

"왜?"

"너."

"……."

그래, 말해 보렴. 칸나는 팔짱을 낀 채 그의 뒷말을 기다렸다.

'그런데 왜 또 말 안 해?'

대체 왜 저러는 거야?

어두운 방, 달빛이 희미했다. 암흑이 오르시니의 얼굴 위로 짙은 장막을 드리웠다. 그러나 자신을 가만히 내려다보는 녹색 안광만큼은 또렷하게 번뜩였다.

"너 내일 화형당하는 거 알고는 있냐?"

"아, 그 말 하려고 왔구나."

드디어 입을 열었구나. 칸나는 어깨를 으쓱였다.

"글쎄. 나무에 매달릴지 아닐지는 두고 봐야 알겠지."

"속 편한 대로 지껄이는군. 누군가 널 지켜 주기라도 할 것 같아?"

풉. 칸나는 웃음을 참을 수 없었다. 지켜 주긴 누가 자신을 지켜 준단 말인가?

"설령 누군가 날 지켜 주더라도 그게 네가 아닌 건 확실히 알고 있어."

"그 오빠라는 새끼라도 기다리냐?"

"······."

이 개자식이 진짜.

칸나는 얼굴에서 웃음을 싹 지웠다. 드디어 일어난 표정의 동요에 오르시니는 만족한 듯 웃었다.

"그 자식이랑 네가 그렇게 가고 싶어 하는 집에 가려고?"

칸나는 주먹을 말아 쥐었다. 그의 말 한마디 한마디가 가슴에 홧홧한 불을 내질렀다.

"그만해, 오르시니."

건드려서는 안 될 것이 있다. 칸나에게는, 그것이 주화의 세계였다.

"그래서 그렇게 여유롭나 보군? 누군가 널 데리러 와 줄 거라서?"

"입 닥쳐."

"그 대단하신 구원자 오라버니가 누군지 들어나 보자. 설마하니 실비엔 발렌티노 공작은 아닐 테고."

평소처럼 대응할 수 없었다. 빈정거리는 말 한마디 한마디를 도저히 웃어넘길 수 없었다. 웃어넘길 수 없는 주제였다.

생각하지 않으려고 노력하면서 살고 있다. 그녀가 사랑했던 것들을. 그 세계를 절대 잊고 싶지 않지만, 동시에 생각하고 싶지도 않았다.

약해지고 싶지 않으니까. 약해지면 안 되는 때니까. 그 소중하고도 안타까운 기억의 상자를 열어 보는 순간 투명한 외로움만 밀려올 것을 알고 있기에.

그런데 오르시니 따위가 그 필사적인 노력을 아무렇지도 않게 망치고 있다.

"그만 말해."

"왜? 또 등신같이 울 것 같냐?"

대체 어째서인지 오르시니는 그런 자신의 반응에 더 화가 나는 듯했다. 도저히 이해할 수 없었다.

"그래, 집에 가고 싶다고 울고불고 난리 피우는 꼴이 꽤 볼 만하더군. 버려진 애새끼처럼 질질 짜면서 엄마를 부르는 게 어찌나 우습던지."

얼굴이 뜨겁게 달아오른다. 머리가 얼얼해진다. 칸나의 얼굴이 일그러질수록, 눈이 뜨겁게 달아오를수록, 오르시니는 잔인한 쾌감을 느끼는 것처럼 짙게 웃었다.

"그 집에 가면 네 엄마라도 있나? 너에게 그 검은 머리를 물려준 여자?"

그는 허리를 깊숙이 숙였다. 한참 아래에 있는 칸나와 눈높이를 마주했다. 그의 초록색 눈이 사악하게 일렁였다. 그리고 말했다.

"넌 집에 못 갈걸."

지독한 독을 머금은 말을.

"아디스에는 네 발로 들어왔겠지만, 나가는 건 그렇지 못할 거다."

집에 못 갈걸, 집에 못 갈걸. 집에 못 가. 못 가.

'아마도, 영원히.'

그 잔인한 진실이 몸을 반으로 가르고 지나갔다. 그 조각나는 통증에 칸나의 입술이 떨렸다. 그런 자신을 지켜보는 오르시니의 표정은 아주 화가 난 것처럼 보였지만 동시에 즐거운 것 같기도 했다.

칸나는 그의 뺨을 후려쳤다.

짜악!

그러나 오르시니의 얼굴은 흔들리지도 않았다. 바람에 실려 온 먼지에 얻어맞은 양 미동도 없었다. 도리어 아주 재미있다는 듯 웃었다.

"그래, 이제 알겠다."

그가 허리를 천천히 들어 올린다. 그리고 저를 씹어 먹을 것처럼 노려보는 칸나의 시선을 즐겼다. 증오. 분노. 미움. 저것이 칸나의 진심임을 알았다.

오로지 저것만이.

"너에게 아디스는 여전히 지옥이군."

칸나가 그토록 쫓아 부르던 자 중 그가 아는 이름은 없었다. 칼렌도, 실비엔도 없었다.

"실은 칼렌 녀석도 엿 같을 테지. 그렇지, 오물?"

오물. 빌어먹을, 그 단어를 입에 담는 순간 혀가 아팠다. 혀끝부터 썩어 들어가는 듯했지만 그 통증을 인정하고 싶지 않았기에 오르시니는 더 짙게 빈정거렸다.

"예쁘장하게 웃으면서 칼렌을 가지고 노는 모양이야."

인정하느니 차라리 혀를 자르는 게 낫지.

"넌 나한테 들켰어."

톡, 손가락으로 칸나의 찌푸린 미간을 밀었다.

"앞으로 잘 지내보자고. 우리 집에서."

그러고는 입꼬리를 올렸다.

"네가 내일 화형당하지 않는다면 말이다."

칸나는 눈을 감았다. 잠시 심호흡했다. 그리고 눈을 떴다. 싱긋, 화사하게 웃어 주었다. 그의 말대로 칼렌을 가지고 놀 때처럼, 아주 예쁘게.

"오르시니, 너 설마 질투하니?"

그 순간 자신의 미간을 건드린 그의 손가락이 뻣뻣하게 굳었다. 칸나는 그 손가락을 날렵하게 잡아챘다. 꽉 말아 쥐었다.

"사랑스러운 누님께서 다른 데 가 버릴까 봐 불안해? 화가 나?"

그러자 오르시니가 거친 웃음을 터뜨렸다.

"미친년."

"내가 해 주고 싶은 말이야, 이 미친 새끼야."

칸나가 그의 손가락을 거칠게 뿌리쳤다.

"네가 헛소리를 지껄여 댔으니 나도 헛소리로 대응한 것뿐이야. 어때? 재미있어?"

"……."

"난 재미없는데."

그러고는 얼굴에서 웃음을 싹 지웠다. 따분하기 그지없는 목소리로 중얼거렸다.

"넌 정말 시시한 애야."

"……."

"꺼져."

"망할 자식."

오르시니를 쫓아 보낸 후, 칸나는 이참에 한번 울어 볼까 잠시 갈등했다. 태연한 척했지만 아팠다. 아주 많이 아팠다. 오르시니가 자신의 상처를 제대로 파고들어 짓눌러 버렸다.

그게 너무 아파서 울어 버릴까, 한번 시원하게 울면 나아지지 않을까 고민했지만.

'젠장, 화나서 눈물이 안 나와!'

그러나 찔끔 맺힐 뻔했던 눈가의 물기는 금세 메말랐다. 역시나 이불을 뒤집어쓰고 훌쩍이는 건 자신의 취향에 맞지 않았다. 도리어 기분을 잡치게 한 상대를 저주하는 쪽이 더 좋았다.

'오르시니 개자식.'

가만두지 않을 거야. 악마 같은 자식.

'죽여 버릴 거야.'

반드시, 언젠가는, 꼭.

'널 죽여 버릴 거야, 오르시니.'

하지만 지금은 증오에 사로잡힐 때가 아니다.

칸나는 아주 높은 곳에서 자신의 마음을 내려다보았다. 그리고 스스로에게 명령했다. 지금은 레이첼과 관련한 일을 해결하는 것이 우선이다.

'그게 우선이야. 그깟 싸구려 감정에 정신 팔려서 일을 망치지 마.'

오르시니 때문에 기분을 망치지도 말자.

'그래, 나는 오늘 푹 잘 거야. 그 자식 때문에 악몽을 꿀 수는 없어.'

오르시니는 나의 아무것도 망칠 수 없어. 나의 계획도, 나의 기분도, 나의 밤도. 그렇게 생각하며 심호흡하자 어느덧 격양된 감정이 가라앉았다. 그리고 잠을 청했다.

다행히도 원했던 것처럼 푹 잘 수 있었다.

마침내 정화 의식의 날이 다가왔다.

아주 오랜만에 비구름이 걷힌 맑은 날씨였다. 화형을 하기 좋은 날이다, 레이첼은 그렇게 생각했다.

"와아아아!"

"성녀님, 성녀님이시다!"

"마를 정화해 주십시오!"

"검은 사도를 잡아내 주세요, 성녀님!"

"마을을 지켜 주세요!"

햇살이 드리운 화창한 날, 광장에는 온 마을 사람들이 몰려 아우성을 질러 댔다. 그들의 열망에 레이첼의 사명감이 거세게 불타올랐다.

'그래, 저들의 평화는 나에게 달려 있어.'

저 마을 사람들의 생명과 평화로운 일상은 자신의 손에 달렸다.

"여러분이 광증을 앓았던 분들이십니까?"

단상 위에는 수십 명의 사람이 질서정연하게 서 있었다. 두려워하는 얼굴은 아무도 없었다. 스스로 검은 사도가 아님을 알기에 당당한 것이다.

'저들 중 대부분은 진심일 테고, 누군가는 연기 중일 테지.'

레이첼의 시선이 옆으로 움직였다. 단상 옆. 그곳엔 거대한 천막이 설치되어 있었다. 천막 아래로는 영주를 비롯한 제롬 경, 기사들, 하인들, 그리고 칸나가 서 있었다.

원래대로라면 다른 이들과 함께 이 단상에 서 있어야 하지만 귀족임을 감안하여 배려해 준 것이다. 그러나 아무리 귀족일지언정 자신의 눈은 속일 수 없다. 칸나와 눈이 마주치는 순간 가슴이 불길하게 일렁였다.

"레이첼 양에게는 아무런 능력도 없어요."

"착각하는 거예요."

"당신의 착각이 사람을 죽였어요."

그때 칸나가 생긋 미소를 지었다. 그리고는 스스로 천막에서 걸어
나왔다.

'……뭐지?'

레이첼은 그녀의 움직임을 빤히 응시했다. 칸나는 제 발로 단상 위
로 걸어 올라오고 있었다. 아름다운 여인의 등장에 사람들의 시선이
집중되었다.

칸나는 좌중을 내려다보며 말했다.

"아시는 분은 아시겠지만, 저는 황제 폐하께서 보내신 의원입니다."

레이첼은 인상을 찌푸렸다. 그런데 어째서인지 칸나를 올려다보는
주민들 대부분이 무척이나 호의적인 시선이었다.

이해할 수 없는 반응이었다. 섬마을 사람들은 타지인에게, 심지어
제국의 귀족들에게는 몹시 적대적인데…….

'그런데 왜 저런 눈으로 보는 거지?'

며칠 동안 칸나가 마을 사람들에게 음식을 공짜로 돌렸기에 나오
는 눈빛이었지만 레이첼은 이 사실을 몰랐다.

칸나는 침착하게 말을 이었다.

"저는 이곳에 머무는 동안 마을의 광증을 자세히 조사했고 한 가지
결론을 도출해 냈습니다. 아마 여러분들은 충격을 받으실 테지만……."

레이첼은 당황했다. 설마 저 여자가 자신에게 했던 이상한 소리를
하려고……! 당장에라도 입을 틀어막고 싶었지만 이미 사람들은 그녀

에게 집중해 있었다. 심지어 영주인 아버지마저!

"그 전에 하나 묻도록 하지요. 최근 들어 광증을 일으킨 사람이 있나요?"

칸나가 여유롭게 마을 사람들을 둘러보며 물었다.

"적어도 최근 며칠 동안에는 아무도 없을 겁니다."

"대체 무슨 소리를 하시는 겁니까!"

그렇지! 레이첼은 그제야 숨통이 트였다. 줄곧 불만스럽게 지켜보던 제롬이 자리를 박차고 나선 것이다!

"그게 무슨 헛소리입니까, 공작 부인? 정화 의식을 하지 않는 이상 광증은 멈추지 않습니다!"

"그러니까 묻잖아요."

칸나는 부드럽게 제롬의 말을 잘랐다.

"최근 며칠 이내 광증을 겪은 분이 있다면 나와 달라고."

"……."

"그렇게 물었습니다."

그러나 마을 사람들은 조용했다. 그 누구도 칸나의 말에 대답하지 않았다. 부정하지 않는 침묵은 긍정이나 마찬가지였다.

"하나만 더 묻죠. 최근 들어 호밀을 먹은 사람이 있나요?"

당연히 없겠지. 없을 줄 알고 물은 거였다.

마을의 모든 가구에 빠짐없이 송어를 비롯한 각종 해산물, 값비싼 음식 재료들을 돌렸다. 그동안은 영주가 아니고서야 맛보지 못했던 산해진미를 두고 지긋지긋한 호밀을 찾을 리가 있나?

'그러니까, 터무니없는 말이지만 믿을 수밖에 없을 거야.'

칸나는 호흡을 가다듬으며 말했다. 아주 큰 반향을 불러일으킬 진실을.

"마을의 광증은 호밀에서 비롯한 겁니다."

"……."

침묵이 떨어졌다. 칸나에게 호의를 보내던 눈빛들조차 의구심을 품었다.

"하하하하! 다들 들었습니까?"

그때 제롬이 노골적으로 비웃었다.

"광증이 호밀에서 비롯한다고? 아가씨, 영주님, 들으셨습니까? 대체 저 헛소리를 언제까지 듣고 있어야 합니까?"

지금 이 순간, 칸나의 곁에 붙어 다니던 호위 기사가 없다. 그렇기에 지껄일 수 있는 말이었다.

"당장 끌어내셔야 합니다, 아가씨! 헛된 말로 마을 사람들을 선동하고 있습니다!"

그때였다.

"그, 그런 말씀 마십시오!"

마을 사람 중 누군가가 용기를 내어 외쳤다.

"고…… 공작 부인께서 음식을 나눠 주신 덕에 태어나 처음으로 귀한 송어를 먹어 봤습니다! 좋은 분이세요!"

"그, 그래요! 그 덕에 지긋지긋한 호밀에서 벗어났는데, 말이 심하세요!"

"그분을 그렇게 대하지 마세요!"

하나둘씩 터져 나오는 고성에 제롬은 입을 벌렸다. 꿈에서도 예상하지 못한 반응이었다.

'이게 뭐야?'

레이첼 역시 멍하니 단상 아래를 굽어보았다.

"그분은 조, 좋은 분이에요!"

"그래요! 그, 그분의 말을 더 들어 보도록 해요!"

다수의 사람이 떨리는 목소리로, 그러나 아주 단호한 눈빛으로 칸나의 편을 들고 나섰다.

마을 사람들이. 자신이 지켜 준 사람들이!

'말도 안 돼.'

레이첼의 손끝이 바들바들 떨렸다. 이 마을의 성녀인 자신을 두고 칸나를 두둔해? 칸나의 주장에 귀를 기울여?

'그동안 내가 이 마을에 공헌한 게 얼만데!'

배신감이 가슴을 거칠게 할퀴었다. 뜨거운 분노가 이성 위로 왈칵 쏟아졌다. 그래, 역시나 저 여자는 검은 사도다. 그렇기에 저 더러운 혀로 사람들을 현혹한 거다. 자신에게도 시도하지 않았던가? 저 무지몽매한 주민들을 음식으로 유혹하여 악을 전파한 것이다!

레이첼은 칸나를 노려보았다. 처음부터 불길했던, 아니, 애초에 마기를 풀풀 풍기던 여자였다. 지금 이 순간 그녀에게서 느껴지는 마기에 목이 졸리는 것만 같았다.

"제롬 경, 발렌티노 공작 부인을 포박하세요!"

신이 도운 것인지, 지금 그녀의 호위 기사는 이곳에 없었다. 그녀를 지켜 줄 사람이 없는 지금 이 순간. 오로지 이 순간만이 마을 정화할 유일한 기회였다!

"검은 사도는 발렌티노 공작 부인입니다!"

벼락처럼 내리친 호령이었다. 그 목소리는 칸나에게, 마을 사람들에게 닿았다. 그리고.

"뭐?"

그 순간 들려오는 낯선 음성.

레이첼은 고개를 돌렸다. 그리고 눈이 마주쳤다.

"그게 무슨 소리입니까?"

새빨간 머리칼의 남자였다. 녹색 눈과 마주친 순간 오르시니가 떠올랐지만, 아니었다. 그보다도 더 섬세한 선을 가진 사내였다.

'설마 저 사람은……'

남자, 칼렌 아디스가 그녀를 노려보았다.

"지금 뭐라고 지껄였냐고 물었습니다."

칸나가 황제의 명을 받고 페일런섬으로 떠났다. 칼렌은 소식을 들은 그 즉시 뛰어 나갔다.

어차피 다음 행선지로 예정된 섬이었다. 검은 안개가 나타난 데다가 오르시니가 실종되지 않았던가? 베니치아의 일을 마치면 가게 될 곳이었다.

단, 적어도 하루 정도 여독을 푼 후에.

그러나 칼렌은 말에서 내려 집 안에 발을 들이지조차 않았다. 도저히 그럴 수가 없었다.

'누님이 그 위험한 섬에 있다니.'

연약한 칸나가 그런 위험천만한 섬으로 내던져졌다. 비단 검은 안개 때문만은 아니다.

페일런섬이 어떤 섬인가?

폐쇄적인 데다가 제국민에게 적대적이기까지 하다. 그런 곳에서는 야만적인 일이 아무렇지도 않게 일어난다는 것을 칼렌은 잘 알고 있었다.

그런 위험한 곳에 칸나가 있다.

'미치겠군.'

칼렌은 섬으로 가는 뱃길 내내 잠을 이루지 못했다. 불안해서 잠이 오지 않았다.

'누님에게 무슨 일이 생겼으면 어떡하지?'

누님에게는 오로지 나뿐인데, 내가 지켜 줘야만 하는데.

그런데 지금 자신은 칸나의 곁에 없다. 그녀가 무슨 일을 당해도 지켜 줄 수가 없다.

예전처럼 누군가에게 맞고 있으면 어떡하나? 검에 베이면? 연못에 떠밀려 빠지면……?

상상만 해도 손끝이 떨렸다. 그러나 칼렌이 할 수 있는 거라고는 선장을 재촉하는 것뿐이었다.

"더 빨리는 못 가나?"

철썩! 거친 파도가 배를 후려쳤다. 그러자 배가 기우뚱 기울고 나무 상자들이 주르륵 미끄러져 난간에 부닥쳤다.

"으아아악!"

"다들 조심해! 밧줄을 붙잡아라!"

선원들이 비명을 내질렀지만, 칼렌은 꿋꿋이 주장했다.

"마침 바람이 도와주는군. 속도를 높여 봐라."

"칼렌 님! 원래는 배를 띄워서도 안 되는 날입니다! 폭우가 심하게 쏟아지지 않습니까!"

"폭우? 엄살이 심하군. 이 정도는 가랑비라고 하는 거다."

칼렌은 선장의 울부짖음을 무시했다.

"뒤집힌다! 배가 뒤집혀!"

"어서 닻을 내려라!"

"밧줄을 잡아당겨!"

선원들이 분주하게 갑판을 오가는 가운데 칼렌은 뱃머리에 버티고 서서 먼 곳을 바라보았다.

'칸나 누님, 무사하십니까?'

그의 등 뒤로는 거대한 혼란과 위기가 펼쳐지고 있었지만 그는 몹시도 아련한 눈빛이었다.

호위를 붙이길 잘했다. 클로드 아젤은 칼렌이 인정하는 기사로, 서대륙 최고라는 아디스 기사단에서도 다섯 손가락 안에 드는 인재였다.

만약 클로드가 동행하지 않았더라면 지금쯤 칼렌은 바다를 헤엄쳐서 가고 있었을 것이다.

'클로드 아젤, 너만 믿겠다.'

섬에 도착할 때가 되자 폭우가 멎고 비구름이 사라졌다. 그리고 오르시니와 마주쳤다.

"오르시니 형님?"

설마 자신이 올 줄 알고 있었던 걸까? 그는 항구에 쌓여 있는 나무 상자에 아무렇게나 걸터앉아 있었다. 실종된 것치고는 너무 자연스러운 등장이었다.

"왔냐?"

"예. 무사하십니까?"

"보다시피. 기사들을 데려온 건 아니겠지?"

"예. 당부하신 대로 저 혼자 왔습니다."

칼렌은 묻고 싶은 것이 많았다. 왜 기사들과 함께하지 말라고 했는지, 전멸한 기사들의 시신은 어떻게 됐는지, 검은 안개가 어떠한지.

그러나.

"누님은요?"

"……."

바로 튀어나오는 물음에 오르시니의 눈빛이 기묘해졌다.

"누님은 어디 계십니까?"

"광장. 정화 의식에 불려 나갔다."

"……정화 의식?"

정화 의식이라니. 그 단어에서 불길함이 느껴진다. 오르시니는 칼렌의 불안함을 비웃었다.

"그래. 나무에 거꾸로 매달아 놓고 화형한다고 하더군."

"……!"

그 말을 듣자마자 칼렌은 정신없이 달려갔다. 그리고 광장에 도달한 순간, 감히 칸나를 검은 사도로 지목하는 정신 나간 상황을 목격했다.

"뭐라고 지껄였냐고 물었습니다."

칼렌은 말에서 훌쩍 뛰어내려 성큼성큼 걸어갔다. 그의 시선이 꽂혀 있는 곳은 단상 위의 여자, 레이첼이었다. 제롬이 서둘러 그의 앞을 막아섰다.

"물러서라."

"이분은 데일 남작 영애이십니다. 페일런 영주님의 따님이시지요."

"남작 영애?"

칼렌의 한쪽 입꼬리가 삐딱하게 비틀렸다.

"고작 남작가의 영애께서, 감히 발렌티노의 안주인을 검은 사도로 몰아?"

"하지만!"

"제롬 경, 뒤로 물러서요."

그때 레이첼이 침착하게 말했다. 그녀는 제롬의 앞으로 나서 칼렌을 마주 보았다.

"칼렌 아디스 경이시지요. 이렇게 뵙게 되어 영광입니다."

"영애께서는 이 일을 아주 잘 설명해야 할 겁니다."

그렇지 않으면 아주 많은 것을 잃게 될 거라고, 칼렌은 경고했다.

"칼렌 경, 이 섬에서 일어나는 일은 잘 아시리라 믿습니다. 해마다 검은 사도가 퍼뜨린 광증이 돌았고, 그때마다 제가 이 정화 의식으로⋯⋯."

"그래서."

칼렌은 가차 없이 레이첼의 말을 끊었다. 더 들을 것도 없었다. 들어 줄 수도 없었다.

"그래서, 누님이 검은 사도라고?"

"그렇습니다."

"증명하지 못할 경우 영애는 목을 내놓으셔야 할 겁니다."

그에 대한 대답은 제롬이 대신했다.

"저희 아가씨께서는 이 섬을 정화하는 고귀한 성녀님이십니다."

칼렌은 제롬을 휙 노려보았다. 제롬은 꿋꿋하게 레이첼을 변호했다.

"만일 발렌티노 공작 부인께서 검은 사도로 증명될 경우, 칼렌 경께서는 성녀님을 모욕한 무례를 사과하셔야 할 겁니……!"

그때, 칼렌이 검집을 통째로 들어 올려 제롬의 명치를 후려쳤다.

"……!"

제롬은 비명조차 지르지 못하고 그대로 뒤로 넘어갔다. 기절한 것이다. 레이첼이 서둘러 그를 붙잡았다.

"칼렌 경! 이게 무슨 짓입니까!"

"감히 성기사의 후손 앞에서."

칼렌은 그 어느 때보다도 오만하게 그들을 내리깔아 보았다.

"성녀의 이름을 남용한 방자함을 처단한 겁니다."

레이첼은 그 눈빛에 압사할 것만 같았다.

아랫것을 보듯, 천한 것을 보는 듯한 눈빛이라니. 평생을 목격한 적 없는 시선에 가슴이 타들어 가듯 화가 났다. 자신은 저런 눈빛을 받아도 되는 사람이 아니었다.

'감히 나를.'

자신이 누구인가? 성녀다. 이 마을의 구원자인데, 감히!

"지금 당장 대사제님을 모셔 오십시오!"

레이첼이 커다랗게 외쳤다. 그래, 대사제 카를레옹이라면 저 오만한 사내를 찍어 누를 수 있을 것이다!

그러나.

"대, 대사제님께서는…… 며칠째 보이지 않습니다."

하인의 말에 레이첼의 머리가 텅 비었다.

대사제가 없어졌다고?

흔한 일이었다. 주색을 밝히는 대사제는 마을의 술집에서 며칠 동안 뒹굴고는 했으니.

'왜 하필 지금!'

그때였다.

"저, 저기……."

누군가의 경악한 음성이 울려 퍼졌다. 파들파들 떨리는 손으로 어딘가를 가리켰다.

"저기 대사제님께서!"

모두의 고개가 한곳으로 돌아갔다.

대사제는 신을 보았다.

"신이시여, 왜 제게는 성력을 주지 않으셨습니까?"

그러자 신께서 답하셨다. 다 계획이 있노라고.

"그 계획이 무엇입니까? 성력 없이 태어난 사제의 삶이 어찌나 비루한지 정녕 모르십니까?"

대사제는 엉엉 울며 자신의 오래된 열등감을 고백했다.

"성력 없이 태어난 저는 불량품이나 마찬가지였습니다. 제가 대신전에서, 같은 사제들에게서 받은 홀대를 모르십니까?"

대사제는 눈물을 흘리며 외쳤다. 그러자 신께서 답하셨다. 다 계획이 있노라고.

"그 계획이라는 것이 대체 무엇입니까! 무엇이기에 저를 불량품으로 만든 겁니까!"

신께서 미소 짓는 순간이었다.

"……!"

그의 등이 투둑투둑 갈라졌다. 등짝이 반으로 갈라지는 감각은 끔찍했지만, 이상하게도 통증이 느껴지지 않았다.

"아!"

뒤를 돌아보니, 맙소사. 등에 날개가 돋아 있었다.

날개가 생기다니! 대사제는 기뻐하며 하늘 높이 날아올랐다.

"아아아!"

단숨에 세상이 낮아진다. 그는 모든 것을 굽어보며 훨훨 날았다.

"하하하!"

그렇구나. 내게 날개를 주려 하셨구나! 그래서 내게 성력을 주지 않으셨구나!

간혹 대신전에서는 성력 없는 사제들이 태어났다. 그러나 대신전은 위엄을 지키기 위하여 이 사실을 은폐했고, 그 덕에 카를레옹은 여타 다른 성력을 가진 자처럼 사제 노릇을 할 수 있었다.

하지만 결코 같을 수는 없다. 카를레옹은 사제임에도 성력이 무엇인지 모르며 살았다. 참으로 가혹한 세월이었다.

"날개를 주려고, 그래서 그러신 거였어!"

새하얀 날개. 이것이야말로 신의 상징이 아니겠는가!

대사제는 하늘 높이 날아올랐다. 높이, 더 높이!

"……."

레이첼의 얼굴에서 표정이 사라졌다. 그녀뿐만이 아니었다. 그 장면을 목격한 모든 이의 얼굴이 새하얗게 변색했다.

"아하하하하하!"

고고했던 흰 법복은 어디 간 걸까? 속옷만 입은 대사제가 통통한 팔로 날갯짓을 하며 뛰어다니고 있었다.

"이…… 이럴 수가!"

"대사제님께서 광증을!"

충격이 도래했다. 다른 이도 아니고, 신과 가장 가깝다는 대신전의 사제다. 그런 그가 마에 잠식당하다니!

"발렌티노 공작 부인!"

레이첼의 눈이 불길처럼 타올랐다.

"다들 뭐 하십니까! 어서 발렌티노 공작 부인을 정화해야 합니다! 그래야만……."

"정화라."

칸나는 레이첼의 말을 끊으며 웃었다.

"글쎄요, 굳이 정화까지 할 필요가 있을까요?"

대사제가 왔으니, 이제 무대는 준비되었다. 칸나가 명령했다.

"클로드 경, 대사제님을 이쪽으로 모셔 오세요."

그러자 어디선가 그림자처럼 나타난 칸나의 호위 기사가 대사제의 등을 툭툭 밀었다. 대사제가 단상 위로 날갯짓하도록 만들었다.

칸나는 품에서 약병 하나를 꺼냈다. 페일런섬에 오면서 혹시 모를 사태를 대비하여 온갖 약품을 챙겨 왔는데, 이 약도 그중 하나였다. 체내에 침투한 유해 성분을 말살해 주는 해약이었다.

"지금 뭐 하시는 겁니까?"

칸나가 대사제의 입에 약물을 흘려 넣자, 레이첼이 재빨리 붙잡았다. 아니, 붙잡으려고 했다. 그러나 그럴 수 없었다. 순식간에 뻗어 나온 칼렌의 팔이 그녀의 시야를 막은 것이다.

칼렌이 그녀를 내려다보며 차갑게 말했다.

"지켜보십시오."

"지켜만 보라뇨! 지금 영문 모를 약을 대사제님께 투여하는데 어떻게……!"

"영애, 착각하시는군요."

그가 고요히 경고했다.

"제가 지금 권유하는 것 같습니까?"

"……!"

무뢰배 같은 협박이었다. 가만히 있지 않으면, 가만히 있게 만들어 주겠다는 노골적인 경고. 레이첼은 더는 앞으로 나아갈 수 없었다.

'왜 다들 가만히 보고만 있는 거야? 왜!'

마을 사람들도. 아버지인 영주도. 영주의 기사들도. 모두가 압도되어 홀린 것처럼 이 장면을 지켜만 보고 있다.

'제롬 경!'

눈물이 왈칵 고였다. 역시나 자신의 편은 제롬 경뿐이었다!

칸나가 대사제의 입에 약물을 흘려 넣은 지 얼마나 됐을까?

"……어?"

효과는 놀라울 만큼 즉각적이었다. 새가 된 것처럼 날갯짓하며 뛰놀던 대사제의 몸부림이 뚝 멈추었다. 그리고 잠시 후.

"뭐…… 뭐야?"

카를레옹은 시뻘겋게 달아오른 얼굴을 들어 올렸다. 떨리는 눈으로 주위를 둘러보았다. 섬의 모든 이가 그를 응시하고 있었다.

'이, 이게 뭐야!'

벌거벗고 날갯짓을 하며 돌아다니다니! 대사제는 당황했다. 모든 것을 기억하고 있었기에 더욱 그러했다.

'바, 방금 내가 무슨 경험을 한 거지?'

그때 칸나가 다가왔다. 대사제는 너무나 혼란한 나머지 어제 칸나와의 불화 따위는 새까맣게 잊어버렸다.

"대사제님, 괜찮으십니까?"

"바, 방금⋯⋯!"

"마을 주민들이 흔히 겪는 광증을 경험하셨습니다."

그러자 대사제의 얼굴이 무섭게 구겨졌다.

"광증이라니! 신의 사제인 내게 검은 사도의 수작이 통할 것 같은가!"

"그럼요. 저도 그렇게 생각합니다."

"뭐?"

"그 증거로 해약을 드신 후 나아지셨는걸요."

"해약⋯⋯?"

칸나는 손에 든 병을 높이 들어 보였다. 그 순간 내리쬐는 햇살에 유리병이 성물처럼 반짝였다.

"예, 이 해약입니다."

그 말의 파문은 컸다.

"해약? 해독제 같은 거야?"

"그럴 리가!"

"그렇다면⋯⋯ 광증이 아니라 독에 중독된 거란 말이야?"

쥐 죽은 듯 지켜보던 사람들 사이에서 웅성거림이 퍼져나갔다. 혼란과 의문과 불신이 뒤섞여 아우성쳤다. 칸나는 그들이 떠들도록 잠시 내버려 두었다가, 잠잠해질 때쯤 다시 입을 열었다.

"마을 주민들이 먹는 호밀에 독이 퍼져 있었습니다."

더 정확히 말하자면, 균이 있었다. 그러나 지금 이 시대, 특히나 폐쇄된 마을의 평민들이 균의 개념을 제대로 알고 있을 리 없기에 친숙한 단어로 바꿔 설명했다.

"도, 독이라뇨?"

"설마 누가 일부러 독을 넣은 겁니까?"

누군가의 외침에 칸나는 조용히 고개를 저었다.

"아뇨, 자연스럽게 생긴 겁니다."

정말로 그랬다.

"비가 내리는 우기가 오면 날이 습해집니다. 특히나 이곳은 섬, 즉 바다를 끼고 있는지라 그 정도가 굉장히 심해요. 어찌나 습한지, 그 시기 수확한 호밀에 곰팡이가 필 정도죠."

"……."

"환각을 일으킨 것은 그 곰팡이에서 퍼진 독입니다."

곰팡이에서 생긴 균, 흔히 맥각균이라고 불리는 이 균을 일정량 이성 섭취하면 중독 현상이 일어나며, 그럴 경우.

"그 부작용으로 환각 증상이 생긴 거예요."

그것도 아주 심각한 환각 증상을 겪게 된다. 환각의 정도가 어찌나 극심한지, 주화의 세계에서 특정 마약의 원료 중 하나가 바로 이 호밀의 균— 맥각균에서 파생한 것이었다.

'지리적, 기후적 특성이 맞물려서 생긴 일이지.'

바다를 끼고 있는 섬은 본래부터 습도가 높은 편이다. 그런 와중에 우기가 겹치면, 습도가 최고치로 치달아 호밀을 망가뜨린다.

그러니까 간단히 말하자면, 음식을 잘못 먹어서 생긴 촌극이었다.

"그러니까 검은 사도의 짓이니 뭐니, 그런 게 아니에요. 여러분들은 그저 가엾게도 그동안 나쁜 음식을 먹어 온 것뿐이죠."

그러고는 빙긋 웃으며 어깨를 으쓱였다.

"실제로 호밀을 끊은 이후로 광증을 일으킨 사람은 아무도 없잖아요. 안 그래요?"

"그…… 그래!"

광증에 당한 것이 아님을 증명해야 했던 대사제 역시 서둘러 거들었다.

"대사제인 내가 광증을 겪을 리가 있는가! 나 역시도 환각을 보기 전에 호밀 빵을 먹었다!"

대사제의 증언은 마을 사람들에게 천둥 번개 같은 충격이었다. 그 굉음은 지금껏 마을을 지탱해 온 신념을 모조리 무너뜨렸다. 그리고 균열이 일어났다.

"……호밀?"

"호밀 때문이라고? 내가 망가진 호밀을 먹어서?"

"그래, 생각해 보니 호밀 빵을 먹은 뒤에 광증이 생겼어!"

처음에는 작게 퍼지는 음성으로 시작되었고.

"그럼, 지금까지 죽은 사람들은 뭐야?"

"호밀을 먹은 죄로 화형당한 거야?"

"가난한 죄로?"

점점 가열되어 거칠어지기 시작했으며.

"성녀님에게 광증이 없었던 이유는, 호밀을 먹은 적이 없어서라고?"

"그럼 성녀가 아니잖아?"

마침내 진실의 진실까지 드러났다. 그와 동시에 날카로운 시선이 파도처럼 몰아쳤다. 화살이 되어 레이첼을 꿰뚫었다.

"그런데 뭐야? 분명히 마기가 느껴진다고 했잖아?"

"내 동생을 화형했다고! 검은 사도라고 했단 말이야!"

"우리 엄마를 살려 내!"

마침내 거대한 원성이 터져 나왔다. 강렬한 적의, 살의, 배신감, 쏟아지는 열기에 레이첼의 다리가 부들부들 떨렸다.

'아니야.'

거짓말이다. 레이첼은 경련하는 입술을 더듬어 말했다.

"그, 럴 리가 없어요! 나는!"

"그렇다면 증명해 보실까요?"

칸나의 눈짓에 클로드가 빵이 가득 든 바구니를 가져왔다. 호밀 빵이었다.

"영주님의 따님께서 이 자리에서 증명해 보시지요."

그러고는 아주 상냥하게 웃었다.

"자신 없으신가요?"

지난밤, 레이첼이 했던 말을 그대로 돌려주었다.

"레이첼 양께서 정말 성녀라면, 마을 사람들이 검은 사도에 의해 광증을 앓은 거라면, 이 호밀 빵을 먹어도 아무런 이상이 없겠지요."

그러자 주민들이 소리쳤다.

"그래요! 증명해 보십시오!"

"지금 당장 우리가 보는 앞에서 빵을 먹어요!"

"당장 증명하세요!"

"증명해! 증명해!"

귀를 때리는 아우성에 레이첼의 얼굴이 창백해졌다. 칸나는 그 가녀린 모습을 무감정한 눈으로 지켜보았다.

이것은 공개 처형이나 마찬가지다. 망상에 빠진 여자의 혀 놀림 몇 번에 수많은 사람이 화형당했다. 아무리 영주의 딸이라고 할지언정 결코 처벌을 피할 수 없을 것이다.

'이렇게까지 할 생각은 없었지만.'

처음에는 우둔할 만큼 착해 보이는 여자라고 생각했다. 단순한 허영심, 자의식 과잉, 망상, 그리고 무지에서 비롯한 잘못된 믿음을 가졌을 뿐이니. 그것 역시 분명히 죄지만, 칸나는 그래도 기회를 주고 싶었다. 스스로를 되짚어 볼 기회를.

'하지만 당신이 걷어찼으니까.'

심지어 나를 검은 사도로 몰아 죽이려고 했지. 만약 자신이 평범하고 힘없는 마을 사람이었더라면 나무에 거꾸로 매달려 화형당했을 것이다. 지금껏 무고하게 죽은 수많은 이처럼, 그렇게 죽었겠지. 그렇기에 그녀에게 베풀 자비 따위는 없었다.

"어서 먹지 않고 뭐 해요?"

레이첼의 팔이 사시나무처럼 떨렸다. 눈이 빙글빙글 돌아갔다.

'어떻게 해야 하지? 어떻게?'

제롬 경, 일어나 봐. 정신 차려 봐. 이제 난 어떻게 하면 좋아?

"아가씨는 성녀님이 분명합니다."

제롬 경이 날 처음으로 성녀라고 불러 줬잖아.

"분명 마기를 느끼실 수 있을 겁니다. 느껴 보십시오."

내 능력을 처음으로 알려 준 게 제롬 경이잖아.

"성녀님 덕분에 마을이 평화로운 겁니다."

"성녀님 덕분입니다."

콰득! 레이첼은 입안의 살을 깨물었다. 그 아찔한 고통에 정신이 확 깨어났다.

"아가씨, 정화 의식으로 마을을 구해 주십시오."

"정화 의식?"

"예. 아가씨만이 하실 수 있는 일입니다."

제롬 경의 목소리. 자신의 능력을 일깨워 주었던, 정화 의식을 시작하게 해 줬던, 흔들릴 때마다 잡아 주었던 제롬의 단호한 목소리를 떠올리자 마음이 진정되었다.

그래. 나는 성녀다. 내가 지금껏 이 마을을 정화했다.

칸나 발렌티노, 저 여자는 사악한 악마, 검은 사도다. 우둔한 마을 사람들을 선동하고 있다!

"좋습니다!"

레이첼은 당당하게 손을 뻗었다.

"증명해 보이죠!"

호밀 빵을 거칠게 집었다. 입안으로 욱여넣었다.

'우욱.'

맛이 없다. 정말이지 너무나도 맛이 없어 평생을 거들떠보지도 않았다. 어린 시절 단 한 입 먹었다가 곧장 퉷 뱉어 버렸던 쓰레기 같은 빵이었다.

그러나 레이첼은 보란 듯이 하나, 둘, 셋, 넷, 배가 불러 터질 때까지 우걱우걱 씹어 삼켰다.

모든 것이 마을 사람들을 위해서였다! 검은 사도에게 현혹된 저 가여운 영혼을 구원하기 위하여!

"허억, 허억."

배가 불러서 숨이 헐떡일 때까지 먹었다.

"이런, 너무 많이 먹었어요. 덕분에 효과는 빨리 나타나겠지만, 환각 외의 부작용이 심할 텐데……."

옆에서 칸나가 알 수 없는 말을 중얼거릴 때.

쿠쿠쿵! 하늘이 갈라졌다.

"……아!"

레이첼은 깜짝 놀라 고개를 들어 올렸다. 그리고 기적을 보았다. 일곱 빛깔로 찬란히 빛나는 광휘가 쏟아져 내린다. 그 영롱한 광채에 눈이 멀어 버릴 것 같다!

"아아아!"

다음 순간, 하늘에서 거대한 나무뿌리가 내려왔다. 지상에 안착하는 순간, 쿠쿵! 땅이 울린다. 그 격한 진동에 레이첼은 중심을 잃고 넘어졌다. 새하얗게 질린 얼굴로 나무를 응시했다.

하늘에서 내려온 거대한 나무- 저것은 세계수였다!

"세, 세계수……!"

세계수가 쪼개지듯 열리고, 그 안에서 빛의 요정들이 튀어나왔다. 포르르 날아와 그녀의 온몸을 휘감았다.

"성녀님, 성녀님."

"부디 세계수와 결합해 주세요, 성녀님."

"다음 신령이 되어 주세요."

"세계수가 성녀님을 부르고 있어요."

"부디 서대륙을 정화해 주세요."

요정들이 속삭이며 레이첼을 끌어 올린다. 그녀의 몸이 두둥실 떠올랐다. 아찔한 부유감에 환호성이 터져 나왔다.

"아아!"

하늘을 높이 날아 마침내 세계수의 품 안에 안겼다. 세계수의 신성한 가지들이 그녀의 몸을 휘감았다.

'이, 이것이 바로!'

이것이 바로 신령이 치른다는 정화 의식.

"그래. 내가 이 세계를 구하겠어. 마을 정화하겠다⋯⋯!"

레이첼은 두 팔을 뻗어 세계수를 받아들였다. 가슴속에서 참을 수 없는 환희가 터져 나왔다. 눈물이 얼굴 위로 줄줄 흘렀다. 기쁨의 눈물이었다.

제롬 경의 말이 옳았어. 나는 성녀였어. 신령이 될 운명이었던 거야⋯⋯!

"나는 신령이다! 내가 신령이야!"

그리고 모두가 그 장면을 넋 놓고 지켜보았다.

"⋯⋯."

단상에 엎어져서 구르다가, 눈물을 흘리며 요정을 찾다가, 두 팔을 벌리며 하늘을 올려다보는 그 모습을.

"내가 신령이다! 아하하하, 내가 신령이야!"

미친 여자 같았다. 광증을 앓았던 수많은 마을 사람처럼.

"⋯⋯사, 사기꾼⋯⋯!"

그때 마을 사람 중 누군가가 외쳤다.

"사기꾼! 사기꾼이야!"

"우리를 속였어!"

"성녀 행세를 해서 내 동생을 죽였어!"

빗방울처럼 내리던 분노의 음성은 점차 폭우처럼 우렁차게 쏟아졌다.

"마녀! 저 여자가 마녀다!"

"마녀를 화형해라!"

그때 누군가가 돌을 던지기 시작했다.

"죽어, 이 살인자!"

"죽어라!"

"당신은 사기꾼이야!"

단상 위로 수십 개의 돌멩이가 날아왔다. 레이첼은 그 돌에 팔과 다리, 머리를 얻어맞고 피를 줄줄 흘렸지만 여전히 웃었다. 고통 따위 느껴지지 않았다.

"나를 숭배하라, 내가 신령이다!"

두 팔을 활짝 펼치며 광기 어린 외침만을 뱉을 뿐.

레이첼은 빵을 너무 많이 먹었다. 그렇잖아도 호밀 빵에 독성을 강화하는 약을 탔는데, 준비한 빵을 다 먹어 버리다니.

'환각 증상만이 아니라 다른 부작용도 올 수 있겠는데.'

하지만 어쩔 수 없는 선택이었다. 마을 사람들에게 보여 주기 위해서는 즉각적으로 중독될 필요가 있었으니.

면역력이 아주 강한 사람들은 맥각균에 오염된 호밀 빵을 먹어도 쉽게 중독되지 않거나, 중독의 정도가 약했다.

'대사제는 며칠 내내 호밀 빵만 먹어서 중독될 수밖에 없었지만, 레이첼은 시간이 촉박했으니까.'

15년간 이어진 광기의 살인을 멈추고 마을 사람들에게 진실을 알리기 위해서는 이 수밖에 없었다.

진실을 알게 된 섬사람들은 분노했다. 그들의 분노는 레이첼이 칼렌의 손에 감옥으로 끌려간 후에도 사라지지 않았다.

'당연하지. 제대로 수습하지 않으면 곡괭이 들고 반란을 일으킬걸.'

무려 15년간 죄 없는 마을 사람들을 사형해 왔는데 당연한 일이었다.

들자 하니 영주는 사죄의 의미로 그의 재산을 나누겠노라 선언했다고 한다. 그동안 그가 독점했던 양식장을 공공시설로 개방하고, 어업권을 마을 주민들에게 공평하게 나눠 준다나 뭐라나?

고작 그런 걸로 분노를 다스리려고 하는 걸까? 죽은 사람은 절대 돌아오지 못하는데.

'그 정도로 넘어갈 것 같지는 않지만.'

과연 마을 사람들의 분노가 다스려질지는 두고 봐야 아는 일이다.

'하지만 이제는 나와 상관없는 일이지.'

자신이 해야 할 일은 다 끝났다. 섬마을에 병이 있는지 조사하라는 명령, 황제의 그 심술궂은 명령을 해결했으니.

이제 돌아가서 이혼할 일만 남았다.

chapter 10

'그런데 감기라니!'

며칠 내내 마음을 졸여서일까, 칸나는 정화 의식 사건이 끝나자마자 앓아누웠다. 장장 사흘 동안.

사흘이 지나고 나서야 병석을 털고 일어났다.

"누님, 괜찮으십니까?"

"괜찮아."

"정말입니까? 더 불편한 곳은?"

"전혀 없어."

칸나가 일어나자 칼렌은 기다렸다는 듯 찾아왔다. 칼렌의 표정은 좋지 못했다. 칼렌은 클로드를 못마땅한 시선으로 노려보았다.

"너는 그동안 어떻게 호위했기에 누님 얼굴이 반쪽이 되도록 내버려 둔 거지?"

"칼렌, 아니야. 클로드 경은 훌륭했어!"

얼굴이 반쪽이 된 것은 그동안 워낙에 정신이 없어서 제대로 먹지 못한 탓이었다. 감기 걸린 내내 죽만 먹은 것도 있고.

"클로드 경이 없었으면 힘들었을 거야. 클로드 경 덕에 살았어. 정말 믿음직했어!"

"······그렇습니까?"

"응, 그래."

"그렇군요. 알겠습니다."

그런데 어째서인지 그 말에 칼렌은 심기가 뒤틀린 듯했다.

"공작 부인, 그러게 레이첼 양의 혀를 반 토막으로 자르도록 허락해 주시지 그러셨습니까? 제가 호위를 잘했다는 증거물이 필요했다고요."

클로드는 실실 웃으며 농담을 했다. 농담일 거다, 아마도. 아마도······?

"걱정 많이 했습니다, 누님."

칼렌이 한숨을 내쉬었다. 그는 두 손으로 눈가를 쓸며 나지막이 중얼거렸다.

"정말이지 며칠 동안 잠을 한숨도 못 자서······."

그의 목소리가 잔뜩 쉬어 있다. 잠을 못 잤다는 말이 괜한 엄살 같지는 않았다.

"그랬니?"

"예. 무사하셔서 정말 다행입니다."

칼렌이 그녀를 응시했다. 무사한 누님. 웃고 있는 칸나. 그 모습을 눈에 담자 이제야 살 것 같았다.

그새 야위긴 했지만 칸나는 여전히 아름다웠다. 뺨 위로 복숭아 같은 혈색이 돌자 칼렌은 마음 깊이 안도했다.

칸나는 웃으며 말했다.

"걱정해 줘서 고마워, 칼렌."

불쾌했다. 아주 많이.

'내가 어린애로 보여? 관심도 지나치면 기분 나쁜 법이라고.'

그의 동생도, 애인도 아닌데 왜 저렇게까지 마음을 졸여 가며 걱정한단 말인가? 칼렌이 자신을 걱정하며 잠을 못 이뤘을 생각을 하니 소름이 돋았다.

'으, 내 생각 했다는 것 자체가 짜증 나.'

하지만 참아야만 했다. 칼렌을 이렇게 만든 것은 자신이니까. 그리고 아직 칼렌의 이런 태도는 유용하니까.

'그래, 칼렌 덕분에 이번 일이 잘 풀린 거야.'

칼렌이 클로드를 붙여 주지 않았던가? 클로드가 없었더라면 이렇게 쉽게 일을 풀어 갈 수 없었을 것이다. 그런 의미에서 칸나는 클로드에게 무척이나 고마웠다.

그래서일까, 칼렌을 볼 때는 담기지 않았던 진심이 미소에 잔뜩 묻어 나왔다.

"클로드 경도 정말 고마워요."

그러자 클로드는 멋쩍은 듯 웃으며 금빛 머리칼을 긁적였다.

"아닙니다. 저야 제 할 일을 한 것뿐인데요."

"그래도 고생 많았잖아요. 비도 엄청 많이 맞았을 텐데……."

그래, 이걸 왜 지금 생각한 걸까?

'비 맞으면서 창밖에 매달려 있던 게 한두 번이 아닌데.'

이것저것 열심히 시켜 놓고 몸 상태 한번 돌봐 주지 않았다니. 칸나는 자신의 무심함에 혀를 찼다. 그리고 그의 옆 소파에 앉으며 손을 내밀었다.

"팔."

"예?"

"팔 줘 봐요."

클로드는 당황한 듯했다. 늘 농담만 던지던 그답지 않은 모습이었으나 칸나는 무시한 채 요구했다.

"이래 봬도 의원이라고요. 지금 클로드 경 상태가 어떤지 보려고 하니까, 팔을 내놔 봐요. 당장."

그 기세가 어찌나 단호했던지 클로드는 저도 모르게 팔을 뻗었다. 칸나가 직접 소매를 걷어 내자 클로드는 당황했다.

"공작 부인?"

"맥박이 평균치보다 좀 빠른데? 나한테 옮았나? 혹시 감기 증상 있어요? 머리가 아프다든가 코가 막힌다든가……."

"아뇨, 괜찮습니다, 감사합니다."

클로드의 등 뒤로 식은땀이 맺혔다. 착각일까? 뒤에서 칼렌이 아주 무시무시한 불쾌감을 내뿜는 것 같은데…….

"칼렌도 와 봐."

클로드만 봐 주는 건 형평성에 맞지 않는지라 칸나는 마지못해 칼렌을 불렀다. 그러자 칼렌이 기다렸다는 듯 다가와 그녀의 옆에 앉았다. 그가 느긋하게 말했다.

"열이 조금 있는 것 같습니다, 누님."

"어? 그러니?"

"예. 확인해 주십시오."

"이리 와 봐."

칸나가 손을 뻗자 칼렌은 고분고분 고개를 숙여 이마를 내주었다. 그 모습이 마치 목줄을 쥐도록 허락한 짐승 같은지라, 지켜보던 클로드는 기분이 아주 이상해졌다. 저게 칼렌 경이라니.

그가 아는 칼렌은 레이첼을 대하던 그 모습, 딱 그 정도였다. 최소한의 예의만을 지키고, 몹시 차갑고, 오만하고, 때로는 과격한. 심지어 모친인 아디스 공작 부인에게조차 냉랭하게 구는 사람인데…….

"이상하네. 열은 없는 것 같은데?"

"그렇습니까?"

"응."

그러자 칼렌이 입꼬리만 올려 웃었다.

"그렇다면 제 착각인 모양입니다."

"착각이라면 다행이고."

심지어 그가 가장 관대하게 대하는 여동생 루시에게도 저 정도는 아니다.

'칼렌 경, 귀신에게 홀리기라도 한 건가?'

클로드는 칼렌 아디스가 저렇게 누군가에게 집요할 정도의 애착을 갖는 것을 처음 보았다.

'예전에는 사이가 안 좋았다고 들었는데, 지금은 누가 봐도 우애 좋은 오누이잖아.'

그러고 보니 시간이 약이라는 말이 있다. 설마 흘러간 세월이 그들의 앙금을 해결해 준 것일까?

'……글쎄, 과연 그럴까?'

클로드는 칸나를 빤히 바라보았다. 칼렌을 향해 방긋 미소 짓는 얼굴은 누가 봐도 완벽할 만큼 예뻤지만.

'공작 부인의 유년 시절이 아주 힘드셨다고 들었는데…….'

그런데 그걸 다 용서했다고?

'역시, 마음이 너무 약하셔.'

몇 번이나 생각하는 거지만 착해도 너무 착하다. 마음이 비단결 같은지라 걱정이 될 정도였다.

'호위를 맡길 잘했어.'

정말 좋으신 분이다. 꽤나 흥미롭기도 하고. 클로드가 그리 생각할 때였다.

벌컥, 노크도 없이 문이 열렸다. 칸나는 고개를 돌렸다가 그대로 얼어붙었다.

"……아, 아버지."

알렉산드로 아디스가 걸어 들어오고 있었다.

대사제는 급히 짐을 꾸리고 있었다.

'대신전에서 사제들이 온다니!'

검은 안개의 일로 오르시니가 전보를 보낸 모양이었다.

그뿐만이 아니라 알렉산드로 아디스 공작과 실비엔 발렌티노 공작까지 페일런섬으로 온다고 하니. 아니, 어쩌면 이미 도착했을 수도 있다.

'젠장할, 왕 노릇도 끝났군!'

이 섬의 검은 안개는 돌연변이 같아서, 폭죽처럼 사방에서 터졌다가 사라지길 반복한다고 했다. 그래서 평범한 기사들은 쓸모가 없었다. 오히려 독이 됐다. 검은 안개에 닿으면 감염이 되고, 감염되면…… 죽여야 하니까.

그렇기에 안개에 감염되지 않는 자들, 즉 성력을 가진 자들이 필요한 것이다. 그 잘난 고대 성기사와 신성 사제의 후손들이.

'그래, 난 쓸모없지! 성력이 없으니까!'

오르시니 그 개자식은 자신이 일부러 안 쓴다고 생각하는 모양이지만, 틀렸다. 자신에게는 애초에 성력이 없었다.

'어차피 추태를 보였으니 예전만 한 권위를 찾긴 힘들지.'

괴한에게 납치되어 호밀 빵을 왕창 처먹지 않았던가? 그 범인을 잡아내어 벌할 여유조차 없었다.

'그런데 그 환각 정말 대단했어.'

자신에게 신을 보여 주었으니.

신을 마주했을 때의 그 감각, 아직도 온몸이 부풀어 오르는 듯한 그 환희와 감격이 생생했다. 마치 신령을 처음 보았을 때와 비슷한 기분이었다.

'……그래, 신령님을 보았을 때와 비슷했지.'

신령. 대사제는 아주 오랜만에 그 위대한 존재를 떠올렸다.

아주 먼 발치에서 봤을 뿐이지만 신령은 그가 아는 인간 중-아니, 과연 그분이 인간일까?-가장 아름다운 존재였다.

이 세상 그 어떤 존재도 그분처럼 화려하지 않았다. 그분의 흰 피부는 진주처럼 은은했고 머리칼은 달빛을 녹여 바른 것처럼 광채가 흘렀다. 비밀을 품은 듯한 깊은 눈동자, 숱이 많았던 속눈썹, 오른쪽 눈 아래에 찍힌 눈물점까지도…….

"어디 가십니까?"

도망치듯 마을을 빠져나가던 때였다. 대사제는 흠칫 놀라 뒤를 돌았다.

"제롬 경?"

"대사제님, 이 늦은 시간에 어딜 바삐 가시는지?"

제롬 경이 왜 여기에? 대사제는 도망치는 것도 잊고 그를 멀거니 응시했다. 그가 알기로 제롬 경은 레이첼과 함께 수감됐다. 그래, 감옥에 있다고 들었는데.

"제롬 경이 왜 여기에 있지?"

"글쎄요. 제가 어떻게 여기에 있을까요?"

제롬이 씩 웃었다.

"하지만 대사제님, 제가 먼저 여쭙지 않았습니까?"

"……."

"이 야밤에 대체 어디를 가십니까, 대사제님?"

대사제는 저도 모르게 뒷걸음질 쳤다.

"레, 레이첼 양은 어찌 두고 혼자 계신가?"

"아아. 아가씨 말입니까?"

제롬이 키득키득 웃으며 다가왔다. 어째서인지 그 웃음이 몹시 낯설게 들렸다. 아주 오랫동안 보아 온 충실한 기사인데.

"그…… 그래. 자네는 레이첼 양의 충실한 호위이지 않은가? 이럴 때일수록 옆에 있어야지."

"그동안 옆에서 시중들어 준 걸로 충분하지 않겠습니까?"

심장이 쿵쾅쿵쾅 뛰었다. 대사제는 저도 모르게 주위를 훑어보았다. 어두운 밤. 인적 드문 골목. 아무도 없다.

왜일까, 그 사실이 절망스러웠다.

"그게 무슨 말본새인가, 제롬 경. 아무리 죄를 저질렀을지언정 레이첼 양은 자네와 오래된 관계이지 않은가?"

"그러니까 말입니다. 내가 그 계집애 비위 맞추느라 얼마나 힘들었는지."

툭! 뒤로 주춤주춤 물러서던 대사제의 등이 골목의 끝에 닿았다. 그리고 제롬은 마치 먹이를 몰아넣는 하이에나처럼 여유롭게 다가왔다.

"하지만 그래도 득은 있었지요."

"자, 자네는 대체……?"

"그 계집애 덕에 매해 꼬박꼬박 훌륭한 재료들을 구했으니."

"뭐?"

"소사한 인간의 시체는 아주 좋은 재료거든요."

지금 무슨 소리를 들은 거지? 대사제는 침을 삼켰다. 손에 고인 땀이 주르륵 흘러내렸다.

"이, 이게 무슨 짓인가? 설마 내게 위해를 가할 생각은 아니겠지? 나는 대사제다!"

"대사제."

저벅저벅 다가오며 제롬이 그 단어를 따라 읊었다. 허물처럼 텅 빈 목소리였다.

"성력도 없는 돼지 새끼가."

"……!"

"대사제는 무슨."

그때, 시커먼 구름에 파 먹혔던 달빛이 드러났다. 희미한 빛살이 어둠 속에 묻혀 있던 제롬의 얼굴을 밝혔고……!

"허어억!"

대사제는 자리에 주저앉았다.

"너, 너…… 너 설마!"

"아, 이런. 봤군. 뭐 상관없어. 죽일 생각이었으니까."

제롬은 자신의 눈을 덮었다가 다시 떴다. 그때 그의 눈 색은 평소의 갈색으로 돌아와 있었다. 대사제가 목격했던 검은색이 아니라.

"너, 설마……!"

"쉿, 조용히 해요."

제롬이 손가락을 입술 위로 올렸다.

"함부로 그 단어를 내뱉지 마세요."

그러고는 웃었다.

"지금 이 섬엔 아주 무서운 분들이 계시니까."

알렉산드로 아디스가 왔다.

감기에 시달리는 동안 검은 안개를 처리하기 위한 인력이 올 거라는 얘기를 듣긴 했다. 듣긴 했는데.

'설마 아버지까지 올 줄이야.'

아니, 어쩌면 당연했다. 일반 기사들은 필요 없다고 하니, 일반적이지 않은, 즉 성력을 가진 사람이 필요했겠지.

알렉산드로는 방 안에 들어오더니 인사조차 받지 않고 칼렌을 따로 불렀다. 그러고는 무언가 아주 심각한 대화를 나누기 시작했다.

'뭔데, 무슨 얘기 하는데?'

아무런 목소리도 안 들리는데? 내 귀가 안 좋은 건가? 설마 서로 입 모양으로만 얘기하는 건 아니겠지?

"……후."

불행히도 칸나가 들은 것은 대화의 끝에 내뱉은 칼렌의 한숨뿐이었다.

'오, 얘기 끝났다.'

아버지가 다시 몸을 돌린다. 그리고 문 쪽으로 저벅저벅 걸어간다.

칸나는 속으로 환호했다.

'잘 가요, 아버지. 수도에서 이혼 절차 밟기 직전까지는 최대한 마주치지 말아요.'

라고 생각을 하는 순간 그가 몸을 돌렸다. 알렉산드로의 건조한 시선이 칸나에게 꽂혔다.

'아?'

칸나는 당황했다. 뭐지? 설마 자신이 입 밖으로 소리 내 얘기한 걸까?

"칸나 아디스."

칸나는 주위를 둘러보다가, 완전히 얼간이가 된 기분으로 자리에서 일어났다. 알렉산드로가 무표정하게 말했다.

"따라 나와."

"……."

아, 신이시여.

'가기 싫어…….'

차라리 지옥에 가고 싶다. 칸나는 한숨을 내쉬며 아버지를 쫓아 나갔다.

알렉산드로는 그에게 주어진 침실로 향했다. 그는 소파에 앉은 후 맞은편을 가리켰다.

'앉으라는 뜻이겠지. 아마도.'

칸나는 얌전히 그의 뜻에 따랐다.

"……."

불러 놓고 이야기를 꺼내지 않는다. 너무나도 아버지와 어울리는 행패인지라 칸나는 그저 조용히 기다렸다.

'이참에 선수 칠까……?'

그래, 기왕 아버지와 대화할 기회가 생긴 김에 용건을 후다닥 끝내 버리는 게 나을지도 모른다.

'그러고 보니 실비엔도 이 섬에 오는 중이라고 했지. 이혼 얘기를 슬 슬 시작해 볼까? 실비엔이 알아서 진행하겠지만, 그래도…….'

아니야. 칸나는 그러지 않기로 결정 내렸다. 그러다가 또 생각이 바 뀌었다.

'방금 날 칸나 아디스라고 불렀잖아.'

일전에도 한 번 그렇게 부르긴 했지만, 그때는 실수인 줄 알았다. 지금도 그렇게 부른 걸 보니 고의임이 분명했다.

'어쩌면 이혼을 허락하겠다는 암묵적인 신호일지도……?'

그때.

"칸나."

칸나는 어깨가 움찔 떨렸다. 그녀는 숨통이 막히는 압박감을 이겨 내며 천천히 고개를 올렸다.

"칸나 아디스, 너에게 물을 것이 있다."

아버지가 그녀를 유심히 들여다보고 있었다. 당혹스러울 만큼 노골 적으로 관찰하는 시선인지라 칸나는 자신의 손끝을 쥐어뜯듯 어루만 졌다. 혀끝이 타들어 가는 듯 초조했다.

"근래 들어 네 이야기를 들었다."

"무슨 이야기요……?"

"너의 의술."

알렉산드로가 느릿하게 말을 이었다.

"어디서 배운 거지?"

쿵. 심장이 발치까지 떨어져 내리는 것 같았다.

"너의 그 의술."

샅샅이 들어내 뜯어보는 그의 눈빛이.

"이곳의 것이 아니다."

영혼까지 꿰뚫어 보고 있어서.

"어디서 배웠지?"

칸나는 숨을 죽였다. 알렉산드로의 눈은 의심이 아니었다. 그것은 확신이었다.

'이곳의 것이 아니라고?'

그래, 이 세계의 것이 아니다. 한의학은 그녀가 한국에서 배워 온 지식이었으니까.

'하지만 아버지가 그 사실을 알 리 없잖아.'

그러니까 당연히, 서대륙의 것이 아니라는 의미였겠지. 그리 생각하자 잠시 굳었던 어깨의 근육이 풀어졌다. 칸나는 여유롭게 미소 지으며 대답했다.

"아버지도 제가 연금술에 빠진 건 잘 알고 계실 거예요. 그때 여러 가지 서적을 읽다가 알게 됐어요."

"서적?"

"네."

그리고 그 책은 지금 어디 있는지 모르겠답니다. 결혼할 때 발렌티노 가문에 챙겨 갔는데, 실수로 분실한 모양이에요. 하녀들이 워낙 제 물건을 함부로 취급했거든요, 라고 둘러댈 작정이었다.

"……."

그러나 알렉산드로는 더 이상의 질문을 던지지 않았다. 그저 입을 다물고 그녀를 물끄러미 응시할 뿐. 이어지는 침묵에 입안이 바짝 메말랐다.

칸나는 결국 먼저 화제를 돌렸다.

"드릴 말씀이 있어요, 아버지."

"……."

"실비엔 발렌티노 공작 각하와 이혼을 합의했습니다."

그의 표정은 무감각했다. 당연히, 놀라지도 않을 거라고 생각했다. 그 정도의 관심조차 없을 테니까.

"곧 발렌티노 공작 각하께서 이혼을 진행하실 거예요. 아버지께서 부디 승인해 주셨으면 좋겠어요."

"이혼."

그가 그 단어를 나직이 중얼거렸다.

"이혼하면."

"네?"

"이혼하면, 너는?"

"……."

아주 많은 것이 함축된 문장이었다. 그러나 칸나는 완벽하게 이해했다. 이혼한 후 너는 어디로 갈 것이냐? 결국 그런 질문이겠지.

솔직하게 대답할 생각은 없다. 일전에 자신이 행복해지는 계획을 말했다가 모조리 엎어 버렸으니까.

그래서 반대로 말했다.

"아버지께서 제 처우를 결정해 주시기 전까지 아디스 가문에 조용히 머무를 생각입니다."

"그래?"

"네."

"알겠다."

즉시 떨어지는 대답에 칸나는 침묵했다. 의심했다. 알겠다고? 무엇을?

"이혼을 허락하지."

순간 환호성을 터뜨릴 뻔했다. 그러나 이를 악물며 표정을 유지했다. 기뻐하는 걸 보이면 또 취소할 수도 있으니까.

"감사합니다, 아버지."

알렉산드로는 대답하지 않았다. 그 대신, 등받이에 몸을 편히 기대며 위스키 잔을 들어 올렸다. 갈증을 채우듯 한 모금 마신다.

그 모습이 아주 이상했다. 마치 햇볕을 즐기는 표범 같다고, 칸나는 그렇게 생각했다. 저만큼이나 만족하는 아버지를 본 적이 없었다. 얼떨떨하게 그 모습을 감상하던 순간.

'물어볼까?'

불현듯 그런 욕구가 치솟았다.

'조작된 편지.'

만약 물어봐야 한다면 지금보다 더 좋은 때는 없을 거라는 강렬한 예감이 들었다. 칸나는 잠시 갈등했다. 그러나 고민은 짧았다.

"아버지, 여쭤 볼 것이 있습니다."

"뭔데?"

"혹시 아이젝 의원을 기억하시나요?"

"그래."

"그 사람이 증거물로 가지고 있던 편지……."

"네가 쓴?"

칸나는 입을 다물었다.

달그락. 빈 잔에서 얼음이 굴러가는 소리가 들렸다.

"네가 쓰고 내가 조작한 그 편지를 말하는 건가?"

태연하게 말한 그는 잔에 다시금 위스키를 채웠다. 칸나는 충격에 젖어 그 매끄러운 동작을 말없이 지켜보았다.

'역시 아버지였어.'

놀라웠지만, 사실은 놀랍지 않았다. 얼마간은 짐작한 일이었으니까. 카실 황자의 편지, 필적을 조작할 사람은 아버지뿐이었다.

마지막으로 편지를 가져간 사람이지 않은가? 그는 중요한 증거물을 타인에게 허투루 빼앗기거나 내줄 사람이 아니었다. 그런데도 막상 진실을 듣고 나니 어안이 벙벙했다. 도저히 그 동기를 짐작할 수 없었다.

"왜 그러셨어요?"

한 모금, 위스키를 마신 알렉산드로가 조용히 되물었다.

"이제 와서 이유가 중요할까?"

그 건조한 대답을 듣는 순간 칸나는 끝없는 불안함을 느꼈다. 아버지가 괜히 그런 일을 할 리가 없다. 그리고 이렇게 순순히 고백할 리도 없다. 분명 무언가 꿍꿍이가 있는 거다.

"네. 알고 싶습니다."

"내게 원하는 것을 얻고 싶다면."

그가 말을 끊었다. 단지 그뿐인데, 이어질 말이 두려웠다.

"너도 내가 원하는 것을 줘야지, 칸나."

칸나. 귀를 어루만지듯, 어린아이를 달래듯 덧붙인 자신의 이름에서 지독한 위화감이 느껴졌다.

"그것이 거래다. 네가 아주 잘하는 것."

그가 허리를 앞으로 굽혔다. 젊은, 너무나도 젊어 푸름이 묻어날 듯한 아름다운 얼굴이 그녀를 들여다보았다.

"내가 무엇을 원하는지 몰라?"

칸나는 침을 삼켰다. 목이 화끈거렸다.

그가 주는 위압감, 질식할 것 같은 압박감에 칸나는 차라리 모든 것을 고백하고 싶어졌다. 그러나 그러지 않았다.

"책에서 보았다고 말씀드렸어요."

그 순간 그의 눈에서 열기가 썰물처럼 빠져나갔다.

"아버지도 아시다시피 저는 줄곧 발렌티노 가문에서 칩거하다시피 지냈습니다. 딱히 교류한 외부인도 없고요. 그런 제가 무언가를 배울 수단은 책밖에 없지요."

알렉산드로는 흥이 식은 표정으로 그녀를 응시했다. 톡, 톡. 그가 손끝으로 팔걸이를 두드리는 소리만이 울렸다.

그러던 때. 마침내 그의 입술이 열렸고.

"――."

무언가를 속삭였다.

낮은 음성이 귓가에 닿는 순간, 칸나의 머리가 새하얗게 질렸다.

방금.

방금 아버지가 무슨 말을?

"공작 각하, 계십니까?"

그때, 문밖에서 목소리가 들렸다.

"발렌티노 공작 각하께서 도착하셨습니다."

"곧 가지."

알렉산드로 아디스는 자리에서 일어났다. 더 이상 말 없이 그녀를 스쳐 지나갔다. 탁. 문이 닫힌 순간, 칸나는 무너지듯 두 손으로 얼굴을 감쌌다. 머릿속이 뒤죽박죽으로 엉클어졌다.

'뭐였지?'

대체 뭐였던 걸까, 방금?

'착각인가? 내가 잘못 들은 건가?'

아니다, 잘못 들었을 리 없다. 뭐라고 했더라.

그래, 분명히.

"거짓말."

이 단어를 읊조렸다.

한국어로.

복도를 걷던 중, 알렉산드로는 사제들과 마주쳤다.

"아디스 공작 각하시군요. 오랜만에 뵙습니다. 신의 가호가 따르길."

한 사제는 아주 공손했지만.

"정말로 이곳에 계실 줄은 몰랐군요, 아디스 공작 각하."

또 다른 사제는 빈정거리듯 말했다. 그러자 동료 사제가 말리는 듯 팔을 잡았지만, 그는 멈추지 않았다.

"지금껏 대신전을 멀리하신 분이지 않습니까? 그래서 당연히 이번에도 뵙지 못할 줄로 알았습니다만."

"크리온 사제님, 자중하십시오."

"왜 그러십니까, 에일 사제님. 대신전과는 일절 상종 않는 분을 오랜만에 뵈었으니 놀라워서 하는 말입니다."

그러나 알렉산드로는 그들에게 시선조차 주지 않고 그대로 지나쳤다. 아니, 지나치려고 했다.

"아아, 어쩌면 사랑스러운 따님 때문일지도 모르지요. 칸나 발렌티노 공작 부인이었던가요? 이번 기회에 꼭 찾아뵙고 인사를 드려야겠습니다."

크리온 사제는 어느덧 제 옆에 우뚝 멈춰 선 알렉산드로를 향해 웃었다.

"아디스 공작 각하께서 대신전과 함께 일하게 만들 정도로 사랑스러운 따님이실 테니, 틀림없이……."

그의 말끝이 흐려졌다. 알렉산드로가 그의 어깨 위로 불쑥 손을 올린 것이다. 갑작스러운 접촉에 당황할 찰나.

"……!"

알렉산드로가 그대로 그의 몸을 밀어붙였다.

쾅! 크리온 사제의 몸이 벽과 충돌했다. 쩌적쩌적, 벽에 거미줄 같은 균열이 퍼지고 사제의 어깨가 아주 기이하게 비틀렸다.

"아디스 공작! 이게 무슨 짓입니까!"

에일 사제가 졸도한 크리온 사제의 몸을 붙들며 소리쳤다.

"어찌 신을 모시는 사제에게 폭력을 휘두르실 수 있습니까! 이는 신성 모독입니다! 대신전이 이를 용납할 것 같습니까?"

"신성 모독?"

알렉산드로가 심드렁하게 그 단어를 따라 읊조렸다.

"신께서 어떤 천벌을 내리실지 기대되는군."

"……!"

에일 사제가 할 말을 잃은 사이, 알렉산드로는 그대로 지나쳤다. 사제는 부르르 주먹을 떨며 알렉산드로의 뒷모습을 죽일 듯 노려보았다.

사제를 폭행하는 것은 신성 모독이다. 화형이 마땅한 벌임에도 알렉산드로는 거리낌이 없었다.

"저 오만방자한……."

그러나 결국 혀를 차며 동료를 타박하는 것을 선택했다. 대신전이 아디스의 가주와 전면전을 벌일 생각이 아니라면 기껏해야 벌금형 정도로 끝낼 것이다.

"크리온 사제, 그렇게 왜 공작을 도발하셨습니까?"

물론 그 호승심을 이해하지 못하는 건 아니었다. 알렉산드로 아디스는 대신전의 적이나 마찬가지였으니까.

에일과 크리온을 비롯한 몇몇 최고위급 사제만 아는 일이지만, 알렉산드로 아디스와 대신전은 아주 오랜 시간 동안 반목해 왔다.

그 이유는 칸나─ 알렉산드로의 첫째 딸 때문이었다.

칸나가 태어났을 때 대신전에서는 그녀를 요구했었다. 검은 사도와 결탁하여 낳은 딸이라는 소문이 돌아 직접 검증하겠노라 나선 것이다.

그러나 알렉산드로는 거부했고, 이에 대신전은 포기하지 않고 수십 명의 집행관을 보냈다.

집행관. 그들은 전투용으로 훈련된 사제였다. 신분 고하에 관계없이, 설령 귀족일지언정 '신의 이름으로' 즉결처분이 가능한 유일무이한 집단이기도 했다.

그러나.

'집행관들 모두가 실종됐지.'

단 한 명도 빠짐없이 모두가 사라졌다. 그리고 그들의 목이 대신전에 배달되었다.

누구의 짓인지는 모두가 알았다.

그러나 누구도 입 밖으로 꺼내지 못했다. 살인자는 무서울 만큼 그 어떤 증거도 남기지 않았으니.

오로지 심증뿐이었다.

그렇게 수십의 집행관을 잃은 이후 대신전에서는 더는 칸나를 요구하지 않았다. 더 정확히 말하자면, 요구할 수가 없었다.

'그런데 왜 저런 미친놈을 건드려서는.'

설마하니 고귀하신 공작께서 불한당처럼 대놓고 주먹을 휘두를 줄은 몰랐겠지. 에일 사제는 혀를 차며 크리온 사제를 일으켜 세웠다.

"뭐?"

칼렌은 방금 제 방으로 들어온 하인을 노려보았다.

"지금 뭐라고 했지?"

"레이첼 데일 남작 영애께서……."

자살했다.

충격적인 소식에 칼렌은 눈썹을 찌푸렸다. 그러나 그가 물어본 것은 그게 아니었다.

"그것 말고."

"아, 네. 그리고 영애의 호위 기사였던 제롬 경이 탈옥했습니다."

"그리고 대사제도 없어졌다고?"

"예."

"……나가 봐."

하인이 나가자 칼렌은 의자에 등을 깊이 기대며 천장을 올려다보았다. 자살, 탈옥, 실종. 이 세 가지가 한 번에 일어났다?

칼렌은 우연을 믿지 않는 사람이었다.

'누가 수작을 부린 거지.'

카를레옹 대사제는 자유의 몸이니 언제든 떠날 수 있는 선택권을 가지고 있다. 그러니 그는 둘째 치고.

제롬, 그 기사는 투옥 중이었는데.

칼렌은 그의 얼굴을 떠올렸다. 희미한 인상이지만 한 번 본 것은 쉽게 잊지 않는 기억력 덕에 또렷하게 떠올릴 수 있었다.

'기분 나쁜 녀석이긴 했지.'

정화 의식 이후 칼렌은 클로드에게 더 자세한 내막을 들을 수 있었다. 제롬이 칸나에게 어찌나 무례하게 굴었던지, 듣고 나니 열불이 치솟았다.

그래서 왜 진즉에 베지 않았느냐고 클로드를 타박했다. 적어도 혀라도 베었어야 하는 것 아니냐고. 클로드는 어쩐지 굉장히 억울한 기색이었다.

'그 건방진 녀석이 사라졌다고.'

감히 누님을 모욕한, 죽어 마땅한 기사.

칼렌은 칸나를 떠올렸다. 그동안 얼마나 힘드셨을까? 겪었을 고생을 생각하니 마음이 묵직하게 내려앉았다. 그리고 보니…….

그러고 보니, 아버지가 누님을 호출하셨지. 무슨 이야기를 했을까? 아버지가 누님께 좋은 말을 했을 리 없을 텐데.

'누님은 괜찮으실까.'

생각나는 즉시 몸이 움직였다. 칼렌은 의자에서 벌떡 일어나 칸나의 방을 향해 걸어갔다.

"누님, 저 칼렌입니다."

똑똑. 방문을 노크했다.

"칸나 누님."

그러나 대답은 들려오지 않았다.

방 안에 있으면서 왜 대답이 없는 걸까. 칼렌은 방문 너머로 칸나의 인기척을 또렷하게 느낄 수 있었다.

"누님, 안 계십니까?"

여전히 대답이 없다. 아마도 그를 만나고 싶지 않은 모양이다.

"……."

어쩔 수 없다. 칼렌은 몸을 돌려 걸어갔다. 누님이 만나고 싶어 하지 않으니 다음에 찾아오는 수밖에.

그러나 몇 걸음 가지 않아 그의 몸이 저절로 돌아섰다. 왔던 길을 성큼성큼 돌아갔다. 문고리를 잡았다.

"누님, 실례합니다. 들어가겠습니다."

문 앞에서 짧게 말한 후 5초를 세었다. 누님이 마음의 준비를 할 시간을 주는 거였다. 그리고 문을 열자 역시나 칸나는 침대에 멍하니 앉아 있었다.

"누님?"

그런데 안색이 심상치 않다.

"누님, 괜찮으십니까?"

칼렌은 그녀의 앞에 한쪽 무릎을 꿇고 앉았다. 걱정스럽게 올려다보았다.

그제야 힐끗, 칸나의 눈동자가 굴러왔다. 눈이 마주친 순간 칼렌은 당황했다. 칸나의 눈이 성가심, 그리고 지긋지긋함으로 얼룩져 있던 것이다.

마치 예전- 화해하기 전처럼.

"칼렌이구나."

그러나 눈꺼풀을 깜빡이자, 칸나는 미소 짓고 있었다. 언제나처럼 황홀할 만큼 예쁜 미소였다.

"무슨 일이야, 칼렌?"

"……걱정이 되어 찾아왔습니다."

칼렌은 간신히 입술을 열었다.

"대답이 없음에도 불구하고 실례를 무릅쓰고 들어왔습니다. 용서해 주십시오."

"아아. 정말? 노크했어? 몰랐네."

"……몰랐다고요?"

그럴 리가. 그렇게나 여러 번 두드렸는데, 이름을 불렀는데, 몰랐을 리가 있나?

'누님이 왜 거짓말을?'

그의 안에서 강렬한 의구심이 고개를 쳐드는 순간.

그때 칸나의 손끝이 불쑥 다가왔다. 그 접근에 칼렌의 모든 것이 멈추었다. 호흡도, 그리고 생각도. 그는 조용히 숨을 죽였다. 하얀 손가락이 그의 머리칼 위로 나비처럼 내려왔다.

"깊은 생각에 빠졌더니 못 들었나 봐. 종종 그래."

위에서 아래로, 또다시 위에서 아래로. 머리칼을 쓰다듬는 연약한 온도에 칼렌은 머릿속 한구석 어딘가가 녹아내리는 무력감을 맛보았다. 아주 달콤한 패배감이었다.

"그렇군요."

"응. 나를 걱정해 줬구나. 칼렌, 정말 착해."

"예, 저는 착합니다."

칼렌은 아무렇게나 지껄였다. 자신이 무어라 대답하는지 잘 모른 채.

"그런데 무슨 일로 찾아왔어?"

칸나는 금세 손을 거두었다. 칼렌은 아쉬운 눈으로 그 손을 응시하며 말했다.

"아까 아버지께서 누님을 부르셨잖습니까? 걱정되어 찾아왔습니다."

"아아. 그거?"

칸나는 대수롭지 않게 웃었다.

"별일 아니었어."

칸나는 웃었지만, 속은 시큰둥하기 그지없었다.

'귀찮은 녀석. 하마터면 본심을 들킬 뻔했네.'

아버지가 남긴 한국어를 골똘히 생각하고 있었는데 이 녀석이 방해했다. 그래서 저도 모르게 짜증 난 눈으로 보고 말았다. 칼렌도 분명히 그 적의를 느꼈을 것이다.

'가여운 칼렌, 머리 좀 쓰다듬었다고 다 잊어버린 것 좀 봐.'

안쓰럽기도 하고, 한심하기도 하고. 칸나는 얄팍한 동정심을 집어치우며 화제를 돌렸다.

"그런데 레이첼 양은 어떻게 할 예정이야?"

"아. 그 여자."

칼렌은 더없이 담담하게 말했다.

"그 여자는 자살했습니다."

"……뭐?"

"감옥 안에서 유서를 남기고 자결했습니다."

그렇게 말했지만 칼렌의 마음에는 석연찮은 구석이 있었다.

그것이 정말 자살이었을까? 의심스러운 점들이 많았으나 칼렌은 굳이 이야기하지 않았다. 그깟 쓸데없는 일로 심약한 누님의 마음을 어지럽히고 싶지 않았으니.

"누님은 내일 오전 배편으로 돌아가십시오. 이 섬은 위험하니 한시라도 빨리 떠나시는 게 좋겠습니다."

"그래."

칸나도 빨리 이 빌어먹을 섬을 떠나고 싶었다.

"아버지랑 너, 오르시니 셋 다 이곳에 남는 거지?"

"예. 일이 모두 끝난 후에 함께 돌아갑니다."

"그래, 그렇구나."

칸나의 머리가 차분하게 돌아갔다. 한국어를 말한 아버지. 그에게는 무언가 비밀이 있는 게 분명하다.

'그리고 아버지에게는 비밀의 방이 있지.'

푸른 수염의 방처럼 그 누구도 들어가지 못하도록 엄명이 내려온 방.

'아버지가 안 계신 동안 그곳에 뭐가 있는지 봐야겠어.'

분명히 한국과 관련한 무언가가 있을 것이다. 그것은 예상이 아니라 확신이었다.

'그래, 뭔가 나올 거야.'

그리고 어쩌면, 한국과 이 세계를 오가는 현상의 단서가 나올지도 모른다. 그렇게 생각하자 가슴속에 희망이 타올랐다.

❦

다음 날, 칸나는 항구에서 실비엔 발렌티노를 발견했다.

그는 배가 정박해 있는 곳에서 라파엘과 대화 중이었다. 칸나가 가까이 다가가자, 눈치챈 듯 실비엔이 라파엘과의 대화를 딱 멈추었다.

"공작 각하."

"칸나 양."

칸나가 예를 갖춰 무릎을 굽히며 인사하자 실비엔도 똑같이 허리를 숙였다. 부부라고는 도저히 믿을 수 없는 건조한 인사였다.

"이제 가십니까?"

"예. 각하는 여기 어쩐 일이세요?"

"라파엘도 이번 배편으로 돌아갑니다."

"그렇군요."

어제 도착했다고 들었는데 바로 돌아가다니. 이상하다는 생각이 들었지만 딱히 궁금하지 않았다.

'그나저나 직접 배웅을 나오다니, 실비엔답지 않네.'

하기야 이런 면 때문에 주화가 질투의 화신으로 변했었지. 정이라고는 눈곱만큼도 없을 것 같은 저 냉혈한이 유일하게 인간처럼 구는 상대는 라파엘뿐이었으니까.

"마침 잘됐어요, 공작 각하. 그렇지 않아도 할 이야기가 있었는데……."

비켜 달라는 듯 라파엘에게 흘끗 시선을 보냈다. 그는 묵묵히 물러났다. 마침내 단둘만이 남자 칸나는 단도직입적으로 말했다.

"아버지께 허락받았습니다."

그러자 실비엔이 의아한 듯 고개를 기울였다.

"허락? 무엇을 말입니까?"

"이혼이요."

"아."

"이번에 일 마치고 수도로 돌아오시면 곧바로 이혼 절차를 밟아주세요."

실비엔이 난감하게 웃었다.

"칸나 양, 저는 이 일을 진행하면 멈추지 않을 겁니다."

그것참 잘됐네. 칸나는 그의 말이 처음으로 반가웠다.

"이번 일은 지금까지와는 달리 돌이킬 수 없습니다. 예전처럼 저 혼자 웃고 넘어갈 수 있는 일이 아니지요."

칸나는 그가 무엇을 말하는지 눈치챘다. 지난 7년간의 일들. 주화가 그의 관심을 끌기 위해서 벌였던 온갖 쇼들. 실비엔은 여전히 그일 중 하나라고 여기고 있었다.

"제 뜻은 변하지 않아요."

그 말에 실비엔의 입꼬리가 기묘하게 올라갔다. 그는 잠시 침묵하며 손가락으로 턱을 쓸었다.

"변하지 않는다?"

순간 확 낮아진 음성에 칸나의 어깨가 뻣뻣하게 굳었다. 실비엔이 메마르게 웃으며 그녀를 응시했다.

"그 말을 책임지실 수 있습니까?"

"저는 책임지지 못할 말은 하지 않아요. 공작 각하 또한 그러실 거라고 믿고 있고요."

"영광입니다. 저에 대한 신뢰가 그리도 단단할 줄이야."

"네, 정확히 말하자면 저희의 계약서를 믿는 거죠."

대화를 끊듯, 칸나는 단호하게 선언했다.

"그럼 수도에서 뵙죠, 공작 각하. 무사히 돌아오시길 기원해요."

그리고 무릎을 굽혀 인사했다.

그 모습을 가만히 내려다보던 실비엔이 대뜸 한 발짝 앞으로 성큼 다가왔다. 깜짝 놀라 물러나려 했지만 그 전에 그가 그녀의 손을 낚아챘다. 확 끌어당겼다.

"……!"

그리고 실비엔이 고개를 숙였다. 손등 위로 입술이 내려왔다. 스치듯 짧은 접촉이었다.

다음 순간, 실비엔은 가볍게 그녀의 손을 놓았다. 그리고 태연하게 웃었다.

"그럼 조심히 가십시오. 자세한 이야기는 수도에서 마저 하도록 합시다."

"……지금 뭐 하는 짓이죠?"

그러자 실비엔이 한쪽 눈썹을 추켜세웠다. 돌아서려던 몸을 틀어 다시 그녀를 마주 보았다.

"무엇을 말입니까?"

"방금 제 손등에 한 짓 말이에요."

"글쎄요, 칸나 양 생각에는 그게 뭐 하는 짓 같습니까?"

그가 진심으로 궁금하다는 듯 물었다.

"제 인사에 문제라도?"

"......"

짜증이 치솟았지만, 사실 그의 말이 옳았다.

손등에 입술을 맞추는 것, 이것은 귀족 사회에서 레이디에게 하는 아주 흔한 인사법 중 하나였으니. 실제로 아르곤 또한 같은 인사를 한 적이 있었다.

그러나 실비엔이 저에게 했다는 것. 그것이 문제였다. 지난 7여 년간 단 한 번도 그러지 않았으면서.

칸나는 퉁명스럽게 받아쳤다.

"제가 원래 낯선 것에 거부감이 심해서 말이지요. 지금껏 해 오셨던 대로 해 주시면 제 마음이 편하겠어요."

"저희가 부부의 연을 맺은 지 어느덧 7년이 넘었습니다, 칸나 양."

실비엔은 그녀의 분노를 부드럽게 밀어냈다.

"짧지 않은 세월입니다. 서로가 변화를 겪기에는 충분한 시간이지요."

변화를 겪기에는 충분한 시간?

무슨 뜻으로 하는 말인지 도저히 알 수가 없다. 그만큼 수많은 의미를 품은 문장이었다. 동시에 그 어떤 진심도 드러나지 않는 말이었다.

텅 비었거나. 혹은 꽁꽁 숨겼거나.

"설마 이혼을 번복하시려는 건 아니죠? 제가 원하는 대로 해 주시겠다고 약속하셨어요."

"물론입니다."

실비엔의 푸른 눈이 반짝였다. 그 눈에 깃든 노골적인 흥미에 기가 막힐 지경이었다.

'왜 저래? 제정신인가?'

착각인지 모르겠지만, 그는 이 대화에 상당한 즐거움을 느낀 것 같앉다. 대체 어느 포인트에서 재미를 느낀 걸까? 이해할 수가 없다.

"약속 지키세요."

"물론입니다, 칸나 양. 저를 믿으셔도 좋습니다."

실비엔은 정중하게 허리를 굽히며 인사했다.

"그럼, 부디 무사히 돌아가시길."

'아, 진 빠져……'

실비엔과의 아리송한 대화를 마친 후 칸나는 곧장 갑판에 올랐다. 우렁찬 뱃고동 소리와 함께 배가 출발했다.

칸나는 점점 멀어지는 섬을 바라보며 한숨을 내쉬었다. 아주 아름다운 유리 가면을 쓴 사람을 상대하면 이러할까? 실비엔과 대화하면 기운이 확 깎여 버린다.

'곧 이혼할 수 있게 되었으니, 정말 다행이지.'

수도에 돌아가면 할 일이 많다. 아버지가 안 계신 동안 비밀의 방에도 들어가야 하고, 슬슬 이혼 준비도 해야 하고.

"부인, 조심하세요. 그러다가 바다에 떨어지면 어떡하시려고요?"

칸나가 난간에 몸을 기울이자 클로드가 조심히 충고해 왔다. 그의 짙은 금빛 머리카락이 햇살을 받아 눈부시게 반짝였다.

"클로드 경은 좋겠네요."

"네?"

"금발의 미남자라서."

"아아. 게다가 푸른 눈이죠."

그가 보물을 자랑하듯 히죽거렸다.

"신께서 왜 금발에 푸른 눈까지 주셨는지 모르겠습니다. 저 때문에 가슴앓이하는 귀부인들께 죄송할 뿐이지요."

"와."

대단한 자신감과 재수 없는 농담이다. 칸나는 키득키득 웃었다.

"클로드 경은 혹시 결혼했어요?"

"했을까요?"

"안 했을 것 같은데."

"안 했을까요?"

"장난 좀 치지 말아요."

좀 친해졌다 이거지? 칸나가 매섭게 노려보자, 클로드는 해맑게 웃으며 어깨를 으쓱였다.

"죄송합니다. 아직 안 했습니다."

"좋겠네요."

정말 부럽다, 그 말을 삼키던 중 한차례 강한 바람이 불어왔다.

모자가 휙 날아갔다.

'아, 내 모자.'

안녕, 잘 가렴. 어차피 잡을 수 없을 것을 알기에 돌아보지도 않았다. 그때 클로드의 표정이 어두워졌다.

"클로드 경? 왜 그래요?"

그의 시선이 자신 너머에 꽂혀 있는 것을 보고는, 몸을 돌렸다. 그리고 보았다.

"라파엘."

라파엘이 그녀의 모자를 쥔 채 다가오고 있었다.

"고마워요. 이걸 어떻게 잡았어요?"

"운이 좋았습니다."

그는 짧게 대답했다. 그리고 모자를 건넨 후, 곧장 정중하게 허리를 숙여 인사한 후 자리를 떠났다.

"……"

역시 여전히 날 피하는구나.

칸나는 조금 머쓱해져서 그의 멀어지는 뒷모습을 응시했다. 주위의 여인들이 그를 홀린 듯 멍한 눈으로 구경하는 것이 보였다.

"저 사제와 가까이 지내지 마십시오."

그때 클로드가 불쑥 끼어들었다.

"이름이 라파엘이라죠. 저 파계 사제에게 호의를 가지신 듯한데, 가까이 지내지 않는 게 좋습니다."

"이유가 뭐죠?"

"위험한 사람입니다."

순간 칸나는 웃음을 터뜨릴 뻔했다. 농담이 심하다. 아기 토끼가 라파엘보다 더 위험할 것 같은데.

'토끼도 라파엘한테는 너무 세. 양 정도는 되어야…… 아니, 양이랑 싸워도 라파엘이 질 것 같은데.'

심지어 이 세계의 최약체인 주화에게도 괴롭힘을 당하면서 살지 않았던가?

문득 주화가 던진 짱돌을 피할 생각도 안 하고 고스란히 맞던 라파엘이 떠올랐다. 심지어 하나도 아니다. 짱돌을 다섯 개나 맞았다.

그런데 단 한 번도 피하지 않고, 원한다면 때리라는 듯 그 자리에 서서 묵묵히 표적이 되어 주었다.

어찌나 바보 같던지.

"저 남자의 겉모습에 속으시면 안 됩니다. 공작 부인, 잘생긴 남자가 착할 거라는 편견은 버리세요."

"클로드 경, 오르시니가 제 남동생이에요. 그런데 그런 편견이 있을 것 같아요?"

그야말로 완벽한 예시였다.

"하긴 그러네요. 편견이 없을 만하군요."

"당연하죠."

"어쨌든 위험한 인간이니 절대로 가까이하시면 안 됩니다. 파계 사제잖습니까."

성직을 박탈당한 사제. 그게 그렇게 위험한 건가?

"대신전이 근친혼으로 이루어진 폐쇄적인 집단인 건 아시죠?"

"알죠."

"그런데 그런 단체에서, 집단을 떠난 사제가 멋대로 나돌아 다니게 허용할 것 같습니까? 그러느니 차라리 죽이고 마는 곳입니다, 대신전은."

클로드는 제 목을 긋는 시늉을 해 보였다. 그 말에 칸나는 진심으로 궁금해졌다.

"그런데 왜 대신전은 라파엘을 안 죽였을까요?"

"안 죽인 게 아니죠."

클로드가 점점 멀어지는 검은 사제복을 응시하며 중얼거렸다.

"못 죽인 거죠."

아직도 말이죠, 그렇게 자그맣게 덧붙였다.

그날 밤 칸나는 배에서 가장 좋은 선실을 차지했다. 그래서일까, 아주 좋은 꿈을 꿨다.

"주화야."

꿈에 연우가 나왔다.

그의 꿈을 꾸는 것은 아주 오랜만인지라 씁쓸한 반가움이 밀려왔다. 한때 정말 좋아했던 남자. 그러나 이제 다시는 만날 수 없을 남자가 그녀에게 말했다.

"주화야, 우리 대화 좀 하자."

그러니까, '주화'에게 말하고 있었다.

"우리 이렇게 쉽게 끝날 사이 아니잖아. 이러는 건 너답지 않아."

연한 갈색 눈동자에 눈앞의 대상을 향한 그리움이 일렁였다.

"왜 이렇게 다른 사람처럼 변한 거야?"

연우의 퀭한 안색을 보자 칸나의 가슴이 미어지듯 아파 왔다.

다시는 만날 수 없겠지만, 그래도 언제나 행복하길 바라는데.

그때, 자신의 입술이 열렸다.

"내가 사랑하는 남자는 당신이 아니야."

어찌나 냉담한 목소리던지.

가슴이 아파서 죽을 것 같은데 꿈속의 자신은, 주화는 차갑기 그지없었다. 주화는 사형 선고하듯 내뱉었다.

"그러니 꺼져."

허억!

번쩍, 눈이 떠졌다. 칸나는 벌떡 몸을 일으켰다. 심장이 거칠게 뛰고 이마에는 식은땀이 맺혀 있었다.

'꿈……?'

그래, 꿈이다.

'좋은 꿈인 줄 알았는데.'

그런데 빌어먹을 악몽이었다니. 칸나는 두 손에 얼굴을 묻으며 떨리는 호흡을 내뱉었다. 이런 이상한 개꿈을 꾸다니…….

"공작 부인, 일어나셨습니까?"

순간 칸나는 비명을 지를 뻔했다. 벽에 누군가가 비스듬히 기대어 있었다!

"당신……."

상대를 확인한 칸나의 눈매가 파르르 떨렸다.

"제롬 경?"

이 사람이 왜 여기에 있지. 칸나는 침을 삼켰다. 놀라움을 감추며 최대한 태연하게 대답했다.

"당신 뭐야? 지금쯤 감옥에 있을 줄 알았는데."

그러자 그가 아주 능청스럽게 웃었다.

"제가 반갑지 않으신가 봅니다."

"숙면 중에 침입한 불한당을 반가워할 사람은 아무도 없어."

침착하게 말했지만, 머리는 빠르게 돌아갔다.

'클로드 경은?'

그는 자신의 옆방에 있다. 지금까지의 호위를 돌이켜 보면, 제롬이 침입한 것을 못 알아차릴 리가 없다. 그런데 왜 오지 않는 걸까? 아니, 어쩌면 들어올 때를 노리고 있는 걸지도……

"클로드 경이었던가? 그 기사님을 기다려 봤자 소용없을 겁니다."

그때, 제롬이 칸나의 생각을 읽은 것처럼 말했다.

"검은 안개가 그의 방을 막아 놨거든요."

"뭐?"

"이 방처럼 검은 안개에 막혀 나오지도 못하고 있을 겁니다."

그가 문을 가리켰다. 비스듬히 열린 문틈으로 새카만 아지랑이가 일렁이고 있었다. 저것은, 어쩌면, 아마도.

"검은 안개……?"

"예, 그렇습니다."

칸나의 목에서 신음이 끊었다.

"당신이 저렇게 만든 건가?"

"예. 놀랍게도, 드디어 제대로 통제하는 데 성공했습니다."

믿을 수 없는 이야기였다. 검은 안개를 조종하다니, 그게 가능한 일이란 말인가? 검은 안개는 자연적인 현상이라고 들었는데?

의문이 머릿속을 어지럽히며 망가뜨렸다. 그러나 그러는 와중에도 손가락은 착실히 움직이고 있었다.

베개 아래로.

그리고 상대가 그 움직임을 보지 못하도록 주의를 끌었다.

"당신, 검은 사도로군."

"예. 그렇습니다."

툭, 손가락 끝이 유리병에 닿았다. 칸나는 계속 말을 이었다.

"레이첼 양은? 설마 레이첼 양도 검은 사도인가?"

"아뇨. 레이첼은 그저 망상병 환자였죠."

젠장할, 손끝이 미끄러져 유리병이 밀려났다!

'제발, 제발 잡혀라.'

혹시 몰라 베개 아래에 숨겨 둔 호신용 약물. 오르시니마저 졸도시킨 그 약물은 닿는 순간 살이 타들어 가는 끔찍한 고통을 주는 독약이었다.

"공작 부인과 줄곧 이야기를 나누고 싶었는데, 방해꾼들이 영 많아서 말이죠."

조금만, 조금만 더.

"이제야 단둘이 됐군요."

조금만…….

"드디어 제대로 된 대화를 나눌 수 있겠습니다."

잡았다!

칸나는 유리병을 꽉 말아 쥐었다. 엄지손가락으로 유리병의 코르크

마개를 밀며 삐딱하게 웃었다.

"웃기지 마. 내가 왜 당신 따위와 대화를 나누지?"

"저는 부인의 동의를 구하는 게 아닙……."

지금이다!

칸나는 그의 가슴팍에 약물을 뿌렸다. 촤악! 단숨에 옷깃이 젖자 제롬이 어리둥절한 얼굴로 고개를 내렸다.

"지금 뭘……?"

고통은 빠르게 찾아왔다. 지글지글, 살이 타들어 가는 끔찍한 통증이 가슴을 파고들었다!

"크, 크허억!"

제롬이 가슴팍을 부여잡으며 허리를 굽혔다. 칸나는 그 기회를 놓치지 않았다. 협탁 위 조명등을 들어 올려 그의 머리를 힘껏 내리쳤다.

쨍그랑! 유리 조각이 산산이 부서지며 제롬의 몸이 고꾸라졌다.

"허억, 허억."

칸나는 숨을 헐떡이며 쓰러진 그를 내려다보았다. 죽은 걸까, 기절한 걸까. 더는 움직이지 않는다.

"제길, 별 쓰레기 같은 자식이……."

그대로 돌아서 나가려고 했지만.

"아, 망할."

문밖이 검은 안개로 가득했다. 나아갈 수도, 물러날 수도 없는 상황에 욕지거리가 치밀어 오를 때.

"크르르……."

기이한 숨소리가 들려왔다. 바로 앞에서.

본능적으로 뒤로 물러나는 순간, 거의 동시에 안개에서 아주 거대한 것이 튀어나왔다.

"……."

순간 숨이 콱 막혔다. 마물. 처음 보는 것이었지만, 그것이 마물임에는 의심의 여지가 없었다.

천장까지 닿는 거대한 덩치, 불에 그을린 듯 온통 새카만 피부, 그리고 송곳 같은 이빨에서는 새빨간 피가 뚝뚝 떨어져 내렸다.

저 피는 누구의 것일까.

"크르르, 크르, 크르르."

마물이 방 안으로 걸어 들어왔다. 칸나는 숨을 죽이며 뒷걸음질 쳤다. 그러다가 툭. 벽에 등이 부딪치고 나서야 멈춰 섰다.

"크르르……."

마물이 그녀의 앞에 멈춰 선다. 그리고 거대한 흉기 같은 손을 뻗었다. 핏물이 흥건한 손이 그녀의 목에 닿기 직전.

"……!"

우드득. 뼈가 부서지는 소리와 함께 마물의 몸이 한차례 크게 경련했다. 칸나는 천천히 시선을 내렸다. 그리고 아주 괴기한 것을 목격했다.

마물의 배를 창살처럼 꿰뚫고 튀어나온 사람의 손을.

얼어붙은 찰나, 손이 스르륵 빠져나갔다. 그러자 마물의 육체가 줄 끊긴 인형처럼 허물어졌다.

쿵! 선실이 거칠게 진동했다.

칸나는 꽉 막힌 숨을 한 번에 몰아 내쉬며 고개를 들어 올렸다. 그리고 상대와 눈이 마주쳤다.

"부인, 무사하십니까."

문득 지금 이 상황이 꿈처럼 느껴졌다. 이런 아수라장 속에서도 고요한 얼굴 때문일까. 아니면, 예상치 못한 사람이어서일까.

"다치신 곳은 없으십니까?"

라파엘은 언제나처럼 정중하게 물었다.

"라파엘……?"

"예, 부인."

예의 바르게 돌아오는 그 대답이 너무나도 비현실적이었다. 마물,
마물을 꿰뚫은 손, 라파엘. 이 세 가지가 도저히 어울리지 않았다. 어
긋난 틀을 억지로 맞춘 것처럼 지독한 괴리감이 느껴졌다. 그때.

"크윽……."

쓰러져 있던 제롬이 신음과 함께 정신을 되찾았다. 비틀거리며 몸
을 일으켰다.

"으, 크윽, 아, 아파…… 아파! 망할, 크으윽!"

그가 살기 번뜩이는 눈으로 칸나를 노려보았다.

"너, 죽……!"

컥! 제롬은 말을 잇지 못했다. 라파엘의 손아귀가 그의 목을 잡아
챘다. 번쩍 들어 올린다.

"컥, 커헉!"

"부인, 죄송합니다만 눈을 감아 주시겠습니까."

어찌나 예의 바른 요청이던지. 난폭하게 사람의 목을 조르는 사람
이라고는 믿을 수 없는 음성이었다. 그 끔찍한 이질감이 주는 위압감
에 압도되어, 칸나는 순순히 눈을 감았다.

뚜둑! 거의 동시에 무언가가 거칠게 꺾이는 소리가 들렸다. 그리고
침묵이 내려왔다.

"이제 뜨셔도 됩니다."

"……."

칸나는 조심스럽게 눈을 떴다. 라파엘은 다시 그녀를 바라보는 상태였다. 제롬은, 아마도.

'밑에.'

마물의 시체에 곱게 포개어져 있겠지.

라파엘이 태연하게 말했다.

"뱃머리 아래에 쪽배를 내려놓았습니다."

그러고는 손끝에서 뚝뚝 떨어지는 마물의 피를 털어 낸다. 평생을 해 온 일처럼, 익숙하게.

"제 뒤를 따르시면 안개 속에서도 무사하실 테니 바짝 쫓아……."

그때 라파엘의 말이 뚝 끊겼다.

"……."

그는 고개를 아래로 내렸다. 그리고 보았다. 그의 팔목을 꽉 붙잡고 있는 칸나의 손을.

"라파엘."

그 부름에 그의 시선이 다시금 칸나의 얼굴로 향했다. 그녀가 아주 간절한 눈으로 올려다보고 있었다.

"클로드 경이 옆방에 있어요. 어쩌면 아직 감염되지 않았을지도 몰라요."

칸나는 잠긴 목소리로 속삭였다.

"함께 데리고 가 줄 수 있어요?"

"……."

"부탁할게요."

라파엘이 멈칫했다. 그 순간에 잠시 정지했던 그가 입을 연다. 낮게 깔린 음성이 되돌아왔다.

"부탁하실 필요 없습니다. 부인께서는 그저 명령하시면 됩니다."

어째서일까. 칸나는 라파엘이 이 순간을 바라온 것 같다는, 아주 터무니없는 착각에 휩싸였다. 그러나 멈출 수 없는 대사였다.

"명령이에요."

그 즉시 라파엘이 허리를 숙였다. 평생을 복종한 충실한 종처럼, 아주 공손하게.

"따르겠습니다."

"검은 안개를 빠져나가는 동안 앞이 보이지 않을 겁니다. 제 옷자락을 잡으십시오."

"알겠어요."

그들은 검은 안개 속으로 걸어 들어갔다. 라파엘이 예고했던 것처럼 시야가 단숨에 어두워졌다.

'아무것도 안 보여.'

칸나는 그의 옷, 그 부드러운 감촉만을 의지한 채 걸었다. 그러던 어느 순간. 시야가 확 밝아졌다.

"……!"

놀란 것은 칸나뿐만이 아니었다. 라파엘 역시도 일순 우뚝 멈춰 섰다. 복도를 꽉 채웠던 검은 안개가 거짓말처럼 단숨에 흩어진 것이다.

그러자 지옥 같은 광경이 드러났다.

시커먼 마물들, 검은 안개에 감염된 사람들, 그리고 시체들. 토악질이 나올 만큼 끔찍한 광경이었지만.

"부인, 계속 가겠습니다."

라파엘은 그 아수라장 속으로 다시 걸어 들어갔다. 그들을 발견한 마물이 공격적으로 다가오고 있음에도 속도 한번 늦추지 않았다. 그저 나지막이 부탁했다.

"부디 제 등만 보시기를."

그리고 다음 순간, 격한 소리가 고막을 후려쳤다. 뼈가 부러지고 살이 찢어지는 소음, 육중한 무게가 바닥으로 떨어지는 꿍음, 인간이 아닌 것의 신음이 끊임없이 이어졌다.

그러나 칸나는 라파엘의 옷자락을 꽉 쥔 채 그의 충고를 따랐다. 부디 제 등만 보시기를. 그가 그렇게 말했다. 부디, 부디라고 했다. 그러니까 그렇게 해야 하는데.

"……!"

한순간, 시선이 비켜났을 때. 칸나는 결국 보고 말았다. 아마도, 아니, 틀림없이 라파엘이 보이기 싫어했을 장면들을.

라파엘이 긴 팔을 쭉 뻗는다. 커다란 손으로 마물의 머리통을 잡아채고, 그대로 와그작 깨부쉈다. 달려드는 감염자의 몸을 통째로 꿰뚫고 쑥 빠져나왔다. 그 행위가 어찌나 쉬워 보였던지 그의 손에 찢기는 것이 종잇조각 같았다.

'맙소사…….'

칸나의 얼굴이 희게 질렸다. 성직자의 손이라고는 믿기지 않을 파괴적인 도륙, 그것은 인간의 악력이 아니었다.

"공작 부인!"

그때, 맞은편에서 클로드의 목소리가 들려왔다.

"공작 부인, 괜찮으십니까!"

클로드가 마지막 남은 마물을 베어 내며 허겁지겁 달려왔다. 그의 목소리에 칸나는 숨통이 트이는 듯한 안도감을 느꼈다.

다행이다. 클로드는 살아 있다. 감염되지 않았다.

"무사하십니까? 다치신 곳은?"

"저는 괜찮아요."

"죄송합니다, 부인. 저를 죽여 주십시오."

클로드는 금방이라도 눈물을 쏟아 낼 듯한 얼굴로 말했다.

"검은 안개가 방문을 막고 있어서 나갈 수가 없었습니다. 부인이 위기에 처했다는 것을 알았지만, 도저히 방법이 없어서……."

칸나는 라파엘의 옷자락을 놓은 후, 클로드를 마주 보았다. 까치집을 한 금발. 그것이 조금 우스운지라 그 덕에 칸나는 완전히 진정했다. 침착해졌다.

"괜찮아요. 다행히 라파엘이 와 줘서 무사할 수 있었어요."

그 말에 클로드는 무릎이라도 꿇을 기세로 허리를 숙였다.

"감사합니다, 사제님! 아니, 이제 사제님은 아닌가요? 뭐라고 불러야 할지는 모르겠지만 여하튼 감사합니다!"

클로드는 생각나는 대로 아무렇게나 말하고 있었다. 그러나 칸나는 그의 당황을 이해했다. 검은 안개가 이 배에 나타나서 의도를 가진 것처럼 방을 가로막았다. 그리고 갑자기 사라졌다. 페일런섬에 출몰한다는 검은 안개와 같은 특징이었다.

칸나는 제롬과 나눴던 대화를 공유했다.

"제 생각이지만, 제롬이 죽어서 사라진 것 같아요. 그가 이번에 검은 안개를 완전히 통제하는 데 성공했다고 말했거든요."

……그리고 대화를 하고 싶다고 했다.

안전해진 지금, 이제 와서 의아해졌다.

'대체 무슨 말을 하려고 했던 거지?'

검은 사도가 자신에게 해야 할 말이 뭐가 있다고?

◦◦✿◦◦

불행 중 다행으로 피해자는 몇 되지 않았다. 늦은 밤인지라, 사람들 대부분이 방 안에 틀어박혀 있었던 것이다. 소란이 완전히 진정된 후 칸나는 라파엘의 방을 찾아갔다.

"다친 것 다 알고 있어요."

그가 문을 열자마자 칸나는 다짜고짜 말했다.

"부인?"

칸나는 안으로 성큼성큼 들어갔다. 손아귀에는 치료 도구가 든 가방을 쥔 상태였다.

"아까 봤어요. 팔뚝에 상처 났던데."

"괜찮습니다. 신경 쓰지 마십시오."

라파엘은 무뚝뚝하게 느껴질 만큼 딱 잘라 말했다. 그러나 신경 쓰지 않을 수가 없었다.

'날 보호하려다가 다친 거니까.'

사실, 칸나는 감동했다. 누군가가 본인이 다칠 것을 각오하고 자신을 구해 주는 것. 그것은 이 세계에서 익숙하지 않은 일이었으니.

칸나는 소파에 앉으며 옆자리를 툭툭 두드렸다.

"상의 벗고 이리 와요. 치료해 줄게요."

라파엘은 난감한 듯 자리에 못 박혀 서 있었다. 하지만 칸나는 알고 있었다.

'어차피 내 말 들을 거면서 뭘 뜸 들여?'

라파엘이 자신의 말을 끝까지 거부하는 건 상상하기 힘든 일이었으니. 아니나 다를까, 그는 그녀의 옆에 등을 보이며 앉은 후 셔츠의 단추를 풀기 시작했다.

'역시, 말 잘 듣네.'

칸나는 흐뭇하게 미소 지었다. 그러나 라파엘이 옷을 벗자 얼굴에서 웃음이 싹 사라졌다. 그의 등은 강철로 빚어 만든 것 같았다. 넓은 어깨와 날렵한 허리에 잡힌 선명한 근육의 윤곽은 육감적일 정도였다.

그러나 칸나가 놀란 것은 성직자라고는 믿을 수 없는 근육질의 몸 때문이 아니었다.

온통 상처투성이인 등.

'어쩌다가 저런 흉터들이……'

문득 클로드의 말이 스쳐 지나갔다.

대신전이 그를 안 죽인 게 아니라, 못 죽인 거라는 말.

칸나는 모르는 척했다. 오로지 어깨에 막 생긴 상처만을 살폈다.

"아팠겠네요."

"……"

"가여워라."

칸나가 조심스레 손가락을 올렸다. 막 제련한 쇠처럼 뜨겁고 단단한 감촉이었다. 체온이 닿자, 라파엘의 목덜미가 바짝 굳는 것이 느껴졌다.

'안 물어요, 안 물어요, 긴장하지 말아요.'

하기야 주화가 짱돌로 그의 머리를 깨부수려고 했으니 경계하는 게 당연했다.

'그동안은 내가 법적으로는 실비엔과 부부니까 봐준 거겠지. 명색이 친구의 아내니까.'

인간 병기나 마찬가지인 사람이 그동안 묵묵히 당해 줬다. 이 사실을 주화가 알면 까무러치겠지.

"시작할게요. 조금 따가울지도 몰라요."

칸나는 가방을 열어 치료 도구를 꺼냈다. 피를 닦고 깨끗이 소독한 후 염증을 방지하는 약을 발랐다.

'안 아픈가?'

흘끗, 쳐다보았으나 라파엘은 여전히 정면만을 보고 있었다.

"어때요? 따갑나요?"

대답이 없다. 그러나 칸나는 개의치 않고 말을 이었다.

"약을 발랐으니 금방 아물 거예요. 이 약, 제가 직접 만든 건데 효과 굉장히 좋거든요. 시중의 것과는 비교할 수 없을 정도예요."

"압니다."

안다고? 당신이 어떻게?

기묘한 대답에 무심코 고개를 올렸을 때, 마주쳤다. 비스듬히 내려온 시선. 라파엘이 눈만 움직여 그녀를 응시하고 있었다.

"……."

칸나는 시선을 돌릴 수 없었다. 무언가에 강제로 붙잡힌 듯 움직일 수가 없다.

'어떻게 사람 눈이…….'

이럴 수 있지.

칸나는 그의 보랏빛 눈동자에 빨려 들어간 듯 멍해졌다. 상처 입은 들짐승의 눈이 이러할까. 어느 정도는 우울하고 외로워 보이면서도, 동시에 그 누구의 접근도 허용치 않을 것처럼 날카롭다.

처음 마주쳤을 때부터 느낀 거지만, 정말이지 시선을 떼기가 힘든 눈이다.

칸나는 저도 모르게 감탄하며 그의 얼굴을 세밀히 훑어보았다. 이마에서부터 콧날, 턱까지 이어지는 날카로운 선에서는 남성적인 향이 확 풍겼다. 그러면서도 청교도적인 절제감이 느껴진다는 게 신기했다.

단 한 번도 미소 짓지 않은 듯한 입술, 그리고 기쁨을 모를 듯한 눈매는 금욕적이면서도 묘하게 위험해 보였는데. 그러니까…….

'의외로 퇴폐적인 느낌이…….'

그 순간. 그의 시선이 그녀를 확 밀쳐 냈다. 잡아 뜯는 듯 떨어졌다. 갑자기 끝난 눈 맞춤에 칸나는 정신이 번쩍 들었다.

"……."

뒤늦게 민망함이 몰려왔다. 저도 모르게 넋을 놓고 그의 얼굴을 구경해 버리고 만 것이다. 귓불이 따끈하게 달아올랐다.

물론 그는 미남이지만― 여기 와서 본 미남이 한둘도 아닌데, 이렇게 새삼스럽게 멍청하게 굴다니.

'하지만 그건 상대도 마찬가지였으니까.'

그도 자신의 얼굴을 마음껏 구경했으니까, 그러니까 괜찮겠지.

칸나는 헛기침하며 술렁이는 마음을 내리눌렀다.

"끝났어요."

"감사합니다."

그가 딱딱하게 경직된 음성으로 대답했다.

"실례되는 말씀이지만, 이만 돌아가 주시면 감사하겠습니다."

그답지 않게 꽤 강경한 어조였다. 그녀 역시 한시라도 빨리 나가고 싶었기에 서둘러 빠져나왔다.

탁, 방문을 닫고 나서야 칸나는 안도의 숨을 내뱉었다. 그리고 그런 자신의 반응을 이해할 수 없었다.

'나 왜 이렇게 도망치듯 빠져나왔지?'

심지어 좋은 밤 되라는 인사조차 하지 않았다. 게다가 아까 구해 줘서 고맙다는 말을 제대로 할 생각이었는데…….

'하나도 못 했네.'

이제 와서 다시 노크한 후 아까 고마웠다고 말할 수도 없고.

'다음 기회가 있겠지.'

chapter 11

다음 기회는 없었다.

그날 이후, 라파엘의 머리카락 한 올 볼 수 없었으니.

일부러 방에 찾아가 보기도 했으나 빈방이었다. 선장에게 물어보니 방을 바꿨다는 충격적인 소식만 들려왔다.

'만나기 싫다는 뜻인가?'

라파엘이 어느 방으로 바꿨는지 물어보고 싶었으나, 그랬다가는 스토커나 다름없어지기에 참았다.

'이건 너무 대놓고 피하는 것 아닌가?'

역시 주화에게 괴롭힘당한 트라우마가 남아 있는 게 분명했다.

그를 만난 것은 마지막 날, 배에서 내릴 때가 되어서였다. 배에서 내리는 인파 중 가장 우뚝 솟아 있는 남자였기에 쉽게 발견할 수 있었다.

"라파엘, 그동안 잘 지냈어요? 오랜만이네요."

그는 말없이 허리를 숙여 인사했다.

"그때 도와줘서 고맙다는 말을 하고 싶었는데, 그동안 기회가 없었네요."

"그러실 필요 없습니다."

선을 긋듯 딱 잘라 내는 대답이었다.

"마땅히 해야 할 일을 했을 뿐입니다."

"생명의 은인에게 식사라도 대접하고 싶은데, 혹시 나중에 기회가 된다면……."

"아닙니다. 괜찮습니다."

"……."

"그럼, 조심히 돌아가시길."

이대로 끝?

라파엘이 다시 한번 정중하게 인사한 후 지나가자 칸나는 더는 잡을 수 없었다. 조금 아쉬운데…….

"가까이하지 마세요."

그때, 클로드가 불쑥 끼어들었다. 그는 의심쩍은 눈으로 라파엘의 멀어지는 등을 응시했다.

"가까이해서 좋을 것 없습니다. 식사도 같이하실 필요 없고요. 차라리 제게 겸상할 영광을 내려 주시면 감사하겠습니다."

뭐래? 칸나는 멸시의 시선으로 그를 쳐다보았다.

라파엘 앞에서는 굽신굽신, 너무너무 고맙다고, 형님으로 모시겠다는 둥 온갖 주책은 다 떨었으면서.

"이 이중인격. 앞 다르고 뒤 다른 남자."

"다양한 매력을 가졌다는 칭찬으로 듣겠습니다. 자, 어서 돌아가시지요."

칸나는 그의 말에 피식 웃었다가, 다시 라파엘이 떠난 쪽으로 시선을 주었다.

그는 그새 사라진 상태였다.

결국 제대로 된 감사 인사는 못 했다.

그러나 집에 들어오는 순간 모든 것을 뒷전으로 밀어 두었다. 해야할 일들이 산더미다. 다른 곳에 신경 쓸 여유가 없었다.

칸나는 하녀 에리엘을 불렀다.

"일은 어때? 잘되고 있어?"

"예. 조만간 좋은 소식을 들려드릴 수 있을 것 같습니다."

칸나는 만족스럽게 고개를 끄덕였다. 플랜 B, 즉 망명을 위해 정보 길드를 찾는 일을 시켰던 것이다.

"좋아, 이번엔 다른 일을 해 줘야겠어."

지체할 시간 따위 없다. 아버지가 오기 전에 모든 것을 끝내야만 했으니.

"……이게 무엇입니까?"

"반지잖아."

칸나는 테이블 위로 반지 하나를 올려놓았다. 이것도 칼렌이 사들인 수많은 선물 중 하나였다. 에리엘의 눈에 탐욕이 깃드는 것을 보며, 단도직입적으로 명령했다.

"열쇠를 구해 와."

"어느 열쇠를 말씀하시는 건가요?"

에리엘은 벌써 계산을 끝냈는지 공손하게 대답했다.

"아버지가 아무도 들이지 말라고 한 방."

그러나 그 말에 에리엘의 얼굴이 흐려졌다.

"하지만 그 열쇠는 각하께서 가지고 계십니다."

"알아. 아버지의 침실, 집무실, 다 뒤져 봐. 어딘가에 있겠지."

"공작 부인, 이 일이 발각되면…… 저는 쫓겨날 겁니다."

"내 말을 듣지 않아도 쫓겨나겠지."

칸나는 부드럽게 협박했다.

"네가 예전에 훔쳐 간 내 금단추, 기억하지?"

"……."

"너무 부정적으로 생각하지 마. 발각되지 않을 수도 있잖아? 성공만 하면 쫓겨날 일 없이 이 반지를 가질 수 있어."

칸나는 얼굴에서 미소를 싹 거뒀다.

"그러니 열쇠를 구해 와."

이틀 후 저녁, 칸나는 열쇠를 손에 넣었다.

'이렇게 쉽게 구할 거면서 엄살떨기는.'

수고비로 반지를 건네주자 에리엘의 눈에 기쁨이 번졌다.

"앞으로도 충성을 다하겠습니다. 무슨 일이든 시켜만 주십시오, 공작 부인."

돈에 영혼마저 팔 기세. 참으로 바람직한 태도였다.

'역시 내가 찾은 인재다워.'

칸나는 그날 새벽 고용인들의 눈을 피해 비밀의 방 앞까지 도달했다. 그러나 문 앞에서 머뭇거렸다.

이게 잘하는 짓일까?

'아버지가 아무도 들어가지 못하게 해 놓은 방인데.'

만약 걸리면 엄청나게 큰 벌을 받을 것이다. 그러나 모든 것을 감수하고 시도할 만한 가치가 있다.

'그래…… 아버지에게는 분명 뭔가가 있어.'

"거짓말."

그는 그렇게 말했다. 또렷하게, 한국어로. 수많은 가설이 머릿속을 스쳐 지나갔다.

아버지도 자신처럼 한국인의 몸에 빙의한 경험이 있는 걸까? 아니면, 주화처럼 이곳에 빙의한 한국인을 만난 적이 있는 걸까?

그게 아니면……. 그게 무엇이든.

'그 비밀이 뭔지 알아야겠어.'

칸나는 심호흡한 후, 열쇠를 밀어 넣었다.

방문이 열렸다.

'그냥 평범한 침실인데?'

어두운 방. 칸나는 손에 쥔 등불에 의지한 채 천천히 걸음을 옮겼다.

마치 그날 자신의 방 같다.

결혼 이후 처음으로 아디스 저택에 돌아왔을 때, 아주 오랜만에 간 방. 시간이 멈춘 것처럼 그대로였던 침실.

그때처럼 이 방 역시 누군가의 흔적이 잔뜩 묻어 있었다.

커다란 침대. 나이트가운 하나가 성의 없이 툭 걸쳐져 있다. 침대 옆 꽃병에는 오래전에 말라붙은 꽃이 꽂혀 있고. 장미를 수놓은 레이스 손수건이 놓여 있다.

'여자가 머물던 곳인가?'

여자. 그 단어를 생각하는 순간 기묘한 예감이 스멀스멀 타고 올라왔다.

'아버지가 여자의 방을 간직해?'

상대가 아버지가 아니었다면 그 여자를 잊지 못하고 간직하려 했다고 착각할 만했다.

'하지만 아버지가 그럴 리 없지.'

칸나는 방을 하나하나 훑으며 걸음을 옮겼다. 그러다가 우뚝, 책장 앞에서 멈춰 섰다.

"……?"

칸나는 자신의 눈을 의심했다. 책장에는 편지 봉투가 수북이 쌓여 있었는데…….

한국어가 적힌 봉투였다.

"이건 대체 뭐야?"

놀라서일까, 칸나는 저도 모르게 소리 내어 중얼거렸다. 하나를 잡아 올려 살폈다.

<알렉스에게.>

어?

알렉스? 알렉스가 누구지?

'설마.'

설마, 알렉산드로의 애칭일 리가. 아버지에게 애칭이 있을 리가……
하지만 이건 아버지의 애칭 같은데!

칸나의 손끝이 파들파들 경련했다. 동공이 떨린다. 동글동글 귀여운 여성의 글씨.

<알렉스에게.>

여자, 아버지, 알렉스, 애칭, 이건.

'설마. 설마. 설마.'

콧김이 거칠어졌다. 칸나는 서둘러 편지를 꺼내 펼쳤다. 그리고 앓는 숨을 내쉬었다. 세월의 풍파를 맞은 것인지 대부분의 글자가 흐려져서 보기 힘들었던 것이다.

하지만 분명한 것은, 한국어라는 것.

<선희로부터.>

칸나는 마침내 알아볼 수 있는 문장 하나를 발견했다.

선희. 와. 선희래.

이건 정말 빼도 박도 못하는 증거다. 아마도, 어쩌면, 이건 연애편지다!

'그런데 선희라니.'

순간 파고드는 불길한 예감에 입술을 깨물었다. 선희, 선희. 그것은 칸나에게 아주 익숙한 이름이었다. 아는 사람의 이름, 그 사람은…….

"……."

순간 생각이 멎었다. 호흡도 멎었다.

무심코 벽에 시선을 던졌던 칸나는 그대로 얼어붙었다. 머리부터 발끝까지, 그 순간에 정지했다.

칸나는 무의식중에 편지를 주머니에 넣으며 등불을 꽉 잡아 올렸다. 그리고 벽을 향해 가까이 기울였다. 불빛이 어른거리며 어둠 속에 묻혀 있던 초상화가 드러났다.

"……!"

하마터면 등불을 떨어뜨릴 뻔했다. 칸나의 눈이 크게 열렸다.

초상화 속 어깨까지 드러난 흉상의 주인공은, 아주 아름다운 여자였다.

길게 흐르는 새까만 머리칼. 검은 눈동자. 미소 짓는 입술. 무엇보다, 오른쪽 눈 아래의 작은 눈물점.

그러니까, 이건 자신의 초상화인데…….

'나?'

아니다, 자신이 아니다. 칸나는 머리를 가로저으며 눈을 부릅떴다. 초상화를 노려보듯 응시했다.

자신이 아니다.

초상화 속 인물의 눈썹은 그녀의 것보다 더 짙었고, 인상 역시 묘하게 더 날카로웠다. 그러나 놀라울 만큼, 순간 착각할 만큼 닮은 것은 부정할 수가 없다.

'그리고 날짜가 내가 태어나기 전이야.'

그림 하단에 적힌 연도는 칸나가 태어나기 전이었다.

'어떻게 이렇게까지 똑같은 사람이 있을 수 있지?'

그 순간 깨달음이 번개처럼 번쩍였다. 머릿속에 한차례 해일이 밀려온 듯 모든 생각이 쓸려 나갔다. 그 자리에 홀로 남은 본능이 말했다.

'이 사람이다.'

이 사람이 바로 내 모친이다.

그래서 이렇게 닮은 것이다…….

"칸나."

그때, 등 뒤에서 낮은 음성이 울렸다. 그 고요한 목소리가 채찍처럼 칸나의 등을 휘갈겼다. 머리부터 발끝까지 고통에 가까운 충격이 휘몰아쳤다.

이 목소리는.

"칸나."

그때, 다시 한번 들려오는 이름.

온몸의 피가 싸늘하게 식었다.

저벅저벅, 발걸음 소리가 가까워진다. 길게 늘어진 그림자가 단숨에 가까워져 그녀의 몸을 집어삼켰다.

"칸나 아디스."

그녀는 손등이 새하얗게 질릴 정도로 주먹을 꽉 쥐며 천천히 몸을 돌렸다. 그를 마주 보느니 차라리 이 세상이 멈춰 버리길 바랐지만.

"……아버지."

잔뜩 쉰 목소리가 뱉어졌다.

어둠에 가려진 알렉산드로 아디스가 그녀를 내려다보고 있었다.

"여기서 뭘 하는 거지?"

심장이 거칠게 뛰었다. 어찌나 빠르게 맥동하던지 가슴이 뻐근해질 지경이었다. 손바닥에 식은땀이 축축하게 배어 나온다. 긴장한 칸나의 입안이 단숨에 메말랐다.

말없이 저를 내려다보는 알렉산드로는 거대한 산 같았다. 그대로 자신을 짓뭉개 압사시킬 것 같았다. 그런 압박감이 목을 졸라 와 가 냘프게 호흡했다.

'아버지가 어떻게 여기에 있을 수 있는 거지?'

지금쯤, 페일런섬에 있어야 할 텐데.

자신이 이곳에 도착한 지 고작 이틀밖에 지나지 않았다. 그새 그가 이곳에 왔을 리가 없는데…….

그때, 숨 막히는 침묵 끝에 그가 손을 뻗었다. 커다란 손이 다가오 자 칸나의 어깨가 움찔 떨렸다. 그것이 가소롭기라도 한 걸까, 그가 조용히 뇌까렸다.

"겁도 없이 들어와 놓고는 이제 와서."

그러고는 칸나가 쥔 등불을 쥐었다. 잡아당겨 빼앗아 간다.

"네가 들고 있다가는 떨어뜨릴 것 같구나."

그렇게 손을 떨고 있으니. 알렉산드로는 그 말을 생략했다.

질식할 것 같다.

"이곳에서 무엇을 하고 있었지, 칸나?"

칸나.

빌어먹을. 또 상냥한 어조다. 살결 위로 소름이 돋아 올랐다. 그리 고 뻑적지근한, 심장.

"대답해."

칸나는 뻣뻣해진 목에 힘을 주었다.

"죄송해요."

"무엇이?"

"함부로, 이곳에 들어온 것이."

"잘 아는군."

칸나는 얼굴을 아래로 숙였다. 거의 동시에 그가 손가락 하나만으로 그녀의 턱을 짚고 획 들어 올렸다.

"내 앞에서 고개 숙이지 마라."

시선을 피하지 말라는 뜻이었다. 칸나는 간신히 그를 마주 보며 사과했다.

"죄송해요. 호기심을 이기지 못하고 들어왔습니다."

"호기심이라."

알렉산드로가 한 발짝 뒤로 물러나며 허리를 천천히 숙였다.

"무엇이 그리 궁금했기에 이 방에 들어온 거지?"

그 순간 칸나는 깨달았다.

덫이다.

그녀는 그가 준비해 놓은 덫에 걸렸다.

애초에 칸나를 이곳으로 유인한 것은 알렉산드로였다. 한국어로 말하고, 일부러 집을 오래 비우는 듯 연출하였다.

그래서 그녀가 이곳에, 그의 비밀을 캐낼 수 있는 장소에 오게끔 만들었다!

그러나 지금 와서는 의미 없는 깨달음이었다. 자신이 알든 말든 이미 그녀는 덫에 걸린 짐승이었다.

"……아버지 말씀이 맞아요."

기왕 덫에 걸려든 것, 죽을 때까지 몸부림칠 거다. 결과가 어찌 되든 얻어 낼 수 있는 것은 모조리 얻어 낼 것이다.

"아버지가 '거짓말'이라고 말씀하셨죠. 어떻게 그 단어를 아는지 궁금해서 이곳에 들어왔어요. 아버지가 바라신 일 아닌가요?"

"잘 아는구나."

알렉산드로는 부정하지 않았다. 굳이 그럴 필요도 없는 사람이었다.

"네가 그 단어를 알아들었다면 분명히 이곳에 올 거라고 생각했지."

젠장할. 칸나는 욕설을 목구멍으로 밀어 넣었다. 역시나 제대로 걸려들었다.

아니, 하지만 그가 자신을 유인한 걸 알았더라도-

'난 이곳에 왔을 거야.'

그의 비밀은 도저히 무시할 수 있는 것이 아니니까.

칸나는 초상화를 가리켰다.

"이 사람 누구예요?"

알렉산드로가 흘끗 내려본다. 성의 없이 답했다.

"글쎄."

"저랑 똑같이, 아니, 거의 흡사하게 생긴 사람이네요. 마치 부모처럼."

"네가 그렇다면 그런 거겠지."

그것은 긍정이었다. 역시나 이 초상화 속, 검은 머리 여자는 자신의 모친이 맞았다!

두근두근, 가슴이 뛰었다. 지금껏 전혀 몰랐던 진실을 손에 넣자 흥분이 고조된다. 두려움이 점차 밀려나고 호기심이 맹렬히 치솟는다.

"지금 어디에 계시죠?"

"왜 묻지?"

알렉산드로는 묘하게 날카롭게 대꾸했다.

"이제 와서 만나기라도 할 생각인가?"

"그건 제가 결정할 일이에요."

"너는 아무것도 결정할 수 없을 거다."

결국 말하지 않겠다는 소리였다. 칸나는 입술을 짓씹으며 그를 노려보았다. 그것은 노려보았다고밖에 설명할 수 없는 눈빛이었다.

정말이지, 예전과 같았다. 어린 시절 아버지에게 처음으로 어머니의 존재를 물었을 때.

"다시는 그 여자를 입 밖에 꺼내지 마라."

흉흉한 눈으로 저에게 경고했던 그때와 다를 것이 없었다.

"하나만 말씀해 주세요. 이 사람, 이 초상화 속 사람은…… 살아 있나요? 혹시 돌아가셨나요?"

"그럴 리가."

놀랍게도 그가 빈정거렸다.

"죽여도 죽을 사람이 아니지."

그런데 이상하게도 그 목소리에 담긴 것은 결코 옛 연인이나 정부를 향한 음성이 아니었다. 도리어…….

'적의.'

증오마저 느껴졌다고 하면 기분 탓일까?

"이번엔 내 차례군."

알렉산드로가 등불을 쥔 팔을 옆으로 뻗었다. 그러자 어둠의 장막이 걷힌 것처럼 벽이 확 드러났다.

'초상화가 또 있어?'

벽에는 칸나가 발견하지 못했던, 또 다른 초상화가 하나 더 걸려 있었다.

"이 여자를 아는가?"

칸나는 새로이 드러난 초상화를 들여다보았다. 희미한 주홍빛 불빛이 어른거리며 그림을 비추었다.

'동양인······.'

아마도 한국인일 여자였다. 그리고 젊었다. 20대 중반, 아니 후반쯤 되었을까?

그리고, 그리고······.

"······."

칸나는 하마터면 주저앉을 뻔했다.

아는 얼굴이었기에.

"아는 얼굴이로군."

칸나의 흔들리는 눈을 본 알렉산드로의 목소리에서 기이한 희열이 느껴졌다.

"이 여자를 만났나?"

"······그게 무슨 뜻이죠?"

"네 몸에 다른 사람이 들어와 있는 동안, 너는 이 여자를 만났느냐고 묻는 거다."

칸나는 멍하니 그를 응시했다. 그의 말 하나하나가 머리를 거칠게 후려쳐서, 그만큼 충격적이어서, 뇌가 고장 난 것 같았다. 잘못 들은 걸지도 모른다고 생각했다. 그러나 잘못 들은 것이 아님을 알았다.

하지만 아버지가, 어떻게, 대체?

아니, 이것이 가능한가? 지금 이 대화가? 아버지와 내가 나눌 수 있는 대화인가? 이게 현실이라고?

순간 그 어느 때보다 거대한 공포가 발끝을 타고 올라왔다. 소름이 거미처럼 돋아 오른다. 칸나는 주춤주춤 뒷걸음질 쳤다. 허벅지가 탁상에 부딪쳤다. 뒤가 막혔다.

"대답해."

"저는…… 아버지가 무슨 말씀을 하시는지……."

다음 순간, 그가 단 한 발짝 성큼 다가오며 멀어진 거리를 좁혔다.

"그동안 네 몸을 다른 여자가 차지해 왔던 것을 부정할 생각은 마라."

아버지가 그걸 대체 어떻게……?

순간 잔상이 스쳐 지나갔다. 주화의 일기장. 한국어로 쓴 일기장. 이 세상에서 오로지 주화와, 자신만이 읽을 수 있는. 그럴 거라고 생각했던.

그러나 알렉산드로도 볼 수 있었겠지.

"아버지는 대체."

도저히 묻지 않고서는 견딜 수 없었다.

"한국어는 누구에게 배운 거예요? 그리고 이 초상화들, 두 여자와는 무슨 관계예요? 그리고……."

"내가 아니지. 이번엔 네가 답할 차례다."

알렉산드로가 담백하게 그녀의 열기 어린 질문을 밀어냈다. 그리고 다시 한번 어둠 속에서 초상화를 가리켰다.

창문 틈으로 비추는 희미한 달빛이 초상화 속 동양인- 선희의 얼굴에 스며들었다.

"이 여자를 알아?"

"몰라요."

칸나는 즉시 부정했다. 그것은 본능적인 감이었다.

알렉산드로가 선희를 결코 '좋은 의도'로 찾고 있지 않음을 알 수 있었다. 그의 적의, 증오, 그 감정은 자신의 친모뿐만 아니라 선희에게도 향하고 있는 것이었다.

그러니까 그녀를 지켜야만 했다. 그것이 무엇보다 중요했다.

"저는 처음 보는 여자예요."

"……."

칸나는 최대한 태연하게 말하며 알렉산드로의 눈을 마주 보았다. 선명한 초록색 눈동자가 어둠 속에서 은신 중인 짐승처럼 그녀를 조용히 지켜본다.

그 순간 칸나는 깨달았다.

아버지는 자신의 거짓말에 속지 않았다. 단 한순간도. 그리고 그는 결국엔 진실을 쥐어짜 내는 남자였다.

무슨 수를 써서라도.

'어쩌면 고문을 해서라도.'

의식하는 순간 칸나의 손끝이 떨렸다.

이곳은 밀폐된 방. 아무도 오지 않는 방.

아버지의 시야 안에 있는 이상 도망은 꿈도 꿀 수 없다. 어쩌면 아버지가 자신을 해칠지도 모른다. 그렇게 해서라도 진실을 듣고자 할지 모른다.

"저는 정말 몰라요. 저 여자, 처음 보는 여자예요."

"……."

"아버지의 말씀대로 이 몸에는 다른 사람이 들어와 있었어요. 그리고 저는 그…… 사람의 몸에 반대로 들어갔고요. 그곳은, 한국이라는 나라였고요."

진실과 거짓을 섞어서 구분할 수 없도록.

"하지만 그곳에 사는 사람이 한둘이 아니에요. 같은 국적을 가졌을

지언정 평생을 마주치지 않고 사는 게 대부분이죠."

"……"

"저는 저 여자, 만난 적 없어요."

알렉산드로는 대답하지 않았다. 시선을 마주하고 있자니 피부 껍질이 벗겨지듯 끔찍한 감각이 파고들었다.

그것은 거짓을 간파당한, 상대가 거짓임을 이미 알고 있는, 그런데도 거짓을 강행해야 하는 자의 수치와 두려움이었다.

"……아버지, 저는 이제 나가 보겠습니다."

한참의 정적 끝에 칸나는 갈라진 목소리로 요청했다.

"보내 주세요."

"……"

"잘못했습니다. 다시는 이 방에 들어오지 않을 테니까."

그 이후 더는 말할 수 없었다. 그저 처연해진 마음으로 알렉산드로의 결정을 기다릴 뿐.

'만약에, 날 고문하면.'

그는 나를 미워하고, 그는 나에게 얻어야 할 정보가 있지.

'호신용 약물을 가져오긴 했는데.'

귀족 여인들이 향수를 소분하여 가지고 다니는 이 목걸이. 이 안에 살갗이 타들어 가는 고통을 주는 약물이 있는데, 과연 아버지에게 통하기나 할까?

아니, 과연 자신에게 아버지를 공격할 용기가 있기는…….

"그래."

아?

"가 봐라."

아버지가 몸을 옆으로 비켜섰다. 그리고 멀거니 서 있는 칸나에게 등불을 내밀었다.

"가져가라."

"감…… 사합니다."

칸나는 얼결에 등불을 받아 들고는, 슬금슬금 걸음을 옮겼다. 아버지는 정말로 그녀를 보내 주었다. 잡지 않는다.

'빨리, 빨리!'

어쩌면 또 마음이 바뀔지도 모르니까, 칸나는 경보하듯 발걸음을 재촉했다. 그리고 마침내, 방을 빠져나오고 나서는 미친 듯이 전력 질주했다.

"허억, 허억."

침실로 들어온 칸나는 등불을 내던지고는 침대 위로 쓰러졌다. 이불을 붙잡으며 부들부들 떨었다.

뭐였지? 뭐였지, 뭐였지?

칸나는 이불 안으로 기어들어 가 몸을 동그랗게 말았다.

뭐였을까? 방금 그 대화.

아버지. 나와 쏙 빼닮은 내 친모의 초상화. 나와 주화의 몸이 바뀐 걸 알고 있는 아버지. 선희를 아냐고 질문한 아버지. 거짓말하는 거 알면서도 그냥 보내 준 아버지. 등불을 쥐여 준, 아니, 이건 아니고.

아버지, 아버지, 아버지.

아버지는 어디서부터 어디까지 알고 있는 걸까?

머리가 얼얼했다. 공포인지 충격인지 모를 여운에 한참 동안 몸이 경련했다.

'선희.'

칸나는 이불을 꽉 쥐었다. 눈을 감았다. 선희. 이선희. 아주 익숙한 이름. 그리고 너무나 그리운 사람.

'엄마······.'

주화의 엄마.

초상화 속 동양인은 주화의 엄마였다.

야심한 밤, 칸나는 잠드는 대신 책상에 앉았다. 종이 위로 정보를 적어 내렸다.

<1. 아버지의 '비밀의 방'은 여자가 쓰던 방이다.>

<2. '비밀의 방'에는 두 여자의 초상화가 걸려 있다. 하나는 내 친모, 또 다른 하나는 주화의 엄마.>

<3. 내 친모와 주화 엄마의 관계는 뭘까? 초상화가 같이 걸려 있는 걸 보니 어떤 식으로든 관계가 있는 것 같다.(친구였을까? 잘 모르겠다.)>

<4. 아버지는 주화의 엄마, 그리고 내 친모를 미워하는 것 같다.>

<5. 내 친모는 어딘가에 살아 있다. 어디에 있을까?>

<6. 주화의 엄마가 다시 한국으로 돌아간 걸 보니, 차원을 이동하는 방법이 있는 것 같다.>

<7. '선희'의 친딸인 주화와 내가 서로의 몸에 빙의했다.>

이게 과연 우연일까?

칸나는 주머니를 뒤적여 종이를 꺼냈다. 아버지의 방에서 몰래 훔쳐온 편지였다.

희미하게 흐려진 한국어. 시간이 얼마나 걸릴지는 모르겠다만, 반드시 글자를 복원해 내고 말 것이다.

'이 일을 더 알아봐야겠어.'

날뛰던 감정이 정돈되고 나니 이성이 돌아왔다.

이번 일, 더 자세히 파고들어야겠다.

일단은 알렉산드로 아디스, 아버지에 대해 알아볼 생각이었다. 그의 삶을 하나하나 세세히 훑어가며 조사하다 보면 주화의 엄마도, 제 친모도 어딘가에는 얽혀 있겠지.

'알렉산드로 아디스.'

아버지, 당신은 대체 누굴까?

다음 날, 하녀 에리엘이 또 다른 성과를 올렸다. 드디어 정보 길드와 접촉에 성공한 것이다.

"접선 장소는 알아서 잡으라고 해. 사람이 많고 시끄러운 곳이면 어디든 상관없어."

이 일은 비밀리에 진행하고 싶기에 클로드는 데려가지 않을 거다. 호신용품을 챙겨 가긴 할 거지만, 혹시 모를 위험을 대비하여 인파가 많은 곳에서 만날 생각이었다.

'사람이 많을수록 안전하고, 시끄러울수록 비밀스러운 이야기 하기에 좋지.'

마침 잘됐다. 그렇지 않아도 아버지에 대한 조사를 한시라도 빨리 맡기고 싶었으니까.

그리고 가짜 신분 역시 속히 만들어 놔야 했다.

'아버지가 후에 어떻게 나올지 모르잖아. 혹시 모를 사태를 대비해서 도주할 수 있는 길을 확보해 놔야 해.'

어설픈 가출은 실패한다. 이것은 어린 시절의 경험으로 깨달은 교훈이었다.

'그래, 열네 살 때도 가출했다가 실패한 적이 있었지.'

문득 옛 기억이 떠올랐다.

열네 살. 자살을 시도하기 전, 칸나는 아디스 저택에서 탈출을 시도했다.

그 나이 때 소녀치고는 나름대로 치밀했다. 여러 번 저택 밖을 미꾸라지처럼 돌아다니면서 떠날 장소와 방법까지 물색했는데…….

그러나 실패했다. 자신을 알아본 누군가가 억지로 그녀를 집으로 돌려보낸 것이다.

"가출이라니, 집안 망신을 다 시키는구나. 넌 아디스 가문의 수치야, 칸나."

집으로 돌려보내진 자신을 노려보던 클로이의 눈빛. 정말이지, 더러운 오물을 보는 듯한 그 시선은 아직도 잊히지 않았다.

"공작 각하께서 집에 안 계신 것을 다행으로 여겨라. 각하께서 이 사실을 아시게 되면 너는 산목숨이 아니었을 거다."

그러고는 벌로 칸나를 옷장에 가두었다. 잘못했다고 울면서 빌었지만 클로이는 가차 없었다. 그렇게 옷장 안으로 우악스럽게 끌려들어 갈 때, 칼렌과 눈이 마주쳤다.

"도, 도와줘……."

저도 모르게 도와 달라고 애원했다. 소용없는 것을 뻔히 알고 있는데도, 너무나 간절한 나머지 그리했다.

그러나 예상대로 칼렌은 그저 말없이 지켜보았다. 지켜보기만 했다. 곧 고개를 내려 책을 읽었다. 팔락, 책장을 넘긴다.

그 동작이 어찌나 우아하던지…….

그렇게 옷장에 갇힌 채 이틀이 지나고 나서야 빠져나올 수 있었다.

"일주일 후에 공작 각하께서 돌아오실 거다. 그 전까지 뭐라도 좀 먹어 놓으렴. 천민처럼 삐쩍 곯은 비루한 모습을 보면 각하께서 널 내쫓으실 거다."

클로이의 잔소리를 들으며 칸나는 비틀비틀 지하 연구실로 내려갔다. 그리고 심장을 멈추는 약물을 만들기 시작했다.

차라리 죽고 싶어서.

'그것 역시도 결국 실패했지만.'

과거의 기억이 떠오르자 쓴웃음이 흘러나왔다.

'그때가 가장 힘든 순간이었지.'

탈출을 꿈꾸고, 처음으로 바깥세상을 돌아다니다, 결국엔 날개가 꺾여 잡혀 들어왔던 때.

그러나 지금의 자신은 그때와는 다르다.

'만약에라도 도망가야 하는 순간이 오면 제대로 할 거야. 예전처럼 어설프게 굴어서는 안 돼.'

그러니 대비해야 했다.

❧

며칠 후, 접선의 날이 다가왔다.

장소는 가면무도회장. 귀족들의 은밀한 사교 모임. 남들의 눈을 피해 비밀스럽게 만나기엔 완벽한 장소다.

칸나는 갈색 가발을 눌러쓰고 백금으로 장식된 나비 가면을 썼다. 그녀와 만나게 될 조직원 역시 같은 가면을 쓰고 있겠다고 했다.

'이런 곳이었구나.'

가면무도회장에 들어가자마자 확 풍기는 연기에 칸나는 인상을 찡그렸다.

'으, 담배 냄새.'

가면을 쓴 남녀가 큰 소리로 웃고 춤추며 술을 마시고, 스킨십하고, 심지어 대놓고 마약까지 하고 있다. 남자 귀족들의 태도 역시 정식 연회 때와는 달랐다. 발정 난 개처럼 달라붙는 것이 징그러울 정도였다.

칸나는 연신 팔을 붙잡는 손을 뿌리치며 걸었다.

'대체 정보원은 어디에 있는 거야!'

슬슬 성질이 나기 시작할 때 누군가가 칸나의 팔목을 확 잡아당겼다. 속절없이 끌려간 칸나는 남자의 단단한 가슴팍에 얼굴을 쿵 부딪쳤다.

'이게 무슨 무례한……!'

싸대기를 날려야겠다, 그런 생각을 하며 고개를 들어 올린 순간.

"아."

자신과 똑같은 가면을 쓴 사내가 그녀를 내려다보고 있었다.

아마도 정보원일 남자. 의외로 굉장한 미남이었다. 말끔하게 쓸어 넘긴 백금빛 머리칼, 그리고 가면 아래로 드러난 턱이 몹시도 미려했다.

……그런데 어쩐지 익숙한 얼굴인데.

"잡아당겨서 미안. 그대로 지나치려고 하기에 어쩔 수 없었어. 이곳에서 이름을 크게 외치는 건 좀 그렇잖아?"

그 순간, 소름이 등골을 타고 올라왔다. 이 목소리는!

"그동안 잘 지냈어?"

아르곤 황자?

칸나는 눈을 깜빡였다. 착각이 아니었다. 잘못 본 것도 아니었다. 눈앞의 남자는 아르곤 황자였다!

"전하께서 왜?"

그때 아르곤이 고개를 숙였다. 오똑한 코끝으로 그녀의 가면을 톡 건드렸다. 순간 확 가까워진 간격에 칸나는 호흡을 멈추었다. 아르곤이 소년처럼 장난스럽게 웃고 있었다.

"같은 가면을 쓴 사람. 이게 증표잖아."

그렇다면 정말로, 정보원이 아르곤이라고? 그게 말이나 되는 소리인가? 아르곤은 황자인데?

"전하, 이건…… 말도 안 됩니다."

"왜 안 돼?"

"……."

그걸 질문이라고 하는 걸까? 너무나도 당황스러운 물음이라 되레

아무것도 대답하지 못했다.

'이게 뭐지? 장난치는 건가? 에리엘이 날 속였나? 아니면.'

순간 머리가 지끈거리며 아파 왔다. 아르곤 황자가 정보원으로 나오다니, 이 무슨 어처구니없는 상황이란 말인가!

"오, 이거 내가 좋아하는 춤곡이야."

칸나가 혼란스러워하든 말든, 아르곤은 그녀를 무대 위로 끌고 올라갔다. 신이 나서 어깨를 잡고 춤을 추기 시작한다.

'내가 왜 이곳에서 황자랑 춤을……'

칸나는 소리치고 싶은 것을 꾹 참으며 침착하게 말했다.

"전하, 저는 정보원을 만나러 이곳에 왔습니다만."

"말했잖아. 그게 나야."

아르곤이 한쪽 눈을 찡긋 감았다.

"내가 정보 길드 가지고 있는 거 몰랐어?"

"……네."

"그야 당연하지. 비밀이니까."

…….

지금 장난하는 건가?

'황궁 밖으로 떠도는 건 워낙에 유명한지라 이미 알고 있었지만.'

아르곤은 황위에 관심 없을뿐더러 황궁에 머무는 시간도 극히 짧다고 들었다. 그런데 설마 이런 이중생활을 즐기고 있었을 줄이야. 명색이 제국의 1황자라는 자가!

"죄송합니다, 전하. 제가 무지하여 벌어진 일이에요."

어쨌든 수습해야 한다. 이 미치광이 황자와 엮일 생각은 눈곱만큼도 없으니.

"만약 전하의 길드인 줄 알았더라면 접선하지 않았을 겁니다. 제가 어찌 감히 전하께……."

"괜찮아. 어차피 제국의 정보 길드는 거의 다 내가 관리해서."

순간 칸나의 혀가 딱 굳었다. 설마. 그럴 리가. 농담이겠지. 아니면 허풍이든가.

"농담도 아니고 허풍도 아니야. 못 믿겠으면 다른 길드 찾아가 봐. 결국 다 내게로 통하게 될 테니까."

그야말로 청천벽력 같은 소식이었다. 저 말이 사실이라면, 자신이 어디서 의뢰하든 결국 아르곤의 귀에 들어간다는 소리였다!

"하지만 내가 직접 관리하는 귀족들은 몇 명 안 돼. 그중 하나가 칸나고. 축하해."

전혀, 조금도 축하할 만할 일이 아니다. 자신의 계획이 조각조각 무너지고 있는데!

'게다가 왜 아까부터 내 이름을 부르는 거야!'

생각지도 못한 장애물을 만난 칸나는 속으로 울부짖었다. 그때, 아르곤이 칸나의 너머 어딘가를 흘끗 쳐다보더니 말했다.

"그런데 칸나, 기사가 따라붙은 건 알고 있어?"

"예?"

"당신의 호위 기사, 클로드 아젤 말이야."

그 말에 목뒤가 뻐근하게 당겨 왔다. 클로드가 따라왔다고?

"자꾸 불쾌한 기운을 풍겨 대네. 시비 거는 것 같기도 하고, 거슬려."

하지만 클로드에게는 동행하자는 말은커녕 외출한다는 말조차 하지 않았는데. 그런데도 멋대로 쫓아왔다면, 그건 미행이나 마찬가지였다.

클로드가 왜 그런 짓을 한 걸까?

'분명 칼렌이 명령한 거겠지.'

그렇지 않고서야 특별한 지시가 없었는데도 자신의 뒤를 쫓을 리 없다.

'칼렌이 날 속인 건가.'

호위 기사를 붙일 때 칼렌이 뭐라고 했던가? 원할 때만 데리고 다니고, 그 외에는 잊고 지내라고 했다. 그런데 그 외의 순간에도 몰래 따라붙게 하다니. 아무런 언질도 없이!

'이건 감시나 다름없잖아.'

짜증이 부글부글 끓어올랐으나 지금은 불만을 터뜨릴 때가 아니었다.

"전하, 만나 뵙게 되어 영광이었습니다. 하지만 저는 감히 전하께 일을 의뢰할 수는 없어요."

"어째서?"

"황가에 충성하는 귀족으로서 어찌 전하께 이런 허드렛일을 시킨단 말입니까? 그러니…… ."

"잘 생각해야 할 거야, 칸나."

아르곤이 칸나의 말을 부드럽게 잘랐다.

"기회라는 건 언제나 찾아오는 게 아니거든. 정신 똑바로 차리고 있다가 눈앞을 스쳐 지나갈 때 움켜쥐어야 해."

그리 말하는 아르곤의 목소리는 자신만만하다 못해 오만하기까지 했다. 그의 존재가 칸나에게 굉장한 기회라는 듯.

"나는 아무나 고용 못 해. 당연히 돈 따위로는 움직이지 않지. 그건 발에 챌 만큼 쌓여 있으니까."

"……그렇다면 무엇에 움직이시죠?"

"정보."

아르곤이 이를 드러내며 웃었다.

"난 궁금한 건 못 참거든."

"죄송합니다만 저는 전하께서 원하실 만한 정보는 가지고 있지 않아요."

"있어."

"예?"

"난 당신이 궁금하거든, 칸나 발렌티노."

춤곡의 리듬이 느려진다. 느릿느릿 원형으로 걸으며, 아르곤이 그녀의 귓가로 입술을 내렸다.

"당신 말이야."

그의 숨결이 닿은 오른쪽 목덜미에 솜털이 곤두섰다. 짙은 코롱의 향기가 코끝을 스칠 때.

"누구야?"

"예?"

"실비엔의 아내, 칸나 발렌티노가 아니잖아."

그의 말이 정수리를 후려쳤다. 하마터면 스텝이 꼬일 뻔했다.

'실비엔의 아내가 아니라고?'

따지고 보면 맞는 말이었다. 자신의 몸은 실비엔과 결혼이라는 제도로 묶여 있긴 하지만 그와 성혼을 한 것은 칸나가 아닌 주화였으니.

'그런데 대체 그걸 어떻게 안 거지?'

충격에 손끝이 저려 왔다. 그러나 표정만큼은 여유롭다 못해 따분하기까지 했다.

"예, 맞아요. 곧 이혼할 예정이긴 합니다."

"아하하. 그래, 맞아. 하지만 난 그런 의도로 물은 게 아닌데. 내 말은, 네가 실비엔의 아내로 살아온 칸나가 아니라는 뜻이었어."

"무슨 뜻인지 모르겠습니다, 전하."

"나는 이 제국에서 일어나는 일은 다 알아. 아니, 정정하자면 거의 다 알고 있지."

이후로는 아르곤의 목소리만이 들렸다. 다른 소리는 모조리 멀어졌다. 음악도. 온갖 주정도. 술잔을 부딪치는 소리와 웃음소리도.

오로지 아르곤의 목소리만이 머리를 울릴 뿐.

"나는 알아, 칸나."

무엇을?

"황후가 아멜리아 황녀를 죽이려 했다는 것도 알고 있어. 너에게 누명을 씌우려 했다는 것 역시."

"네가 모종의 기지를 발휘하여 살아남았다는 것도 알지."

"하지만 내가 그동안 파악해 온 실비엔의 아내, '칸나'에게는 그런 능력이 없는데 말이지. 어느 순간 너는 다른 사람처럼 변했어. 너의 모든 결정, 행동, 대사, 선택, 기존의 '칸나'와는 완전히 달랐지. 다른 사람으로밖에 생각할 수 없을 정도로."

속사포처럼 쏟아지는 말, 말, 말. 그의 모든 대사가 칸나의 머리 위로 우르르 쏟아졌다. 낙하하며 사정없이 때려 댄다.

아르곤이 눈꼬리를 접으며 미소 지었다. 여우 같은 웃음이었다.

"너는 누구야?"

머리가 어지러웠다. 그러나 다행히도, 뱉은 목소리는 침착하다 못해 냉랭하기까지 했다.

"칸나 발렌티노입니다, 전하. 보다시피 말이지요."

저 사람은 아무것도 몰라.

"마석을 사용한 연금술로도 외형을 바꾸는 건 불가능합니다. 잘 알고 계시잖아요?"

저렇게 주절주절 말한다는 것 자체가 아무것도 모른다는 증거다.

"게다가 저는 전하와 달리 이중생활을 할 만한 자유조차 없었습니다. 사람이 뒤바뀔 만한 기회도 없었죠."

"그러니까, 바로 그게 문제야."

아르곤이 그녀의 손을 바짝 붙잡았다. 그의 손가락이 뜨겁게 달아올라 있었다.

"다른 사람일 리가 없는데 다른 사람으로 변했어. 성격뿐만이 아니지. 듣도 보도 못한 의술을 펼치기까지 했어."

자줏빛 눈동자가 따갑게 내리꽂혔다.

"그게 어떻게 가능하지?"

거의 집착에 가까운 호기심이었다.

"부디 책을 보고 공부했다는 귀여운 변명은 하지 마."

"그것이 진실인걸요. 증명할 방법이 없어서 안타까울 뿐입니다."

"하하, 역시 귀여워. 하지만 내가 원하는 것은 귀엽지 않은 진실인데."

아, 제기랄. 계속해서 욕설이 치밀어 올랐다.

아르곤은 도저히 쉽게 나가떨어질 것 같지 않았다. 자신을 뚫어지게 응시하는 그의 눈은 거의 사냥꾼, 아니, 사냥개에 가까웠으니. 어떻게든 원하는 것을 얻기 위해 달려들고 물어뜯을 광견의 눈빛이었다.

'이 사람, 절대 그냥 못 떼어 내.'

그것은 예감을 넘어선 확신이었다.

'그래, 이런 사람인 것 같았어. 그래서 그동안 엮이지 않으려고 했

던 건데.'

아버지에 뒤이어 자신의 비밀을 캐내려 하는 자가 또 생겨 버렸다.

'아버지만 해도 벅찬데.'

그러나 지금은 신세 한탄할 때가 아니다. 칸나는 그의 리드에 이끌려 춤을 추며 냉정하게 생각했다.

'어차피 난 이 사람에게 살점을 뜯길 거야.'

이 미친개는 이미 자신을 물었다. 원하는 만큼 씹어 먹기 전까지는 떨어져 나가지 않을 테지. 그렇다면.

'나는 살을 내주고.'

저 사람의 뼈를 취하겠다. 거기까지 생각이 다다랐을 때.

불쑥, 손이 뻗어 나와 아르곤의 어깨를 잡았다. 그 힘에 스텝을 밟던 칸나의 발이 멈춰 섰다. 칸나는 고개를 돌렸다. 그리고 눈을 커다랗게 떴다.

"아?"

검은 나비 가면을 쓴 남자. 클로드 경이었다.

"실례합니다."

얼굴을 가린 가면 때문일까? 아니면 웃지 않는 눈 때문일까? 클로드가 평소와는 달리 몹시 매섭게 느껴졌다.

"이번 춤은 저와 추실까요?"

"……."

갑자기 뭔 헛소리지? 칸나는 곧 그 이유를 깨달았다.

'내가 곤란해 보였을 수도 있겠네.'

실제로 곤란하기도 했고. 그래서 호위 기사의 의무를 다해 그녀를 구하러 온 것이었다. 참으로 훌륭한 호위였다.

지켜보던 아르곤이 투덜거렸다.

"너무하네. 무서운 기사님께서 내 파트너를 멋대로 빼앗으려 하다니."

"가면무도회잖습니까. 어차피 여럿이 어울리러 오는 장소 아닌가요?"

클로드는 넉살 좋게 받아치며 다시 칸나를 내려다보았다.

"저와 함께……."

"싫어요."

순간 클로드의 입술이 딱 굳었다.

예상치 못한 반응이었을까? 그러나 칸나는 지금 그를 배려해 줄 생각이 없었다. 칸나는 일말의 웃음기조차 없는 메마른 얼굴로 말했다.

"전 호위를 데려온 기억이 없군요, 클로드 아젤 경."

"……."

"즐거운 시간을 보내는 중이니 방해하지 말아요."

그러고는 아르곤의 손을 붙잡았다.

"전하, 방해받고 싶지 않으니 테라스로 가시죠."

"뭐야, 뭐야? 사랑싸움이야?"

"그럴 리가 있나요?"

칸나는 테라스 소파에 풀썩 앉으며 부정했다.

"하지만 방금 그건 누가 봐도 사랑싸움이었는데?"

그러나 아르곤은 아주 재미있는 치정 소설이라도 읽은 소년처럼 흥분한 상태였다.

"칸나, 당신 설마 실비엔을 두고 저 기사랑 불륜……?"

"맙소사."

칸나는 미간을 좁혔다.

"제국 내에서 벌어지는 일은 뭐든 다 안다고 하지 않으셨나요? 그런데 제 인간관계조차 모르시다니, 실력이 의심스럽네요."

뱉어 놓고 나서 약간 후회했다. 건방지게 말했다고 예전처럼 검을 휘두르면 어떡하지?

"내 말이 그 말이야."

그러나 아르곤은 검을 꺼내긴커녕 맞장구를 쳤다. 자연스럽게 칸나의 옆에 자리를 잡았다.

"당신과 관련한 일 앞에서 난 얼간이가 되는 기분이라고. 자존심이 상할 정도로 무지하단 말이지."

웃기는 소리였다. 자신에 대해 이미 많은 것을 알고 있으면서.

그때 아르곤이 예고도 없이 가면을 벗었다. 가면이 사라지자 경국지색이라 불리는 테레사 귀비, 그녀를 쏙 닮은 아름다운 얼굴이 드러났다.

"저 기사와 아무 관계 아니라면 방금은 왜 그랬지? 일부러 도발한 거 아니야?"

"도발이요?"

"응. 질투 유발 작전, 뭐 이런 거."

"……."

참으로 유치한 발상이다. 기가 막혀서 웃음조차 나오지 않았다. 클로드를 거절한 이유는 그런 게 아니었다.

'아르곤과 할 이야기가 남아 있었으니까.'

더불어 자신에게 일언반구도 없이 멋대로 미행한 클로드에게 심술을 부리고도 싶었고.

"전하 뜻대로 생각하세요. 전하, 제가 궁금하다고 하셨죠?"

"응. 잠도 안 올 만큼."

아르곤은 순순히 고개를 끄덕였다.

"최근에는 모든 일을 미루고 당신 하나만 파헤쳤는데, 도무지 답이 안 나오더라고."

"……."

"다른 사람처럼 갑자기 뒤바뀐 성격에, 당신의 그 신기한 의술도 도저히 근원을 모르겠고. 어쩌다가 그 지식을 얻게 됐는지 단서조차 찾을 수가 없었어."

당연히 그렇겠지. 몸에 다른 사람이 빙의한 일을 어떻게 알아차리겠는가?

아르곤이 짓궂게 웃으며 농담처럼 말했다.

"그리고 난 궁금한 건 죽어도 못 참아, 칸나."

칸나는 그 말이 진심임을 알고 있었다. 그는 무슨 일이 있어도 자신의 비밀을 파헤쳐 내려 할 것이다.

어쩌면, 자신을 해쳐서라도.

"그러니까 일종의 거래를 하자는 거야. 거래, 그거 칸나가 좋아하는 거잖아?"

"……."

"빌어먹을 가족들과도 거래에는 응하잖아. 나라고 해서 안 될 거 있어?"

아르곤이 어깨를 으쓱였다.

"당신은 정보 길드의 도움이 필요하지. 나를 이용해. 장담하건대,

대륙 어디에서도 나만 한 사람은 없어."

"그런가요?"

"당연하지. 자, 이것 봐."

그는 품에서 무언가를 꺼냈다.

"얄덴 왕국의 신분패야. 당신이 원하던 거지?"

칸나는 심드렁하게 대꾸했다.

"제가 이걸 원할 거라는 그 확신은 대체 어디서 나오는 건가요?"

이건 또 어떻게 알았지? 망명에 대한 계획은 마음속 독백이었는데!

"칸나, 당신은 어릴 적에 가출하려다가 잡힌 적이 있잖아."

아르곤은 태연하게 말을 이었다.

"보아하니 요새 실비엔과 이혼하려고 여러모로 노력하는 것 같더라고. 내가 보기엔 진심 같아."

의외였다. 그녀가 실비엔과 진심으로 이혼을 바라고 있다고, 그것을 순수하게 믿어 주는 사람은 거의 없었으니까.

"아디스 공작에게도 진즉에 분가를 요청했지만 단칼에 거절당했고. 그 말은 즉, 당신은 발렌티노와 아디스, 두 가문을 떠나고 싶어 한다는 소리지."

"……."

"만일 이혼도 분가도 실패할 때는 예전처럼 가출을 시도할 것 같은데. 하지만 그때는 너무 어려서 실패했지? 실비엔에게 잡혀 왔으니까."

칸나는 처음으로 반응했다.

"뭐라고요?"

"응?"

"방금 뭐라고 하셨죠?"

"실비엔이 당신을 잡아서 아디스가에 넘겼다고."

불시에 뺨을 맞은 기분이었다. 머리가 얼얼하다 못해 입안이 텅 비는 것 같았다. 칸나는 완전히 할 말을 잃었다. 실비엔이?

칸나는 가출 당시의 기억을 더듬어 보았다.

키가 크고, 후드를 눌러써서 얼굴이 보이지 않는 남자가 자신을 짐 짝처럼 들어 올려 어깨에 짊어졌다. 그리고 아디스 가문에 넘겼다.

그게 실비엔이었다니.

"가출한다면 쉽게 찾을 수 없도록 이 제국을 벗어나려 할 테고, 당연히 얄덴 왕국으로 갈 거라고 생각했지."

아르곤이 술술 내뱉었다. 마치 그녀의 마음속을 들여다본 것 같은 기세였다.

"얄덴은 서대륙에서 여성의 권리가 가장 높은 나라야. 당신은 실력 있는 의원이니, 그곳에서라면 연고 없이 시작해도 승승장구할 수 있을 테고. 당신에게 그곳보다 좋은 나라는 없을 테지. 안 그래?"

칸나는 대답하지 않았다. 아르곤 이자베르크. 대화 몇 마디 나눠본 적 없는 완벽한 타인이나 마찬가지인데.

'나를 잘 알아.'

적어도 이 세상에서, 아르곤만큼 자신을 잘 이해하고 있는 사람은 없다. 놀랍게도 그랬다.

저 정도 정보 수집력, 상대의 심리를 파악하는 통찰력, 결론을 도출해 내는 능력, 그러면 어쩌면.

'아버지를 완벽하게 조사해 올지도 몰라.'

하지만 아르곤은 카실, 그 망할 황자의 형제다. 자신에게 원한을 가지고 있을지도 모르지 않은가?

"저는 전하를 믿을 수 없습니다."

"왜?"

"카실 황자 전하의 형제분이시잖아요."

그러자 아르곤이 불쾌한 듯 눈썹을 찌푸렸다.

"그 저질스러운 자식이랑 엮지 마."

"글쎄요, 어쩌면 황제 폐하께서 명하셨을지도 모르죠. 카실 황자 전하를 궁지로 몰아넣은 발칙한 칸나 발렌티노의 약점을 알아 오라고."

그러자 아르곤이 웃음을 터뜨리며 손을 휘저었다.

"쓸데없는 걱정 하네. 나 패륜아야. 몰랐어?"

"저는 전하가 어떤 사람인지 전혀 모르니까요."

"흐음."

"그러니 제게 해를 끼치지 않는다는 증거 없이는 아무것도 할 수 없습니다."

"증거라."

아르곤이 등받이에 몸을 기댔다. 비스듬하게 고개를 기울였다.

"뭐든 줄게."

그의 눈빛이 요사스럽게 반짝였다.

"그러니 요구해 봐."

칸나는 말없이 그를 응시했다. 어차피 이렇게 된 것, 모험을 해 볼까?

"혈서는 어떨까요."

"혈서?"

"방금 패륜아라고 하셨지요?"

"응."

"그 말을 쓴 혈서를 제게 담보로 주신다면, 전하를 믿겠습니다."

순간 아르곤의 눈썹이 굳었다. 그만큼 파격적인 요구였다. 어쩌면 검을 휘두를지도 모를 만큼 선을 넘은 제안.

'그러니까 모험이지……'

하지만 어쩔 수 없다. 그에게 일방적으로 물어뜯기는 고깃덩어리가 되는 건 사절이니까.

"마석을 쓰는 연금술사들은 혈액으로 그 주인을 추적할 수 있다고 하지요. 그러니 전하가 썼다는 증거가 확실한 편지를 남겨 주세요."

침묵이 흘렀다.

칸나는 평온한 얼굴을 가장하며 그의 결정을 기다렸다. 아르곤은 칸나를 빤히 응시하며 무언가를 골똘히 생각하고 있었다.

죽일 것인지 살릴 것인지 고민하는 걸까.

"좋은 생각이야."

마침내 그의 입술이 열렸다.

"그리고 아주 발칙한 생각이고."

그는 재킷의 주머니에서 접은 종이를 꺼냈다. 펼친 후 테이블 위로 올렸다.

"계약서를 쓸 일이 있을지도 몰라 가져왔는데, 마침 잘됐네."

그는 단숨에 단검으로 엄지손가락을 베었다. 투툭, 검붉은 핏방울이 떨어져 내렸다. 피로 글을 적어 갔다.

<신이시여, 부디 부패한 이자베르크 황가를 무너뜨려 주시옵소서. 아르곤 이자베르크, 제 이름을 걸고 간청드립니다.>

"어때, 내 패륜적 발언? 마음에 들어?"

아르곤은 팔목까지 흐르는 피를 한 번 핥아 올렸다. 붉게 물든 입술로 미소를 지었다.

"마음에 들면 칭찬해 줘야지, 칸나."

생각보다 수위가 굉장히 높았다. 부담스러울 정도였지만, 칸나는 만족스러운 미소를 만들어 보였다.

"네. 이제 전하를 믿겠습니다."

그 말에 아르곤이 커다랗게 웃음을 터뜨렸다. 그리고 말했다.

"이제 당신은 내 생명줄을 쥐게 된 거야. 그런데 고작 믿음의 증거물 취급이라니. 내 목숨값이 그렇게 가벼울 줄 몰랐는데."

이 혈서가 황제에게 들어가는 순간, 아르곤은 사형이다. 역심― 그것은 친족일지언정 용서받을 수 없는 대역죄였으니.

즉, 아르곤은 호기심을 해소하는 값으로 목숨을 건 것이다. 역시나 제정신이 아니었다.

"황자에게 이런 걸 요구하다니, 당신은 목숨이 여러 개라도 되는 모양이구나. 다른 사람이었다면 목을 베었을 거다."

"자비에 감사드립니다, 전하."

"말은 똑바로 해야지. 자비가 아니라 호의야, 칸나."

이건 나쁘지 않은 거래다. 칸나는 그렇게 평가했다. 아르곤이라는 미친개에게 일방적으로 물어뜯길 수도 있는 처지였는데, 이렇게라도 목줄을 채웠으니.

"그러면 이제 알려 줄 거야?"

"물론이지요. 제 의뢰를 성공적으로 완수해 주신다면요."

"좋아. 무엇을 원해?"

"알렉산드로 아디스, 제 아버지를 조사해 주세요. 태어난 순간부터 지금까지의 행적들 모두."

칸나는 빠르게 덧붙였다.

"제 모친이 누구인지 알고 싶어서 그래요. 워낙에 정체가 모호한 사람이니, 아버지를 조사하면 단서를 얻을 수 있을 거예요."

진심이었다. 더불어 이 일이 타인의 귀에 들어갈 때를 대비한 명분이기도 했다.

모친을 모르는 사생아가 제 뿌리를 알겠다고 찾아 나서는 건 자연스러운 일이지 않은가? 그러나 아르곤은 애초부터 의뢰인의 의도 따위는 신경 쓰지 않는 사람이었다.

"알겠어. 나만 믿어."

"네. 믿고 있겠습니다, 전하. 아버지에 대해 자세히 알아봐 주세요."

칸나는 단호하게 덧붙였다.

"알렉산드로 아디스의 모든 것을."

아르곤과의 계약을 마친 후, 칸나는 그와 함께 테라스를 빠져나갔다. 그리고 보란 듯이 또다시 춤을 추었다. 클로드를 노린 연출이었다.

'지금쯤 어디선가 또 지켜보고 있겠지.'

그는 이 일을 칼렌에게 보고할 것이다. 혹시 모를 의심을 피하기 위해 데이트하는 시늉 중이었다.

"피워도 돼?"

아르곤이 기다란 파이프 담배를 입에 물자 칸나는 빙긋 웃었다.

"물론이지요. 하지만 전 냄새나는 것을 싫어합니다."

"안 피울래. 그럼 술 한잔할래?"

"술 냄새도 싫어해요."

"그럼 주스?"

"그건 괜찮아요."

"어린애 입맛이네. 귀엽다."

"숙녀에게 어린애라뇨, 무례하시네요."

그런 시답잖은 대화를 다정하게 나누는 척 속닥거리며 시간을 보냈다. 누가 봐도 데이트처럼 보였다.

⚜

아르곤은 직접 칸나를 집 앞까지 배웅했다.

저택 안, 클로드가 할 말이 있는 듯 그녀의 뒤를 따라왔다. 아마 사과의 말이나 변명을 하려는 거겠지. 그러나 칸나는 아는 척도 하지 않고 침실로 들어갔다.

'딱히 클로드에게 화난 건 아니지만.'

클로드는 칼렌이 붙여 준 호위 기사다. 그러니 그의 명령을 우선시하는 건 당연한 일이었다. 그래도 서운한 것은 어쩔 수 없었다. 아무리 호위를 위해서라고 하지만, 그래도.

'아무 말도 없이 내 뒤를 밟았어. 기분 나빠. 날 속인 거나 마찬가지잖아?'

그런 상대에게 성질 한 번 안 부리고 넘어갈 만큼 자신은 착하지 않았다.

'잠이 안 와.'

너무나도 많은 일이 일어난 하루여서일까? 그날은 잠이 잘 오지 않았다.

'나를 의심하는 사람들이 더 있겠지.'

아버지와 아르곤은 그저 이제서야 수면 위로 드러났을 뿐. 보이지 않는 곳에서 자신을 의심하는 자들은 더 많을 것이다.

'진실을 말해 봤자 믿지도 않을 거면서.'

눈을 감으며 뒤척였다. 머릿속이 어지러웠다.

'그나저나 실비엔 그 자식이 내 희망을 뺏은 남자였다는 거지.'

가출했을 때 저를 잡아다가 아디스 가문에 넘겼던 남자. 기억나는 것은 깊게 눌러쓴 후드와 커다란 체격뿐이었다.

'하기야 귀족 영애가 가출한 걸 발견했으니, 정상적인 사람이라면 당연히 그렇게 행동하겠지만.'

그래도 상대가 실비엔이었다는 게 밝혀지니 묘하게 열 받았다.

'역시 악연이야.'

차라리 만나지 않았더라면 좋았을 텐데.

그로부터 며칠 후, 칼렌과 오르시니가 귀환했다. 듣자 하니 페일런 섬에서는 아무런 일도 일어나지 않았다고 한다.

'그야 제롬이 없어졌으니까.'

그들도 라파엘, 그리고 클로드에게 소식을 전해 들어 알고 있을 것이다. 제롬이 검은 사도였고 검은 안개를 조종했다는 것을. 그리고 그가 칸나를 해하려 했다는 것도.

"누님, 칼렌입니다. 들어가도 되겠습니까?"

"지금은 곤란해. 바쁘니까 나중에 와 줘."

칼렌 아디스, 자신을 속인 괘씸한 녀석.

그리고 이미 클로드에게 모든 보고를 받았겠지. 가면무도회장에서 아르곤 황자와 밀회를 즐겼다는 이야기를 듣고 잔소리를 할 생각일지도.

그러나 그런 이유로 그의 방문을 거절한 것이 아니었다. 지금은 해야 할 일이 있다. 발렌티노 가문에서 전령을 보내온 것이다.

칸나는 전령이 건네준 편지를 받아 읽었다.

<이혼 서류를 작성하고자 합니다. 만나서 합의해야 할 사항이 있으니 가능하신 날짜를 말씀해 주십시오.>

그리고 뒤에 붙은 사족 같은 말.

<근래 칸나 양께서 사교 활동으로 몹시 분주하신 걸로 알고 있습니다. 그러니 남는 시간을 말씀해 주신다면, 제가 그때를 비워 놓도록 하겠습니다.>

기분 탓일까. 묘하게 비꼬는 것 같았다.

'설마 아르곤과 데이트하는 척한 이야기를 들었나?'

그러나 곧 고개를 저었다.

'실비엔이 그런 걸로 비꼴 리 있나? 내 기분 탓이지.'

당연히 그는 자신이 다른 남자와 뭘 하든 관심조차 없을 것이다. 칸나는 코웃음을 치며 곧바로 답장을 휘갈겨 썼다.

<내일 정오에 찾아뵙겠습니다.>

"오셨습니까?"

칸나는 실비엔의 집무실 안으로 들어갔다.

"조금 일찍 왔네요. 괜찮죠?"

이혼 합의서 작성. 그 단어가 주는 설렘 때문일까, 칸나는 약속보다 20분가량 일찍 도착하고 말았다.

"물론입니다. 잠시 앉아서 기다리십시오."

소파에 앉자 하녀가 다가왔다. 이름은 기억 안 나지만 얼굴은 익숙한 하녀였다.

"공작 부인, 차를 드시겠습니까?"

흠잡을 데 없이 공손한 태도. 그 모습에 칸나는 웃음을 참을 수 없었다.

"그래."

잠시 후, 하녀가 따끈따끈 김이 피어오르는 차를 내왔다. 한 모금 입안으로 흘리는 순간.

'……!'

짜다. 엄청나게 짜다! 바닷물을 마신 듯 혀가 얼얼했다.

'저것들, 아직도 정신 못 차렸네.'

저 하녀는 칸나가 익히 잘 아는 고용인이었다. 그동안 주화에게 이런 차를 수십 번 내왔으니까. 그런데 설마하니 아직도 이럴 줄이야.

'조세핀, 시어머니께서 흐트러진 기강을 다시 잡으신 모양이야.'

하기야 고용인들은 주인 하기 나름이니까. 칸나는 찻잔을 내려놓으며 하녀를 노려보았다. 따끔하게 혼쭐을 내줄까? 저 하녀도 어느 정도 각오하고 벌인 일일 텐데…….

그러나 문득 허탈해졌다.

'이건 싸워도 싸워도 끝이 안 나.'

조세핀의 태도가 바뀌지 않는 한, 고용인들 역시 칸나를 끊임없이 괴롭힐 것이다. 그래서 정말 다행이다. 실비엔과 이혼을 하게 되었으니까.

그때 실비엔이 맞은편 소파에 앉았다.

"기다리게 해서 죄송합니다."

"아뇨. 제가 일찍 온걸요."

"그렇게 기대가 되셨나 봅니다."

"당연하죠."

"기대에 부응할 수 있게 되어 다행이군요."

그렇게 말한 실비엔은 칸나에게 서류를 내밀었다.

"이건……?"

"황실과 대신전, 그리고 대법원에 제출해야 할 서류들입니다."

"……."

페일런섬에서 어제 돌아왔을 텐데, 그새 이것까지 준비해 둔 건가?

'하여간, 기계 같은 인간.'

익숙한 모습이었다. 본인이 해야 할 일들을 기계처럼, 빠르고 신속하고 정확하게 처리하는 실비엔. 지난 결혼 생활 동안 익히 보아 왔으니까.

'차라리 일과 결혼해라, 이 무심한 남자야.'

여러 장의 서류를 훑는 칸나의 인상이 일그러졌다.

"뭐죠 이건?"

"보다시피. 이혼 사유를 작성해야 합니다."

"아니, 그런데…… 사유를 한 페이지 꼭 채우라고 쓰여 있잖아요."

반성문도 아니고, 하물며 과제도 아닌데 분량을 정해 주다니! 그러나 실비엔은 무덤덤하게 서류를 넘겼다.

"저는 이미 다 썼습니다."

"……."

"칸나 양은 어떻게 하시겠습니까? 지금 이곳에서 작성하시겠습니까, 아니면……."

"지금 당장, 여기서 쓸게요."

"그러십시오."

실비엔이 만년필과 잉크를 내밀었다. 받아 드는 찰나 손끝이 스쳤다. 단단한 굳은살이 박인 서늘한 체온이었다.

'나야 쓸 이야기는 넘치지.'

칸나는 집중해서 종이에 글을 써 내렸다.

시어머니와의 고부 갈등, 고용인들의 하극상, 남편의 무심함 등등, 쓸 이야기는 넘치고도 넘쳤다.

실비엔은 맞은편에 앉아 그런 칸나를 조용히 주시했다.

정오의 빛이 그득히 쏟아지는 방 안, 햇살이 녹아든 검은 머리칼에 윤기가 흐른다. 칸나의 뺨 위로 머리칼이 흐트러지자 하얀 손가락이 귓바퀴 뒤로 걸어 넘겼다.

슬쩍 드러난 귀에서 달랑거리는 순백색 진주 귀걸이. 못 보던 것이다.

그러나 보석에 상당한 조예가 있는 실비엔은 저것이 굉장한 가치를 지닌 보물임을 알 수 있었다.

실비엔의 눈이 천천히 아래로 내려갔다. 매끄럽게 뻗은 목덜미를 지나 푸른 광채를 빛내고 있는 목걸이로 향했다.

아는 목걸이였다. 얼마 전 귀족들을 상대로 한 경매에 출품되어 최고가에 낙찰됐으니까. 칼렌 아디스의 손에 떨어졌다던 목걸이가 지금 칸나의 목에 걸려 있었다.

실비엔은 미간을 좁혔다.

그것뿐만이 아니다. 값비싼 염료 덕에 아무나 쉽게 구할 수 없는 보랏빛 실크 드레스, 가느다란 팔목을 휘감은 백금의 팔찌까지. 모든 것이 최고급이었다. 어설프게 착용했다가는 사람이 묻히고 보석만 보일 만큼.

그러나 칸나에게는 그저 빛을 더해 주는 하나의 장신구일 뿐이었다. 칸나는 휘황찬란한 것들을 압도하는 여자였다. 그는 그것이 칸나의 아름다운 외모 때문만이 아님을 알고 있었다.

실비엔은 낮은 숨을 내쉬며 다시 시선을 올렸다. 그녀의 작은 귀, 그 뒤에 걸린 머리칼에 시선을 줄 때.

아, 또 스르륵 흩어지는 머리칼.

"……?"

실비엔은 고개를 아래로 내렸다. 손가락이 살짝 올라가 있었다.

그 손이 향하려 했던 목적지에 실비엔은 스스로에게 기가 찼다. 다시 무릎 위로 차분하게 내렸다.

"차를."

어쩐지 갈증이 일어, 그는 곁에 선 하녀에게 명령했다. 하녀가 나간 후 칸나에게 말을 걸었다.

"약한 소리 하시더니 생각보다 빨리 끝내시겠군요."

"아아. 워낙에 맺힌 이야기가 많아서 말이지요."

"그렇습니까?"

"솔직히 제대로 마음먹고 쓰면 열 장은 더 쓸 수 있어요."

"······."

"아니지. 열 장이 뭐야? 백 장은 더 쓸 수 있을걸요. 당신과 헤어지고 싶은 이유는 셀 수가 없어요."

칸나는 퉁명스럽게 말하며 만년필을 거칠게 휘갈겼다.

"······."

그러다 문득 주위를 둘러싼 온도가 굉장히 차갑게 내려가 있음을 깨달았다. 그녀는 슬그머니 시선을 올렸다.

"······뭐예요?"

실비엔이 꼿꼿하게 앉아 턱을 괸 채 그녀를 응시하고 있었다.

웃지 않는 눈이다. 오로지 입술만이 웃고 있었다.

"그렇게나 저와의 결혼 생활이 끔찍했습니까?"

"정말 몰라서 물어요?"

"예."

"끔찍했어요. 최악이었어요. 제 삶에서 가장 잘못된 선택이었어요."

칸나는 가라앉은 목소리로 차분하게 말했다.

"지옥 같았어요, 실비엔."

그녀는 처음으로 그의 이름을 불렀다. 그렇다, 처음이었다. 그리고 언제나 그러하듯 처음의 효과는 컸다.

실비엔의 눈매가 일순 굳었다.

실비엔.

칸나가 발음한 그 이름은, 아주 듣기가 좋은 울림이었다.

동시에 완전히 깨달았다. 칸나는 진심이다. 실비엔은 무언가 말하려다가 다시 입술을 다물었다. 방금 자신이 무슨 말을 하려 했는지 짐작조차 되지 않았다.

그는 마음속에 들어온 까끌까끌한 모래알 같은 감정, 그 정체불명의 이물질을 고요히 들여다보았다. 그리고 빠르게 알아차렸다.

그것은 불쾌함이었다.

"당신이 원해서 한 결혼입니다."

칸나가 진심으로 이혼을 바라고 있다.

"설마하니 사랑으로 맺어진 부부들과 같은 생활을 기대하고 있었습니까?"

"인간 대접은 해 줄 줄 알았죠."

"당신은?"

"네?"

"당신은 저를 인간으로 취급했습니까?"

실비엔이 차갑게 웃으며 이어 말했다.

"저는 제가 그저 당신의 삶을 구원해 줄 밧줄 정도인 줄 알았습니다만."

칸나는 입술을 깨물며 그를 노려보았다. 분하게도, 그가 왜 저렇게 말하는지 어느 정도는 이해할 수 있었다.

주화의 사랑은 맹목적이었다. 지나치게 맹목적인지라 자신의 사랑 외에는 아무것도 보지 않았다. 실비엔의 감정이나 의견보다는 자신의 열정이 더 중요했다.

그들은 애초에 계약으로 맺어진 관계였지만, 주화가 말을 바꿨다. 그 이상의 것을 요구했다. 아주 집요하게, 7년 동안.

그 세월 동안 괴로웠던 것은 주화뿐만은 아니었을 것이다. 실비엔도 행복하지는 않았겠지.

칸나는 그 일에 대해 주화를 옹호할 생각이 전혀 없었다. 싫다고 했으면 물러났어야 했다.

'실비엔 입장에서는 집에 스토커가 사는 거나 마찬가지였겠지.'

그렇다 해서 실비엔에게는 아무런 잘못이 없냐고? 칸나의 입에 비웃음이 스쳤다.

"그래서 저를 무시하셨어요? 죽든 말든 상관하지 않고?"

주화는 이 저택에서 학대당했다. 그래서 더 실비엔에게 매달렸다. 자신을 학대에서 구해 줄 사람은 실비엔이라고 믿었으니까.

실제로 실비엔이 조금만, 조금만이라도 주화에게 신경 써 주었다면 그 정도로 고통 받지는 않았을 것이다.

"사랑이 있든 없든, 당신은 제 남편이에요. 난 당신의 아내고. 그러니 최소한의 인간적인 도리는 했어야죠."

아내가 시어머니에게 얻어맞고, 하녀들에게 괴롭힘당하는 것을 방관한 것을 정당화할 수는 없다.

"당신은 내가 죽어도 상관하지 않았잖아요?"

그때, 종아리가 거의 터진 상태로 홀로 방에 내던져졌을 때.

그대로 내버려 두었다면 정말 죽었을 수도 있다.

"우리의 관계가 좋든 나쁘든, 당신은 내 남편이었어요. 난 당신 하나 믿고 이 집에 왔다고요. 그러니 적어도 죽어 가도록 내버려 두지는 말았어야죠."

마음속에서 원망이 들끓었다.

주화의 기억, 주화의 감정이 손에 잡힐 듯 생생하다. 자신의 몸으로 겪은 그녀의 고난, 돌아 버릴 듯한 외로움들이 이 순간에는 제 것 같았다.

"구원을 위한 밧줄이었냐고요?"

웃음이 나온다.

"당연하죠. 난 지옥에 있었으니까. 그리고 당신의 손짓 한 번이면 난 지옥에서 나갈 수 있었으니까."

지옥불에서 들끓는 자가 천상을 올려다보며 구원을 기도하는 것. 그것이 그토록 큰 죄였을까?

그러나 자신에게는, 주화에게는 그런 구원자 따위는 없지.

오로지 스스로 구원해야 했다.

사춘기. 주화는 질풍노도의 시절에 지옥에 떨어진 어린 열일곱 살 소녀였다. 이제 막 고등학교에 입학한 청소년이었다. 그녀를 둘러싼 악당들은 사람을 죽이고도 눈 하나 깜짝 않는 괴물들인데, 그런 자들을 어떻게 버틴단 말인가.

불쌍한 주화. 운 없는 주화. 하필이면 자신의 힘든 삶에 떨어져서는. 자신이 겪었어야 했던 고통을, 그녀가 뒤집어썼다.

그 순간, 그녀에게 미안해서 견딜 수 없었다. 자신은 그녀의 따스한 가정 속에 스며들어 마음껏 햇살을 즐겼다. 좋은 양분을 쑥쑥 빨아 지금의 자신으로 활짝 개화했다. 장성했다.

그러나 그 시간 동안 주화는?

엄마도 아빠도 없는 낯선 세상, 주화의 곁은 독으로만 가득했겠지. 온갖 독가스로 더러워진 공기만을 마시고 살아왔다. 망가질 수밖에 없는 환경이었다.

"당신에게는 내 고통이 하찮게 보였겠죠."

어째서인지 눈가가 시뻘겋게 달아올랐다.

"당신은 큰일을 하는 사람이니까. 검은 안개에서 서대륙을 수호하고 마물을 도륙하는 위대한 사람이, 나 같은 여자가 겪는 따돌림, 이런 아름다운 저택에서 겪는 고통 따위는 같잖았겠지."

세상에 작은 고통 따위는 없는데. 그의 눈에는 하찮아 보여도 주화에게는 세상을 뒤흔드는 아픔이었다.

"맞아요. 나에게 당신은 구원자였어요. 당신은 지금껏 나를 방관해 왔지만, 그럼에도 불구하고 나에게 당신은 구원자였어."

주화에 대한 미안함, 동정심, 그 날카로운 감정들이 가슴을 갈기갈기 찢었다. 아팠다. 눈물이 나올 만큼 아파서. 툭. 뺨 위로 눈물이 떨어졌다.

"내가 당신을 사랑했거든."

진심이었다. 그 사랑으로 버텼다.

"당신을 사랑해서, 죽기가 싫었어."

어쩌면 오늘은 돌아봐 줄지도 몰라, 이름을 불러 줄지도 몰라, 상냥하게 웃어 줄지도 몰라. 우습게도 그런 미련한 기대감이 주화를 살아 있게 했다.

그래서 도저히 그 사랑을 포기할 수 없었다. 버리는 순간 삶에 그 어떤 희망도 빛도 없을 테니까.

그 사랑이 없었더라면 주화는, 예전 자신과 같은 선택을 했을 것이다. 이런 끔찍한 삶에서 벗어나 죽음으로 탈출하길 바랐겠지.

주화가 자신의 몸으로 느꼈던 아픔이 왈칵 쏟아지자 세포 하나하나가 반응했다. 비명을 질렀다.

"그러니 내가 가졌던 감정만큼은 왜곡하지 말아요. 난 당신을 진심으로 사랑했으니까."

칸나는 눈을 꾹 감았다. 뜨겁게 달아오른 숨결이 씨근덕거렸다. 눈물 한 방울이 더 떨어지는 것이 느껴져서, 재빨리 손으로 훔쳐 냈다.

"내가 당신에게 지긋지긋하게 군 것 알고 있어요. 당신도 틀림없이 힘들었겠지. 싫다고 했는데도 계속 다가갔으니 얼마나 끔찍했을까?"

칸나는 감았던 눈을 떴다.

"우린 서로에게 악연이었어요."

실비엔을 바라보았다. 할 말 잃은 얼굴이었다.

"그러니 이제 끝내요."

칸나는 자리에서 일어났다. 더는 실비엔과 같은 공간에 있고 싶지 않았다.

"서류는 집에서 작성하도록 하겠어요. 따로 할 말이 있으면 전령을 보내요."

그렇게 문을 왈칵 열자, 차를 들고 다가오는 하녀와 마주쳤다. 칸나는 삐뚜름하게 비웃었다.

"차를 내왔구나. 공작 각하의 것이니?"

"……."

"부디 그분 것에는 장난질을 안 했길 바라."

그러고는 쌩하니 지나쳤다.

"차, 차를 내왔습니다, 각하."

눈치를 보던 하녀가 탁상 위로 찻잔을 내렸다. 꾸벅 인사하고 빠져나간다.

칸나의 발걸음이 멀어지는 소리. 뒤이어 하녀가 방문을 닫고 나가는 소리가 들린다. 그리고 멀어졌다.

정적이 내려왔다.

실비엔은 가만히 앉아 앞을 바라보았다. 조금 전까지 그녀가 있었던 자리, 칸나가 존재했던 맞은편만을 응시했다.

짙게 가라앉은 침묵 속에서 희미한 눈물의 향이 났다.

실비엔은 아주 오랫동안 움직이지 않았다. 끊임없이 밀려오는 파도를 견디는 방파제처럼 흔들림이 없었다.

그러던 어느 순간 실비엔은 손을 뻗었다. 자신의 것을 지나쳐 칸나의 찻잔을 들어 올렸다. 한 모금 마셨다. 혀끝에 닿는 차를 목구멍 뒤로 넘긴 후, 실비엔은 다시 찻잔을 내렸다. 입술이 비틀렸다.

짰다. 지독할 만큼 짰다.

"너 이곳이 어디라고……."

빠르게 걷는 와중, 조세핀과 마주쳤다. 그러나 칸나는 듣지도 않고 획 지나쳤다.

"칸나! 지금 어른이 이야기하는데……!"

어깨를 확 잡아채는 손아귀. 칸나는 인상을 찡그리며 몸을 돌렸다.

"내 몸에 손대지 말아요."

그러자 조세핀이 콧방귀를 뀌었다.

"그럴 거면 애초부터 내 저택에 오지 말았어야지. 감히 이곳이 어디라고 기어들어 온 거야?"

조세핀은 이날을 기다리고 있었다. 칸나를 만나는 날을.

저 계집애에게 당한 수모를 생각하면 아직도 속에서 불이 끓는다. 감히 황녀 앞에서 자신에게 망신을 줘 놓고, 집안을 쑥대밭으로 만들어 놓고 이곳이 어디라고 들어와!

"네 물건은 내가 다 버렸다. 그러니 다시는 이곳에 얼씬도 하지 마라!"

아, 그렇지. 칸나는 픽 비웃었다. 그러고 보니 이곳에도 자신의 물건이라는 것이 있었다.

"누구 마음대로 그걸 버려요?"

하찮을지언정 자신의, 주화의 물건이었는데. 쓰레기처럼 쓸어버렸지, 저 여자가.

"뭐?"

"제 소유물이에요. 그런데 제 의사도 묻지 않고 그냥 버렸더군요."

"네 소유물? 이곳에 네 것이 있었니?"

조세핀은 까르르 웃음을 터뜨렸다.

"모두 다 발렌티노의 돈으로 사들인 것 아니더냐! 그런데 그것이 네 것 같아? 아니, 모두 다 발렌티노의 재산이다!"

"그러니까 내 거죠, 엘레스터 백작."

뭐? 조세핀의 얼굴이 흐려졌다. 방금 칸나가 뭐라고……?

"발렌티노 공작가의 안주인이, 발렌티노의 돈으로 물건을 사들였으니 당연히 내 것이죠. 그리고."

칸나는 한 발짝 앞으로 나아갔다. 완전히 당황한 조세핀을 똑바로 쏘아보며 웃었다.

"내가 쓰는 모든 돈, 이곳에 시집올 때 아디스에서 내준 지참금에서 해결한 걸로 알고 있는데."

"……."

"감히 당신이 마음대로 처분해요? 무슨 자격으로?"

"이, 이 건방진……."

"건방져? 누가 누구에게 건방지다고 하는 거죠?"

칸나는 신랄하게 지껄였다. 실비엔에게 토해 냈던 거친 감정의 여파 때문일까, 주화가 겪었던 수많은 고난 덕분일까. 화가 나서 돌아 버릴 것 같다. 더는 고상한 척 우아한 척 돌려 말하고 싶지도 않았다.

"건방진 건 당신이에요. 당신, 처녀 적 성이 뭐였죠? 기억도 안 나네. 내 머릿속에 없는 걸 보니 분명 한미하고 초라한 가문이겠지."

"너……!"

"그러니까 어떻게든 발버둥 치는 건 이해해요. 남편은 없고, 새 아들은 무심하고, 외가는 초라하니, 이제 뒷방으로 가서 홀로 자수나 놔야 하는 처지가 되었잖아요?"

"감히, 입 다물지 못해!"

조세핀의 입술이 바들바들 떨렸다. 그리고 손을 번쩍 들어 올렸다. 칸나는 내리치는 손목을 거칠게 잡아챘다. 그리고 강하게 손목을 비틀어 쥐었다.

"아아악!"

"미안하지만 이젠 순순히 맞아 주는 일 없을 겁니다."

"이, 이것 놔! 너희들 뭐 하는 거야! 어서 이것을 잡지 않고!"

조세핀이 발악을 하며 주위의 고용인들에게 외쳤다.

"어서 칸나를 잡아!"

"하, 하지만 마님……."

"당장! 듣지 않으면 내쫓을 것이다!"

협박 어린 명령에 하인들이 다가와 칸나의 팔을 잡았다. 마침내 그녀의 손아귀가 떨어져 나갔다. 후끈후끈, 달아오른 손목에서 통증이 느껴졌다.

감히 저까짓 것이! 쫘악! 조세핀은 칸나의 뺨을 내리쳤다.

"이 건방진 것. 어디 다시 한번 말해 봐!"

다시 한번 쫘아악, 반대쪽 뺨을 후려쳤다. 그런데도 분이 풀리지 않아 소리쳤다.

"당장 나가라! 다시는 이 저택으로 돌아오지 마!"

칸나는 헛웃음을 터뜨렸다. 그리고 몸을 비틀어 대며 잡힌 팔을 거칠게 뿌리쳤다. 강제로 붙들긴 힘들었는지 하인들이 엉거주춤 손을 놓아주었다.

그리고 그 순간, 칸나는 조세핀의 뺨을 때렸다. 쫘악! 조세핀의 얼굴이 획 돌아갔다.

순간 공기가 얼어붙었다. 주위의 모두가 놀란 것이 느껴졌다. 그러나 칸나는 멈추는 대신 반대쪽 뺨을 다시 한번 때렸다.

쫘악!

그리고 죽음 같은 정적이 이어졌다.

고용인들은 물론, 조세핀마저 놀라서 아무런 말도 하지 못했다. 조세핀은 제 뺨을 어루만지며 천천히 칸나를 응시했다. 이 상황을 믿지 못하고 있었다.

"너…… 미쳤구나."

조세핀의 목소리가 떨렸다. 찢어진 입술에서 피가 흘렀다.

"네. 맞아요. 당신 같은 사람들이 주변에 득실거리는데, 아직도 제정신일 리가."

"이러고도…… 이러고도 무사할 것 같으냐!"

"내가 무사할지 어떨지는 두고 봐야 하겠죠. 하지만 이거 하나는 분명해."

칸나가 한 발자국 다가갔다. 그러자 조세핀이 뒤로 물러섰다.

조세핀의 등 뒤로 소름이 돋았다. 해맑게 웃으면서 다가오는 칸나는, 정말이지 미친 것처럼 보였다!

"한 번만 더 내 몸에 손을 댔다가는, 이 정도로 끝나지 않을 겁니다."

"……!"

"내가 어디까지 할 수 있을 것 같아요? 궁금하면 또 때려 봐. 난 어차피 잃을 게 별로 없는 사람이라서."

그때 칸나의 시선이 조세핀의 뒤로 향했다. 실비엔이 계단을 내려오고 있었다. 그의 등장에 고용인들이 다시 한번 바짝 긴장하는 것이 느껴졌다.

"……."

실비엔은 무표정한 얼굴로 빨갛게 부어오른 칸나의 양 뺨을 응시했다. 더는 이곳에 있고 싶지 않았기에, 칸나는 등을 돌려 빠져나갔다.

"시, 실비엔!"

조세핀이 억울하다는 듯 가슴을 쳤다.

"보았니? 칸나가 내게 폭력을 휘둘렀다!"

"예. 보았습니다."

실비엔은 냉담하게 대답했다. 그 대답에 조세핀은 눈물을 뚝뚝 흘렸다.

"어떻게 저런 패륜적인 행동을 할 수 있는 거니? 내가 남편이 없다고 무시하는 거다! 네 아버지가 살아 있었다면……."

"글쎄요."

실비엔이 조세핀의 말을 싹둑 잘랐다. 무정하기까지 한 목소리였다.

"백작께서 그동안 베푸신 대로 거둔 것 같습니다만."

"……뭐?"

설마, 칸나의 편을 들려고 하는 걸까?

불길한 예감이 들었지만 조세핀은 바로 부정했다. 그럴 리 없다. 그동안 무시해 온 세월이 얼마인데 이제 와서 칸나를 두둔할 리가!

"칸나가 내게 하는 말을 못 들어서 그런다! 어떤 폭언을 쏟아 낸 줄 아니?"

"들었습니다."

"……뭐?"

"다 맞는 말이더군요."

조세핀은 멍하니 실비엔을 올려다보았다. 곧 완전히 얼어붙었다.

차가운 푸른 눈에는 경멸, 멸시, 그리고 일말의 분노마저도 담겨 있었다.

"틀린 말이 있었습니까?"

"시, 실비엔?"

"사리분별이 힘들어지신 것을 보니 나이가 드시긴 했나 봅니다. 공기 좋은 곳에서 요양하시는 게 좋겠군요."

그 말에 조세핀의 입이 벌어졌다. 설마, 아니야, 그럴 리가…….

"실비엔, 설, 설마 나를 내쫓으려는 거니……?"

"클레틴에 별장이 있습니다. 운치 있는 곳이니, 남은 생을 보내시기에 불편함이 없을 겁니다."

"실비엔!"

조세핀이 그의 팔을 붙잡고 늘어졌다. 클레틴, 그곳은 북쪽 끝 척박한 땅이었다. 춥기로 유명하여 인적조차 드문 시골구석에 자신을 처박으려 하다니!

"왜 이러는 거니, 실비엔! 설마하니 내가 칸나를 훈육해서 이러는 거냐!"

그러나 실비엔은 더는 조세핀을 상대하지 않았다. 그가 하인들에게 고갯짓하자, 그들이 다가와 조세핀의 몸을 떼어 냈다.

"갈 길이 머니 지금 당장 채비하시는 게 좋겠습니다. 준비를 마치는 대로 바로 출발하십시오."

그것은 권고가 아니었다. 명령이었다.

"백작을 모시도록 하십시오."

"예, 각하."

조세핀은 하인들의 손에 잡혀 끌려갔다. 공작의 명령보다 우선시되는 것은 없었다.

"실비엔! 실비엔!"

등 뒤로 조세핀의 목소리가 이어졌다. 듣기에 몹시 거슬러서, 더 들었다가는 더한 일을 할 것 같아서, 실비엔은 발걸음을 빨리했다. 침실로 돌아갔다.

숨을 쉬기가 힘들었다. 답답하여 목을 꽉 죄인 크라바트를 잡아당겼다.

나아지지 않는다.

"당신은 큰일을 하는 사람이니까."

"나 같은 여자가 겪는 따돌림, 이런 아름다운 저택에서 겪는 고통 따위는 같잖았겠지."

"내 고통이 하찮게 보였겠죠."

웃음이 나왔다.

그러나 금세 사라졌다. 입가가 건조하게 메말랐다.

실비엔은 웃을 수 없었다. 조세핀에게 했던 말은 진심이었다. 칸나
는 틀린 말을 하지 않았다.

단 하나도 하지 않았다.

발렌티노 저택은 조용했다. 그야말로 살얼음 같은 분위기였다.

그동안 저택을 호령하던 조세핀 엘레스터가 쫓겨난 이후, 실비엔은
모든 고용인을 불러모았다. 그리고 집사에게 일을 맡겼다.

"그동안 제 아내가 받은 부당한 대우를 상세히 조사하도록 하십시
오. 단 하나도 놓쳐서는 안 될 겁니다."

"알겠습니다, 각하."

"이번 일은 제 기사도 함께 조사할 것입니다."

그 말에 집사가 놀란 듯 눈을 휘둥그레 떴다. 실비엔은 자신의 뒤
에 선 기사를 손짓했다.

"기사가 조사한 보고서와 집사의 것이 다를 경우 집사는 그에 따른
책임을 지셔야 할 겁니다."

집사의 등 뒤가 서늘해졌다.

"아시겠습니까?"

이것은 경고였고 협박이었다. 단 하나도 누락하지 말고, 칸나가 당

한 일을 꼼꼼히 조사해 오라는 엄명이었다.

"명심하겠습니다."

❀❀❀

이후 칸나는 실비엔과 편지를 주고받으며 이혼을 진행했다.

며칠 후, 대법원이 이혼을 승인했다. 곧이어 황제 역시 이혼을 승인했다. 이제 마지막 남은 관문은 대신전 하나.

'제일 큰 골칫덩이가 남아 있는 거네.'

귀족들은 결혼할 때 신에게 맹세하는 과정을 거친다. 서로를 죽을 때까지 영원히 사랑하겠노라고 신에게 맹세하는 서류를 대신전에 제출한다. 그렇기에 이혼을 원하는 부부는 대신전에 직접 가서 성혼 파기식을 진행해야 했다.

그런데 그 성혼 파기식이 문제였다. 파기식에서 남자는 턱시도를, 여자는 웨딩드레스를 입어야만 했던 것이다!

신에게 한 맹세를 깨뜨리기 전, 초심을 돌이켜 보라는 취지였다.

'정작 주화는 웨딩드레스 한번 입어 보지 못했는데.'

결혼할 때도 입지 못한 웨딩드레스를 이혼할 때 입다니, 이 무슨 비극이란 말인가.

"칸나. 잠시 들어가도 되겠니?"

그때 클로이의 목소리가 들려왔다.

"아뇨, 제가 내일 아침 일찍 대신전으로 출발해야 해서……."

그러나 허락도 없이 문이 열렸다. 클로이가 성큼성큼 들어왔다.

"제가 안 된다고 대답했는데 못 들으셨나 봐요."

"제대로 들었다."

"그런데 왜 들어오셨죠?"

"네 어리석은 선택을 막아야 하니까. 이혼이라니, 다시 한번 생각해라."

클로이는 냉정하게 쏘아붙였다.

"제국에서 이혼한 여자로 사는 것이 쉬울 것 같으니? 모두가 널 손가락질할 거다. 너뿐만이 아니지. 아디스 가문 전체를 욕할 거야."

역시나. 이 말 하러 들어올 줄 알았지.

"그래서요?"

"참고 살아."

"……."

"여자들 대부분이 너처럼, 제 남편과 데면데면하게 평생을 산단 말이다. 다들 그렇게 사는데 왜 너 혼자만 유별나게 굴어?"

이 말을 며칠째 듣는지 모르겠다. 칸나는 이제 슬슬 한계였다.

"저한테 신경 쓰지 마시고 이자벨에게나 관심을 기울이시는 건 어때요. 기나긴 근신 생활에 심신이 지친 것 같던데."

그 말에 클로이의 입꼬리가 파르르 떨렸다. 어떻게 저런 말을 할 수 있단 말인가. 이자벨이 누구 때문에 근신을 하게 됐는데!

'뻔뻔한 계집애!'

하기야 저렇게 뻔뻔하니 이혼을 하려는 거겠지.

이혼하면 칸나는 다시 아디스의 성을 되찾게 된다. 다시금 한 식구로 한 저택에서 살아가게 되는 것이다!

"너는 염치라는 것이 없는 모양이구나."

참지 못한 클로이가 독설을 뱉어 냈다.

"키워 준 은혜도 잊고 아디스 가문을 모욕하려 들다니, 어쩜 이렇게 이기적으로 굴어!"

"그래요? 내가 이기적이에요?"

"그래! 이혼이라니, 이건 가문의 역사에 길이 남을 수치다! 그걸 잘 알 텐데……!"

"그렇다면 옷장에 가둬요. 이틀 정도."

칸나는 빙긋 웃으며 방 한구석을 가리켰다. 커다란 옷장이었다.

"말 안 듣는 어린애는 그렇게 키웠잖아요?"

클로이가 입술을 꾹 깨물었다. 싸늘하게 얼어붙은 눈으로 칸나를 노려보았다.

"언젠가는 이런 날이 올 줄 알았지."

클로이가 한 글자 한 글자 씹듯이 내뱉었다.

"어미 없이 자란 천한 계집애. 언젠가 아디스 가문에 먹칠할 줄 알고 있었어. 이 오물 같은!"

쾅! 그 순간, 굉음과 함께 방문이 번쩍 열렸다.

"……오르시니?"

오르시니가 빠르게 걸어 들어왔다. 불쾌함이 역력한 표정이었다.

"어머니. 계신 줄 몰랐습니다."

순간 클로이의 등골이 서늘해졌다. 거짓말이다. 설마하니 귀신같은 오르시니가 자신의 존재를 몰랐을 리가 있나.

"오르시니. 네가 왜 이곳에……."

"틀림없이 별 영양가 없는 이야기나 하고 계셨을 텐데."

오르시니가 말을 잘랐다. 아주 차가운 어조였다.

"쓸데없는 일에 기운 빼시지 말고 나가 보십시오."

그 대사가 클로이의 뒤통수를 거칠게 후려갈겼다.

"어서요."

클로이는 이를 악물며 비척비척 걸어나갔다. 거대한 비참함이 폭풍처럼 몰아쳤다.

그녀는 자신의 아들을 잘 알고 있었다. 아주 잘, 알았다.

'오르시니까지.'

칼렌에 이어서 오르시니마저도 칸나 저 악마 같은 계집애한테 홀려 휘둘리고 있다!

'칸나가 아디스를 분열시키고 있어.'

저 애가 오기 전까지 아디스 저택은 완벽했다. 그야말로 화목한 가정 그 자체였다. 그러나 지금, 완전히 부서졌다.

칸나가 붉게 웃으며 아디스를 조각조각 내고 있었다!

"왜 왔어?"

"누군 오고 싶어서 온 줄 아냐?"

오르시니가 빈정거리며 소파에 멋대로 앉았다. 그 모습에 짜증이 확 치솟았다.

'젠장, 소파에 오르시니가 묻었어.'

당장 새로운 소파로 바꿔야겠다.

"네 성혼 파기식, 내가 증인으로 따라간다."

"네가?"

성혼 파기식에는 가족이나 친지 같은 증인이 한 명 이상 필요했다.

본래는 칼렌이 동행하기로 했었는데, 갑자기 오르시니라니?

"계획이 바뀌었다. 칼렌에게 아주 중요한 손님이 올 예정이라."

"……."

"아쉽냐?"

오르시니가 빈정거렸다.

"하기야 칼렌 녀석 조종하는 데 재미가 들렸을 텐데, 그러지 못하니 아쉽기도 하겠군."

칸나는 그를 빤히 쳐다보았다. 그러고 보니 저 녀석, 자신이 칼렌을 여전히 싫어하고 있다는 걸 눈치챘었지.

'곤란한데.'

물론 조만간 버릴 거지만 적어도 지금은 아니었다. 칸나는 잠시 고민하다가 빙긋 웃었다.

"그럴 리가 있겠어, 오르시니?"

순간 오르시니는 자신의 귀를 의심했다. 설탕 같은 목소리였다.

"너도 칼렌도, 내 소중한 동생들인걸."

칸나는 봄볕처럼 따뜻하게 웃었다. 지금껏 오르시니가 단 한 번도 목격한 적 없는 미소였다.

"우리 사이에 많은 일이 있긴 했지만, 그래도 우린 가족이잖아. 한 핏줄을 타고 태어났잖니."

"……."

"결국엔 서로를 용서하고 사랑하면서 지내야지."

침묵이 흘렀다.

칸나는 내심 두근두근 기대하며 반응을 기다렸다.

속을까? 저 녀석, 단순해서 지금까지 여러 번 속지 않았던가. 어쩌면 속을 수도 있다.

'하지만 이거에 속으면 진짜 천하의 등신인 건데.'

그때, 오르시니가 몸을 벌떡 일으켰다. 빠르게 다가와 그녀의 앞에 섰다. 그저 예고 없이 걸어왔을 뿐인데 커다란 덩치 때문인지 몹시도 위협적이었다.

"내게 그따위 수작 부리지 마라."

역시 실패했군. 얼마간은 예상한 일이었기에 칸나는 심드렁하게 대꾸했다.

"수작이라니?"

"난 칼렌과는 달라. 얌전히 속아 줄 생각 없다."

하기야. 머리 달린 생물이면 속을 리가 없지.

'등신까지는 아닌가 봐.'

흥이 파스스 식어 내렸다. 칸나의 얼굴에서 미소가 연기처럼 사라진다.

"네가 날 용서하고 사랑한다고? 지랄하네. 날 증오하면서 잘도 그런 말을 지껄이는군."

젠장할, 오르시니가 다시 한번 나지막이 욕설을 지껄였다. 스스로가 내뱉은 대사에 몹시 심기가 비틀린 기색이었다. 그러나 다시금 가시를 곤두세웠다.

"네가 칼렌 자식을 가지고 노는 것, 녀석이 알게 되면 어떨 것 같아?"

칸나는 피식 웃었다. 설마 협박하는 걸까?

"글쎄. 집에서 쫓아내려나?"

생각해 보면 그렇게 마무리 짓는 것도 나쁘진 않았다.

슬슬 어느 정도 돈도 쌓였겠다, 이혼도 코앞이겠다. 칼렌을 속인 것을 구실삼아 아디스에서 분가하는 것도 좋은 생각이었다.

"난 좋아. 너도 알다시피, 난 아디스라면 질색을 하는 사람이라서."

이제 정말 고지가 멀지 않았다. 새 시작을 할 수 있다. 그리 생각하자 가슴이 설렜다.

"그러니까 언제든지 말해, 오르시니. 네 눈앞에서 사라져 줄 테니까."

그로부터 이틀 후, 칸나는 오르시니와 함께 대신전으로 출발했다.

도착한 대신전은 생각 이상으로 폐쇄적인 공간이었다. 결벽적일 정도로 새하얀 건물, 드높은 벽이 성전을 철갑처럼 휘감고 있었다. 심지어 대신전에 들어가기 전 그녀는 간단한 의식을 치러야만 했다.

"대신전을 찾은 목적을 말씀해 주십시오."

"실비엔 발렌티노 공작 각하와의 성혼을 파기하기 위해 찾아왔습니다."

"그 말에 한 치의 거짓이 없음을 신에게 맹세하십시오."

"맹세합니다."

그러고는 은바늘로 손가락을 콕 찔렀다. 흐르는 피 한 방울을 사제가 든 은쟁반 위로 떨어뜨렸다.

'뭔 입장 검사를 이렇게 까다롭게 하냐.'

이렇게 하지 않으면 외부인은 대신전에 들어갈 수 없다. 설령 황족이라 해도 예외는 없었다.

칸나는 손수건으로 손가락을 지혈하다가, 문득 성전을 올려다보았다. 하늘 끝까지 닿을 듯한 웅장한 건축물은 그 자체로 하나의 신 같았다.

이곳이 바로 대신전.

사제들과 세계수, 그리고 신령의 영역이었다.

'이곳이구나.'

이혼을 마무리 지을 곳이.

대신전으로 떠나기 직전, 실비엔 발렌티노는 자신의 저택을 뚜벅뚜벅 돌아다녔다.

제일 먼저 향한 곳은 칸나의 침실이었다.

가만히 침실을 응시하던 그의 눈에 칸나가 어른거렸다. 그녀가 몸을 잔뜩 웅크린 채 더듬더듬 말한다.

"외, 외출하고 싶은데…… 옷이 더러워서."

"그렇다면 스스로 빨래를 하세요. 손을 두고 뭐 하시나요?"

하녀는 그렇게 대답했다고 했다. 물론 그건 아무것도 아니었다.

"저기, 식사에 벌레가 들어갔는데……."

"그래서요?"

"……."

"하나도 남기지 말고 드세요. 정말이지, 음식 아까운 줄 모르신다니까."

더 우스운 건, 하녀의 말에 정말 벌레마저도 씹어먹은 칸나였다.

어리석은 여자. 뭐가 그리 두려워서 버러지 따위를 먹었는지 이해할 수 없다.

"지금 당장 일어나세요! 벌써 아침이란 말입니다!"

쫘아악, 칸나가 하녀에게 뺨을 얻어맞는 소리가 들리는 듯했다. 물론 환청이었다. 환청이라는 것을 알고 있다.

하지만 그녀에게는 환청 따위가 아니었겠지.

"문안 시간을 어기신 죄로, 마님께서 벌을 내리셨습니다. 앞으로 일주일 동안은 이 방 밖으로 나오지 마십시오."

이곳은 침실인데, 감옥이 아닌데. 그 여자는 멋대로 나가지조차 못했다.

또다시 답답해진다. 누군가가 목을 지그시 누르는 압박감이 느껴졌다. 실비엔은 침실을 빠져나갔다. 그러나 복도라고 해서 다를 것이 없었다.

"꺄악!"

쫘당 미끄러지는 칸나. 하녀들이 일부러 기름칠해 놓은 곳을 지나간 것이다. 머리가 깨지고 피가 줄줄 흐른다. 그 꼴을 본 하녀들이 까르륵 비웃는다. 칸나는 울먹이다가, 그들을 따라서 헤헤 웃었다.

그리고 만찬실.

"어디서 배워먹은 식사 예절인 거야! 당장 저년의 그릇을 치워!"

쩌렁쩌렁 소리친 조세핀은 문득 좋은 생각이 났는지 사악하게 웃었다.

"아니면 아예 한 그릇에 음식을 몰아서 섞어 주렴. 칸나에게는 그게 더 편할 것 같구나."
"예, 마님."

과일, 야채, 스테이크, 스튜, 물, 소스, 모든 것이 한곳에 섞인다. 개밥처럼 비벼져서 칸나의 앞에 툭 던져진다.

"뭐 하니. 어서 먹지 않고."

칸나가 부들부들 떨면서 음식을 입안에 밀어 넣는다. 그러다가 결국 견디지 못하고 웩 토악질을 해 댔다.

"하여간 품위 없는 계집애라니까."

조세핀은 하녀들과 함께 그 꼴을 구경했다. 칸나는 홀로 등을 떨어 가며 구역질을 해 댔다. 위액만이 나올 때까지 토하고 또 토했다.

"식욕이 뚝 떨어지는군. 네가 더럽혔으니 스스로 치우거라."

혀를 쯧쯧 차며 덧붙인다.

"이 금수 같은 것."

금수. 금수라.
그러고 보니 자신도 그러한 대사를 쓰지 않았던가. 어느 날의 파티
장, 밤의 정원, 흐트러진 칸나에게.

"금수만도 못하군요."

실비엔은 멈춰 섰다. 정신을 차려보니, 어느덧 정원까지 빠져나온
상태였다. 그는 우뚝 선 상태로 고개를 돌렸다. 그에게는 그저 아름
답기만 한 정원이었다.
그러나 이곳 역시도 안전하지 못했다.

"추, 추워요, 들어가게 해 주세요. 어머니, 잘못했어요."

눈발이 쏟아지던 어느 날, 칸나가 맨발로 정원에 버티고 서서 애원
한다. 이번에도 어김없이 문안 시간을 맞추지 못한 것이다.
하루 세 번. 오전, 오후, 점심. 단 일 분이라도 늦으면 조세핀은 불
길처럼 화냈다. 벼락같은 벌을 내렸다.
그렇게 칠 년을 살았다.

"아디스 가문은 대체 딸아이 교육을 어떻게 하는 줄 모르겠어."

"죄송합니다, 죄송해요."

"내가 너에게 어려운 걸 바라니? 그저 시간 하나만 제대로 지키라는 것. 그것뿐인데. 그게 그렇게 힘들어?"

여우털 목도리와 모피 코트를 걸친 조세핀이 칸나를 보며 조롱한다.

"어릴 땐 공작 가문 자제들은 다들 완벽한 줄 알았는데 말이야, 널 보니 그렇지도 않구나, 칸나. 아니면 네가 사생아라 다른 걸까?"

자신의 고약한 열등감을 드러내며 칸나를 비틀었다. 압박했다. 즙한 방울 나오지 않을 때까지 쥐어짜고 또 쥐어짰다.

"잘못했어요."

"되었다. 내 허락이 떨어지기 전까지 이곳에서 반성하고 있거라."

조세핀이 콧방귀를 뀌며 몸을 돌린다. 따뜻한 저택 안으로 들어간다. 몇 시간 동안 덜덜 떨던 칸나는 정원에서 훌쩍인다. 눈을 맞으며 엉엉 운다.

"엄마아, 엄마, 엄마……."

실비엔은 눈을 감았다. 환청처럼 울리는 음성이 흩어진다. 다시 눈을 떴다. 빠르게 걸음을 재촉했다. 마차 안으로 들어가고 나서야 숨이 트였다.

"출발하겠습니다, 각하."

실비엔은 대답하지 않았다. 마차가 달린다. 발렌티노 저택에서 멀어져간다. 그는 창밖으로 작아지는 건축물을 냉담하게 응시했다.

그 순간, 칸나의 목소리가 다시 한번 들려온다.

"나 같은 여자가 겪는 따돌림, 이런 아름다운 저택에서 겪는 고통 따위는 같잖았겠지."

그랬다. 정말로 그러했다. 칸나가 잘 지내지 못한다는 것은 알았다. 알고는 있었다.

알고는 있었는데…….

왜 지금처럼 와닿지 않았던 걸까?

그것 역시 칸나의 말에 답이 있었다. 자신이 하는 일, 목숨을 걸고 하는 전투, 싸움, 수호, 그것에 비할 바가 아니라고 무의식중에 여긴 지도 모른다.

세상 모든 이가 저마다의 불행을 안고 사니 그녀 역시 그중 하나일 뿐이라고, 지루하도록 흔한 일이라고 생각했는지도 모른다.

그렇기에 관심이 없었겠지. 실비엔은 그녀에게 아무런 관심이 없었다.

오래전, 아주 오래전, 가출하려던 소녀를 잡아 왔을 때가 떠올랐다. 그는 대신전의 다음 대 신령으로 키워지던 소년이 제국으로 도주했다는 이야기를 듣고 잠행하며 수색하고 있었다.

그때 열네 살의 칸나를 보았다. 당시의 칸나는 기가 막힐 정도로 무지했다. 저가 강도들의 표적이 되고 있다는 걸 알지도 모른 채 거리를 활보하고 있었던 것이다.

　내버려 둘까 했으나, 아디스 공작에게 전투 중 도움을 받은 기억을 떠올렸다. 여러 번 도움을 준 아디스 공작을 생각하여 그의 딸아이를 잡아 아디스에 넘겼다.

　그때 그 소녀가 어찌나 서러운 눈으로 자신을 노려보던지. 가파른 낭떠러지로 몰아넣는 살인마를 보듯 자신을 쏘아보았다.

　분노, 증오, 슬픔, 허탈함이 용암처럼 바글바글 끓어오르는 눈빛. 그 시선과 마주친 이후 한 해에 한두 번 정도는 문득문득 떠올랐을 정도였다. 그만큼 강렬한 눈빛이었다.

　사실 지금도 마음만 먹으면 생생히 떠올릴 수 있었다. 그래서일까. 그로부터 몇 년 후 다시 만난 칸나에게 프러포즈 받았을 때 그는 긍정적으로 검토했다.

　"릴리엔느 황녀 전하와의 약혼, 피하고 싶으시잖아요?"

　물론 그렇지. 하지만 그는 약혼을 피할 방법을 수십 개 정도 알고 있었다.

　굳이 어설픈 위장 결혼 따위를 할 필요까지는 없었지만……

　"좋습니다."

　그러나 실비엔은 수락했다. 어찌 됐든 나쁘지 않은 제안이었으니까. 그리고 그때, 그런 불길 같은 눈을 한 소녀가 어떻게 자라났을지 얼마간은 궁금하기도 했다.

그러나 어째서일까. 실비엔은 금세 그때의 눈빛을 잊었다.

다시 만난 칸나에게는 놀랍도록 감흥이 없었다. 관심이 가지 않았다. 죽든 말든, 살든 말든. 저택에서 어떤 고통을 겪는지 알고 싶지도 않았다.

실비엔은 낮은 웃음을 흘렸다.

그래, 분명히 그러했는데 왜 이제 와서 그녀를 조사한 걸까?

그는 고용인들을 고문까지 해 가며 정보를 샅샅이 짜냈다. 칸나가 이 저택에서 어떤 생활을 했는지. 어떤 고통을 겪었는지 이제 와 너무나 궁금해진 것이다.

이제 와서.

"어?"

대신전에서의 첫날 밤, 잠들기 직전이었던 칸나는 깜짝 놀랐다. 실비엔이 찾아온 것이다.

"주무시고 계셨습니까?"

"아뇨. 이제 자려고 했는데……."

칸나는 그를 위아래로 훑어보았다. 어두운 복도에 서 있는 그는 완벽한 정장 차림이었다. 목에 두른 크라바트조차 한 줌의 흐트러짐 없었다. 평소와 다름없는 기가 질릴 정도로 아름다운 모습.

'뭐지?'

그런데 묘한 이질감이 느껴졌다. 칸나는 고개를 갸웃 기울였다.

"무슨 일이세요?"

"잠시."

"어……."

잠시. 그 단어만을 짧게 말한 그가 방문을 확 밀어젖혔다. 그리고 방 안으로 걸어 들어왔다.

"……?"

왜 저래? 의아했지만 내쫓지 않았다.

'혹시 미리 맞춰 놔야 할 이야기라도 있나?'

내일이 성혼 파기식이다. 그 전에 합을 맞춰야 할 부분이 있는지도 몰랐다. 그러니 그답지 않게 이 야심한 밤에 찾아온 거겠지.

"무슨 일인데요? 일단 앉아요."

그러나 그는 소파에 앉지 않았다. 그 대신, 벽에 등을 기댔다. 고개를 비스듬히 기울이며 그녀를 응시했다.

"……?"

칸나는 그 시선을 마주했다. 한동안 들여다보고 있다가 드디어 알아차렸다. 무엇이 이상한지, 평소와 다른지.

달빛이 묻어나는 그의 얼굴, 실비엔의 얼굴이 지나치게 또렷했다. 늘 흐린 가면과 눈부신 웃음 너머로 존재했던 표정이 지금 이 순간에는 몹시도 선명했다.

"무슨 일이죠?"

왜 이러는 걸까. 왜 날것의 얼굴로 찾아온 걸까. 불길한 예감이 목덜미를 타고 올라온다.

"갑자기 왜 이래요?"

"글쎄요."

툭 내뱉는 대답. 성의 없다.

"저도 모릅니다."

심지어 예의조차 없었다. 칸나는 황당해져서 그를 노려보았다.

그가 삐딱하기까지 한 눈으로 그녀를 쳐다보고 있었다. 어이없다. 저 불손하기 그지없는 얼굴은 뭐란 말인가.

"할 말이 있어서 찾아온 거 아닌가요?"

"아아."

실비엔이 나른하게 고개를 젖혔다. 흐트러진 은빛 머리칼이 한쪽 눈을 가린다. 얼핏 드러난 벽안이 권태로웠다.

"그런 것 같기도 하고."

"……"

"아닌 것 같기도 하고."

이게 뭘……. 혹시 술 마셨나? 설마 주정을 부리는 건가?

아니다, 그에게서 술 냄새는 나지 않는다. 무엇보다 대신전에서는 술이 금지되어 있지 않은가.

"용건이 없는 거라면 돌아가세요."

칸나는 당황을 수습했다. 워낙 실비엔답지 않은 모습을 본지라 놀랐지만 휘둘릴 생각은 없었다.

"내일 오전에 성혼 파기식이 있잖아요. 아침 일찍 일어나야 하니, 이만 자야겠어요."

"성혼 파기식."

그가 텅 빈 목소리로 그 단어를 따라 읊조렸다. 얼굴조차 껍질만 남은 인형 같았다. 그것이 칸나는 소름 끼치게 이상했다. 웃지 않는 실비엔이라니…….

"조세핀 엘레스터는 그날 바로 내쫓았습니다."

"알아요. 들었어요."

그 소식은 단번에 퍼져나갔다. 그동안 발렌티노의 안주인 노릇을 하던 조세핀, 그녀가 시골로 쫓겨난 것이다. 그것도 춥고, 야만인이 가득하여 황무지나 다름없다는 클레틴으로!

"들으셨습니까?"

"네."

"그래서요."

"네?"

"그래서 이제 어떻게 하실 겁니까?"

"……."

칸나는 두 눈을 끔뻑였다. 어떻게 하긴 뭘 어떻게 한단 말인가? 도저히 대화의 흐름을 쫓아갈 수가 없다.

실비엔이 한숨을 내쉬었다. 그러고는 다소 신경질적인 동작으로 머리칼을 쓸어넘겼다. 마침내 두 눈동자가 드러난다. 그리고 다시 묻는다.

"어떻게 하실 겁니까."

푸른 눈이 칸나를 꿰뚫듯 직시하고 있었다.

"돌아오시겠습니까?"

"……네?"

"돌아오실 거냐고 물었습니다."

"어디로요?"

"당신이 있어야 할 곳으로."

그 말을 듣는 순간, 칸나의 입술이 벌어졌다.

자신이 있어야 할 곳? 거기가 대체 어디지?

머릿속이 뒤죽박죽 엉켰다. 무슨 말을 하는지 이해할 수 없었다. 대체 무슨 말을……

"당신은 아직 칸나 발렌티노입니다."

그 순간, 칸나의 표정이 싹 굳었다. 설마.

"발렌티노로 돌아오시겠습니까?"

"……"

정신이 번쩍 들었다. 자신을 혼란에 빠뜨렸던 당황, 놀라움, 모든 것이 차갑게 얼어붙었다.

이 사람, 나를 조롱하러 왔구나.

"제가 왜 발렌티노로 돌아가요?"

"조세핀 엘레스터는 없습니다."

"그래서요?"

"더는 아무도 당신을 괴롭히지 못한다는 뜻입니다."

너무나도 담백한 대답. 기본적인 산수, 당연한 숫자를 말하는 듯한 자신감에 칸나는 웃음을 참을 수 없었다.

"그러니까, 조세핀 엘레스터가 없다고요?"

"그렇습니다."

"더는 아무도 나를 괴롭힐 수 없고?"

"예."

"그게 어쨌다는 건데요."

칸나는 한 발짝 그에게 가까이 다가갔다.

"설마 내가 조세핀 엘레스터 때문에 이혼을 바라는 줄 알았어요?"

물론 그 이유도 있긴 하지. 악독하기 그지없는 시어머니 따위 평생 보고 싶지 않았으니까.

하지만 가장 큰 이유는 그것이 아니었다.

"당신이 있잖아."

칸나는 빙긋 웃었다.

"당신이 발렌티노 저택에 있잖아요, 실비엔."

"······."

실비엔이 무표정한 얼굴로 칸나를 내려다보았다.

실비엔. 그녀가 또다시 부른 자신의 이름. 아마도 진심을 강조하기 위해서 사용하는 수단에 불과하겠지. 그런데도 자신에게는 역시나 일 전과 같은 감상뿐이었다.

우습다. 그러나 웃음은 나오지 않는다.

"그래서 오기 싫습니까?"

"맞아요. 실비엔 당신이 저택에서 나가 주면 고려해 볼 수는 있어요."

"그럴 순 없고."

그가 건성으로 대답했다. 칸나는 여전히 그 태도가 익숙하지 않았다.

"그 저택이 마음에 들지 않는다면, 새로이 짓도록 하겠습니다."

"······."

칸나는 자신의 귀를 의심했다. 그에게서 들을 거라고 생각지 못한 대사였기 때문이다. 그러나 실비엔의 표정은 태평했다. 태평하다 못해 뻔뻔하게 그녀의 대답을 기다리고 있었다.

"당신이 말하지 않았습니까. 그 저택에서 힘들었다고."

"······."

"그러니 새로운 곳에서 새로 시작하십시오."

새로운 곳에서 새로운 시작. 그것이야말로 칸나가 간절히 바라온 것이었다. 그러나 이런 방식은 아니었다.

"아뇨. 당신이 왜 이러시는지 모르겠지만, 저는 발렌티노로 돌아가지 않을 겁니다."

내일이 성혼 파기식이다. 그 의식만 치르면 그들은 법적으로 완전히 남남이 되는 것이다. 그런데 이제 와서 돌아오라니. 새로 집을 지어주겠다느니. 도저히 그 의도를 이해할 수 없었다.

"갑자기 이러는 이유가 뭐죠?"

"······."

실비엔은 곧장 대답하지 않았다. 대답하지 못한 것에 가까워 보였다. 늘, 어떤 질문이든 얄미울 만큼 매끄럽게 대응하는 자와는 다른 사람 같았다.

"갑자기······."

그러다가 조용히 대답한다. 그는 아주 이상한 것을 보듯 칸나의 눈을 응시했다.

"갑자기 그러고 싶어졌습니다."

칸나는 인상을 팍 구겼다. 뭐 이런 성의 없는 대답이 있단 말인가!

"왜요?"

"글쎄요. 왜일까요."

실비엔은 답을 찾듯 그녀를 응시했다.

신경질적으로 찌푸린 눈썹, 불만 가득한 검은 눈망울, 고집스러운 콧날, 붉은 입술······. 한번 보게 되면 시선을 떼기 힘들다는 건 진작에 알고 있었다. 이미 지금껏 여러 번 시선을 붙잡혔으니까.

"제가 왜 이럴까요."

물음이 아니었다. 일말의 패배감이 섞인 혼잣말이었다.

그의 시선이 칸나의 흐트러진 머리칼을 타고 올라와, 다시 눈으로 향했다. 일렁인다.

"제가 왜 이러는 걸까요, 칸나."

낮게 울리는 음성. 기이한 열기가 목 안쪽을 긁는다.

"……몰라요."

칸나는 잠시 넋을 놓았던 것 같다. 그만큼이나 충격적인 말이었으니까.

"제가 알 게 뭐예요."

울컥 짜증이 치민다.

"알고 싶지도 않고."

내일이 이혼인데, 이제 와서.

"그러니 당신도 모르면 모르는 대로 내버려 둬요."

심술이든, 미련이든, 아쉬움이든, 죄책감이든. 그것이 무엇이든 이제 와 하등 중요하지 않다.

그러나 실비엔은 여유롭게 웃었다.

"제가 알고 싶다면 어떻게 하시겠습니까?"

"……뭐?"

"한 사람이라도 성혼 파기를 거부하면, 그대로 이혼은 무산됩니다."

그 말이 칸나의 뺨을 후려쳤다.

"당신, 나와의 계약을 어길 생각이야?"

"글쎄. 그럴 수도 있겠군요."

순간 머리가 핑 돌만큼의 분노가 치밀었다.

"뻔뻔하게…… 이렇게 쉽게 계약을 어긴다고 말하다니, 그러고도 당신이 명예를 아는 귀족이야?"

칸나가 그를 죽일 듯 쏘아보자, 실비엔이 심술궂게 웃었다.

"말했잖습니까. 전 당신이 생각하는 것보다 무뢰한이라고."

그 말에 기어코 칸나의 눈이 확 뒤집혔다.

쫘악! 칸나는 그의 뺨을 올려붙였다. 있는 힘껏 때렸음에도 그의 얼굴은 살짝 흔들리는 것에 그쳤다. 아프지도 않은 듯 무표정하게 칸나를 슬쩍 내려다보았다. 가소롭다는 눈이었다.

"당신은 야비한 사기꾼이야."

"예. 어쩌면요."

"내가 당신 중독된 거 치료해 줬잖아. 그런데 이제 와서 말을 바꿔?"

"야비한 사기꾼에게 그 정도는 기본 아니겠습니까?"

"그래, 그렇단 말이지."

칸나는 웃음을 터뜨렸다. 너무나 화가 나서 도저히 웃지 않고서는 견딜 수 없었다. 실비엔 발렌티노, 항상 예의 바른 귀족의 가면을 쓰고 다니는 작자가 이런 무뢰한일 줄이야!

"실비엔 발렌티노, 난 아직까진 당신을 증오하지 않아."

주화 때문에 밉긴 하지만, 실비엔의 홀대는 자신이 직접 겪은 것이 아니었다.

그것이 실비엔과 아디스 가문 가족들과의 차이였다.

"그리고 난 내가 증오한 자들 중 그 누구도 용서한 적 없어."

칼렌, 오르시니, 이자벨, 클로이, 그리고 아버지. 칸나는 여전히 활활 타오르는 불꽃처럼 그들을 증오했다.

"난, 용서 같은 거 몰라."

그러고는 그의 크라바트를 확 잡아챘다. 목줄처럼 쥐고 거칠게 끌어당겼다. 그가 순순히 허리를 굽혀 끌려온다. 칸나를 마주 본다.

"만약 약속을 어긴다면 당신—"

입술을 질끈 깨물었다가, 내뱉었다.

"죽도록 증오할 거야."

푸른 눈을 파 버릴 듯 응시했다.

"아니, 죽어도 증오할 거야."

순간 실비엔의 호흡이 멎었다. 멎은 것조차도 몰랐다. 그저 무력하게 시선을 빼앗겼다. 몇 번이나 그러했듯, 그렇게.

그야말로 무시무시한 분노, 그녀가 내뿜는 열기에 살갗이 타들어 가는 것 같다. 따갑다. 뜨겁다.

그리고 눈, 이 눈빛, 화염의 폭풍 같은 이 검은색 눈동자에 그는 속절없이 휩쓸렸다. 뜨거운 열기가 망막을 파고든다. 실비엔은 차라리 눈을 감아 버리고 싶었다.

그렇지 않으면, 눈이 멀어 버릴 것 같아서.

그날 새벽. 칸나는 거의 뜬눈으로 밤을 새웠다.

'미친 새끼.'

도저히 잠이 오지 않았다.

'실비엔 발렌티노, 미친 새끼.'

제정신이 아니다. 그렇지 않고서야 그런 말을 할 리가.

'대체 왜 진상을 부리는 거야, 왜!'

퍽! 견디지 못하고 주먹으로 베개를 때렸다.

만약에, 아주 만약에. 그가 협박했던 것처럼, 내일 성혼 파기에 동의하지 않으면…….

'안 돼.'

생각만 해도 속이 울렁거린다. 그렇게 되면 그동안의 노력은 모두 무산이 되는 것이다.

이혼, 얼마나 바라 왔던가. 자신의 몸으로 돌아오자마자 품은 목표가 바로 이혼인데!

'안 돼. 절대로 안 돼.'

실비엔이 도저히 어떻게 나올지 예상을 할 수가 없다. 그는 그 이상 아무런 말도 하지 않았으니까.

'나쁜 새끼.'

비열한 악당 같은 놈. 계약만큼은 제대로 지키는 사람이라고 믿었는데 이렇게 뒤통수를 때릴 줄이야!

'약속을 지키지 않으면 가만두지 않을 거야.'

자신이 가진 모든 수단과 방법, 능력과 인맥을 동원하여 복수할 것이다.

'가만두지 않을 거야, 실비엔.'

다음 날, 성혼 파기식은 예배당에서 진행되었다. 의식이 시작되기 전, 칸나는 방에서 대기 중이었다.

그녀는 거울 속 자신을 멍하니 응시했다.

새하얀 웨딩 드레스에 파묻힌 자신. 치장을 도와준 견습 사제가 여러 번 칭찬한 것 같았으나, 들리지도 않았다. 그저 멍했다. 결국 한숨도 자지 못한 것이다.

"준비되었습니다."

견습 사제의 알림에 칸나는 자리에서 일어났다. 부케를 무기처럼 불끈 쥐고 걸어갔다.

마침내 예배당에 도착하자 견습 사제가 문을 열었다. 칸나는 길게 깔린 비로드 카펫 위로 걸음을 내디뎠다.

길의 끝, 우측에는 자신의 증인인 오르시니가 서 있다. 그리고 놀랍게도 실비엔의 증인은 라파엘이었— 뭐, 라파엘?

미쳤나. 파계 사제가 어떻게!

그러나 그 뒤의 생각은 이어지지 않았다. 실비엔, 그와 눈이 마주쳤으므로.

이 길의 끝에서 그가 기다리고 있었다.

머리를 말끔하게 쓸어넘긴 그는 신전의 조각상처럼 아름다웠다. 예배당 안으로 스며드는 햇살이 모두 다 그에게 녹아든 것 같았다.

어느새 그에게 다다르자 실비엔이 손을 내밀었다. 칸나는 살포시 그의 손등 위에 손가락을 올렸다. 실비엔이 즉시 말아쥔다. 단호한 힘이었다.

다시 놓아주지 않을 것 같다는, 그런 불길한 예감이 치솟았다.

"실비엔 발렌티노 공작. 칸나 발렌티노 공작 부인."

파기식을 주관하는 사제가 조용히 입을 연다.

"두 사람은 오늘, 신께 맹세한 성혼을 파기하고자 이 자리에 섰습니다."

그래, 제발 그러고 싶다. 칸나의 입술이 바짝 말랐다. 이상하게도 초조했다.

"맹약을 깨뜨리기 전, 잠시 묵념하며 다시 한번 돌이켜 볼 시간을 갖도록 하겠습니다."

그딴 것 필요 없으니 빨리 진행해 줘요! 칸나는 크게 소리치고 싶은 충동을 억눌렀다.

"자, 그럼 마지막으로 묻겠습니다."

짧은 묵념 끝, 사제가 다시 입을 연다.

"칸나 발렌티노 공작 부인. 평생의 부군으로 맞이했던 실비엔 발렌티노 공작 각하와의 성혼을 파기하시겠습니까?"

"네."

칸나는 즉시 대답했다. 그러자 옆에 선 오르시니가 비웃는 것이 보였다. 상관없다. 조소하든 말든.

이제 마지막 순서만 남았으니까.

"실비엔 발렌티노 공작 각하."

이 사람만 대답하면.

"평생의 아내로 맞이했던 칸나 발렌티노 공작 부인과의 성혼을 파기하시겠습니까?"

이 사람만 대답하면, 모든 것이 끝난다.

"……."

그러나 칸나 때와는 달랐다.

대답이 돌아오지 않는다.

정적이 맴돌자 칸나의 심장이 덜컹 떨어져 내렸다. 설마 이 인간이 기어코 이혼을 파투내려는 걸까!

침묵이 길어지자, 사제가 의아한 듯 실비엔에게 눈짓했다.

"발렌티노 공작 각하?"

그리고 다시 한번 호명했다.

"다시 한번 묻겠습니다. 성혼을 파기하시겠습니까?"

다음 순간. 마침내, 굳게 닫혔던 실비엔의 입술이 열렸다.

"예."

침묵이 무색할 만큼 담백한 목소리였다.

"파기하겠습니다."

성혼 파기식 전날.

늦은 새벽, 칸나와의 대화를 마친 실비엔은 다시 자신의 방으로 돌아왔다. 바로 잠드는 대신 소파에 앉아 생각에 잠겼다.

언제나 조용했던 마음 안, 이물질이 들어왔다. 작은 파문을 일으킨다.

그는 그 파동이 거슬렸다.

이것이 무엇일까. 날카롭게 속을 긁고 가슴을 짓누르는 이것.

글쎄. 어쩌면, 죄책감?

입술을 비집고 나지막한 웃음이 흘러나온다. 죄책감이라니. 우스운 소리였다. 그는 자신이 그런 감정을 가질 만큼 선량한 사람이 아님을 알고 있었다. 오히려 악랄할 때가 더 많았다.

잘 알고 있는데…… 그런데 왜 이렇게 마음이 어지러운 건지.

실비엔은 한숨을 내쉬며 소파에 머리를 툭 기대었다. 어두운 푸른 눈동자가 의미 없이 천장을 올려다본다.

그 순간 눈앞에 글씨가 어른거렸다. 칸나가 결혼 후, 발렌티노에서 겪었던 수많은 고통을 상세히 서술한 빽빽한 보고서들이 스쳐 지나갔다.

문득 칸나가 한 말이 떠올랐다.

"구원을 위한 밧줄이었냐고요?"

"당연하죠. 난 지옥에 있었으니까. 그리고 당신의 손짓 한 번이면 난 지옥에서 나갈 수 있었으니까."

그래, 그랬지.

그는 칸나를 언제든지 빛으로 이끌어 줄 힘이 있었다. 말 한마디로 조세핀을 머나먼 야만의 땅으로 쫓아 보낸 것처럼, 그녀를 고통에서 해방해 줄 수 있었다.

그러나 자신은 그리하지 않았다. 그녀가 지옥불에서 고통 받도록 그저 내버려 두었다.

아무런 관심이 없었으니까.

비단 칸나뿐만이 아니었다. 그는 본래부터 타인에게 관심이 없었다. 그저 칸나 역시도 그 수많은 다수 중 하나였을 뿐이다.

게다가 깜짝 놀랄 만큼 저를 성가시게 만드는 여자였다. 그녀가 거머리처럼 매달리는 바람에 마물 토벌에 늦은 적이 몇 번이던가. 구할 수 있었던 생명을 구하지 못한 적도 많았다.

성가시고 거슬리는 여자, 그 여자의 불행에 관여하고 싶지 않았다. 어차피 이 세상 모두가 저마다의 불행을 안고 산다. 이겨 내든 짓눌리든 자신의 몫이다. 그 자신도 그렇게 살아왔다.

열한 살. 어린 소년 시절 공작의 작위를 승계했을 때, 수많은 어른이 자신의 지위와 재산과 목숨을 호시탐탐 노렸을 때,

누가 자신에게 도움의 손길을 주었던가.

아무도 없었다. 그리고 딱히 그 사실에 유감은 없었다. 고난을 홀로 짊어지는 것은 그에게 너무나도 당연한 일이었으니.

그러니 관심 없다. 신경 쓰이지 않는다.

아니다, 신경 쓰인다.

궁금하지 않다.

아니다, 궁금하다.

칸나는 먼지처럼 아무것도 아니었고, 그러면서도 불길처럼 그의 시야를 불태웠다.

이토록 어긋나는 감정이라니. 마치 두 사람을 향한 듯한 색채의 대립은 도저히 자신의 상식으로는 이해할 수 없었다.

실비엔은 눈을 감았다. 그러나 결국엔 인정하는 수밖에 없었다.

평소의 그답지 않게 칸나가 겪은 일들을 떠올리면 신경 쓰인다. 그리고 그녀가 어떤 사람인지 알고 싶다.

비록 한순간의 변덕일지언정 그 욕망은 몹시도 또렷했다.

'이혼을 중단해야겠군.'

"그러고도 당신이 명예를 아는 귀족이야?"

문득 증오하겠노라는 칸나의 강렬한 목소리가 떠올랐다. 그 순간만큼은 완전히 휩쓸린 듯 정신을 차릴 수가 없었지만 지금 와서 돌이켜 보니 우스웠다.

증오라. 그것이 뭐 어쨌다고.

그동안 정적들에게 숱한 협박, 협박을 넘어선 살수마저도 받아 본 실비엔에게는 조금도 위협이 되지 못했다.

얻고 싶은 것이 있다. 얻는 과정에서 자신이 잃을 것이 있는가?

없다. 몇 번을 생각해도 없다.

'그래, 그러니 이혼은 하지 않는다.'

그렇기에 성혼 파기식 당일 그는 여유롭게 칸나를 기다렸다. 마침내 문이 열리고 쏟아지는 빛무리와 함께 그녀가 걸어 들어왔다.

실비엔은 손을 내밀었다. 칸나가 손가락을 겹쳐 온다. 실크 장갑 너머로 닿는 체온 역시도 나쁘지 않았다. 도리어 아주 보드랍게 느껴졌다.

그래서일까? 7년 전, 칸나와 결혼했을 때 제대로 된 결혼식을 치렀어도 나쁘지 않았을 것 같다는 생각이 들었다.

"칸나 발렌티노 공작 부인, 평생의 부군으로 맞이했던 실비엔 발렌티노 공작 각하와의 성혼을 파기하시겠습니까?"

"네."

그러나 그녀의 대답에 실비엔의 기분은 단숨에 추락했다.

그렇게까지 이혼을 하고 싶은 건가. 이번에야말로 진정한 불쾌감이 차오른다. 그녀의 바람과는 달리 자신의 대답은 정해졌다.

아니요. 성혼을 파기하지 않겠습니다.

그것이면 충분했다. 목표를 이루고 원하는 것을 가질 수 있다. 그런데…….

"평생의 아내로 맞이했던 칸나 발렌티노 공작 부인과의 성혼을 파기하시겠습니까?"

대답하려는 순간, 칸나의 목소리가 스쳐 지나갔다.

"죽도록 증오할 거야."

우스웠던 그 협박. 불처럼 타오르던 그 눈빛도.

"아니, 죽어서도 증오할 거야."

입이 떨어지지 않는다.

그까짓 협박이 뭐라고. 아무것도, 정말 아무것도 아닌데.

"발렌티노 공작 각하?"

사제가 대답을 재촉한다. 실비엔은 답을 찾듯 칸나를 내려다보았다.

흑요석 같은 눈동자와 마주치는 순간. 그 순간 실비엔은 깨달았다.

그녀의 협박은 놀라울 만큼 위협적이었다.

그 사실이 믿기지 않았다. 어처구니가 없을 정도였다. 거부감이라니. 칸나의 증오, 고작 그까짓 것이 뭐가 그리 싫다고 이리 망설여지는지.

"예."

그러나 결국 이렇게 대답할 수밖에 없었다.

"파기하겠습니다."

말을 끝마치는 순간, 짙은 무력감이 밀려온다. 실비엔은 패색에 젖어 인정했다.

그는 칸나의 증오를 원치 않았다.

결혼 생활 7년하고도 6개월.

칸나는 실비엔과 이혼했다.

"좋으십니까?"

칸나는 뒤를 돌았다. 여전히 턱시도를 입고 있는 실비엔이 방문에 기대어 서 있었다.

"아주 밝은 얼굴이십니다."

조금 전 성혼 파기식이 끝났고, 대신전에서 이혼을 최종적으로 승인했다. 끝. 정말로 다 끝난 것이다.

"당연히 좋죠."

칸나는 싱글싱글 웃었다.

드디어 이혼했다. 그래서인지, 지금만큼은 실비엔에게 환하게 웃어 줄 수 있었다. 실비엔은 낮은 웃음을 흘렸다. 허락도 없이 방 안으로 걸어 들어온다.

"할 말 남았어요? 나 이제 드레스를 벗을 참이었는데."

들어오지 말고 꺼지라는 뜻이었으나, 상대방은 가뿐히 무시했다.

"서두르실 필요 없습니다."

"예?"

"지금 눈부시게 아름다우신데."

실비엔이 빈정거리듯 웃었다.

"이토록 잘 어울리실 줄 알았으면 결혼식을 생략하지 말 걸 그랬습니다."

"……."

이건 또 뭐람? 칸나는 경계의 눈으로 그를 노려보았다.

"대체 어제부터 왜 그래요? 뭐 잘못 먹었어요?"

"아아, 뭐 그럴지도."

"……."

칸나는 인상을 찌푸렸다. 한 꺼풀 가면을 벗은 듯 구는 그가 여전히 어색했다. 그동안은 진심이라고는 도저히 보이지 않는, 그저 아름답기만 한 석상 같은 남자였는데.

지금은 조금 인간처럼 보인다.

'왜 불쾌해하는 거야?'

칸나는 제 나름대로 짐작해 봤다. 아마도 그는 이혼을 원치 않았던 것 같다.

'이혼남 딱지 붙는 게 싫은 건가?'

하기야 이 세계는 이혼을 어마어마한 불명예로 생각하니까 그럴 만도 했다.

"그러게 결혼 생활에 조금 더 신경을 쓰지 그랬어요?"

그 말에 실비엔의 미소가 짙어졌다.

"미안합니다. 제가 잘못했습니다."

칸나는 순간 멍해졌다. 지금 저 사람이 사과한 거야?

"만약 어젯밤, 제가 이렇게 말했더라면."

그가 잠시 말을 끊었다.

"이혼을 재고하셨을 겁니까?"

"아뇨."

칸나는 딱 잘라 대답했다.

"전혀요."

순간 공기가 차갑게 내려앉았다. 그의 입꼬리가 비스듬하게 올라갔다.

"왜요?"

"네?"

"왜냐고."

"……."

칸나는 할 말을 잃댔다. 왜냐니? 그야…….

"당신을…… 사랑하지 않으니까?"

수많은 이유가 있지만, 사실 그것이 가장 큰 이유였다.

대답해 놓고 나서 칸나는 확신했다. 다시 한번 말했다.

"당신을 사랑하지 않으니까."

그 순간 화살을 맞은 듯 실비엔이 짧게 숨을 끊어 내쉬었다.

"당신이 말하는 사랑이라는 것, 참 가볍군요."

그의 목소리에 날이 섰다. 상처 받은 것처럼, 혹은 상처 주고 싶은 것처럼.

"나와 함께 있을 수 있다면 죽어도 좋을 만큼 사랑한다더니. 꼭 그렇지도 않았나 봅니다."

그래, 그랬지. 칸나는 주화의 사랑을 돌이켜 보았다. 씁쓸한 웃음이 나왔다.

"그때의 나는 죽었어요."

순간 실비엔의 입가에 맺힌 웃음이 흐려졌다.

"당신이 나를 내버려 둔 날."

조세핀에게 얻어맞고 종아리가 너덜너덜해졌을 때. 실비엔이 모든 것을 다 알면서도 방관했을 때.

"당신이 알던 나는 죽었어요."

만약 그때 실비엔이 자신을 도왔더라면 어떻게 됐을까?

약을 들고 찾아와 줬더라면. 괜찮으냐고 물어봐 주었더라면. 이 고통스러운 세계에서 기댈 수 있는 안식처가 되어 줬더라면.

어쩌면 지금과는 다른 전개가 펼쳐졌을지도 모른다.

하지만 이제 와선 의미 없는 상상이었다.

"이제 우리는 남이에요."

칸나는 희미하게 미소를 지었다. 그리고 자신을 응시하고 있는 푸른 눈의 남자에게 선언했다.

"잘 가요, 실비엔."

chapter 12

"아아아아악!"

분노가 치민다. 돌아 버릴 것 같다.

"나쁜 계집애. 못된 계집애!"

울음이 터져 나왔다. 자리에 주저앉아 엉엉 울었다.

어떻게 그럴 수 있어? 어떻게 그렇게 제멋대로 굴 수 있어?

"누나!"

그때 문이 벌컥 열리고 선홍이가 들어온다. 난장판이 된 방을 보고 흠칫 놀란다.

"누, 누나, 괜찮아?"

"꺼져……."

"약 먹을 시간이다. 응? 누나, 일단 약부터 먹자."

"꺼지라고 했잖아!"

손을 뻗어 아무거나 쥔다. 집어던진다. 선홍이가 소스라치게 놀라며 문을 닫았다.

쩽그랑! 문에 얻어맞은 물건이 조각나며 부서졌다. 화병이었다. 선홍이가 조금 더 늦게 나갔더라면 피를 보았으리라.

그러나 자신의 눈에는 아무것도 보이지 않았다.

어차피 선홍이의 눈에도 자신이 보이지 않을 테니까.

자신이 이곳에 있든 없든. 사라지든 말든.

엄마도, 아빠도, 선홍이도, 아무도 눈치채지 못했으니까! 모두 다 그 애를 사랑했으니까!

그렇게 내 가족까지 다 가져 놓고, 즐겨 놓고, 그런데 그 애는 기어코. 기어코 그 사람과.

"용서하지 않을 거야……."

몸을 일으킨다. 비척비척 걸어가 침대 아래에 던져 놓았던 일기장을 펼쳤다.

순간, 거친 글씨가 확 드러난다.

<칸나칸나칸나칸나칸나칸나>

<죽여 버릴 거야.>

<다 죽여 버릴 거야.>

붉은 펜을 잡아 든다. 거칠게 휘갈긴다. 날카로운 글자가 피처럼 번졌다.

<모두 죽이고 너도 죽일 거야.>

<칸나.>

"아아악!"

비명이 터져 나왔다. 칸나는 발작하듯 떨며 몸을 일으켰다.

허억, 허억, 허억, 허억……. 가쁜 숨이 흩어졌다. 심장이 너무 빠르게 두근거려서 이대로 터져 버릴 것 같았다.

'뭐야?'

칸나는 침대에서 일어나다가 바닥으로 풀썩 고꾸라졌다.

'나는, 나는 누구지? 여긴 어디지?'

이곳은…….

'대신전.'

깨닫는 순간 숨이 확 트였다. 칸나는 호흡을 내뱉었다. 꽉 조였던 어깨의 힘이 단숨에 풀어졌다.

그래, 이곳은 대신전이다. 오늘 오전 성혼 파기식을 마쳤다. 그리고 자신은 칸나 발렌티노, 아니.

'칸나 아디스.'

칸나는 바닥에 엎어진 채로 깊은 한숨을 내쉬었다.

또 주화의 꿈을 꿨다. 저번과 같았다. 그녀의 몸 안에 들어가서 지켜보는 꿈을…….

쾅! 그때, 문이 떨어져 나갈 듯이 열렸다. 칸나는 화들짝 놀라 뒤를 돌아보았다.

오르시니였다.

"……뭐야?"

급하게 달려온 듯, 오르시니의 머리카락이 사방으로 헝클어져 있다. 그는 날카로운 눈으로 주위를 살폈다. 곧 아무도 없는 것을 확신하고는 낮은 한숨을 내쉬었다.

"방금 비명 뭐야?"

"……."

"잠꼬대였나?"

잠꼬대…… 맞긴 한데. 근데 그게 들렸다고?

믿기 힘들었다. 오르시니와 같은 층에 방이 있긴 하지만, 복도가 워낙에 긴 탓에 5분은 걸어가야 도달할 만한 거리였던 것이다.

그런데 그 비명이 들렸다니. 게다가 1분도 안 됐는데, 어떻게 여기까지 단숨에 달려올 수 있단 말인가?

"설마 날 걱정한 거야?"

"헛소리하지 마라."

거칠게 대답한 오르시니는 못마땅한 눈으로 칸나를 훑었다.

"그 꼴은 뭐야?"

"보다시피. 넘어졌어."

"방에서 넘어질 일이 있냐?"

"응. 안 좋은 꿈을 꿨거든."

민망하지만 아직도 팔다리에 힘이 잘 들어가지 않았다. 그만큼이나 충격적인 꿈이었다.

"……등신도 아니고."

칸나는 그가 성큼성큼 다가오는 것을 물끄러미 지켜보았다.

'설마…….'

설마 했는데, 역시나. 그는 칸나를 번쩍 잡아 올렸다. 그리고 그답지 않게 아주 부드러운 동작으로 침대 위에 내려 주었다.

맙소사. 이렇게 가증스러울 수가.

그러나 칸나는 눈을 사르르 접어 미소 지었다.

"착하네, 우리 오르시니."

순간 오르시니의 얼굴이 급격히 일그러졌다. 뒤늦게 제가 한 일을 깨달은 듯했다. 칸나는 환하게 웃으며 조롱했다.

"내 동생, 언제 이렇게 착해졌을까? 천사인 줄 알았어."

"닥쳐."

"왜? 모처럼 예쁜 짓 했는데. 칭찬받으려고 한 거 아니야?"

그는 그 조롱을 견디지 못했다. 급하게 몸을 돌려 방을 빠져나갔다. 마치 칸나에게서 도망치는 것 같은 꼴이었다.

쾅! 문이 닫힌다. 칸나는 그 뒤꽁무니를 보며 비웃었다.

"바보 같은 녀석."

칼렌보다는 좀 나은 줄 알았는데, 이제 보니 그보다도 더 멍청했다. 칸나는 침대 위로 벌러덩 드러누웠다.

오르시니의 역겨운 친절 덕분인지 놀란 마음이 진정한 상태였다.

'그나저나, 내일 기회가 되면 도서관에 가 보고 싶은데 가능할까?'

그것 때문에 이곳에 남았다.

이혼 절차가 끝나자마자 바로 떠난 실비엔과는 달리, 칸나는 하루 더 머물며 도서관 입장을 시도해 볼 생각이었다.

대신전의 도서관에는 멸망한 남대륙의 고서들이 존재한다고 들었다. 칸나는 고대 연금술 서적을 얻고 싶었다.

'현대의 연금술과는 비교도 되지 않을 만큼 다양한 비책이 있다던데.'

문제는 과연 대신전이 도서관 출입을 허락해 주느냐인데…….

그때였다. 똑똑. 문을 두드리는 소리가 들렸다.

"칸나 아디스 님, 밤늦게 실례합니다."

중년 여성의 목소리였다.

"누구시죠?"

"에를린 대사제라고 합니다."

대사제가 왜?

성혼 파기를 위해 찾아오는 귀족들, 그들이 만나는 사제는 견습 사제나 일반 사제가 전부였다. 대사제를 만날 일은 없을 텐데…….

그때.

"신령님의 전령으로 찾아왔습니다."

잘못 들은 줄 알았다.

"신령님께서 칸나 님께 전령을 보내셨습니다."

신령? 신령이라고?

놀란 칸나는 침대에서 용수철처럼 튀어 일어났다. 문을 열자, 새하얀 법복을 입은 사제와 눈이 마주쳤다.

"지금 신령님이라고 하셨어요?"

"예."

농담하세요?

그렇게 묻고 싶었지만 신령의 이름을 가지고 농담을 할 리가 없었다. 하지만 신령이라니. 칸나에게 신령은 요정이라든가 귀신, 그런 것과 비슷한 존재였다.

그런데 그런 존재가 자신을 찾는다니!

그때, 대사제의 입술이 열렸다.

"선희."

쿵. 순간 어디선가 굉음이 들린 듯했다.

"신령님께서 칸나 님께 '선희'라는 단어를 전하라 하셨습니다."

"……."

"칸나 님께서 알아들으실 거라고 하셨습니다만."

알아들었다. 못 알아들었을 리가 없다.

이선희. 엄마. 주화의 엄마.

'신령이 대체 어떻게?'

신령, 그 존재가 어떻게 주화의 엄마를 알고 있단 말인가?

'엄마가 신령과 관계가 있었단 말이야?'

아주 질 나쁜 농담처럼 느껴졌다. 당장 달려가고 싶은 마음과 문을 쾅 닫고 싶은 마음이 맞부딪쳤다. 선희. 주화의 엄마가 대체 어떤 존재였기에 아버지뿐만 아니라 신령까지도 알고 있는 걸까?

'만약 신령과 엄마가 적대적인 관계라면…….'

칸나는 입술을 꾹 깨물었다. 치열한 갈등에 마음이 바짝 타들어 갔다. 그러나 어차피 답은 하나뿐이었다.

이 모든 것을 철저히 무시하든가. 아니면 돌파하든가.

"좋아요. 안내해요."

사제를 따라 걷는 길 내내 머리가 복잡했다.

'신령이 대체 엄마의 이름을 어떻게 아는 거지?'

칸나는 초조함을 견디지 못하고 곁에 선 사제에게 말을 걸었다.

"제가 신령님을 직접 뵙게 되는 날이 올 줄은 몰랐어요."

"그렇게 생각하실 만합니다. 대신전 내에서도 대사제가 아닌 이상 신령님을 영접할 수 없으니까요. 저도 이 나이가 되도록 단 두 번, 아주 먼발치에서 뵌 것이 전부랍니다."

기나긴 복도를 지나 건물 밖으로 나가자 끝없이 펼쳐져 있는 정원이 드러났다. 성전 내부에 이런 규모의 정원이 있다는 게 놀라울 정도였다.

'와……'

칸나의 입이 벌어졌다. 거대한 검은 나무가 그녀를 굽어보고 있었다. 어찌나 큰지, 나무가 아닌 산 같았다.

'세계수다.'

그리고 저건 틀림없이 마석이겠지.

검은 나무 위로 빼곡하게 박혀 있는 보석들, 저것이 바로 마석이었다. 세계수에서 마석이 나온다는 건 알고 있었는데 저런 형태일 줄이야.

"저는 세계수의 정원에 접근할 권한이 없습니다."

대사제는 앞에 금이라도 있는 것처럼 우뚝 멈춰 섰다.

"신령께서는 오직 칸나 님만을 허락하셨습니다."

"알겠어요."

"그럼, 신의 가호가 깃드시길."

그러고는 허리를 꾸벅여 인사한 후 홀연히 왔던 길로 되돌아갔다.

칸나는 대사제에게서 시선을 떼고 다시 세계수를 응시했다. 저곳에 신령이 있을 것이다.

'가자.'

조심스럽게 정원으로 발을 내디뎠다가 깜짝 놀랐다. 풀밭을 뒹구는 돌 역시도 모두 마석이었던 것이다.

비현실적인 장면이었다. 환한 달빛이 쏟아진다. 풀밭에 깔린 마석이 별빛처럼 반짝거려서 칸나는 은하수를 걷는 기분이었다.

그리고 다음 순간 칸나는 그 무엇보다 비현실적인 것을 보았다.

"아……"

나무 아래, 한 여인이 나무 풀밭에 앉아 있었다.

여인을 본 순간 칸나의 발걸음이 멈춰 섰다. 거의 동시에 여인이 고개를 돌린다.

시선이 마주쳤다.

머릿속이 새하얘진다.

마주친 그대로 시간이 얼어붙은 것 같다. 칸나는 그 찰나에서 정지했다.

싱긋. 먼저 웃은 것은 그녀였다. 그러자 눈매가 곱게 접히며 오른쪽 눈 아래의 눈물점이 도드라졌다.

자신이었다.

순간 그렇게 생각할 만큼 닮은 여자였다. 광채가 흐르는 검은 머리칼, 창백할 만큼 흰 피부, 새빨간 입술. 저 여자는…….

'그 여자다.'

순간 전율이 흘렀다. 아버지의 비밀의 방. 그곳에 선희의 초상화와 함께 걸려 있던 여자. 그리고 아마도 자신의 모친일 여자, 그녀가 바로 눈앞에 있었다!

깨닫는 순간 심장이 빠르게 뛰기 시작했다.

'저 사람은 신령일 텐데.'

그렇다면, 신령이 내 엄마인 거야?

그때 여자가 풀밭에서 몸을 일으킨다. 새하얗게 늘어진 로브가 바닥에 끌렸다. 그리고 입술을 열었다.

"칸나."

순간 칸나의 얼굴에서 표정이 사라졌다.

"드디어 만나는구나. 너무 보고 싶었어."

신령의 목소리가 칸나의 머리를 강하게 치고 지나갔다.

뒤통수가 저릿하다. 얼얼하다. 어지럽다.

"정말 어찌나 보고 싶었는지 몰라."

"……왜?"

칸나는 간신히 물음을 짜냈다.

"왜 저를 보고 싶어 한 거죠?"

"왜라니, 칸나?"

신령이 눈물을 글썽이며 미소 지었다. 두 팔을 활짝 벌린다.

"나를 보고도 몰라?"

놀라울 만큼 맑은 음성.

"나를 봐. 칸나, 너와 똑같이 생긴 내 얼굴을."

"……."

"우린 가족이야."

그러나 여성의 목소리가 아니다.

남성의 것이었다.

"내가 네 아빠란다."

내가 네 아빠란다.

내가 네 아빠란다…….

그 말은 천둥 벼락처럼 칸나를 내리쳤다. 귀가 찢어지는 듯한 굉음
이 울렸다.

"너는 내 딸이야."

그가 천천히 다가온다.

"칸나."

가까워질 때까지 칸나는 움직이지 못했다. 새하얗게 질린 안색으로 그를 올려다보았다.

"만나고 싶었다."

물기 어린 검은 눈동자가 어찌나 자신과 똑같은지.

현실감이 없다.

"신령님."

목을 타고 흐르는 이 음성도, 자신의 것 같지 않았다.

"지금 대체 무슨 말씀을 하시는 거죠?"

"아…… 미안하다."

신령이 눈물을 닦으며 서글프게 웃었다.

"넌 아무것도 모를 테지. 지금껏 알렉산드로 아디스를 친부로 여겼을 테니."

알렉산드로 아디스. 아디스 공작.

아버지.

그래, 그자가 자신의 부친이다.

너무나 밉지만, 그리고 두렵지만, 그럼에도 불구하고 그가 자신의 아버지였다.

그런데 뭐? 누가 내 아빠라고?

순간 정신이 확 들었다.

"죄송하지만."

"……."

"무슨 말씀을 하시는 건지, 너무 갑작스럽네요."

"그래, 미안하구나. 내가 성급했다."

신령은 마음을 추스르듯 심호흡했다. 숨을 들이마시고 내뱉고, 코를 훌쩍이고. 그러한 모습이 너무나도 인간적이었다. 요정이나 귀신 따위가 아니라.

그리고 소름 끼칠 만큼 자신과 똑같았다.

"선희를 알지?"

신령이 조심스럽게 말했다.

"신령님은 어떻게 그분을 알죠?"

"알 뿐이겠니?"

그가 그리운 듯한 한숨을 내쉬었다.

"나는 그녀를 사랑했는데."

더 놀랄 일은 없다고 생각했는데.

"넌 선희와 나의 딸이야."

오만이었다.

"선희와 함께 네 이름을 지었지. 선희가 좋아하는 붉은 꽃 중에서 골랐단다."

신령은 즐거웠던 때를 회상하는 눈으로 미소 지었다.

"사실 그녀가 가장 좋아하는 꽃은 장미였지만, 여자아이의 이름으로는 너무 흔했어. 그래서 샐비어와 칸나 중에서 고민하다가 칸나로 정했단다."

칸나. 붉은 꽃의 이름.

'아.'

그 순간 스쳐 지나가는 이름. 한때 자신이 썼던 그 이름.

'주화야⋯⋯.'

주화朱花. 붉은 꽃이라는 의미를 가진 그 이름. 순간 도저히 상상조차 못 한 조각이 완전하게 맞물리는, 아주 소름 끼치는 감각이 머리끝까지 타고 올라왔다.

선희가 내 엄마라고?

그렇다면 주화는 내 친언니라도 된다는 거야?

"그걸 제가 어떻게 믿죠?"

"선희는 뛰어난 연금술사였지."

신령이 기다렸다는 듯 대답했다. 허리를 굽혀 마석 하나를 주워 올렸다.

"마석에 깃든 마력을 그 누구보다도 잘 뽑아내어 연금술에 녹였어."

순간 칸나는 흠칫했다. 이 세계에 연금술사는 분명히 존재한다. 존재하기는 했다. 그러나 마석의 마력을 능히 이용할 수 있는, 타고난 능력을 가진 연금술사는 손에 꼽힐 정도였다.

바로 칸나처럼.

"마석, 즉 마력은 본래 이 세계의 힘이 아니란다. 세계수가 이 땅에 생긴 후부터 생긴, 다른 세계의 이질적인 힘이지."

신령은 새까맣게 번들거리는 마석을 응시했다. 애증이 담긴 눈이었다.

"이질적인 힘인 마력. 그리고 이물질이나 다름없는 선희. 이방의 것끼리는 서로 통하는 것이 있더구나."

순간 그 단어가 확 거슬렸다. 이물질이라고?

"그렇기에 선희는 마석을 아주 능숙하게 다룰 수 있었어. 어쩌면, 이미 멸망한 고대의 연금술사만큼이나. 그리고."

신령은 어쩐지 확신하는 눈으로 칸나를 응시했다.

"그녀의 피가 흐르는 너 역시 틀림없이 뛰어난 연금술사겠지."

그랬다. 정말로 그랬다.

사실 칸나는 자신보다 뛰어난 연금술사를 보지 못했다. 알렉산드로가 강제로 억누르지 않았더라면 틀림없이 이 대륙에서 위명을 떨쳤겠지.

하지만 알렉산드로가, 아버지가 반대했다. 드러내지 말라고 했다. 그녀의 재능을 보이지 않는 곳으로 찍어 눌렀다.

"알렉산드로와 너는 피 한 방울 섞이지 않은 남이란다."

속내를 읽은 듯 신령이 말했다.

"아디스 공작이 너를 내게서 빼앗아 간 거야. 나는 널 구하고 싶었어. 그래서 몇 번이나 구출하려 했지만⋯⋯."

"잠깐, 잠깐만요."

어지럽다. 해일처럼 밀려드는 이야기에 뇌가 짓뭉개질 것만 같다. 칸나는 손을 들어 그의 말을 막았다.

"아버지와 엄마⋯⋯ 선희는 편지를 주고받는 사이였어요. 한국어도, 아마 엄마에게 배웠겠죠. 납치된 거라면 그럴 리가⋯⋯."

"알렉산드로는 선희를 증오해."

신령의 말에 칸나의 혀가 딱 굳었다.

"장담하건대, 알렉산드로는 선희를 죽이고 싶어서 안달이 나 있을 거다."

순간 한 장면이 스쳐 지나간다. 비밀의 방. 아버지의 적대감.

선희와 신령을 향했던, 날카로운 적의.

"편지는 다정한 관계에만 주고받을 수 있는 게 아니란다. 선희 역시 알렉산드로를 미워했지."

"⋯⋯."

"알렉산드로가 싫어하는 별명을 부르며, 그가 제대로 이해하지도 못할 이계의 언어로 종종 비꼬고는 했으니까."

쩌적, 쩌적, 쩌적.

"내 말을 믿으렴."

어디선가 균열이 가는 소리가 들렸다.

"칸나, 너는 내 딸이야."

지금껏 발밑을 지탱해 오던 세계.

"넌 알렉산드로에게 납치되어 사육당한 거야."

그 세계가 완전히 조각나는 소리였다. 칸나는 텅 빈 표정으로 신령을 응시했다.

"내겐 너밖에 없어, 칸나."

우스울 만큼 똑같은 얼굴이었다.

"선희는 너와 나를, 우리를 버리고 기어코 자신의 세계로 돌아갔어."

한국으로.

"그녀는 항상 고향을 그리워했으니까. 고향에 어린 딸과 남편이 있다고 했어."

신령이 서글프게 미소 지었다.

"하지만 원망하지 않아. 나에게는 선희가 남기고 간 네가 있으니."

"……."

"그러니 이곳에서 나와 함께 있자꾸나. 너를 성녀로 책봉하고, 서대륙을 통째로 네 발밑에 깔아 주마."

성녀, 서대륙, 내 발밑에.

허풍 같은 말이 너무나도 쉽게 나온다. 그러나 그 말을 한 사람은 신령이었다. 대신전의 수장이었다. 황제조차 감히 그를 똑바로 응시할 수 없을 것이다.

그런 신령이 말하고 있었다. 내가 네 아빠라고. 같이 있자고. 서대
륙을 너에게 주겠다고.

"너무 갑작스럽네요."

화려하고도 먹음직스러운 미끼였지만, 칸나는 물지 않았다. 일말의
욕심조차도 일지 않았다. 도저히 삼킬 수 있는 음식 같지가 않았다.
그런 위화감이 강렬하게 일었다.

어쩌면, 그것은 본능에 가까운 직감이었다.

그가 자신의 아버지인 것은 알겠다. 판박이인 얼굴이 그 증거였다.
엄마가 선희인 것도, 일단은 알겠다.

그래도 저 사람을 완전히 믿지는 못하겠다.

"저는 생각할 시간이 필요해요."

일단, 이곳을 떠나자.

강렬한 경고음이 머리를 울렸다. 저 사람이 진짜 아빠든 뭐든. 자
신에게 이 대륙을 줄 생각이든 말든. 일단 떠나서, 홀로 생각하자.

"오, 물론이지. 생각할 시간은 얼마든지 줄 수 있어."

신령이 부드럽게 웃었다.

"너에게 성전에서 가장 좋은 방을 내줄게, 칸나. 불편한 것 없이 머
물 수 있을 거란다."

그러나 그는 이미 칸나가 이곳에 머무는 걸로 생각하고 있었다. 아
니, 결정했다. 제멋대로.

목덜미가 싸늘해진다. 경고음이 한차례 더 강하게 울린다.

"제가 어딜 가든, 그건 제가 결정할 일이에요."

그 순간 신령의 검은 눈에 슬픔이 스쳐 지나갔다.

"역시나 나를 믿지 못하는구나."

"너무 갑작스러운 일이에요. 이해해 주세요."

"너야말로 나를 이해해 주렴."

그 순간, 들려오는 발소리에 칸나는 뒤를 돌았다.

"널 보내지 못하는 나를 부디 이해해 줘, 칸나."

언제 다가온 걸까? 피처럼 붉은 법복을 입은 수십의 사내가 그녀의 뒤를 막아서고 있었다.

그녀는 저들이 누구인지 알아차렸다. 대신전의 집행관. 전투용으로 만들어진 사제들이었다!

집행관이 칸나의 양쪽에 서서 양팔을 붙들었다.

"지금 뭐 하는 거죠?"

"너를 보호하는 거야."

"보호?"

"알렉산드로는 괴물이야. 그가 이번만큼은 방심하여 너를 놓쳤지만, 다음 기회는 없을 거다. 이게 널 구할 유일한 기회야."

완전히 제멋대로 말하고 있었다. 그래서일까. 칸나는 도리어 더 냉정해졌다. 아주 차분한 영역에서 생각했다. 그리고 금세 계산을 끝냈다.

일단 따르는 척한다. 생각해 보니 당장 떠나는 것보다 당분간은 머무는 게 이득이었다. 신령의 말이 사실인지 아닌지, 정보를 모아 판가름할 기회가 될 테니까.

그리고 기회를 봐서 도망치든 말든 하는 거다.

도망칠 자신은 있었다. 지금 자신의 목걸이와 반지에는 사람을 며칠간은 기절시킬 독극물이 준비되어 있다.

그뿐만이 아니다. 수면향과 독약 등등, 누군가를 제압할 수 있는 온

갓 약물을 준비해 왔다.

'일단 따르는 척하자.'

칸나가 제안을 받아들이려고 할 때.

"야."

그때, 낮은 음성이 들려왔다.

칸나는 물론 집행관들조차 놀라 뒤를 돌아보았다. 그리고 한 남자를 발견했다.

"……오르시니?"

오르시니였다.

그가 어깨에 검을 걸쳐 들고는 삐딱하게 서 있었다.

"너 여기서 뭐 하냐?"

순간 정적이 맴돌았다. 신령의 영역, 집행관들의 바로 뒤까지 접근하는 동안 그 누구도 알아차리지 못한 것이다!

"오르시니 아디스 경이로군."

신령이 여유롭게 미소를 지었다.

"돌아가거라. 이곳은 나, 신령의 영역. 자네가 올 곳이 아니야."

"아. 신령이십니까."

오르시니는 별 관심도 없다는 듯 건성으로 대꾸했다.

"당신이 누구든 이곳이 어디든 관심 없습니다. 단, 쟤는 제가 데려가야겠습니다."

오르시니가 눈짓으로 칸나를 가리켰다.

"그러니까 집행관들에게 당장 그 손 떼라고 하십시오. 손목 잘라 버리기 전에."

순간 칸나의 목덜미에 소름이 확 돋았다. 이것이 살기라는 걸까. 오르시니 주위의 공기가 날카로운 가시처럼 살갗을 찔러 왔다.

"건방지군. 알렉산드로의 젊은 시절과 완전히 똑같아."

"칭찬으로 듣겠습니다."

"칭찬이라."

아하하하하! 신령이 커다랗게 웃음을 터뜨렸다.

"칸나가 내 딸이라는 이야기, 들었나?"

순간 오르시니의 눈이 거세게 흔들렸다. 그러나 곧 진득하게 비웃
었다.

"꼭 그걸 들어야 압니까? 누가 봐도 똑같이 생겼는데."

"그래, 그건 못 들은 모양이군. 그렇다면 말해 주지. 칸나는 내 딸
이다. 그게 무슨 뜻인지 알겠지? 자네와는 남매가 아닌 피 한 방울 안
섞인 남남이라는 뜻이야. 그러니까."

신령이 자비를 베풀듯 획 손짓했다.

"이번만큼은 자네의 무례를 눈감아 줄 테니 돌아가도록."

그러나 오르시니는 눈썹 하나 까닥하지 않았다.

"갈 겁니다, 단, 칸나 아디스를 돌려받은 후에."

"내 말을 못 알아들은 건가?"

신령의 말에 오르시니가 차갑게 빈정거렸다.

"신령께서야말로 말귀를 못 알아들으시네. 오래 사셨다니 귀라도
어두워지셨나?"

"감히 신령님께!"

집행관들이 일제히 검을 뽑아 올렸다. 신령을 모욕하는 것, 그것이
야말로 가장 악랄한 신성 모독이었다.

"그래, 알렉산드로에게 아들의 목을 선물로 보내 주는 것도 나쁘지

않겠지."

그가 나에게 그러했듯 말이야, 신령이 심드렁하게 중얼거렸다.

"오르시니 아디스의 목을 베어 와라. 아디스 공작가로 보낼 것이다."

놀고들 있네. 칸나는 심드렁하니 그 장면을 지켜보았다.

이쯤 되면 어째서인지 "그만둬요!"라고 외치는 역할을 맡아야 할 것 같기도 했지만, 전혀. 그럴 생각은 전혀 없었다.

오르시니가 죽든 말든, 녀석의 팔자다. 진심으로 그렇게 생각했다. 자신은 이곳에 있기로 일단은 결정했다. 도움 요청을 하긴커녕 바라지도 않았다.

'그러니 죽어도 나랑은 상관없어.'

안녕. 잘 가 오르시니. 마음속으로 작별 인사를 하며 고개를 돌렸다.

그러나 다음 순간, 칸나는 자신이 완전히 착각했음을 깨달았다.

"쯧. 알렉산드로의 아들 아니랄까 봐……."

신령이 나지막이 혀를 찼다. 반쯤은 예상했다는 말투였다.

눈 깜짝할 사이 오르시니를 둘러쌌던 집행관들이 무너졌다. 동시 다발적으로 우수수 쓰러진다. 한꺼번에 줄이 끊긴 인형들 같았다.

그리고 다음 순간, 오르시니가 총알처럼 튀어 나갔다. 어찌나 빨랐던지 칸나는 그가 자신의 허리를 낚아채고 나서야 깨달았다.

"악!"

그는 너무 빨랐고, 칸나는 그 속도에 대비하지 못했다. 목이 거칠게 푹 꺾이자 비명이 튀어나왔다.

"바보냐? 꽉 안 잡을래?"

귀 옆에서 들리는 비난. 순간 열이 확 치솟는다.

"너야말로 누가 구해 달래? 내려놔!"

진심이었건만, 오르시니는 심술 정도로 여기는지 대답조차 하지 않았다. 도리어 그녀를 한쪽 팔로 꽉 붙들어 맸다.

"놓으라고! 난 대신전에 남을 거야!"

"닥치고 가만히 좀 있어, 등신아!"

"내려놔, 내려놓으라고!"

그의 머리끄댕이를 사정없이 쥐어뜯으며 외치는 순간, 보았다.

오르시니의 검이 날아오는 집행관의 검을 받아 내고, 깨부수고, 그대로 내질러 나가 몸을 반으로 쭉 쪼개는 것을.

순간 속이 울렁거려 칸나는 입술을 깨물었다. 더는 보지 못하고 그의 어깨에 얼굴을 묻었다. 그의 머리를 쥐어뜯는 것도 멈췄다.

모르겠다. 네 맘대로 해라.

"기다리고 있겠다, 칸나!"

의외로 신령은 직접 나서지 않았다. 오르시니가 칸나를 붙들고 도주하는 것을 뒷짐 지고 지켜보며 큰 소리로 인사했다.

"기다리고 있을게!"

"이제야 한숨 돌리겠군."

그렇게 몇 시간이 지났을까?

광기의 도주 끝에 오르시니는 대신전을 빠져나오는 데 성공했다. 깊은 숲속으로 도망쳤다. 그제야 처음으로 멈춰 섰다.

"내려 줘."

오르시니는 칸나를 내려 주었다. 칸나는 똑바로 서지 못하고 풀썩 주저앉았다. 몇 시간 동안이나 불안정한 자세로 거칠게 뒤흔들렸다. 어지럽다. 토할 것 같다.

"괜찮냐?"

"괜찮아 보이니?"

칸나는 눈을 사납게 뜨며 그를 노려보았다. 사실 오르시니 쪽이 더 괜찮지 않아 보였다.

그는 피투성이였다.

대부분 다른 이의 피였지만 얼마간은 그의 것도 섞여 있다. 한 집행관이 오르시니의 등을 검으로 베는 것을 보았으니까.

"너 뭐야?"

"뭐?"

"도와 달라는 말도 안 했는데 왜 멋대로 굴어?"

그러자 오르시니의 얼굴이 무섭게 얼어붙었다. 무릎을 꿇어앉으며 칸나와 눈높이를 마주했다.

"야, 이 빌어먹을 여자야. 고맙다는 말은 못할망정 왜 멋대로 구냐고? 그게 할 말이냐?"

"그러면 나한테 고맙다는 말이라도 들을 줄 알았니?"

칸나는 그의 눈을 똑바로 쏘아보았다. 차갑게 비웃었다.

"내가 너한테 고맙다고 할 줄 알았어?"

도와 달라는 말 한마디 안 했다. 그런데 이렇게 다쳐 가면서까지 멋대로 구해 줬다. 다른 사람도 아닌, 오르시니가.

대체 왜?

"헛수고하지 마, 오르시니. 역겨우니까."

오르시니는 지그시 이를 악물었다. 모멸감과 수치심, 그리고 분노가 몰아쳐 눈꺼풀이 파르르 떨렸다.

검에 베였을 때조차 표정 하나 변하지 않았는데.

칸나의 말 한마디에 속절없이 휘둘리고 있었다.

"난 도망갈 생각 없었어. 계속 대신전에 있을 생각이었다고. 너도 신령을 봤으니 알 거 아냐? 나는."

칸나는 잠시 멈췄다가, 토하듯 뱉어 냈다.

"나는 아디스의 딸이 아니야."

말해 놓고 나니 이제는 정말 확신할 수 있었다.

알렉산드로 아디스. 그와 자신은 아무 관계가 아니다.

그때, 아버지의 비밀의 방에서 칸나는 신령의 초상화를 가리키며 이자가 자신의 부모냐고 물었다.

"네가 그렇다면 그런 거겠지."

알렉산드로의 화법을 아주 잘 아는 칸나는 그것이 긍정임을 알고 있었다. 당시에는 모친으로 예상하고 물어본 건데, 설마 부친이었을 줄이야.

물론 알렉산드로는 칸나의 착각을 알고 있었겠지. 알면서도 뻔히 내버려 두었다. 농락했다.

얼마나 우스웠을까?

칸나는 피식 웃었다. 이상하게도 계속 웃음이 나왔다. 신령이 한 말 중 어디까지가 진실이고 거짓인지는 모른다.

단 하나 확신할 수 있는 것은.

"알렉산드로 아디스는 내 아버지가 아니야."

그것만큼은 진실이다.

"오르시니, 우리도 남매가 아니고. 난 아디스 가문과는 피 한 방울 섞이지 않았어."

그런데 왜 아디스의 딸로 자라난 걸까. 알렉산드로가 자신을 사육했다는 말, 선희를 증오했다는 말 역시도 진짜일지 모른다.

그럴듯하지 않은가? 그동안 그녀는 아디스에서 고문당하는 것처럼 괴로웠다. 어쩌면, 선희를 향한 알렉산드로의 증오를 자신이 대신 받았는지도.

그때였다. 차가운 감각이 손등 위를 툭 때렸다.

그것이 시작이었다. 빗방울이 하나둘 떨어져 내리더니 순식간에 거세졌다. 칸나의 몸이 단숨에 비에 흘딱 젖었다.

최악이다. 비참하다.

"그러니까 나는 안 갈 거야. 너 혼자 가."

"……어디 갈 건데."

"네가 알 바 아니야."

모르겠다. 정말로 모르겠다.

어딜 가고 싶은지, 무엇을 하고 싶은지 아직 확신하지 못했다.

알고 있는 것은 단 하나. 그녀의 세상이 산산이 부서졌다는 것. 그렇기에 추스를 시간이 필요했다.

칸나는 현기증을 참았다. 비척거리며 몸을 일으켰다. 그리고 아직 주저앉아 있는 오르시니를 내려다보았다.

"그러니까 넌 혼자 아디스로 돌아가."

오르시니의 뺨 위로 빗방울이 쏟아져 내린다. 핏물이 씻겨 내려간다. 그가 입술을 열었다.

"싫어."

어째서인지, 칸나는 그가 그렇게 말할 것을 예감하고 있었다.

싫다고 할 것 같았다. 순순히 보내 주지 않을 것 같았다.

그러니까 그렇게 용을 쓰고 자신을 대신전에서 빼내 온 거겠지.

달려드는 검날 속에서 보물을 지키듯 자신을 꽉 붙들었던 단단한 팔, 그 감촉을 떠올리자 속이 울렁거렸다. 욕설을 참을 수 없었다.

"역겨운 새끼."

"그래. 네 마음대로 지껄여라."

그가 입꼬리를 올리며 웃자, 속이 확 뒤집혔다. 웃어?

"웃지 마."

발을 들어 그의 허벅지를 짓밟았다. 돌처럼 딱딱한지라, 구두 굽을 비틀어 대며 거칠게 찍어 눌렀다.

"웃지 마, 오르시니."

칸나는 그의 날렵한 턱을 거칠게 잡아 올렸다.

"난 네가 웃는 게 싫어."

증오가 맹렬히 솟구쳤다.

상처 주고 싶다. 저 여유로운 웃음을 찢어 버리고 싶다. 그리고 칸나는 그 방법을 빠르게 찾아냈다.

"너 사실은 나에게 용서받고 싶지?"

그 순간, 손아귀에 잡힌 오르시니의 턱에 힘이 들어갔다.

칸나는 피식 비웃었다. 혹시나 했는데, 정말이라니. 참으로 가증스러운 희망이다.

"염치없는 자식."

더, 더, 더 상처 주고 싶다.

도저히 지울 수 없을 만큼, 그가 자신에게 그랬던 것처럼, 10여 년 이 흐른 후에도 도저히 잊을 수 없는 강렬한 아픔을 주고 싶다.

"그럼 차라리 아까 죽지 그랬어."

그리고 그것은 우스울 만큼 쉬웠다.

"혹시 몰라? 나를 지키려다가 죽었더라면 조금은 동정했을지도."

고작 몇 마디 말이면 충분했으니.

오르시니의 눈에 깃드는 고통에 칸나는 잔혹한 쾌감을 느꼈다. 어찌나 쉽던지, 아이의 손목을 비트는 것보다 간단했다.

"그러니 다음 기회가 온다면, 그냥 죽어 버려."

칸나는 그의 턱을 내쳤다. 뒤로 물러나 등을 돌렸다. 이곳이 어딘지 모르지만 어디든 갈 생각이었다.

아디스가 없는 곳이라면 어디든.

"야."

그러나 그가 칸나의 어깨를 잡아 돌린다.

"진정하고 내 말 들어."

오르시니는 침착한 목소리로 설득했다. 침착해지려고 온갖 노력을 하는 것이, 칸나의 눈에 훤히 보였다.

"나도 같이 간다."

"뭐?"

"너 혼자는 위험해."

칸나는 참지 못하고 웃음을 터뜨렸다. 위험하다고? 오르시니 입에서 그런 걱정이 나와?

"나한테는 네가 가장 위험해. 수틀리면 언제 내 목을 조르고 때릴지 모르잖아?"

"그때는."

오르시니의 목소리가 갈라졌다. 퍼붓는 폭우 속에서도 그의 동요가 여실히 드러났다.

"그때는 내가……."

"닥쳐."

칸나는 차갑게 그의 말을 잘랐다.

"아무것도 듣고 싶지 않아. 그게 무엇이든, 아무것도."

"칸나."

"내 이름 부르지 마!"

발작하듯 소리치자 오르시니의 입술이 굳었다.

"차라리 오물이라고 불러. 예전처럼 폭력적으로 굴어."

말을 하면 할수록 가면이 갈라진다. 진심이 드러났다. 오로지 분노와 원한으로 얼룩진 얼굴이었다.

"넌 영원히 쓰레기로 남아 있어야 해. 이제 와서 감히 다른 것이 되려고 하지 마."

오르시니의 얼굴에 짙은 체념이 맴돌았다. 그것은 곧 조롱으로 변했다.

"그래, 네 마음껏 미워해라. 마음대로 지껄여. 하지만 너 혼자 가는 건 안 돼."

"네가 뭔데 허락을 하고 말고야?"

"안 된다면 안 돼. 위험해."

순간 열불이 확 치솟았다. 분노에 눈이 타들어 가는 것 같다. 오르시니 따위가 감히, 감히 자신을 걱정한단 말인가. 감히!

"부인."

그 순간, 나직한 목소리가 울렸다.

칸나는 고개를 돌렸다. 그리고 그 순간 자신의 눈을 의심했다.

쏟아지는 빗속에 검은 사제가 고요히 서 있었다.

그가 흠뻑 젖은 머리칼을 쓸어 넘긴다. 이마를 타고 흐르는 물방울이 턱 끝에서 부서졌다.

"……라파엘."

그 모습을 보자 칸나는 어째서인지 머리가 새하얗게 비는 것만 같았다. 분노로 타오르던 가슴도 단숨에 재만 남았다. 멍해졌다.

"도움이 필요하십니까?"

깊게 가라앉은 눈동자가 오르시니의 손아귀를 보았다. 칸나의 어깨를 집착처럼 잡은 그 손을.

"그렇다면 명령하십시오. 따르겠습니다."

"너 뭐야?"

오르시니가 눈살을 찌푸렸다.

"네가 뭔데 끼어들어?"

그러나 라파엘은 오르시니를 쳐다보지도 않았다. 그의 시선은 줄곧 칸나에게 향해 있었다. 그리고 기다렸다. 그녀가 명령을 내리길.

칸나는 그를 멍하니 응시했다. 입술이 열렸다.

"네."

머리를 거치지 않은 결정이었다.

"저는 아디스로 돌아가고 싶지 않아요."

그 순간, 오르시니의 얼굴이 야차처럼 일그러졌다. 라파엘이 다가왔다. 오르시니가 그녀의 앞을 막아섰다.

"너희 뭐야?"

"비켜서십시오, 오르시니 경. 제가 부인을 모시겠습니다."

"부인은 씨발, 이혼한 게 언젠데."

오르시니가 살벌하게 욕설을 내뱉었다.

"네가 뭔데 얠 데려가?"

"부인께서 경과 함께하길 원치 않으십니다."

"그러니까 네가 뭔데 얠 신경 쓰냐고!"

지금 당장 달려들어 물어뜯을 짐승 같은 기세였다. 그러나 라파엘은 한 줌 동요 없이 말했다.

"마지막으로 말씀드리겠습니다. 오르시니 경, 물러서십시오."

"하……."

오르시니의 입술이 비틀어졌다. 그의 손등 위로 굵은 핏줄이 험악하게 돋아 올랐다.

당장 한 대 칠 분위기라, 칸나는 재빨리 나섰다.

"오르시니, 하지……."

그러나 오르시니가 한발 더 빨랐다. 라파엘에게 냅다 주먹을 내지른 것이다!

"오르시니!"

그러나 다행히도, 라파엘이 얼굴을 틀어 피했다. 그리고 스쳐 지나가는 그의 팔목을 붙잡고는 내동댕이쳤다. 거구인 오르시니의 몸이 거짓말처럼 쉽게 끌려갔다. 오르시니는 볼썽사납게 넘어지긴커녕 기이할 만큼 유연하게 몸을 회전해 바닥에 착지한다. 착지했다, 라고 생각한 순간 곧장 짐승처럼 쇄도했다.

"하지 마!"

칸나가 라파엘의 앞을 막아섰다. 달려들던 오르시니가 우뚝 멈춰 섰다.

바로 앞에서 마주친 그의 눈이, 정말이지 야수 같았다. 살기가 넘치다 못해 뚝뚝 흘렀다.

"비켜."

발끝이 저릴 만큼 위압적인 모습. 그러나 칸나는 그가 두렵지 않았다. 눈곱만큼도.

"너나 비켜, 오르시니."

물러나긴커녕 그의 어깨를 거칠게 밀쳤다. 그러자 역시나 그는 순순히 그 힘에 밀려났다. 파도 위에 흔들리는 종이배처럼 무력했다.

칸나는 이제 그 사실을 알았다. 우스울 만큼 잘 알았다.

"네가 뭔데 날 신경 써? 네가 뭔데!"

퍽. 그의 어깨를 때리듯이 밀쳤다. 한 발짝, 그가 또 밀려난다.

"내가 어딜 가든, 누구랑 가든, 신경 쓰지 마. 너에게는 그럴 권리 없으니까."

"그래서 저 새끼랑 같이 가겠다고?"

오르시니가 거칠게 반박했다.

"내가 저 자식을 어떻게 믿지?"

"네 믿음 따위 필요 없어. 그리고 나야말로 널 어떻게 믿어?"

"……뭐?"

"나는 널 못 믿어, 오르시니. 차라리 길가의 거지를 믿고 말지."

그 순간, 칸나는 자신의 혀가 오르시니를 깊게 찔렀다는 것을 깨달았다. 조각조각 갈라지는 그 얼굴, 그 파열음이 여기까지 들리는 것 같았다.

그것이 우스웠다.

오르시니 따위가.

고작 이까짓 말에 충격을 받다니. 아파하다니.

"그러니 꺼져."

차갑게 뱉은 후, 그대로 뒤를 돌았다. 라파엘의 팔을 붙잡았다. 성큼성큼 걸어갔다. 등 뒤로 오르시니의 시선이 내리꽂히는 것이 느껴졌다.

"······야."

오르시니가 그녀를 불렀다. 그러나 무시했다. 발을 늦추긴커녕 돌아보지도 않았다.

"칸나."

뒤이어 그가 무언가를 말하는 것 같았다.

그러나 빗소리에 파묻혀 희미하게 흐려졌다. 흐려져야만 했다.

칸나는 듣지 않았다.

듣고 싶지 않았다.

그리고 몇 시간을 걸었을까.

라파엘이 이 숲을 나가는 길을 알고 있다고 했다. 정말 다행이었다. 그가 없었더라면 숲을 헤매느라 온 진을 다 뺐을 것이다.

그러니까 이 등을 쫓아 걸으면 된다.

그러면 언젠가는 끝이 나겠지.

'무엇이?'

무엇이 끝이 날까.

끝이 나기는 할까.

이제 다 마무리해 간다고 생각했다. 돈은 넘칠 만큼 벌었고 이혼도 마무리했다. 이제 남은 것은 분가뿐이었다.

마침내 끝이 보이는 여정이었는데…….

'착각이었나 봐.'

그동안 수많은 위기를 맞아 왔고 몇 번은 목숨이 위험했지만, 칸나는 단 한 번도 좌절하지 않았다. 그러나 지금은…….

차라리 쓰러져 버리고 싶다.

머리가 지끈거린다. 칸나는 추위에 파르르 떨리는 입술을 깨물었다.

삶을 쪼개는 듯한 충격을 받아서일까, 몇 시간 동안 비를 맞으며 걸어서일까. 머리가 아프고 눈앞이 어지럽다.

"부인?"

칸나는 눈을 깜빡였다.

'어?'

모르는 사이, 라파엘의 등에 머리를 툭 기대고 있었다. 인식하는 순간 몸이 아래로 주르륵 미끄러져 내린다. 라파엘이 서둘러 그녀의 몸을 잡아 세웠다.

"부인, 괜찮으십니까?"

"괜찮아요……."

시야가 흔들린다. 머리를 뒤흔드는 현기증 속에서 칸나는 정신을 차리려 애썼다.

"괜찮아요. 괜찮으니 놔줘요."

정신 차려야 해. 그러나 마음과는 달리 몸에서는 열이 끓어올랐다. 눈꺼풀이 무거워졌다.

아니, 안 된다. 이런 곳에서 혼절했다가는 죽을지도 몰라…….

"괜찮습니다."

그때, 속내를 안다는 듯 라파엘이 말했다.

"안심하고 쉬십시오, 부인."

강직한 음성이었다. 어쩌면, 기대고 싶을 만큼.

칸나는 저도 모르게 눈을 감았다.

◦⟨∗⟩◦

그사이, 짧은 꿈을 꿨다.

"생일 축하해요, 엄마."

칸나가 주화였던 시절. 주화 나이로 스물두 살 때쯤이었나. 엄마의 생일 선물로 세상에서 단 하나뿐인 향수를 만들어 주었다.

"고마워, 주화야. 역시 내 딸이 최고야."

"그렇지? 내가 가장 큰 선물이지?"

"그래. 이렇게 잘 자라줘서 너무 기뻐. 엄마가 너 어릴 때 너무 오냐오냐 키워서 마냥 철부지인 줄 알았는데……."

그때 선홍이가 불쑥 끼어들었다.

"엄마, 나는 왜 오냐오냐 안 키웠어? 왜 나는 스파르타야?"

그러자 엄마가 웃었다.

"엄마가 옛날에 너무 바빠서, 주화 아기 때 못 챙겨준 게 많아서 그래. 질투하지 마, 이선홍."

"으으. 그래. 둘이 한편 하세요. 나는 아빠랑 놀 거야."

그러자 사과를 깎고 있던 아빠가 심드렁하게 대꾸했다.

"나는 선희랑 놀 건데?"

왁자지껄 떠들던 때. 그들에게는 흔한 일상이었던 순간.

그러나 눈을 뜨는 순간 물거품처럼 사라졌다. 남은 것은 뼛속까지 시린 추위뿐.

'추워.'

칸나는 벌벌 떨며 눈을 떴다.

'여긴……?'

비좁은 동굴 안. 바로 옆에서 모닥불이 타오르는 소리, 멀리에서는 쏟아지는 빗소리가 들렸다.

"정신이 드셨습니까?"

칸나는 힘없이 고개를 돌렸다. 라파엘이 그녀의 곁에 앉아 있었다. 그도 자신처럼 추운 새벽에 비를 쫄딱 맞았는데, 그녀와는 달리 일말의 추위조차 못 느끼는 듯했다.

"괜찮으십니까?"

"아니요."

턱이 덜덜 떨렸다.

"추워요."

이대로 얼어 버릴 것 같아.

칸나는 창백하게 식은 몸을 끌어안았다. 얼음장 같다. 아직도 젖은 옷을 입고 있으니 당연한 결과였다.

"벗겨 줘요."

이대로라면 엄청난 고열이 와서 시름시름 앓거나 저체온증으로 죽게 될 것이다.

"옷, 벗겨 줘요……."

손가락 까닥할 힘도 없었기에 그저 부탁했다. 아니, 이건 명령에 가까운가. 상관없다.

그게 뭐든 라파엘은 자신의 말을 들어줄 테니까.

"그리고 안아 줘요."

이것도 틀림없이 들어줄 테지.

"안아 줘요. 너무 추워."

죽을 것 같았다. 온기가 필요했다. 이것이 추위 때문인지 아니면 외로움 때문인지 몰랐다.

"추워서 죽을 것 같아……."

알렉산드로 아디스. 아무리 미워해도, 아버지라고 여기지 않았어도, 그래도 아버지였다. 그래서 아버지라고 불렀다. 그런데 아버지조차 아니라고 한다.

그런데 그것이 뭐 어쨌다고 이렇게 충격을 받은 걸까?

내내 그것을 바라왔으면서. 그와 엮인 인연의 실이 영원토록 끊어지길 바랐으면서…….

'아니, 아니, 나는 그냥 충격을 받은 거야. 평생 알아 왔던 진실이 거짓이었으니까.'

"선희는 너와 나를, 우리를 버리고 기어코 자신의 세계로 돌아갔어."

"그녀는 항상 고향을 그리워했으니까. 고향에 어린 딸과 남편이 있다고 했어."

하지만 엄마. 나도 데려가면 안 됐을까? 나도 엄마 가족의 일원으로 만들어 주지.

'당연히 안 되겠지.'

나는 혼외 자식이니까. 아빠는 엄마가 실종된 시간 동안 어린 아기였던 주화를 홀로 키우며 기다렸을 거다. 엄마가 돌아왔을 때 두 팔 벌려 환영했겠지.

만약 그때 엄마에게 자신이 딸려 있었다면? 그 행복한 가정은 없었을지도 모른다. 그렇기에 엄마는, 설령 가능했다고 할지언정, 절대로, 절대로 자신을 데려가지 않았을 것이다.

참으로 엄마다운 선택이었다. 목표를 설정하고, 냉정하게 실익을 따지고, 최선의 것을 선택하고, 돌아보지 않는 엄마.

칸나는 엄마를 잘 알았다. 그녀가 자신을 그렇게 가르쳤으니까. 자신도 그녀처럼 얼마든 냉정하게 굴 수 있는 사람이니까.

그렇기에 지금 이 순간 발밑이 무너져 내렸다.

"부인."

진창에서 굴러도 이보다 덜 비참할 텐데.

"잠시 무례를 저지르겠습니다."

칸나는 묵직한 눈꺼풀을 들어 올렸다. 그의 손가락이 그녀의 가슴팍 위 리본의 끝자락을 잡아 올린다. 그 상태로 잠시 멈칫한다.

"부디 용서해 주십시오."

그리고 리본을 잡아당겼다. 매듭이 풀리며 앞섶이 벌어진다.

라파엘은 아주 조심스럽게, 그녀의 살결에 손가락이 닿지 않도록 주의하며 옷자락을 잡고 끌어 내렸다. 축축하게 젖은 천이 어깨와 가슴팍을 지나 허리 아래까지 미끄러져 내려간다. 말미에는 발끝을 스치고 허물처럼 벗겨졌다.

그러나 칸나는 일말의 수치조차 느끼지 못했다. 아무렇지도 않았다. 모든 신경이 아파하느라 다른 부분은 모조리 마비된 걸지도 몰랐다.

그리고 다음 순간, 라파엘이 그의 사제복 단추를 푸는 소리가 들려왔다. 뒤이어 스르륵 옷이 내려가는 소리 역시도.

그러고는 그녀를 번쩍 들어 올려 그의 허벅지 위로 앉혔다. 온기가 다가오자 칸나는 본능적으로 팔을 뻗었다. 그의 허리를 휘감아 끌어안았다. 살갗이 빈틈없이 맞닿고 체온이 겹쳐졌다.

열기가 밀려온다. 따뜻하다.

더, 조금만 더 가까이.

하지만 이래서는 안 된다는 것을 안다. 이혼한 전남편의 친우와 맨살로 체온을 나눠서는 안 된다는 것을 알지만, 알고는 있지만…….

아니, 사실은 아무래도 좋았다.

얼어붙은 몸을 녹일 수 있다면. 이 영하의 추위, 세상에 홀로 남은 것 같은 외로움에서 벗어날 수만 있다면.

"불쾌하지는 않으십니까?"

라파엘의 저음이 아주 가까이에서 울렸다.

"전혀요."

"그럼 불편한 곳은……."

"없어요. 그냥 이대로 조금만."

그리고 침묵이 내려앉았다. 더는 아무도 말하지 않았다.

타닥타닥, 불씨가 타들어 간다. 침묵 속에서 서로의 숨결이 도드라졌다. 머리칼에서 떨어진 물방울이 피부 위로 미끄러지는 소리, 침을 삼키는 소리, 그리고 심장의 맥동까지도.

칸나는 천천히 호흡했다.

따뜻하다. 이제야 살 것 같았다.

칸나는 깊은 잠에서 깨어났다.

멍하니 눈을 끔뻑이다가 자신이 어딘가에 기대어 있음을 깨달았다. 근육질의 넓은 가슴, 흉터…….

"일어나셨습니까?"

칸나는 고개를 퍼뜩 들어 올렸다. 그리고 저를 응시하는 눈과 마주쳤다.

그 순간, 스쳐 지나가는 어젯밤의 기억.

"옷 벗겨 줘요."

"안아 줘요."

얼굴에 열이 확 올랐다. 그러나 다행히 표정 유지에는 성공했다.

"이제 내려 줘요."

라파엘은 순순히 그녀의 말에 따랐다. 그리고 모닥불 근처에 펼쳐 놓은 옷가지를 집어 들어 건넸다.

"아직 물기가 남아 있긴 합니다만, 어제보다는 나을 겁니다."

"고마워요."

칸나는 허겁지겁 옷을 입었다. 있는 힘껏 태연한 척하고 있었지만 정신이 하나도 없었다.

그럴 만했다.

'어제는 미쳤나 봐.'

아무리 힘든 밤이었다고 할지언정, 제정신이 아니었던 것 같다. 칸나는 라파엘을 흘끔 쳐다봤다. 그 역시도 다시 사제복을 입고 있었다.

목 끝까지 빈틈없이 채운 단추가 금욕적일 정도였다.

'이 사람 정말 대단하네.'

여러모로 민망한 상황인데 라파엘은 눈썹 하나 까딱하지 않았다. 기가 질릴 정도로 묵묵했다. 방금 전까지만 해도 거의 알몸이나 다름 없는 여자를 안고 있던 남자로는 보이지 않았다.

생각해 보니 어제도 그랬다.

자신의 옷을 벗기고 체온을 나누는 과정에서 그는 숨결 한 번, 손 끝 한 번 흔들리지 않았던 것이다.

칸나는 고개를 갸웃했다.

'아무리 성직자여도 그렇지, 이성을 돌 보듯이 보는 게 쉽지 않을 텐데.'

아니면 주화의 의심이 합리적이었던 걸까?

그렇게 생각하고 있을 때, 라파엘이 예고 없이 고개를 돌렸다. 눈이 마주쳤다. 그가 곧장 공손하게 시선을 아래로 내리깔았다.

"몸 상태가 괜찮으시다면 이제 출발하는 게 좋을 것 같습니다."

그러나 칸나는 머뭇거렸다. 어디로 가야 할지 몰랐던 것이다.

'어떡하지?'

대신전에서 탈출했으니 다시 돌아가는 것도 이상하다. 그렇다고 해서 아디스로 돌아가고 싶진 않았다. 적어도 지금은 싫었다.

갈 곳이 없다. 심지어 돈도 없다. 모든 소지품을 대신전에 두고 왔으니까.

'하지만 나에겐 라파엘이 있지.'

라파엘은 언제나 그러하듯 시선조차 함부로 마주하지 못하고 고개를 숙이고 있었다.

"라파엘."

"예."

"제가 신령의 딸인 것 알고 있었어요?"

짧은 침묵이 흘렀다. 그리고 그가 인정했다.

"예."

역시. 칸나는 웃었다. 그제야 매듭 하나가 완전히 풀렸다.

'그래서 잘해 주는 거였구나.'

그동안 칸나가 신령의 딸이라서 잘해 준 거였다. 자신에 대한 호감 같은 시시한 이유 때문이 아니라.

'그래, 그게 당연한 거지.'

어떻게 자신에게 호감이 가겠는가? 그동안 주화가 이 몸으로 해 왔던 일을 떠올려 보면 불가능한 일이었다. 그는 애초부터 자신의 태도 따위는 상관없었을 것이다. 관심도 없었겠지.

신령의 딸, 라파엘에게 중요한 것은 그것뿐이었으니.

"갈 곳이 없어요. 마련해 줘요."

"알겠습니다."

이제야 비로소 알 것 같았다. 부탁 따위 하지 말라는 그의 말. 그저 명령하라는 말.

'그랬구나. 그래서였구나.'

칸나는 쓰게 웃었다.

숲을 빠져나간 후 마차를 구해 한참을 달려갔다. 그리고 도착한 곳은 또 숲이었다.

"출입 금지라는데요?"

귀족의 사유지인 걸까? 숲의 초입에는 출입을 금하는 거대한 울타리가 설치되어 있었다.

"괜찮습니다."

"……괜찮다고요?"

"예."

그렇다면 그런 거겠지. 칸나는 별말 없이 그를 쫓아갔다. 숲 안쪽으로 들어가자 작은 호수가 드러났다. 연옥색 호수가 햇살을 받아 반짝였다. 덩그러니 선 저택 한 채가 맑은 수면 위로 거울처럼 비쳤다.

"일단은 저곳에서 쉬시면 됩니다."

"아는 사람 집이에요?"

"그건 아닙니다만."

"그럼 누구 저택인 줄 알고……?"

"제 것이니 염려 마십시오."

칸나는 이번에야말로 할 말을 잃었다.

농담인가? 아니, 라파엘이 농담을 할 리가 없지. 유머가 뭔지도 모를 것 같은 사람인데.

'그럼 이 숲 전체가 라파엘 거야?'

거짓말할 사람 같지는 않으니 진짜일 거다.

'가난한 줄 알았더니 아니었네.'

대신전에서 나올 때 돈을 두둑하게 챙긴 모양이다. 칸나는 내심 그의 수완에 감탄했다.

놀라운 것은 거기서 끝이 아니었다. 저택 안은 눈부실 만큼 화려해서 발렌티노나 아디스 저택과 견주어도 뒤지지 않을 정도였다. 검소한 파계 사제로 여기고 있었는데 이렇게나 화려한 곳에서 살고 있었다니!

"라파엘, 평소에 여기서 지내는 거예요?"

"아닙니다."

"그럼요? 일종의 별장 같은 건가?"

"아뇨. 그저 이런 사태를 대비하여 마련해 놓은……."

라파엘이 말끝을 흐렸다. 기괴하게 들릴 것을 염려하는 눈치였다. 그럴 만했다. 그녀가 듣기에도 아주 이상한 말이었으니까.

이런 사태라니. 자신이 몸을 숨겨야 하는 사태를, 라파엘이 왜 대비했단 말인가?

'설마. 나를 위한 게 아닌 본인을 위한 은신처겠지.'

그렇게 생각하자 납득이 갔다.

"그럼 여기는 누가 청소해요? 하인들이 안 보이는데."

"주기적으로 관리하는 고용인이 있습니다. 부인께서 원하신다면 상시 거주하는 하인을 들이겠습니다."

"아뇨. 이곳에 있는 동안 마주치는 사람이 없었으면 좋겠어요."

"그렇게 하겠습니다."

"라파엘."

"예?"

"저 이혼했어요. 언제까지 부인이라고 부를 건가요?"

"……."

"저는 이제 기혼이 아니니 부인이라고 부르는 건 적합하지 못해요.

다른 걸로 불러 줘요."

"원하시는 호칭이 있다면 뭐든 말씀해 주십시오."

"뭐든지요?"

"예."

라파엘은 예의 바른 하인처럼 고분고분하게 대답했다. 원래부터 순종적이긴 했지만, 더 심해졌다.

그리고 칸나는 그 태도가 거슬렸다.

"그럼 이쯤에서 라파엘과 저의 관계를 재정립하는 게 좋을 것 같아요."

"그리하십시오."

"그 전에 하나만 묻죠. 제가 신령의 딸이기에 사제로서 따르는 건가요? 아니면 개인적인 호감이 있어서 친절을 베푸는 건가요?"

사실 물어볼 필요도 없었다. 그가 뭐라고 답할지 이미 알고 있었으니까.

"저는 부인을 따르고 있습니다."

보라. 역시나 그렇지 않은가. 칸나는 코웃음을 쳤다.

"나를 따른단 말이죠. 그럼 내 말이라면 뭐든 들을 생각인가요?"

"예."

"설령 실비엔의 뜻과 반대된다고 해도?"

"예."

그 말에 칸나는 조금 놀랐다. 설마하니 자신이 실비엔보다 우선순위에 있을 줄이야. 신령의 딸이라는 것이 그 정도로 대단한가?

생각할수록 묘하게 심기가 비틀렸다.

"혹시 성직에 복귀하고 싶은 건가요? 제가 훗날 성녀라든가, 그런 비슷한 존재가 될 것 같아서?"

"맹세코 그런 생각은 품은 적 없습니다. 곁에서 부인을 모실 수 있다면 그것으로 족합니다."

신령의 딸임이 밝혀져서일까. 그는 한 꺼풀 내숭을 집어던지고 노골적으로 종처럼 굴고 있었다.

"하기야 라파엘은 내 부탁이 아닌 명령을 좋아하는 사람이었죠."

그랬다. 라파엘은 자신과 동등해지길 원하지 않았다. 친구의 부인이니까, 그래서 배려해 주는 거라고 생각했는데…….

"그렇다면 라파엘은 내게 뭘까요? 명령을 받드는 사람이니, 하인 같은 건가요?"

"그리 여겨 주신다면 영광입니다."

"……"

칸나는 기가 막혀서 입을 다물었다. 빈정거릴 생각으로 꺼낸 말인데 바로 받아들이다니. 어찌나 순순하던지 이 순간을 기다린 것처럼 보일 정도였다.

"내 하인이 되고 싶다고요?"

"무엇이든."

그가 짧게 끊어 말했다. 곧 다시 이었다.

"부인께서 저를 거두어 주신다면 무엇이든 좋습니다."

그 말에 칸나는 완전하게 확신했다.

이거다. 자신의 종이 되는 것, 이것이 라파엘이 원하는 거였다. 어쩌면 처음 자신을 본 순간부터 줄곧.

"글쎄요."

짜증이 왈칵 치솟는다. 칸나는 심드렁하게 대꾸했다.

"어쩌죠? 난 하인에게는 경어를 쓰지 않는데."

"부디 낮춰 말씀해 주십시오."

칸나는 웃음을 터뜨렸다. 그는 이제 노골적으로 바람을 드러내고 있었다. 그동안 어떻게 숨겨 왔는지 신기할 정도였다.

"말이 편해지면 행동도 편해질 게 뻔한데. 제가 보기보다 거친 편이라 상처 받을지도 몰라요."

"상처 주셔도 됩니다."

그가 단칼에 답했다.

"제가 농담하는 것 같아요? 저는 좋은 사람이 아니에요. 아주 못되게 굴지도 모른다고요."

"저를 원하는 대로 다루십시오. 짓밟으셔도, 엉망으로 만드셔도 좋습니다."

칸나의 눈이 차갑게 얼어붙었다.

그래, 그렇단 말이지. 상대가 바라는데 사절할 이유는 없다. 하인이 되길 바란다면 그리 취급해 주면 된다.

"후회할 텐데, 라파엘."

칸나는 느리게 말하며 그에게 한 발자국 가까이 다가갔다. 라파엘이 그녀의 발치를 응시하며 나직이 답했다.

"후회하지 않습니다."

"그래?"

칸나는 입꼬리를 올렸다.

"그럼 넌 나를 뭐라고 부를래?"

이것은 도발일까, 아니면 화풀이일까. 둘 다일지도 모른다고 생각하는 찰나 깨달음이 밀려왔다.

아까부터 심기가 불편한 이유.

아마 자신은 라파엘과 친구가 되고 싶었던 것 같았다. 괜찮은 사람이라고 생각해서, 인간적으로 가까워지길 희망했던 것 같았다.

하지만 상대에게는 그럴 생각이 눈곱만큼도 없었다. 나는 신령의 딸이니까. 자신의 이름이 주화든 칸나든, 성격이 좋든 말든, 그를 좋아하든 싫어하든, 라파엘에게는 그저 신령의 딸일 뿐이었으니.

그러니 그가 원하는 대로 해 주는 수밖에.

"영애가 좋으려나? 하지만 하인은 감히 그렇게 부를 자격이 없는데."

"원하시는 대로."

"그럼 주인님이라고 불러. 하인답게."

심술을 부리고 있다. 알고 있다. 그런데도 도저히 멈출 수가 없었다. 어쩌면 그가 거부하기를, 화를 내기를 바란 걸지도 몰랐다.

그러나.

"그리하겠습니다."

적당히 해!

하마터면 그렇게 소리칠 뻔했다. 칸나는 입술을 지그시 깨물었다가 놓았다.

"정말?"

"예."

"말이 짧네."

"죄송합니다, 주인님."

거부감이 확 일어난다. 역시나 불편하기 그지없다. 반면 라파엘은 어찌나 자연스러운지, 이 순간을 위해 평생을 연습해 온 것만 같았다.

"그래. 그렇게 해."

그래서 그저 부드럽게 웃었다. 더는 온기 따위 없는 미소였다.

"내 하인이 된 걸 축하해, 라파엘."

라파엘이 무릎을 꿇었다. 납작 엎드리자 검은 사제복에 감싸인 넓고 강직한 등이 한눈에 들어왔다.

그가 그녀의 옷자락 끝에 입술을 맞추었다.

"주인님, 거두어 주셔서 감사합니다."

그럴 리 없는데도 그에게서 전율이 느껴지는 것 같았다. 옷자락에 닿은 그의 입술에서, 손가락에서, 그리고 목소리에서.

그가 시선을 들어 올렸다. 무표정한 얼굴이다. 그러나 미처 감추지 못한 한 자락의 열기가 스쳤다가 착각처럼 사라졌다.

순간 위화감이 스멀스멀 기어올라 왔다.

라파엘을 손에 쥐게 된 것은 자신인데, 왜 자신이 라파엘의 손아귀에 떨어진 기분이 드는 걸까.

그뿐만이 아니었다.

"부디 저를 편히 사용해 주십시오."

굽어보는 것 역시도 자신인데, 그가 내려다보는 것 같다.

칸나는 그의 보랏빛 눈 아래에 묵직하게 깔린 것만 같았다.

라파엘은 유능했다.

은신처를 구해 주었을 뿐만 아니라 호수에서 잡아 온 송어로 먹음직스러운 요리까지 뚝딱 만들어 냈다. 심지어 맛있었다.

그래, 맛이 있었는데.

"그래서."

없어졌다.

칸나는 포크를 내려놓았다. 방금 들은 충격적인 사실 때문일까? 입맛이 싹 사라져 버렸다.

"실비엔과 함께 돌아가지 않고 근처에서 계속 기다렸단 말이지? 내가 무사히 돌아가는지 확인하려고?"

"예."

"내가 오르시니와 도주하는 것을 보고 염려가 돼서 쫓아왔고?"

"예."

"성혼 파기식에 증인으로 참석한 것도, 나를 보기 위해서고."

"예."

제정신이 아니구나. 그 말이 입술 끝까지 치밀었다.

"제정신이 아니구나."

아, 결국 말해 버렸다.

"나를 지키고 싶어도 그렇지…… 대신전에 들어오는 건 미친 짓이었어."

아무리 발렌티노 공작의 증인으로 왔다고 할지언정 그는 파계 사제다. 분명 대신전에 오기까지, 그리고 대신전에 있는 동안 수많은 난관이 있었으리라.

즉, 라파엘은 성혼 파기식에 목숨을 걸고 온 것이다. 자신을 가까이에서 지켜보고 위험한 일이 생기면 도우려고.

'잠깐.'

설마……?

"페일런섬에서 돌아가는 길, 나랑 같은 배 탔었지. 그것도 의도한 거야?"

라파엘이 숙였던 고개를 들었다. 눈을 마주 보며 고백했다.

"예."

더 놀랄 힘도 없다. 칸나는 그저 허탈하게 웃었다.

그동안 도움이 필요할 때마다 라파엘이 나타난 것은 우연이 아니었다. 모두 다 그의 노력의 결과물이었다.

'이 저택도 날 위해 마련해 놓은 게 분명해. 혹시 모를 상황을 대비해서 준비해 놓은 거야.'

그렇게까지 지키고 싶은 걸까?

신령의 딸을.

"그런 예쁜 얼굴로 내 뒤꽁무니를 몰래, 계획적으로 쫓아다닐 줄이야. 라파엘 무서운 사람이었네?"

"죄송합니다."

"죄송하면 다야? 난 지금 굉장히 불쾌하다고. 기분 나빠."

거짓말이다. 사실 불쾌한 이유는 따로 있었다.

'난 인간적인 호감이었는데.'

라파엘은 아니었다는 것.

"벌을 내리신다면 달게 받겠습니다."

"벌받길 원해? 손 들고 서 있을래? 아니면, 매질이라도 할까?"

"원하신다면 기꺼이."

고지식하기는.

그는 변명조차 하지 않았다. 모두 다 당신을 위해서였다, 그런 식의 자기변호를 한 번쯤은 할 법한데 그러지도 않는다. 그저 순순히 제 행동을 인정하고 사과하고 벌을 구할 뿐.

'융통성 없어. 꽉 막혔어.'

정말 짜증 난다.

"라파엘, 넌 내 하인이지?"

"예."

"그럼 내 것이니?"

라파엘이 고개를 들었다. 칸나의 눈을 응시했다.

"당신은 제 주인이십니다."

"그래서, 내 거야?"

"저를 온전히 가져 주신다면."

순간 라파엘의 눈에 기묘한 열기가 스쳤다.

"저로서는 감사할 뿐입니다."

무표정한 얼굴 위, 순도 높은 욕망이 일렁인다. 칸나는 그 열렬한 온도에 잠시 압도되었다. 그동안 어떻게 참고 있었을까? 자신의 종이 되고 싶은 저 바람을 지금껏 감쪽같이 숨긴 게 대단했다.

"그래?"

칸나는 싱긋 웃으며 의자에서 일어났다. 그리고 맞은편에 앉은 그를 향해 다가갔다.

"말로만?"

또각또각. 걸음이 가까워질수록 라파엘의 목덜미가 바짝 굳어 가는 것이 보였다. 칸나는 그 반응을 즐기며 일부러 천천히 접근했다. 그리고 식탁 위에 다리를 꼬고 걸터앉았다.

"당신이 내 주인이다, 이 말 한마디면 주인이 되는 거야?"

손을 뻗어 라파엘의 검은 사제복 목깃을 어루만졌다. 그 순간, 그의 긴장감이 옷깃을 타고 손끝까지 전해졌다.

신령의 딸. 그 이유만으로 마물을 찢어 죽이는 남자가 이렇게 얼어붙는다는 것이…….

'웃겨.'

그리고 짜증 난다.

"사람이란 거, 그렇게 쉽게 가질 수 있는 거 아니잖아. 말로만 주인 이라고 하면 뭐 해? 행동으로 보여 줘야지."

"무엇이든."

라파엘이 조용히 말했다. 깊게 잠긴 음성이었다.

"말씀하신다면 따르겠습니다."

"위험한 소리를 하네. 내가 뭘 시킬 줄 알고?"

"뭐든 시키는 대로 하겠습니다."

"무릎 꿇고 내 발등에 입이라도 맞춰 봐. 그럼 믿어 줄게."

심술 섞인 투덜거림이었지만 라파엘에게는 아니었다. 드르륵, 라파엘 의 의자가 뒤로 끌렸다. 그는 즉시 칸나의 앞에 무릎을 꿇고 앉았다.

'어.'

말릴 사이도 없었다. 그가 허공에서 대롱거리고 있는 칸나의 왼쪽 발목을 잡았다. 그리고 발등 위에 입술을 내렸다.

뜨겁고, 부드러운 감촉. 입술이 닿은 부위에서 짜릿한 전율 같은 것 이 몰아쳤다. 발목과 종아리를 스쳐 허벅지까지 빠르게 올라왔다.

"제 몸과 마음을 바쳐 충성을 다하겠습니다."

그가 입술을 붙인 채로 속삭였다. 흩어지는 숨결, 말캉한 살덩이가 움직이는 감촉이 발등 위로 선명하게 느껴졌다. 하마터면 볼썽사납게 뿌리칠 것 같아서 칸나는 주먹이 새하얘질 때까지 꽉 쥐었다.

"부디 믿어 주십시오."

라파엘이 천천히 고개를 들어 올렸다. 고요한 눈으로 말없이 올려다보았다. 순간 일전과 같은 감각이 밀려왔다. 내려다보는 건 자신인데, 그의 아래로 짓뭉개지는 기분.

"……됐어. 알겠으니 일어나서 앉아."

그는 순종적으로 그녀의 말에 따랐다. 착한 학생처럼 일어나 의자에 앉는다. 노예처럼 굴어 놓고 표정 하나 변하지 않는 것이 발칙했다.

"난 라파엘에 대해 아무것도 몰라. 그래서야 내 사람이라고 할 수 있겠어?"

"궁금하신 것이 있다면 물어 주십시오. 답하겠습니다."

"내가 신령의 딸인 건 언제부터, 그리고 어떻게 알았어?"

"처음 본 순간부터 알았습니다. 그분과 같은 외모를 지녔기에 눈치 챘습니다."

"실비엔도 알아?"

"아뇨."

"넌 신령을 어떻게 보게 된 거야? 대사제가 아닌 이상 신령을 영접할 일이 없다던데. 게다가 대사제들도 신령의 얼굴을 정확하게 기억할 만큼 가까이에서 보는 건 드문 일이라고 들었어."

"……."

"아니면, 라파엘은 대사제였어? 그럴 리는 없을 텐데."

집행관을 제외한 사제들의 계급은 철저히 나이순이다. 해가 갈수록 저절로 진급하는 제도였다.

즉, 젊은 사제는 결코 대사제가 될 수 없다는 소리.

"신령님을 따로 뵐 기회가 있었습니다."

기회가 있었다고? 그 말은 즉, 자세히 설명하지 않겠다는 뜻이었다. 칸나는 신경 쓰지 않는 척 넘어갔다.

"라파엘은 몇 살이야?"

"실비엔과 같습니다."

"대신전에선 몇 살에 나왔지?"

"열일곱 살 때 나왔습니다."

"그럼 12년 전이네. 나도 그때쯤 가출한 적 있었는데. 라파엘과는 달리 실패했지만……."

칸나는 잠시 뜸 들이다가 제일 묻고 싶었던 질문을 던졌다.

"왜 나온 거야?"

"대신전의 규율을 따르고 싶지 않았습니다."

"어떤 규율? 허가 없이는 대신전 밖으로 절대 나갈 수 없는 것?"

"……."

"아니면 태어난 순간부터 죽을 때까지 대신전이 짜 준 시간표대로 움직여야 하는 것? 그것도 아니면, 일가친척이나 다름없는 사제들끼리의 근친혼?"

"모두 다입니다."

"그래, 솔직히 나라도 도망갔을 거야."

하지만 비록 대신전을 나왔을지언정 신앙은 그대로인 듯했다. 그렇기에 그녀의 종을 자청하는 거겠지.

"혹시 내 모친에 대해 아는 것 있어? 선희라고, 이국적으로 생긴 검은 머리 여자인데."

"그 부분에 대해서는 아는 것이 없습니다. 죄송합니다."

딱히 기대하지 않고 물은 건지라 실망하지도 않았다. 이제 침묵하려 했을 때, 의외로 라파엘이 말을 꺼냈다.

"만일 아디스를 영영 떠나실 생각이라면 말씀해 주십시오. 철저한 준비가 필요합니다."

"가능할까? 아디스가 작정하고 나를 찾는다면 어려울 텐데."

"물론 어렵습니다."

라파엘은 순순히 인정했다.

"하지만 원하신다면 가능합니다. 그것이 무엇이든, 제가 그리 만들 수 있습니다."

허세 같지는 않았다. 그는 정말 그럴 힘이 있어 보였다. 대체 그 힘의 비밀이 뭘까?

'역시 라파엘을 완전히 믿을 수는 없어.'

라파엘은 자신에게 숨기는 것이 있다. 그런 확신이 들었다. 그러니 역시 못 믿겠다. 그러니까.

'이 녀석도 적당히 이용하다가 버려야겠어.'

라파엘은 자신이 그의 주인이라고 했다. 원하는 것은 무엇이든 마음대로 하라고 했다.

'그러니까, 마음대로 버려도 되겠지.'

칸나는 시커먼 마음을 품으며 빙긋 웃었다.

"알겠어. 어떻게 할지 생각해 볼게."

향후의 일을 생각해 본다는 핑계로 칸나는 며칠 동안 푹 쉬었다. 일주일째가 되는 날의 밤, 칸나는 홀로 호숫가를 산책했다.

'어떻게 해야 할까?'

자신은 알렉산드로 아디스의 딸이 아니다. 신령과 선희의 딸이다.

그 사실에 너무 놀라서 패닉에 빠졌는데, 이제는 완전히 진정했다.

'라파엘만 믿고 이대로 도망갈 수는 없어. 지금까지 내가 이뤄 놓은 것이 다 무너지는 거나 마찬가지야.'

……그래도 그냥 다 버리고 도망갈까?

그때였다. 수풀 속에서 부스럭거리는 소리가 들렸다. 그리고 한 남자의 얼굴이 불쑥 튀어나왔다.

"……어?"

칸나는 눈을 끔뻑였다. 찬란한 금발. 푸른 눈. 클로드 경이었다!

"경이 왜 거기서 나와요?"

"영애."

클로드가 헤실헤실 웃으며 수풀에서 몸을 일으켰다.

"영애야말로 왜 여기 계십니까?"

그가 머리칼과 몸에 붙은 풀을 툭툭 털어 내며 다가왔다.

"아, 일단 이혼 축하드립니다. 그래서 이제부터 영애라고 부르려 하는데 괜찮을까요?"

"이미 그렇게 불러 놓고서…… 나 여기 있는 거 어떻게 알았어요?"

"그야 전력을 다해 찾아다녔으니까요. 지금 아디스 저택은 완전히 난리가 났습니다, 영애. 칼렌 경의 눈이 뒤집혔습니다."

"눈이 뒤집혔…… 다고요?"

"예. 이곳에 계신 걸 알면 당장 잡으러 오실걸요."

칸나는 그 말뜻을 알아차렸다.

그 말은 즉, 칼렌은 아직 모른다는 것.

"제가 그 파계 사제랑 가까이 지내지 말라고 충고했잖습니까. 그 사제, 아가씨를 보는 눈빛이 정상이 아니에요. 짜증 난다고요."

"칼렌이 제가 있는 곳을 아직 모른다고 했죠."

칸나는 그의 말을 싹 무시하고 말했다.

"칼렌이라면, 무조건 먼저 알리라고 시켰을 것 같은데."

"……"

"클로드 경, 칼렌의 명령으로 온 거 아니죠?"

클로드가 입을 다물었다. 그러나 곧 웃음을 터뜨렸다.

"아, 예리하셔라. 눈치 빠르시다니까."

설마 했는데, 역시나. 클로드는 칼렌이 아닌, 다른 사람의 명령을 받고 온 것이다!

그때 등 뒤에서 목소리가 들렸다.

"계속 대화하시겠습니까?"

라파엘이다.

칸나는 놀라지 않았다. 당연히 그가 어디선가 보고 있을 거라고 짐작하고 있었으니까.

"아니면 이제 그만 치워 드릴까요."

원한다면 클로드를 처리하겠다고, 라파엘은 그렇게 말하고 있었다.

"저거 봐요. 아까부터 줄곧 숨어서 보고 있다가 상황이 이상해지는 것 같으니 이제야 나오잖아요. 으으, 무서워."

"클로드 경."

이런 순간에도 농담이 나오냐? 칸나의 경고 어린 호명에 클로드가 짓궂게 웃었다.

"죄송합니다."

"누구의 명령을 받고 왔는지 말해요."

"그렇지 않아도 그분과 함께 왔습니다. 저 뒤에 계시죠."

클로드는 시커먼 그림자에 파묻힌 수풀 뒤쪽을 가리켰다.

"알렉산드로 아디스 공작 각하께서 기다리고 계십니다."

아버지가 왔다.

믿기 힘든 말이었다. 칼렌이라면 몰라도 아버지가 자신을 직접 잡으러 올 줄은 몰랐던 것이다.

"만약 제가 만나길 원치 않으면요?"

클로드는 어깨를 으쓱였다.

"강제로 모셔 오란 말씀은 없으셨습니다. 그러니 원하는 대로 하시면 돼요."

아니, 그럴 리가. 아버지가 이곳까지 몸소 왔는데, 아무 소득 없이 갈 리 없다. 그리고 그때에는 이렇게 조용하게 진행되지 않을 것이다.

칸나는 라파엘을 돌아보았다.

"아버지를 만나고 올게요. 이번에는 따라오지 말아요."

"알겠습니다."

그렇게 말하고 걸어가는데 뒤따라오는 클로드가 투덜거렸다.

"뭐예요? 왜 저 사제에게 일일이 보고하십니까?"

"보고라뇨? 그냥 제 선택을 말해 준 거죠."

"그러니까 저 사제에게 왜 그러시냐고요. 대체 두 분 무슨 관계인데요? 제게 설명 좀 해 주시면 안 됩니까?"

"절대 안 할 거예요. 말해 봤자 칼렌에게 쪼르르 달려가서 다 일러바칠 거면서."

"안 그러겠습니다. 그러니까 저한테만 살짝."

"자꾸 거짓말하면 걷어찰 거예요."

"넵. 죄송합니다."

그렇게 시답잖은 수다를 떨며 걷자 마차가 있는 곳까지 도달했다. 그러나 아버지는 마차 밖으로 나와 나무 밑동에 걸터앉아 있었다.

칸나는 저도 모르게 멈춰 섰다.

순간 다른 사람인 줄 알았다. 그만큼 평소와는 다른 차림이었다.

언제나 빈틈없는 정장 차림새였던 알렉산드로가, 지금은 목장의 양치기처럼 품이 넉넉한 실크 셔츠를 걸치고 편안한 가죽 부츠를 신고 있었다.

심지어 한 입 베어 먹은 사과를 손에 쥐고 있기까지 했다.

저 사과는 뭘까.

"저 사과는 뭐죠……?"

같은 감상을 받는지 클로드가 중얼거렸다. 그리고 곧 그가 사과나무 아래에 앉아 있음을 눈치챘다.

"설마 나무를 타고 올라가신 건 아니겠죠?"

"그럴 리가요……."

"하지만 각하께서 땅에 떨어진 열매를 주워 드셨을 리가."

사과에 대해 추리하고 있을 때 그의 시선이 정확히 칸나에게 향했다. 칸나와 클로드는 동시에 찔끔했다. 칸나는 그에게 가까이 다가갔다.

"부르셨다고 들었어요."

아버지가 몸을 일으켰다. 그의 붉은 머리칼에 붙어 있던 나뭇잎이 스르륵 떨어졌다.

그 순간, 어째서인지 신령이 스쳐 지나갔다. 오백여 년이 넘게 살았는데도 여전히 젊은이의 얼굴을 한 신령.

아버지도 죽을 때까지 스무 살 청년의 모습을 하고 있을까?

"마차로."

"아, 네."

칸나는 그를 따라 마차 안으로 들어갔다. 좌석에 앉는 즉시 후회했다.

'그냥 걸으면서 이야기하자고 할걸.'

좁은 공간에 마주 보고 있으니 압박감이 배로 느껴졌다.

대체 왜 그는 유독 거대해 보이는 걸까.

실제로는 오르시니와 칼렌과 비슷한 체격인데도, 그런데도 언제나 태산 같았다. 저항할 길 없이 완벽하게 짓눌리는 듯한 이 감각이 지겨웠지만 어쩔 도리가 없었다. 손끝이 아릿하고, 입술이 타는 듯하다. 언제나 그러했듯 이번에도 그랬다.

"……"

마차 안에 묵직한 침묵이 흘렀다.

칸나의 숨이 막혀 호흡이 뒤틀릴 때쯤, 알렉산드로가 입을 열었다.

"칸나."

"예."

"집으로 돌아가지."

"……"

"원한다면 네 도주를 도운 파계 사제를 데려와도 좋다."

칸나는 대답하는 대신 그를 가만히 쳐다보았다. 그리고 조심스레 이야기를 꺼냈다.

"신령님을 만났어요."

"그래?"

"네. 그분이 이상한 말을 하더군요."

혀가 바짝 마르는 것 같다. 칸나는 침을 삼키며 말했다.

"그분이 무슨 말을 했는지 들어 보실래요?"

"뻔하지."

알렉산드로가 마차 등받이에 몸을 기대었다. 빈정거리듯 중얼거렸다.

"네가 내 딸이 아니라고 했겠지."

그렇게 말하는 알렉산드로의 얼굴에는 일말의 짜증마저 깃들어 있었다.

"그 말이 옳다."

"……."

"너는 신령의 딸이다."

멍해졌다. 완벽하게 아무런 생각도 들지 않았다.

칸나는 망연자실해서 그를 응시하다가 고개를 툭 떨구었다.

언제부터일까. 저도 모르는 사이 두 손을 꽉 잡고 있었다. 누가 봐도 긴장한 꼴이었다. 깨닫는 순간 짜증이 밀려왔다.

어쩜 저렇게 아무렇지도 않게 말할 수 있단 말인가? 자신은 며칠 내내 거의 공황 상태였는데!

"그게 다예요?"

맹렬한 분노가 머리를 뜨겁게 달군다. 칸나는 고개를 들어 그를 노려보았다.

"제가 평생을 믿어 온 진실이 거짓이라고 밝혀졌는데, 그게 다인가요?"

"화났나?"

화났냐고? 그걸 지금 질문이라고 해?

"당연하죠!"

울컥, 참지 못한 울화가 터져 나왔다. 칸나는 겁도 없이 마차의 바닥을 발로 쾅 구르며 소리쳤다.

"스물여섯 해가 되도록 속고 살았는데, 어떻게 화가 안 날 수 있겠어요?"

허억, 허억. 숨이 차올랐다.

겨우 몇 마디, 빠르게 말한 것뿐인데 상대가 알렉산드로 아디스란 것만으로도 전력을 다해야 했다.

또다시 침묵이 내려앉았다.

알렉산드로는 어깨를 들썩이는 칸나를 말없이 응시했다. 그것이 어찌나 마른 눈빛인지…… 그 사막 같은 얼굴에 맥이 탁 풀렸다.

이렇게나 화를 냈는데 그에게는 조금도 닿지 않는다.

"변하는 건 없어."

그가 무미건조하게 말했다.

"넌 아디스의 장녀로 자라 왔다. 앞으로도 그렇게 살아갈 테지."

"……."

"내 핏줄이 아니라고 할지언정 네가 아디스의 일원인 것은 변하지 않아. 그러니."

그가 단호하게 말했다.

"아디스에 머물러라. 내 허락 없이는 아무 데도 갈 수 없다."

기가 막혔다. 칸나는 삐뚜름하게 웃었다.

"아디스 공작 각하, 저는 대신전을 택할 수도 있어요."

신령은 그녀에게 선택권을 주었다. 언제든 찾아오라고, 기다리겠다고 했다. 그러니 자신이 원한다면 아디스를 버리고 성녀로 살아갈 수도 있다. 그렇기에 저 남자의 확신이 우스웠다.

"네가?"

그러나 비웃는 것은 알렉산드로 쪽이었다.

"칸나 아디스, 넌 집으로 돌아가야 해."

그 강경한 말에 호승심이 치솟는다. 칸나는 그의 눈을 응시하며 또박또박 대꾸했다.

"전 제가 원하는 곳으로 갈 거예요."

"나와 약속했을 텐데? 이혼을 허락한다면 네 거처 문제는 내게 전적으로 맡긴다고 했다."

"그건 각하가 제 아버지라고 믿었을 때 한 약속이죠."

무작정 반항하고 있었지만, 사실 아디스로 돌아갈 생각을 어느 정도 가지고 있기는 했다. 그곳에 두고 온 것이 너무 많았다. 지금까지 이룬 모든 것이 아디스에 있었으니, 떠나더라도 가지고 가야만 했다.

그런데도 싫다. 그냥 싫다.

순순히 '그럴게요'라고 대답하고 싶지 않다.

칸나가 이례적일 정도로 고집을 부리자 알렉산드로는 한숨을 내쉬었다. 미간을 문질렀다. 짙은 피로가 묻어나는 손짓이었다.

"칸나."

"네."

"내가 너를 설득하러 왔을까?"

순간 말문이 턱 막혔다.

설득…… 물론 아니겠지. 당연히.

그것만큼 저 사람과 동떨어진 단어도 없을 테니까. 타이르기 위해 온 것도, 달래기 위해 온 것도 아닐 거다.

그는 명령하기 위해 온 것이다.

깨닫는 순간 무력감이 온몸을 내리눌렀다. 어차피 아버지가 찾아온 이상 도망은 글렀다. 게다가 어차피 아디스로 돌아갈 생각이 있지 않았던가?

하지만.

"……진실을 말해 줘요."

그런데 왜 이렇게 호락호락 따르고 싶지 않은 걸까?

"왜 저를 키우셨는지, 그리고 제 모친과는 무슨 관계였는지 말씀해 주세요."

"지난번에도 얘기했을 텐데. 원하는 것을 얻으려면 대가를 줘야지."

그가 느리게 말을 이었다.

"아니면 내 곁에 머물면서 탐정 노릇을 하든가. 그러다 보면 궁금 증이 풀릴 만한 단서가 나올지도 모르지."

칸나는 주먹을 꽉 틀어쥐며 그를 노려보았다.

"그거 알아요? 알렉산드로 아디스 공작 각하, 난 당신이 싫어요. 정 말이지 끔찍해서 견딜 수가 없어."

그러나 그의 눈빛은 흔들리지도 않는다. 계속 이야기하라는 듯 물 끄러미 응시하기만 한다.

그것이 분했다. 미치도록 신경을 긁었다.

아무리 돌을 던져도, 상처 주려 애써도, 그는 끄떡도 하지 않는다. 마치 자신이 그에게 아무것도 아닌 것처럼. 그저 먼지인 것처럼. 무의 미한 것처럼…….

"당신은 내가 아는 최악의 악당이에요."

그러자 알렉산드로의 입꼬리가 미세하게 올라갔다. 보일 듯 말 듯, 희미한 미소가 설핏 스쳤다가 단숨에 사라졌다.

"이제 알았다니 유감이구나."

chapter 13

요안나 프리드리히는 얄덴 왕국의 첫째 공주였다. 그리고 칼렌 아디스의 약혼녀였다.

'정확히 말하자면, 약혼 예정이지만.'

그동안 편지로 혼담이 오갔고, 이번에 세부적인 사항을 조율하기 위해 직접 찾아왔다. 말이 약혼이지 이건 프리드리히 왕가와 아디스 공작가 사이의 거래이자 중대한 계약이었다.

숫자와 재산이 오가는 계산 속에서도 요안나는 이 약혼에 대단히 만족했다. 얄덴에서도 칼렌 아디스는 출중한 외모와 능력으로 유명했다. 그런 남자를 얻었으니 솔직히 엄청난 행운이라고 생각했다.

"뭡니까?"

요안나는 자신의 침대 위로 칼렌을 밀쳤다. 그의 위로 올라타며 야릇하게 웃었다.

"뭐 하는 것 같아요?"

"아직 약혼도 안 했습니다, 공주님. 초야를 치르기엔 이릅니다."

맙소사. 요안나는 웃음을 터뜨렸다. 이런 순간에조차 저런 냉정한 얼굴로 재미없는 말을 하다니. 모범생 같은 태도였지만 그게 더 묘하게 자극적이었다. 얄덴에서 온갖 남자들을 섭렵해 본 요안나에게는 신선한 타입이었다.

"모르는 모양인데, 얄덴 왕국의 여자들은 인내심이 부족하답니다. 특히나 원하는 게 있으면 적극적으로 쟁취하죠. 이렇게."

요안나는 칼렌의 목에 휘감긴 크라바트를 확 잡아 풀었다. 그러자 칼렌이 성가신 듯 눈썹을 찌푸렸다.

"공주님, 아직 제 하루는 끝나지 않았습니다. 회의에 참석해야 하니 비켜 주십시오."

일말의 동요 없는 단호한 목소리. 심지어 그녀를 귀찮아하는 듯했다. 요안나는 충격을 받았다.

이렇게까지 했는데도 넘어오지 않는 남자는 없었는데…….

'내가 회의 따위에 밀린 거야?'

요안나는 기분이 상해서 그의 몸에서 내려왔다. 적극적으로 밀어붙이긴 했지만, 싫다는 사람을 강제하는 취미는 없으니.

"그럼 부디 평안한 밤 되십시오, 공주님."

칼렌은 표정 하나 변하지 않고 인사했다. 그리고 미련 없이 빠져나간다.

'저건 너무 심한데.'

끄응. 저절로 신음이 나온다. 미녀와의 밤을 단칼에 거절하고 회의에 참석하는 남자. 대체 어떻게 무너뜨릴 수 있을까?

'흠, 의외로 재미있을지도.'

저런 남자가 여자에게 푹 빠져 이성을 잃으면 어떻게 변할까? 궁금했다.

그때, 문밖에서 이상한 소리가 들렸다. 칼렌의 고함이었다. 요안나는 재빨리 문을 열고 고개를 내밀었다. 그리고 깜짝 놀랐다.

언제나 반듯했던 칼렌 아디스의 얼굴이 완전히 일그러져 있었다!

"누님이 사라졌다고? 지금 그걸 말이라고 하나!"

집사가 어깨를 움츠렸다. 칼렌이 소리쳤다.

"당장 기사단을 소집해! 아니, 아니다. 내가 직접 가겠다!"

"그, 그럼 회의는……?"

그러자 칼렌이 집사를 싸늘하게 노려보았다.

"누님이 사라졌는데."

한 자 한 자 뜨거운 분노가 느껴졌다. 요안나는 자신의 귀를 의심했다. 칼렌에게서 들을 수 없을 거라고 생각했던 열기가 담긴 목소리였다.

"그까짓 것이 중요해?"

칼렌은 분노와 초조함에 휩싸여 오르시니를 찾아갔다.

"형님!"

오르시니는 연무장 중심에 대자로 드러누워 있었다. 오자마자 격렬한 훈련을 했는지 그의 몸에는 땀방울이 맺혀있었다.

"형님, 이게 무슨 일입니까. 누님이 사라지다뇨!"

오르시니가 귀찮은 듯 인상을 찡그렸다.

"말 그대로다. 아디스로 오기 싫다고 떠났어."

"그게 말이 되는 소리입니까? 누님이 떠날 리 없습니다!"

칼렌은 의심의 눈으로 오르시니를 노려보았다.

"필시 형님께서 누님께 허튼짓하신 거겠죠."

그러자 오르시니가 감고 있던 눈을 떴다. 칼렌을 지그시 응시하며 대꾸했다.

"허튼짓?"

"예."

"그게 뭔데."

"그건 형님이 아시겠죠."

"네놈이 무슨 썩어빠진 상상을 하는지 모르겠지만, 나는 걔 몸에 손끝 하나 안 댔다."

"그렇다면 왜 누님이 떠났단 말입니까? 형님께서 또 폭력을 휘두르신 거 아닙니까?"

"제정신이냐? 걔가 때릴 데가 어디 있다고……."

말해놓고도 머쓱했는지 오르시니가 입을 다물었다. 그러고는 제 오른손을 펼쳐 물끄러미 쳐다봤다. 멍하니 중얼거렸다.

"자를까."

"예? 그게 무슨 말씀이십니까?"

그러나 오르시니는 대답하는 대신 오른손을 내렸다. 그러고선 아무 일도 없던 것처럼 말했다.

"칼렌, 네가 믿든 말든 난 걔한테 아무 짓도 안 했다."

"그렇다면 왜……."

"몰라. 오고 싶지 않은 이유가 있겠지."

오르시니는 그렇게 말하며 쓴웃음을 지었다.

순간 칼렌은 확신했다. 누님과 형님 사이에 무슨 일이 있는 게 분명했다. 자신이 모르는 무언가가. 그것이 칼렌의 분노에 장작을 쏟아부었다.

역시 자신이 따라갔어야 했다.

'약혼을 취소하는 한이 있더라도 내가 누님을 따라갔어야 했어.'

쓰라린 후회에 손끝이 떨려왔다. 요안나 공주의 방문으로 누님을 따라가지 못했다. 성혼 파기 증인 역할을 오르시니에게 떠맡겼다.

누님에게는 나뿐인데. 오로지 나밖에 없는데. 누님이 의지할 사람은 나뿐인데, 누님이 좋아하는 사람도 나뿐인데…….

그런데 왜 내게 돌아오지 않지?

"……잡아 왔어야죠."

저도 모르게 그렇게 말해 버렸다.

홧김에. 아니, 어쩌면 진심으로.

"잡아 왔어야죠. 강제로라도. 누님이 뭐라 하든, 일단은 잡아야……."

어지럽다. 칼렌은 머리를 짚었다. 칸나에 대한 걱정, 그리고 기이한 분노가 뒤죽박죽으로 뒤엉켰다.

'젠장.'

머리가 아프다. 칼렌은 떨리는 손으로 주먹을 말아쥐었다.

그렇다, 그는 화가 나 있었다. 칸나를 따라가지 않은 자신에게. 그녀를 놓친 오르시니에게. 그리고.

칸나에게.

자신에게 돌아오지 않은 누님에게.

"미친 새끼."

오르시니가 그런 칼렌의 속을 읽은 듯 혀를 찼다. 몸을 일으켜 칼렌의 앞에 섰다.

"제 의지로 떠난 애를 강제로 잡아 오라고? 사냥감처럼 포박이라도 해 오라는 소리냐?"

그래. 그렇게 해서라도.

마침내 자신의 진심을 깨달은 순간 요동치는 마음이 확 가라앉았다. 딱히 놀랍지는 않았다. 어찌 보면 당연했다.

"칼렌, 내게는 너뿐이야."

칸나가 그렇게 말한 순간부터 예정된 일이었다. 누님에게는 자신이 있어야 한다.

"예. 그렇게라도 해야 했습니다."

다음 순간, 오르시니가 칼렌의 멱살을 거칠게 잡아챘다.

"말조심해, 칼렌 아디스. 걘 짐승이 아니야. 원한다면 언제든 떠날 권리가 있다."

"고귀하신 누님을 축생 따위와 비교하지 마십시오."

그는 차갑게 대꾸했다.

"하지만 어리석은 행동을 할 때는 어떻게든 막아야죠. 그게 누님을 위한 일입니다."

"지랄하네."

오르시니가 역겨운 듯 칼렌을 뿌리쳤다.

"칼렌 네놈을 위한 일이겠지."

그러나 칼렌은 표정 하나 변하지 않고 구겨진 옷깃을 탁탁 펼쳤다.

"물론 형님은 이해하지 못하실 겁니다. 누님과 저의 유대 관계는 형님은 상상도 못 할 정도로 깊습니다."

"하."

그 말이 아주 우스웠는지 오르시니가 웃었다.

"착각이 불쌍할 정도구나, 칼렌 아디스. 칸나는 너를……."

그러나 끝맺지 못한다. 오르시니는 이를 악물었다. 치밀어오르는 말을 간신히 목구멍 안으로 삼켰다.

"젠장."

그러고는 칼렌을 획 지나쳤다. 칼렌은 의아한 눈으로 그의 뒷모습을 바라보았지만 곧 머릿속에서 밀어냈다.

그로부터 며칠 내내 칼렌은 칸나를 수색하는 데 집중했다. 요안나 공주가 몇 번 찾아왔지만 만날 시간 따위 없었다. 그는 약혼에 대해서는 새까맣게 잊었다.

요안나는 말없이 그런 칼렌을 지켜보았다.

'이상해.'

뭔가 이상하다.

'이상해. 칼렌 경답지 않아.'

그리고 며칠 후.

"누님!"

칸나가 아디스에 돌아오자마자 칼렌이 뛰쳐나왔다. 그는 칸나를 와락 끌어안았다. 순간 안도감이 확 밀려왔다.

"누님, 걱정했습니다."

이제야 살 것 같다.

칼렌은 내내 불에 타들어 가는 듯한 괴로움에서 해방됐다. 그는 칸나를 품에서 떼어 내며 머리부터 발끝까지 살폈다.

"누님, 괜찮으십니까? 무사하신 겁니까?"

"괜찮아."

다행이다. 칼렌은 크게 안도했다. 그리고 즉시 그녀의 뒤로 날카로운 시선을 보냈다.

"그런데 저 사람은 누굽니까?"

칸나는 잠시 고민했다. 라파엘을 어떻게 소개해야 할까.

"내…… 사제님이야."

하인이라고 말하기는 싫었다.

"예?"

"내 개인 사제님이라고. 내 기도 들어주고, 고해성사도 들어주고, 축복도 내려 주고……."

"하지만 파계 사제이지 않습니까?"

"그러니까 내 전담 사제님이지. 대신전 소속만 아닐 뿐, 사제는 사제야."

칸나는 단호하게 말했다.

"라파엘은 내 사제님으로 이 저택에서 머물 거야. 아버지께서 허락하셨으니 걱정하지 마."

"물론 누님께서 원하신다면 당연히 그래야지요."

칼렌은 순종적으로 대답했다. 지금 그게 중요한 게 아니다. 대체 왜 집을 떠나려 했는지, 칼렌은 그 이유를 듣고 싶었다.

"누님. 괜찮으시다면 잠시 시간을 내주십시오. 대화를 나누고 싶습니다."

"나중에, 나중에."

칸나는 귀찮음을 꼭 숨기며 웃었다.

"나중에, 칼렌."

"……알겠습니다. 필요하신 게 있으면 언제든 말씀해 주세요."

"알겠어."

칸나는 대강 대답한 후 라파엘과 함께 자신의 방으로 향했다.

그리고 칼렌은 그 뒷모습을 조용히 주시했다.

보아하니 칼렌은 아무것도 모르는 것 같다.

'오르시니가 아무 말도 안 했나?'

칸나는 라파엘을 제 방으로 데려갔다. 그를 소파에 앉힌 후 신중하게 말했다.

"라파엘, 사람들 앞에서 날 주인님이라고 부르지 마. 내 하인 행세도 하지 말고."

"예."

그는 이유를 묻지도 않았다. 그녀의 말이라면 뭐든 따를 준비가 되어 있는 사람 같았다.

'맙소사. 너무 착해.'

순하디순한 양 같은지라, 칸나는 그에게 미안해졌다.

신령의 딸, 그 이유만으로 친절했다는 사실에 욱해서 거칠게 대응했다. 지금 와서 생각해 보면 그때 자신은 정말 화가 나 있었던 것 같다.

'내가 왜 그렇게 화냈을까. 바보 같아.'

이제부터라도 다정하게 잘 대해 줘야겠다, 그렇게 결심했다. 칸나는 드레스룸에서 보석함을 꺼내 와 그에게 내밀었다.

"라파엘, 여기 있는 거 다 황금으로 바꿔 와 줄 수 있어?"

"예."

"고마워."

언제 도망가게 될지 모른다. 그러니 미리 준비해야만 했다.

이번 일로 칸나는 예감했다.

아버지는 분가를 허락하지 않을 거다. 그러나 칸나는 포기하지 않았다. 아디스에서 빠져나가기 위해 온갖 방법을 찾아볼 생각이다.

그러나 실패한다면? 그땐 정말 제대로 도망갈 것이다.

'대신전은 가고 싶지 않아.'

신령은 언제든 찾아오라고 했지만, 그곳엔 가고 싶지 않았다. 가는 것은 제 마음이겠지만, 나오는 것은 절대 쉽지 않을 것이다. 그런 꽉 막힌 폐쇄적인 집단에 속할 생각은 없다.

그리고 무엇보다.

'신령을 다시 만나고 싶지가 않아.'

신령, 아르제니안.

자신과 똑같이 생긴 그 남자. 자신의 친아버지.

어째서일까. 왜인지 모르게 꺼림칙하다. 그것은 거의 본능에 가까운 예감이었다.

'신령은 엄마와 아버지가 서로 증오하는 사이라고 했지.'

칸나는 그의 말을 전부 믿을 수 없었다.

아버지— 아니, 알렉산드로가 입을 열어 주었으면 좋겠다만, 그 꽉 막힌 고집불통이 순순히 말해 줄 리는 없을 거다.

'아르곤 황자에게 한 의뢰가 성공해야 하는데.'

아르곤에게 알렉산드로를 조사해 달라고 했다. 지금은 그것만이 희망이었다.

"괜찮으시다면."

상념에 빠져 있을 때, 라파엘이 먼저 말을 꺼냈다.

"저는 다른 곳에서 머물겠습니다."

어? 칸나는 바로 그 말을 알아듣지 못했다.

"제가 필요하시면 창가에 푸른 손수건을 걸어 주십시오. 즉시 찾아오겠습니다."

"아, 음. 그래."

"가 봐도 되겠습니까?"

"응."

"그럼 이만."

라파엘이 문밖으로 빠져나갈 때, 때마침 들어온 하녀 레아와 마주쳤다. 레아는 멍하니 라파엘의 뒷모습을 응시하다가 재빨리 고개를 저었다.

"여기 차 두 잔을 내왔습니다만…… 사제님은 가셨네요."

"응."

"그런데 저 사제분은…… 아, 아뇨. 아무것도 아녜요. 죄송합니다."

레아가 붉어진 얼굴로 허둥거리며 방을 나갔다.

기가 막혔다. 언제나 철두철미한 하녀, 레아가 저러는 건 처음 봤던 것이다!

'나도 예전에 잠깐 넋 놓고 봤을 정도니까.'

뭐랄까, 라파엘은 잘생긴 것을 넘어서 묘하게 관능적이었다. 쉽게 눈을 떼기가 힘들다고 해야 할까.

'저 얼굴로 포교 활동하면 신도들을 많이 낚을 수 있겠네.'

쓸데없는 생각을 하며 칸나는 차를 홀짝 마셨다.

그런데 라파엘은 어딜 가는 걸까. 자신의 옆에 있고 싶었던 게 아니었나? 예상치 못한 말인지라 당황하고 말았다. 그래서 그가 어딜 가는지, 평소에는 어디서 머무는지도 묻지 못했다.

'하기야, 라파엘도 사생활이 있겠지.'

칸나는 입술을 삐죽 내밀며 레아가 전해 주고 간 편지꾸러미를 살폈다. 대부분은 파티 초대장이었다. 그리고…….

'이건 아르곤 황자에게서 온 거야.'

순간 정신이 번쩍 들었다. 칸나는 자세를 고쳐 앉은 후 편지를 뜯었다.

<엄청난 비밀들을 알아냈어.>

첫 줄부터 다짜고짜 튀어나온 문장.

주어는 없었지만, 알렉산드로 아디스를 말하고 있다는 걸 알았다. 얼마 전에 그에 대해 알아봐 달라고 의뢰했으니.

<너무 놀라운 기밀이라 편지로는 절대 못 써. 엄마도 놀라 쓰러질걸. 만나서 얘기하자. 며칠 후 대정화의 날 파티가 좋겠어.>

심장이 두근두근 뛰었다.

<엄마도 놀라 쓰러질걸.>

이 문장은 자신의 모친과 관련된 정보를 알아냈다는 신호였다!

<맛보기로, 가장 가볍고 하찮은 비밀 먼저 알려줄게.>
<그 사람 지금 정부가 있어.>

정부? 칸나는 멍하니 그 문장을 읽다가 빽 소리쳤다.

"아버지에게 정부가 있다고?"

⊰᯽⊱

대정화의 날. 이 시기에 신령은 정화 의식을 펼친다. 정화는 일주일 동안 이어졌고, 마지막 날 황실은 성대한 연회를 열었다.

'드디어 오늘이야.'

오늘 연회에서 아르곤을 만나 정보를 얻어 올 것이다. 칸나는 기대에 잔뜩 부풀어 치장했다. 그런데.

"지금 뭐라고 했어?"

얼굴에서 핏기가 싹 사라졌다.

"공작 각하가 날 에스코트한다고?"

"예. 지금 로비에서 기다리고 계십니다."

칸나는 레아가 거짓말을 하는 게 아닐까 의심했다. 그만큼 충격적인 소식이었다.

'날 에스코트한다고?'

칸나는 에스코트 없이 파티에 참가할 예정이었다. 본래 같으면 칼렌이 했겠지만, 예비 약혼녀 요안나 공주가 있었기에 불가능했다.

그래서 그냥 혼자 갈 생각이었는데, 알렉산드로 아디스가 에스코트를 한다고? 왜?

'그럴 리가 없어.'

설마설마했는데 알렉산드로는 정말 로비에서 칸나를 기다리고 있었다.

"왔군."

그는 칸나를 흘끗 보더니 손을 내밀었다. 정말로 에스코트를 청하고 있었다!

'드디어 미쳤나 봐.'

❦

"갑자기 왜 이러시죠?"

마차에 타자마자 칸나는 참지 못하고 물었다.

"왜 절 에스코트하시는 거예요?"

"넌 이혼했지."

알렉산드로는 눈을 뜨기도 귀찮은 듯 감은 채로 말했다.

"네. 그래서요?"

"좀 나을 거다."

나을 거라고? 뭐가?

'대체 무슨 말을 하는 거야?'

칸나는 곧 깨달았다.

이혼은 귀족들에게 엄청난 치욕이다. 특히 여성들에게는 더더욱 그
러했다. 지금까지 쌓아 올린 평판이 모두 다 무너져 버릴지도 모를 만
큼 거대한 대사건이었다.

그러나 알렉산드로 아디스, 그의 에스코트를 받으면서 나타나면 아
무도 그녀를 우습게 보지 못할 것이다.

'이걸 단 두 문장으로 줄인 거야?'

넌 이혼했지, 좀 나을 거다.

이걸로 끝이라니. 지나치게 많이 생략했지 않은가!

'알아서 추리하라는 거야 뭐야?'

기가 막혀서 웃음이 나올 지경이었다.

"물론 그렇죠. 하지만 그것이 공작 각하와 무슨 상관이지요?"

"내가 왜 상관이 없지?"

"제 친아버지도 아니신데 그리 섬세하게 신경 써 주시는 게 의아해서요."

"넌 아디스야."

역시나 짧았지만, 이제 그의 화법에 익숙해진 칸나는 그가 말하는 바를 완벽하게 이해했다. 그래서 어이가 없었다.

챙길 거면 진작 챙길 것이지 오랜 시간 모른 척해 놓고 이제 와서 아디스 취급해 준단 말인가?

속이 뜨끈하게 울렁거렸다.

그러나 칸나는 차갑게 웃으며 대꾸했다. 아니, 대꾸하려고 했다.

'감사하지만, 각하의 명예에 누가 될까 두렵네요. 그러니 파티장에는 따로 입장하는 것이 좋겠어요.'

만약 이렇게 말하면 알렉산드로는 뭐라고 대답할까?

'내가 너를 설득하러 왔을까?'

그래, 이번에도 틀림없이 그렇게 대답하겠지. 상상만 해도 짜증이 나는지라 주먹을 불끈 쥐었다. 그냥 한 대 쥐어박으면 소원이 없을 것 같았다!

'아니지, 아니지. 진정, 진정.'

어쨌든, 지금 그는 자신을 도우려고 하고 있다. 물론 눈곱만큼도 고맙지 않았지만.

'이렇게 드러내 놓고 돕는 건 처음 같은데.'

돌이켜 보면 그의 호의가 이번이 처음은 아니었다.

황후가 자신에게 독살 혐의를 뒤집어씌우고 괴롭혔을 때, 기절한 척하고 있던 그녀를 데려가 주었다. 그리고 카실 황자의 편지를 조작하여 재판이 유리하게 돌아가도록 만들기도 했다.

카실의 조력자였던 아이젝, 그 의원을 고문하여 술술 증언하게 한 것도 아마 그일 것이다.

'대체 무슨 생각을 하는 걸까?'

그는 자신을 미워하는 것 같다.

하지만 아주 가끔은 아끼는 것 같기도 했다.

알렉산드로는 이 두 가지 태도를 수시로 넘나들었다. 참으로 맞추기 힘든 변덕이었다.

'하지만 적어도 지금은 나를 아끼는 쪽으로 기울어 있어.'

그의 태도가 언제 바뀔지는 아무도 모른다. 그러니까 이 기회를 잘 활용해야 하지 않을까?

칸나는 알렉산드로를 빤히 쳐다보았다.

가만히 눈을 감고 있는 얼굴이 조각상 같았다. 평소와는 달리 너무나 무방비해 보이는 모습에 칸나의 심장이 두근두근 빠르게 뛰었다.

어쩌면, 지금이 기회일지도 모른다.

"공작 각하는 제 아버지가 아니시잖아요."

"그렇지."

"이제 뭐라고 부르는 게 좋을까요?"

"네 마음대로."

"계속 아버지라고 불러도 될까요?"

아버지라니, 다시는 그렇게 부르고 싶지 않다.

혀가 썩어 들어가는 것 같았지만 목적이 있었기에 다정한 딸처럼 나긋나긋하게 말했다.

그러자 알렉산드로가 눈을 떴다. 조용히 대답했다.

"난 네 친부가 아닌데."

아. 실패인가?

"하지만 원한다면 그렇게 불러라."

싫다는 거야, 좋다는 거야? 몇 번이나 깨닫는 거지만 정말이지 진심을 알기 힘든 화법이다.

"일전에는 너무 놀란 나머지 입에 담지도 못할 심한 말을 했지요. 진심이 아니었어요."

당연히 진심이었다.

"어쨌든 저를 키워 주셨잖아요."

키운 게 아니라 방치했지.

"제가 태어났을 당시, 검은 사도로 몰리면서까지 저를 키우셨다고 들었어요. 그 이유를 알려 주신다면 언젠가 이 은혜를 꼭 갚도록 할게요."

"이유?"

"네."

"나도 몰라."

"……."

아, 그러세요? 모르셨구나, 그렇구나. 그럼 누가 알까요? 아는 사람 손 들어 볼까요?

칸나는 한껏 빈정거리고 싶은 것을 참았다.

'역시 이 정도로는 안 되는 건가?'

드물게 '아끼는 모드'에 있어도 대화할 생각은 전혀 없는 듯했다.

'칼렌처럼 정신 못 차리게 할까? 그러면 좀 얘기를 하려나?'

하지만 상대는 알렉산드로다. 칼렌 같은 애송이와는 비교할 수 없을 정도로 어려울 것이다. 게다가 그렇게 되면 분가하는 건 훨씬 더 어려워지겠지.

'일단 아르곤과 얘기를 나눠 봐야겠어. 아버지에 대한 정보를 알아냈다고 했으니, 듣고 난 이후에 판단하자.'

칸나는 그를 흘끔 쳐다봤다. 그는 다시금 눈을 감고 있었다.

영원한 잠에 빠져든 것처럼 고요한 얼굴을 보고 있자니 괴리감이 느껴진다.

저런 사람에게 정부가 있다고?

'아주 혈기가 왕성하셔, 왕성해. 하기야 그러니까 자식을 넷이나 낳았지.'

알렉산드로 아디스의 정부.

대체 누굴까? 도저히 상상이 가지 않았다.

"알렉산드로 아디스 공작 각하와 칸나 아디스 공작 영애 드십니다!"

예상대로였다.

알렉산드로와 파티장에 들어가자 상상했던 그대로의 장면들이 펼쳐졌다. 모두가 경악한 눈으로 쳐다보고는 정신없이 쑥덕거리기 시작했다.

'아르곤은? 어디 있지?'

어디 있니, 아르곤?

"아버지, 오셨습니까?"

칼렌과 요안나 공주가 다가왔다. 칼렌은 몹시 놀란 눈치였다.

"아버지께서 누님을 에스코트하실 줄 몰랐습니다."

그러자 알렉산드로가 칼렌의 얼굴을 빤히 바라봤다. 그리고 툭 던졌다.

"불쾌해하는 것 같구나."

"농담하지 마십시오, 아버지. 제가 불쾌할 일이 뭐가 있겠습니까?"

그러나 칼렌은 내심 정곡을 찔린 기분이었다. 그리고 그런 자신을 이해하지 못했다.

그랬다. 정말 불쾌하긴 했다.

하지만, 왜? 왜 불쾌한 걸까?

칸나가 홀로 들어오지 않았으니 오히려 다행이지 않은가? 다행이라고 생각한다. 생각은 하는데…….

'누님의 에스코트는 내 역할인데.'

설마 다른 사람이 그녀를 에스코트할 거라고는 상상도 못 했다. 그러느니 차라리.

'차라리 에스코트 없이 홀로 들어오시는 게 나았어.'

칼렌은 제 추악한 이기심을 발견했다. 그리고 매끄럽게 덮었다.

"그런 말씀 마십시오. 아버지께서 누님을 신경 써 주셔서 감사할 뿐입니다."

한편 요안나는 그런 칼렌을 물끄러미 응시했다.

'역시 이상해.'

최근 들어 온 신경을 칼렌과 칸나의 관계에 집중하고 있었던 요안나는, 이 미묘한 기류를 놓치지 않았다. 칼렌 아디스, 그가 제 누이 칸나와 관련한 일에서는 이상해지고 있다.

'쌍둥이 여동생 이자벨에게도 이러지 않잖아? 왜 칸나만 특별한 거지?'

이자벨은 안타깝게도 이 파티에 참가하지 못했다. 칼렌의 근신 명령 때문이었다. 이자벨 같은 결혼 적령기의 여성에게는 생명을 끊는 거나 마찬가지인 잔인한 명령이었다.

그렇게 인정머리 없는 사람이, 왜 칸나에게는 유독 과민하게 반응한단 말인가?

'뭔가 수상해.'

그리고 그런 요안나를 칸나가 빤히 관찰했다.

'칼렌의 약혼녀, 요안나 공주. 얄덴 왕국의 공주라고 했지?'

공주는 칼렌과 자신을 번갈아 가면서 살폈다. 보아하니 칼렌이 저에게 기이한 집착을 하는 걸 느낀 듯했다.

'예비 남편이 시누이에게 휘둘리는 걸 좋아할 리 없겠지.'

순간 기가 막히게 좋은 생각이 스쳐 지나갔다.

'얄덴 왕국의 공주님이라면 가짜 신분 하나 정도는 거뜬히 만들 수 있겠지?'

칼렌이 시누이에게 이리저리 휘둘리는 것을 보면 분명 자신을 눈엣가시처럼 여길 것이다. 없어지길 바랄 수도 있겠지. 그런 요안나를 살살 구슬린다면 도주를 도와줄지도 모른다.

'분가에 실패하면 난 결국 도주해야만 해. 이 점에서 요안나와 이해관계가 일치할 수도 있겠어.'

그렇다면 당분간 칼렌이 자신의 앞에서 얼마나 등신처럼 변하는지 보여 줘야겠다. 칸나는 은밀한 미소를 숨겼다.

입장할 때 에스코트하는 것. 그것으로 의무를 다했다고 생각했는지 알렉산드로는 곧 사라졌다.

그리고 춤곡이 흘러나왔다. 요안나는 칼렌을 흘끗 쳐다봤다. 춤을 신청하라는 무언의 요구였고, 칼렌은 즉시 알아차렸다.

'내키지 않는데.'

누님을 혼자 두고 싶지 않았다. 누군가 다가와서 누님에게 상처 줄지도 모르는 일이었으니. 그러나 요안나는 이제 노골적으로 그를 빤히 쳐다보고 있었다.

더는 무시하기 힘들 지경에 이르자, 칼렌은 한숨을 참으며 말했다.

"춤을 추시겠습니까, 공주님."

"물론이지요."

칼렌이 요안나의 손을 잡는 동시에 칸나 쪽으로 허리를 숙였다.

"누님, 이곳에서 잠시만 기다려 주십시오. 다음 곡은 저와 함께 추시지요."

쯧쯧. 칸나는 속으로 혀를 찼다. 약혼녀를 두고 누이에게 정신이 팔려 있다니. 아무래도 칼렌은 좋은 남편이 되기엔 그른 것 같았다.

"나는 신경 쓰지 마, 칼렌."

그때, 칸나와 요안나의 시선이 정면으로 마주쳤다.

지금이다.

칸나는 아까부터 줄곧 준비해 왔던 미소를 지었다. 오직 같은 여자들만이 알아차릴 수 있는 미묘함. 미소인데 미소가 아닌 미소. 지쳐 있고, 힘들고, 그러나 웃어야 하는 가짜 웃음이었다.

"……?"

요안나의 눈이 그 미소를 날카롭게 포착했다.

'뭐지?'

어째서인지 칸나의 얼굴이 좋아 보이지 않았다.

왜일까? 그녀는 칼렌 아디스, 아디스 가문 후계자의 애정을 전폭적으로 받고 있다. 세상을 발아래 둔 거나 마찬가지였다.

그런데 왜 저런 억지웃음을 짓는단 말인가?

'왜 지쳐 보이는 거지?'

의아함이 피어올랐으나 춤을 춰야 했기에 더는 관찰할 수 없었다. 칸나 쪽에 사연이 있어 보이니 더 자세히 살펴봐야겠다, 그리 결심할 뿐.

⚜

칼렌과 요안나가 사라지는 즉시 시종이 다가왔다.

"실례합니다. 한 신사분께서 이 쪽지를 전달해 달라 요청하셨습니다."

<우측 끝의 테라스로 와.>

'아르곤이다!'

드디어 그가 접선을 시도해 왔다!

'이제 아버지에 대한 정보를 들을 수 있어.'

이 시간을 얼마나 고대했던가!

칸나는 쪽지를 갈기갈기 찢은 후 샴페인 잔에 퐁당 빠뜨렸다. 이렇게 하면 종이가 불어나고 잉크가 번질 테니, 아무도 알아보지 못할 것이다.

'테라스에서 버려야겠다.'

칸나는 걸음을 재촉했다. 서둘러 인파를 헤치며 걷던 중 돌연 묵직한 무게감이 몸을 후려쳤다. 술 취한 귀부인이 부딪쳐 온 것이다.

"아하핫, 앗, 죄송해요!"

귀부인이 비틀거리는 칸나의 팔을 붙잡아 세웠다. 그러나.

좌악! 샴페인이 한 신사의 등 위로 쏟아지는 것까지는 막지 못했다.

"어머……."

순간 싸늘한 정적이 흘렀다.

칸나도, 귀부인도, 주위에 있던 귀족들도 놀라서 입을 벌렸다.

신사는 은발이었다. 조명 아래 순은처럼 매끄럽게 빛나는 머리칼을 본 칸나의 얼굴이 새하얗게 질렸다.

저런 축복받은 빛깔은 세상에 단 한 명뿐인데…….

"어, 어머나. 실례."

귀부인이 허둥거리며 자리를 뜨는 사이 은발의 신사가 천천히 몸을 돌렸다. 칸나는 귀부인을 따라 도망가고 싶은 심정이었다. 그러나 피할 수 없는 만남이었다.

마침내 실비엔이 그녀를 마주 보았다.

제길. 칸나는 욕설을 삼켰다.

"정말 죄송해요."

애써 태연한 척 말했다.

"귀부인과 몸이 부딪혀서 중심을 잃었어요."

분명 뭐라고 한소리 하겠지. 평소처럼 능글능글 웃으면서 속을 뒤집어 놓는 말을 해 댈 것이다.

그러나.

"괜찮습니다."

들려온 것은 산뜻한 음성이었다.

"괜찮으니 염려 마십시오, 영애."

영애.

그 단어를 듣는 순간, 굵직한 선이 그들 사이로 확 그어졌다. 별안간 현실감이 확 밀려들었다.

'아, 그렇지.'

나 정말 이 사람과 이혼했구나.

"정말 죄송해요. 옷이 젖었는데…… 후에 아디스로 비용을 청구하신다면 꼭 보상할게요."

"그러실 필요 없습니다. 부디 마음 놓으시길."

공손하게 말한 실비엔은 가슴팍의 주머니에서 손수건을 꺼냈다. 젖은 등을 닦아낼 생각인 듯했다.

'왜 하필 등이야. 혼자 닦기 힘들게.'

칸나는 머뭇거렸다. 마음 같아서는 '전 그럼 이만!' 하고 테라스로 달려가고 싶었지만 지켜보는 눈이 많았다.

그냥 갔다가는 검은 머리는 역시 예의도 모른다고 하이에나처럼 달려들어 물고 뜯겠지.

"주세요. 등에는 손이 안 닿으실 텐데, 제가 닦아드릴게요."

"그래 주신다면 감사하겠습니다."

칸나는 손수건을 받아 그의 등을 적신 물기를 꼼꼼히 닦아냈다.

"대강 수습했어요. 그런데 손수건이 젖어서……."

"괜찮습니다. 돌려주십시오."

"이걸요?"

"예."

그냥 바로 버리지, 왜 손을 더럽히는 걸까?

의아했지만 굳이 묻지는 않았다. 칸나는 그에게 손수건을 돌려준 후 곧장 무릎을 굽혀 인사했다.

"다시 한번 사과드립니다, 공작 각하. 그럼 즐거운 시간 보내시길."

그러고는 빠르게 걸어갔다.

실비엔은 멀어지는 그녀의 뒷모습을 물끄러미 응시했다. 리본으로 틀어 묶은 검은 머리칼이 좌우로 팔랑거리며 흔들린다. 그의 시선이 붉은 리본에 꽂혔다.

도드라지는 색감 때문일까. 실비엔은 그녀의 뒷모습에서 시선을 떼지 못했다.

저 붉은 리본 때문에.

"공작 각하. 버려 드릴까요?"

실비엔은 고개를 돌렸다. 어느새 다가온 시종이 젖은 손수건을 가리키고 있었다.

칸나가 그의 등을 닦아 준, 그래서 흠뻑 젖은 손수건을.

"그래 주십시오."

실비엔은 무심하게 손수건을 내밀었다. 그러나 시종의 손에 닿기 직전, 우뚝 멈췄다.

"……?"

그러고는 스스로 놀라 제 손을 응시했다.

"각하? 버리지 않으실 겁니까?"

실비엔은 손수건을 빤히 내려다보았다. 그러다가 한숨처럼 말했다.

"괜찮습니다. 물러가십시오."

"늦었잖아!"

테라스로 들어가자마자 아르곤이 그녀를 반겼다.

"늦어서 죄송해요. 중간에 잠깐 일이 있어서…… 전하?"

그가 다가오더니 칸나의 어깨를 덥석 잡았다.

"시간이 없어. 지금부터 내 말 잘 듣고 선택해."

"네. 말씀하세요."

"내가 아디스 공작의 정부를 납치했어."

뭐?

"다행히 아직 공작은 몰라. 파티에 참가해서 정신없을 테니, 적어도 오늘까지는 모를 테고."

온몸에 힘이 탁 풀렸다. 머리가 빙글빙글 돌았다. 방금 들은 말을 믿을 수가 없었다. 아니, 믿고 싶지가 않았다.

아버지의 정부를 납치했다고?

알렉산드로 아디스의 정부를?

"전하."

으드득. 이가 저절로 갈렸다.

"자살하실 거면 혼자 하세요."

알렉산드로 아디스의 정부를 납치하다니. 정말이지 생각지도 못한 신종 자살행위였다!

"그게 말이지, 일이 좀 꼬였거든. 알렉산드로 아디스의 정부 말이야. 보통 여자가 아니더라고."

"네?"

"몰래 뒷조사하다가 그 여자에게 걸렸어. 근데 그 여자, 말했다시피 보통이 아니라 내 존재도 드러났고."

"……."

"미안한데 네가 의뢰했다는 것도 밝혀졌어. 정말 기가 막히지?"

칸나는 그를 빤히 쳐다봤다. 기가 막히냐고? 아니. 죽여 버리고 싶다. 농담이 아니라 정말로.

'정말 콱 죽여 버릴까.'

지금 자신의 목에 걸린 펜던트에는 독가루가 있다. 그냥 황자를 죽이고 이 일을 묻어 버릴까?

"그대로 내버려 두면 공작에게 다 불어 버릴 게 확실하니까 납치했지."

"그래서요?"

"그 여자가 널 찾아."

칸나는 인상을 찡그렸다. 알렉산드로의 정부가 자신을 찾는다고? 대체 왜?

"널 만나게 해 주면 공작에게 아무 말도 안 하겠다고 했어. 너와 대화를 나누고 싶다고 하더군. 어때? 만나 보겠어?"

"싫어요."

칸나는 아르곤의 팔을 거칠게 뿌리쳤다.

"황자 전하, 저는 이 일과는 아무 관련 없습니다. 아버지의 정부를 납치하라고 사주한 적도 없죠. 전하가 벌이신 일이니 알아서 책임지세요."

"선희."

"……네?"

칸나는 눈을 휘둥그레 떴다. 아르곤이 어깨를 으쓱였다.

"그 여자가 네가 안 오면 선희라는 단어를 말하라고 하던데."

"선희라고…… 말했어요?"

"응. 어떻게 할래?"

아르곤은 선택하라는 듯 두 손을 펼쳤다.

"갈래, 말래?"

"……."

"안 갈 거면 말아. 네 말대로 내 선에서 그 여자를 처리할게. 너에게 피해 가는 일 없도록 할 테니 안심하고."

칸나는 말없이 그를 노려보았다. 아르곤은 소년처럼 천진한 눈으로 그녀를 마주 보다가, 이윽고 어깨를 축 늘어뜨렸다.

"미안."

"우리 거래에서 미안하다는 말은 필요 없어요. 전하는 실패하셨고 제게 피해를 끼쳤어요."

칸나는 조곤조곤 말했다.

"즉 전하는 제게 빚을 지신 겁니다."

"물론이야. 이 일은 어떻게든 보상할게."

확답을 받자 분노로 일그러진 마음이 완전히 진정됐다. 칸나는 이성적인 영역에서 생각했다.

알렉산드로의 정부는 선희를 알고 있다. 어쩌면 엄마와 알렉산드로의 관계, 왜 그가 자신을 키웠는지까지 알고 있을지도 모른다.

'보통 정부가 아닌 모양이야.'

그 순간, 알렉산드로가 한 말이 떠올랐다.

"내 곁에 머물면서 탐정 노릇을 하든가."

그래. 그렇게 말한 건 그 사람이다. 본인에 대해 파헤쳐 보란 식으로 도발한 건 그였다.

그는 무려 스물여섯 해 동안 자신을 속였다. 그래 놓고는 아무것도 말해 주지 않았다. 그런데도 아무것도 안 하고 착한 아이처럼 얌전히 있으면, 그게 병신이지 사람인가?

'그러니까 당신도 이 정도는 감수해야지, 알렉산드로 아디스.'

칸나는 허리를 꼿꼿이 펴며 말했다.

"아버지의 정부를 만나러 가기 전에 이것 하나는 확실히 하죠. 그 여자를 납치한 것, 저는 그런 부탁 내린 적도 없고 바란 적도 없어요."

"알겠어."

"후에 말씀을 바꾸신다면 전하의 혈서를 공개하겠습니다. 아시겠어요?"

노골적인 협박이었다. 그러나 아르곤은 아주 마음에 드는 제안을 받은 사람처럼 웃었다.

"좋아. 그렇게 할게."

칸나는 그를 노려보다가 입꼬리를 올려 미소를 지었다.

"좋아요. 그럼 가죠."

알렉산드로 아디스의 정부에게.

칸나는 아르곤이 미리 준비해 둔 마차를 탔다.

"얼마나 걸리죠?"

"얼마 안 걸려. 10분 정도."

"그러면 그동안 조사한 걸 말해 줘요."

"안 그래도 그럴 생각이었어. 너무 놀라지 말라고."

아르곤이 장난기 많은 소년처럼 웃으며 손가락을 세웠다.

"알렉산드로 아디스 말이야."

"네."

"10여 년이 넘는 시간 동안 그가 잠든 걸 본 사람이 아무도 없어. 잠을 잤을 거라고 추정할 만한 시간도 없었고."

"……."

"무섭지? 괴물 같지 않아?"

"네. 무섭네요."

농담이겠지. 칸나는 그렇게 여기며 대충 대답했다.

"그리고요?"

"이건 진짜 극비인데, 악령을 보나 봐."

"……."

"허공을 향해 꺼지라는 둥 중얼거리는 걸 본 목격자가 있더라니까."

"아. 그래요?"

유언비어나 다름없는 헛소문에 칸나는 점점 신뢰를 잃어 가고 있었다.

"그런 증거 없는 이야기 말고 제대로 된 건 없어요?"

"있지."

"뭔데요?"

"당근을 아주 싫어해서 절대 안 먹는대. 이건 확실해."

아르곤이 심각하기 그지없는 얼굴로 말했다.

"어릴 때부터 지금까지 당근을 먹은 적이 없다더라. 음식에 섞여 나오면 하나하나 골라낼 정도래."

칸나는 치밀어 오르는 짜증을 간신히 삼켰다.

"그딴 것 말고 조금 더 그럴듯한 이야기 없나요? 예를 들면 여자 문제라든가."

"있지. 엄청난 거."

그러나 당근 이야기를 할 때와 똑같은 표정이었기에 그다지 신뢰가 가지 않았다.

"알렉산드로에게 형제자매가 있었던 건 알아?"

"알아요. 누님은 아주 어릴 적에 실족사하셨고, 형님은…… 독에 중독되어 사망하셨죠."

"그래, 그 형님 이름이 라르고스 아디스였지."

"네."

"라르고스가 독에 중독되어 죽기 직전에 푹 빠져 있었던 여자가 있었는데 말이야."

"네."

"그 여자가 칸나의 모친이야."

칸나는 두 눈을 끔뻑였다.

이건 무슨 개소리란 말인가? 아버지의 형과 엄마가 그렇고 그런 사이였다고?

"반면 아디스 공작과 칸나의 모친은 사이가 좋지 않았나 봐. 심지어 칸나의 모친한테 따귀를 맞은 적도 있대."

"아버지가 따귀를 맞았다고요?"

"그것도 여러 번."

믿을 수 없는 이야기였다. 엄마에게 귀싸대기를 맞는 아버지라니!

"그런데 라르고스가 죽고 나서, 얼마 가지 않아 칸나가 세상에 태어났고."

"……."

"알렉산드로 아디스는 칸나를 자신의 딸이라고 공표했어. 둘 중 하나지."

아르곤이 손가락 두 개를 펼쳤다.

"칸나가 실은 라르고스의 딸이든가, 아니면 칸나의 모친이 라르고스 몰래 알렉산드로와 정을 통했든가."

"난장판이네요."

"난장판이지."

칸나는 웃음을 터뜨리고 싶었다.

'둘 다 아니에요. 사실 난 신령의 딸이라고요.'

그런데 라르고스, 그 사람은 엄마의 배 안에 다른 남자의 아이가 있음에도 불구하고 사랑한 모양이다. 그리고 알렉산드로는 그걸 알면서도 자신을 그의 딸이라고 공표했고.

'대체 아버지는 무슨 생각으로 그런 거야? 엄마를 싫어했다면서 왜 나를 딸로 삼은 거지?'

그것만큼은 그가 진심을 말해 주기 전까지는 절대 알 수 없을 것이다. 칸나는 한숨을 내쉬었다.

"그런데 라르고스 님은 어쩌다 독에 중독된 거예요?"

"아, 그거. 그건 아직도 미스터리로 남아 있어."

아르곤이 턱을 어루만졌다.

"칸나도 알겠지만, 성기사의 후손이라는 자들이 좀 사기성 인물들이잖아. 지나치게 힘이 세고, 심하게 건강하고, 독도 잘 안 통하고, 심지어 외모도 번지르르하지. 한 단계 위의 고등 생명체처럼 말이야."

"그렇긴 하죠."

"실비엔에게도 어지간한 독이 안 통하는 거 알고 있지?"

칸나는 고개를 끄덕였다. 그에게는 수면향도 안 통했고, 동대륙의 독초인 초오의 독성 역시 아주 미미하게만 나타났다.

"실비엔뿐만 아니라 아디스와 발렌티노의 후손들 대부분이 그래. 남들보다 신체적으로 강해서인지, 그런 독도 잘 안 통하지."

"하지만…… 라르고스 아디스 님은 독으로 죽었잖아요. 그가 유독 약한 사람이었나요?"

"아니, 그렇지는 않았어. 그래서 내 생각엔, 마석을 다루는 연금술사가 작정하고 강력한 독을 만든 게 아닐까 싶어. 그렇지 않고서야 그들이 중독으로 죽는 건 어렵지."

하기야 그런 자들을 죽일 정도면 아주 뛰어난 연금술사가 극독을 만들었을 것이다.

문득 신령의 말이 스쳐 지나갔다.

엄마는 아주 강력한 연금술사였다고.

'……에이 설마.'

그 후로 아버지에 대한 정보를 들었지만, 이후 엄마와 관련한 일은 나오지 않았다.

"칸나, 거의 다 와 간다."

아르곤의 말에 칸나는 창밖을 흘끔 확인했다.

"여긴 빈민가잖아요. 이런 곳에 아버지의 정부를 납치해 둔 거예요?"

아르곤은 콧잔등을 긁적였다.

"이런 곳이 좋긴 하지. 뭘 숨겨 두기에 딱 좋잖아."

반대로 말하면, 숨기에도 좋은 장소였다.

"칸나도 여기 숨어 봐서 잘 알지?"

"네."

시큰둥하게 대답한 후 마차 밖 허름한 거리를 구경했다.

아르곤의 말대로 이 빈민가가 낯설지 않았다.

'잘 알지, 당연히.'

오래전 가출해서 숨었던 곳이니까. 그리고 본격적으로 집을 나오기 전에도 여러 번 드나들며 준비해 온 장소였다.

'그래. 꽤 자주 드나들었는데.'

이 거리에는 돈만 주면 뭐든 하는 사람들이 널려 있다고 들었다. 그래서 어린 칸나는 이곳을 드나들며 자신을 항구 도시까지 데려다줄 사람을 찾아 다녔다. 배를 타고 먼 곳으로 도망갈 생각이었던 것이다.

'지금 생각해 보면 내가 미쳤던 거지……'

돈만 주면 뭐든 하는 자가 과연 열네 살짜리 소녀를 무사히 항구로 데려다줬을까?

'그럴 리 없지.'

돈을 받는 즉시 인신매매범으로 돌변하여 노예상 같은 곳에 팔아 버렸을 것이다. 심지어 그때 자신은 이곳에 올 때마다 진귀한 치료제와 음식들을 한 아름 챙겨 왔다. 거지 아이들에게 음식을 나눠 주고, 다친 사람들을 치료하고는 했다.

'진짜 순진하게 굴었네, 나. 어리긴 어렸구나.'

진작 납치 안 당한 게 신기할 정도였다.

칸나는 아르곤의 안내를 받아 아주 허름하고 좁은 집 안으로 들어 갔다. 그러나 그곳에 있는 여자는 눈부시도록 아름다웠다.

"어서 오세요. 기다리고 있었답니다."

진한 금발, 청순가련한 이목구비, 맑은 하늘색 눈동자의 미인이었다.

그리고 무엇보다.

'클로드 경.'

그녀의 호위 기사를 쏙 빼닮은 여자였다.

"만나 뵙게 되어 영광입니다, 아디스 공작 영애."

여자가 애교 섞인 눈웃음을 지었다.

"이렇게 보니 정말 아름다우셔요. 아디스 공작 각하께서 애지중지 아끼시는 이유를 알 것 같아요."

"……."

지금 싸우자는 건가? 아주 거슬리는 말이었지만 칸나는 들은 척도 하지 않았다.

"전하, 자리를 비켜 주시겠어요?"

"그건 좋은 생각 같지 않은데."

아르곤이 허리를 굽혀 칸나의 귓가에 속삭였다.

"저 여자 이상한 마술 같은 힘을 써. 내가 괜히 걸린 게 아니라고."

마술 같은 힘을 쓴다고? 칸나는 눈썹을 슬쩍 들어 올렸으나 그뿐이었다. 다치는 게 두려웠다면 애초에 오지 않았을 것이다.

"괜찮아요."

"위험해지면 소리쳐. 밖에서 기다리고 있을게."

그러고는 금발의 여자를 향해 눈을 부라렸다.

"내 공주님한테 허튼짓하지 않는 게 좋을 거야, 알렉산드로의 정부."

누가 누구의 공주라는 거야?

칸나는 닥치고 빨리 꺼지라는 눈빛으로 그를 흘겨봤다. 다행히 아르곤은 더 헛소리를 지껄이는 대신 순순히 빠져 주었다.

탁. 방문이 닫혔다.

"공주님이라."

아르곤의 말이 인상 깊었던 걸까? 알렉산드로의 정부가 그 단어를 읊조렸다.

"여러 사람에게 사랑받고 계시군요, 공작 영애."

"그렇게 보이나?"

"그렇게 보이는 게 아니라 실제로 그렇죠."

알렉산드로의 정부는 칸나를 살피듯 머리부터 발끝까지 훑어보았다.

"하기야 이렇게나 매혹적이신데."

"……."

"눈을 가진 사내라면 누구나 현혹될 수밖에 없겠죠."

"본론부터 얘기하지."

칸나는 차갑게 그녀의 말을 잘랐다.

"한 가지 확실히 하자면, 나는 이 납치와는 아무런 관련도 없어."

"그런가요?"

"그래. 나를 만나길 원한다고 들었다. 그 이유가 뭐지?"

"급하신 분이네요. 그 전에 제가 누구인지 먼저 물어보는 건 어때요? 제가 궁금하실 텐데……."

"난 당신이 궁금하지 않아."

사실 궁금하지만, 아닌 척 싸늘하게 대꾸했다.

"그러니 소개 따위 필요 없어. 용건만 말해."

칸나의 단호한 태도에 그녀가 의외인 듯 눈살을 찌푸렸다.

"제가 누군지 궁금하지 않다고요? 클로드를 알면서도?"

"내 호위 기사 이야기가 여기서 왜 나오는지 모르겠군. 쓸데없는 이야길 할 생각이라면 가겠어."

그러고는 정말 떠날 듯 몸을 돌리자 여자가 서둘러 칸나의 팔을 붙들었다.

"선희! 선희가 궁금하지 않아요?"

코웃음이 나왔다. 선희. 여기저기서 그 이름을 마법의 문장처럼 쓰고 있구나. 그러나 칸나는 휘둘릴 생각은 전혀 없었다.

"몰라도 살아가는 데 지장 없어. 그러니 놔."

"가, 가지 말아요!"

그 순간 칸나의 입꼬리가 올라갔다.

'저 여자, 간절하구나.'

그리고 그걸 자신에게 들켰다.

그 말은 즉, 대화의 주도권이 자신에게 있다는 뜻이었다. 칸나는 따분한 표정으로 여자를 돌아보았다. 자비를 베풀 듯 말했다.

"시간 길게 못 줘. 빨리 얘기해."

"제 이름은 셀리아 아젤이에요."

여자는 칸나가 나갈세라 빠르게 말하기 시작했다.

"클로드는 제 조카죠. 저와 클로드는 오래전부터 아디스 공작 각하를 모시고 있었어요. 그리고 저는 그분의 정부가 아닌, 그분의 연금술사예요."

칸나는 마지막 말에 고개를 갸우뚱 기울였다.

"연금술사?"

"예. 저는 마석을 다룰 수 있는 연금술사입니다. 아마 공작 영애 정도의 실력은 되지 않을 테지만……."

마석, 즉 마력을 다룰 수 있는 연금술사.

자신 외에 그런 존재를 직접 만나는 건 처음이었다. 당연한 일이었다.

마석을 다루는 연금술사는 이 세상에 몇 없으니까.

'아르곤이 마술 같다고 한 힘은 연금술이었나 보군.'

"그래서? 날 만나고자 한 이유는?"

여자는 우물쭈물하다가 간신히 말했다.

"……떠나 주세요."

"뭐?"

"아디스 가문에서, 알렉산드로 님 곁에서 떠나 주세요."

칸나는 기가 막힌 나머지 아무런 말도 하지 않고 그녀를 빤히 바라보았다.

"오해하지 마세요. 질투 같은 것이 아니에요. 그저 알렉산드로 님을 위해서, 당신이 곁에 있으면 그분의 고통이 길어지니까……."

"이봐, 셀리아라고 했던가?"

칸나는 불쾌한 기색을 숨기지 않았다.

"내가 왜 당신에게 그런 말을 들어야 하는 거지?"

"……그거야 당신이 선희의 딸이니까요."

울컥했는지, 셀리아가 반항적으로 대꾸했다.

"선희와 당신이 알렉산드로 님의 인생을 엉망진창으로 망가뜨렸어요."

"아, 그래? 아버지는 내게 아무 말씀 안 하시던데."

칸나가 별 관심 없다는 듯 콧방귀를 뀌자 셀리아의 눈동자에 적의가 확 차올랐다.

"그렇겠죠! 그분은 당신에게 아무 말씀도 안 하시니까!"

"그런데 내가 굳이 알아야 할 필요 있어?"

"맙소사!"

셀리아가 분노를 참지 못하고 웃음을 터뜨렸다.

"정말이지, 그런 뻔뻔한 태도가 선희와 똑 닮았군요. 선희와 똑같아. 이기적이고, 저밖에 몰라!"

"그야 난 그녀의 딸이니까. 닮을 수밖에 없는 거 아냐? 게다가 내가 몰라도 되는 이야기라면 딱히 듣고 싶지 않아."

그러자 셀리아가 참지 못하고 고래고래 소리쳤다.

"아뇨! 당신은 알아야 해요. 선희가 알렉산드로 님의 형님을 살해했다는 걸 알아야 해!"

셀리아가 빠르게 쏘아붙였다.

"선희. 그 계집애가 알렉산드로 님의 형님을 독살했어요."

어째서일까.

충격이었지만, 사실 내심 '역시 그럴 줄 알았어'라는 생각이 두둥실 떠올랐다.

어쩌면, 아주 어쩌면 엄마가 한 짓일지도 모른다고, 마차에서 그런 예감을 받았으니까.

"그래서?"

"네?"

"그래서?"

"그, 그래서라뇨……?"

칸나의 태연한 대응이 믿기지 않는 듯, 셀리아가 헛웃음을 터뜨렸다.

"과연 이 말을 듣고도 태연할지 궁금하네요. 그뿐만이 아니랍니다. 선희는 알렉산드로 님에게도 아주 지독한 짓을 했어요. 알렉산드로 님이 왜 늙지 않는 줄 아세요?"

셀리아의 눈동자에 물기가 차올랐다.

"선희가 그런 거예요. 그 계집애가 알렉산드로 님을 신령과 똑같은 꼴로 만들었어요."

"신령?"

"그래요. 신령처럼 영원히 늙지도, 죽지도 않게 만들었다고요. 그 지독한 계집애가, 영생이라는 저주를 내려서……."

문득 신령와 아버지의 얼굴이 스쳐 지나갔다.

청춘이 영원히 박제된 것처럼 젊고 아름다운 얼굴. 그저 초월적인 무위에 도달해서 노화가 멈춘 거라고 생각했다. 사람들이 다 그렇게 여겼으니까.

"엄마에게 그런 능력이 있을 리 없어."

"아뇨, 있어요."

셀리아는 거칠게 눈물을 닦아 냈다.

"선희는 신령을 떠나 대신전에서 빠져나올 때, 고대 연금술 서적을 훔쳐 나왔어요. 그리고 아디스 저택의 지하 연구실에 숨겼습니다."

지하 연구실? 자신이 쓰는 연구실을 말하는 것 같은데, 그곳에 고대 연금술 서적이 숨겨져 있단 말인가?

"그걸 찾아내세요, 공작 영애."

셀리아는 마침내 감정을 갈무리하고 차분하게 말했다.

"그리고 고대 연금술을 터득해서 아디스 가문에서 도망치세요. 당신이라면 가능할 겁니다. 그 힘이라면 충분히 알렉산드로 님에게서 벗어날 수 있겠죠."

"……."

"이 말을 하고 싶어서 만남을 요청한 겁니다."

들으면 들을수록 불쾌했다. 아니, 불쾌한 것이 아니었다.

이것은 불안이었다. 단단히 딛고 서 있는 땅, 자신이 알고 있던 세계가 또다시 무너지는 것만 같아서.

"당신은 그걸 어떻게 아는 거야?"

"알죠. 그 여자가 친구인 척하며 날 이용했으니까."

"그렇군. 그래서?"

"네?"

"당신 말대로 엄마가 희대의 악녀였다고 치자. 하지만 그건 내가 한 일이 아니야."

칸나는 한 치의 흔들림 없는 목소리로 말했다.

"나는 아버지에게 아무 잘못도 하지 않았어. 그런데 내가 왜 죄인 취급을 당해야 하지?"

"……어쩜 이렇게 뻔뻔할 수가."

셀리아가 도저히 믿기지 않는다는 눈으로 그녀를 노려보았다.

"부끄럽지도 않아요? 그런 나쁜 년의 배에서 태어난 것이 수치스럽지도 않으냐고요!"

그녀의 말이 화살처럼 쏟아졌다. 그러나 칸나는 단 한 대도 맞지 않았다.

태생 때문에 손가락질당하는 일은 익숙했다.

사생아라서, 검은 머리에 검은 눈을 가지고 태어나서, 자신은 아주 오랫동안 오물 취급당했다. 거기에 모친이 악녀였다는 새로운 비난거리 하나가 추가됐을 뿐이었다.

그러나 그 태연자약함에 셀리아의 입매가 일그러졌다.

"그래요, 물론 그건 당신 잘못이 아니죠. 하지만 당신 때문에 알렉산드로 님이 뭘 감당한 줄 알아요? 그분이 어디까지 망가진 줄 알아요? 그분은……!"

그때였다. 톡톡. 뒤에서 벽을 두드리는 소리가 울렸다.

셀리아의 시선이 칸나의 뒤로 넘어갔고, 그 순간 벼락 맞은 나무처럼 얼어붙었다.

"고, 공작 각하……."

뭐?

칸나는 뒤를 획 돌았다. 그와 동시에 냉담한 눈동자와 마주쳤다. 알렉산드로 아디스의 눈과.

"여, 여긴 어떻게?"

셀리아가 중얼거렸다. 언제 들어온 걸까. 눈치채지도 못했다.

알렉산드로가 칸나와 셀리아를 번갈아 응시했다. 그리고 조용히 말했다.

"탐정 흉내는 거기까지 하지."

칸나는 순간 찔끔했으나, 그런 내색 없이 말했다.

"아뇨. 어디까지 할지는 제가 정할 거예요."

그리고 날카롭게 말을 이었다.

"돌아가 주세요. 저는 공작 각하의 정부와 할 이야기가 더 남아 있어요."

알렉산드로가 황당한 듯 미간을 좁혔다.

"난 정부가 없어."

"그럼 셀리아 양은 뭐죠? 듣자 하니 각하와 주기적으로 은밀한 만남을 가진다던데."

"내 연금술사."

"연금술사와 자주 만날 이유가 있나요?"

"그래. 그녀가 내 약을 만들어 주니까."

"약? 각하처럼 건장하신 분이 무슨 약이 필요하죠?"

일부러 도발하듯 계속해서 물었지만 알렉산드로는 그저 성실하게 대꾸했다.

"안타깝게도 그렇구나."

그리고 그는 덜덜 떨고 있는 셀리아를 응시했다.

"셀리아, 내가 원치 않는 일을 벌였군."

"가, 각하."

"내 딸과 만날 생각은 하지 말라고 경고했을 텐데."

"저는 각하를 위해……."

"네가?"

알렉산드로가 진심으로 궁금하다는 듯 되물었다.

"네가 무슨 권리로?"

"저는 공작 영애가…… 각하의 곁에 있으면, 해가 된다고 생각해서."

"내 딸이 어디에 있든 네가 알 바 아니야."

그의 저음은 평온할 정도로 잔잔했다. 그러나 셀리아는 철퇴라도 맞은 듯 공포에 떨었다.

"가지."

알렉산드로가 눈짓했다. 칸나가 따라 나갈 생각이 없자, 그가 한숨처럼 말했다.

"셀리아는 더는 아무 말도 하지 않을 거다. 그렇지, 셀리아?"

"……네, 각하."

이쯤 되자 칸나도 더는 버티지 못하고 그를 따라 나갔다.

❦

어디 간 건지 아르곤과 그의 마차는 보이지도 않았다.

"황자를 찾나?"

"네."

"잘 타일러서 보냈다."

타이르다니, 어떻게……?

"아르곤 황자를 이용하다니, 장하구나."

칸나의 말문이 턱 막혔다. 본인의 뒤를 캐고, 정부를, 아니, 연금술사를 납치했는데 하는 말이 '장하구나'라니.

'게다가 날 딸이라고 했어.'

내 딸.

그 단어가 귓가에 콱 와 박혔다. 그가 자신을 그렇게 말한 적은, 단 한 번도 없었다.

칸나는 그의 마차에 탄 후 한동안 침묵을 지켰다. 한참이 지나서야 입을 열었다.

"정말이에요? 정말로 제 모친이 아버지에게……."

영생을 살도록, 영원히 늙지 않도록, 주위의 모든 이가 세월 속에 바스러져도 홀로 살아남도록 만들었어요?

생각만 해도 잔인한지라 차마 입 밖으로 꺼낼 수 없었다.

"너와 관계없는 이야기다. 알 필요도 없는 이야기였고."

"하지만 알아 버렸죠. 말씀해 주세요."

알렉산드로는 한숨을 내쉬었다.

그는 칸나를 과소평가한 자신을 자책했다. 설마하니 아르곤을 이용하고 있을 줄이야. 칸나가 이렇게까지 자신을 궁지로 몰아붙일 수 있을 줄은 몰랐다.

"그래. 그 여자가 내 시간을 멈춰 놨다."

"대체 왜 그런 짓을 한 거예요?"

"날 싫어했으니까. 나도 그녀를 싫어했고."

칸나는 견디지 못하고 물었다.

"왜 싫어했어요? 다른 남자의 아이를 임신한 상태로 형님과 만나서?"

"아니."

"그럼 왜요?"

"그 여자는 내 형을 도구처럼 이용했다."

"……."

"그땐 나도 젊어서일까, 내 일이 아닌데도 화가 나더군. 그리고 그 화를 감추지 않았다."

"그래서…… 서로 싫어한다는 이유만으로 그런 짓을 했다고요?"

"그 여자는 제게 피해를 주는 적에게는 반드시 보복했지. 나도 그 중 하나였을 뿐이다."

그래. 엄마는 그런 사람이다. 자신도 그러하니까.

참으로 무시무시한 모녀라고, 칸나는 그렇게 생각했다.

"유감이에요. 뭐라 말씀드려야 할지 모르겠어요."

"네가 신경 쓸 일이 아니다."

"아닌 것 같은데요."

"뭐?"

"제 모친이 당신의 삶을 망가뜨려서 죄송합니다. 제 모친이 죄를 저질렀으니, 그 대신 저를 벌해 주세요."

알렉산드로의 눈이 매서워졌다. 칸나는 말을 이었다.

"이런 속죄를 바라시는 것 아닌가요?"

"……."

"그래서 그동안 제가 불행하게 살도록 관장하셨죠. 저에게 엄마의 죗값을 대신 치르게 한 것 아닌가요?"

자신은 칸나 아디스가 아닌 죄인의 딸이자 형벌의 대상으로 키워진 거였다.

신령의 말이 옳았다.

자신은 증오의 대상으로 사육당했다.

"그래서 절 키운 거잖아요."

"……."

"당신을 저주한 여자, 선희의 딸인 나에게 분풀이를 하려고."

칸나는 유리알 같은 눈으로 그를 응시했다.

"그래서 제가 불행해지길 바란 거죠? 당신에게 저라는 인간은 행복할 자격 따위 없는 사람이니까."

대답이 없다. 익숙한 침묵이었다.

칸나는 그것이 긍정이라고 생각했다. 그것밖에는 없었다.

어차피 답은 하나뿐이었다.

그가 자신을 사랑하든가, 증오하든가.

둘 중 하나가 아니고서야 자신을 키울 리가 없지 않은가. 형을 죽이고 제 삶을 저주한 여자의 딸인데…….

사랑일 리 없을 테니, 당연히 증오겠지.

문득 지난 시간이 스쳐 지나갔다.

온갖 학대로 얼룩졌던 어린 시절. 내 편 하나 없이, 모두 적으로만 가득했던 날, 하루하루 숨 쉬는 것이 고통스러웠던 지옥 같은 시간들.

칸나는 자신이 왜 지옥에 떨어졌는지 이제야 깨달았다.

알렉산드로에게 그녀는 처음부터 죄인이었다. 그러니 지옥 불에 타들어 가며 울부짖는 것이 마땅했다.

"그렇다면 성공하셨네요."

칸나는 미소를 지었다.

"저는 그때, 진심으로 죽고 싶었거든요."

순간 알렉산드로의 눈이 흔들렸다. 칸나는 그 눈을 들여다보며 물었다.

"어때요, 기쁘신가요?"

이전 같으면 이렇게 발칙하게 굴지 못했겠지만 이제는 그가 두렵지 않았다.

그 순간 칸나는 지금껏 왜 그를 두려워했는지 알아차렸다.

어쩌면, 마음 깊숙이 꼭꼭 숨겨 놓고 외면했던 본심은, 그의 인정을 바라고 있었을지도 모른다. 그의 관심을 받고 싶었던 걸지도 모른다.

수백 번 수천 번 외면당해 놓고, 그래도 깊이깊이 동경했으니까, 어린 소녀 시절 남몰래 저 등을 훔쳐보고는 했으니까, 자신을 돌아봐 주길 바랐으니까……

어쩌면. 언젠가는. 한 번쯤은.

등신처럼.

"안타깝네요. 제가 조금 더 실력 있는 연금술사였다면 정말 죽어 없어지는 데 성공했을 텐데."

그랬더라면 그도 한 번쯤은 자신을 죄인의 딸이 아닌, 그저 한 사람의 인간으로 여겨 주지 않았을까?

'차라리 그때 정말 죽었으면 좋았으려나.'

허탈한 웃음이 나왔다.

"성공했다면 당신의 불행에 위로가 되었겠죠?"

알렉산드로가 무언가 말하려다가, 내뱉지 못하고 다시금 입술을 다물었다. 그가 주먹을 꽉 쥐자 손등 위로 핏줄이 돋아 올랐다.

아주 이상하게도 그답지 않게 당황한 것 같았다.

한참을 침묵하던 알렉산드로가 천천히 입술을 열었다.

"설마 죽으려 했다는 거냐?"

착각일까. 그의 목소리가 미세하게 떨린 것만 같았다.

당연히 착각일 것이다. 그는 자신이 죽어도 눈 하나 깜빡하지 않을 사람이니까.

칸나는 그저 웃었다.

"가여우신 분."

엄마가 그의 삶을 망가뜨렸다. 칸나는 진심으로 그가 안쓰러웠다.

"당신의 삶이 안타깝다는 것을 인정해요. 그리고 제 모친이 당신에게 한 짓이 악랄하다는 것도, 인정해요."

"대답해라. 죽으려고 했나?"

"하지만 당신의 불행을 동정하지는 않겠어요. 당신도 내 불행을 동정하지 않았으니까."

"칸나, 대답해."

"그리고 원치 않는 질문에는 답하지 않겠어요. 당신도 그러하니까."

알렉산드로가 입을 다물었다.

"아디스 공작 각하, 우린 정말 가족이 아니었군요."

칸나는 지금껏 자신을 기른 사육사를 향해 부드럽게 미소 지었다.

"그동안 아버지라고 불러서 정말 죄송했습니다. 제게는 그럴 자격이 없는데."

"……."

"부디 당신도 다시는 나를 딸이라고 칭하지 말아 줘요. 당신에게도 그럴 자격 없으니까."

◦◦✦◦◦

어떻게 돌아왔는지 기억이 흐릿하다.

칸나는 저택에 도착하자마자 지하 연구실로 내려갔다. 그러다가 멈칫 멈춰 섰다.

"……?"

연구실의 문 앞, 거대한 그림자가 비스듬히 기대어 있었다.

"칼렌?"

칸나는 놀라서 그를 응시했다.

어둠 속 남자는 칼렌이었다. 여전히 파티복 차림을 한 그가 몹시 못마땅한 표정으로 서 있었다.

대체 언제부터 이곳에 있었던 걸까?

"어딜 다녀오신 겁니까?"

칸나는 그를 빤히 올려다보다가 한숨을 내쉬었다.

지친다. 힘들다. 지금은 누구와도 대화하고 싶지 않았다.

"나중에."

"……."

"나중에 얘기하자, 칼렌."

그를 지나쳐 연구실의 문을 열었다.

그러나 다음 순간, 뒤에서 길쭉한 팔이 쭉 뻗어 나왔다. 뺨을 가볍게 스치고 지나가 열리는 문을 그대로 밀었다.

탁, 닫는다.

"나중에?"

칼렌이 낮은 목소리로 중얼거렸다.

"대체 그 나중은 언제 옵니까?"

"……."

"최근 들어 계속 그런 식으로 저와의 대화를 피하셨습니다."

그의 음성이 머리칼 위로 흩어졌다. 칸나는 힘없이 문을 응시하다가 천천히 뒤를 돌았다. 그러고는 바로 앞에 보이는 칼렌의 가슴팍을 밀었다.

"돌아가, 칼렌."

한 발자국, 그가 밀려나 준다.

그러나 거기까지였다.

"아뇨, 누님. 오늘은 아닙니다."

그가 자신을 밀어내는 칸나의 손을 잡아 부드럽게 내렸다.

"파티 중간에 사라지셨더군요. 어디를 다녀오셨습니까?"

"……."

"아르곤 황자와 밀회를 가졌다는 이야기가 돌고 있습니다. 사실입니까?"

뭐라고 대답해야 할지 모르겠다. 입안에는 아무 말도 준비되지 않았다. 머리도 텅 빈 것만 같았다.

파티장에서 남녀가 만나서 몰래 사라지는 것. 그런 일은 비일비재했다. 대부분 정원의 으슥한 곳이라든가 비어 있는 방, 어두운 복도를 찾아 사라졌다.

인적 드문 곳에서 남녀가 하는 일은 **뻔했다**.

"그래, 사실이야."

거짓말을 지어내기 귀찮아서 그냥 그렇게 대답했다.

분명 오해하겠지. 상관없다. 그러든 말든.

"사실이야, 칼렌. 아르곤 황자 전하와 단둘이 시간을 가졌어."

그의 어깨쯤을 응시하며 대답했다. 그럼에도 불구하고 그의 눈이 아주 사납게 벼려졌다는 것이 느껴졌다.

짧은 침묵이 흘렀다.

"뭐라고요?"

주위의 온도가 뚝 내려갔다.

"뭐라고 하셨습니까?"

"아르곤 황자 전하랑 몰래 만나서 빠져나갔어. 그리고 아버지에게 들켜서 잡혀 들어오는 길이고."

"대체 왜 그런 한량을 상대하시는 겁니까?"

의외로 그의 목소리는 침착했다. 어찌나 잔잔하던지 차라리 불길할 정도였다.

"아르곤 황자는 누님과 수준이 맞지 않는 남자입니다."

"……."

"이혼으로 상심이 크신 겁니까? 아니면, 외롭기라도 하셨습니까?"

칸나는 한숨과 함께 대답했다.

"그래."

"……."

"상심이 크고, 외로웠어. 그리고 아버지에게 시간을 방해받아서 썩 기분이 좋지 않고. 그러니까 혼자 있고 싶어."

그렇게 중얼중얼 대꾸하는 동안 칸나는 깨달았다.

역시 안 되겠다. 못 살겠다. 도망을 쳐서라도 떠나야 한다,

이곳을. 아디스를.

상상 이상의 악연으로 얼룩진 이곳에 얽매여 있는 이상 결코 행복해질 수 없을 것이다.

'지옥을 만드는 방법은 간단하다. 가까이 있는 사람을 미워하면 된다.'

별안간 어디선가 들었던 문구가 떠올랐다.

공허한 웃음이 맺혔다. 그 말이 옳았다.

그녀의 세상은 지옥이었다. 자신은 주변의 그 누구도 믿지 않았고 사랑하지 않았다. 온통 미움, 미움, 미움뿐.

이것도 이제 지친다. 이렇게 사는 것, 더는 싫다.

'도망치자.'

떠날 것이다, 이곳을. 그리고 남은 생에 다시는 아디스를 만나지 않을 것이다.

"누님, 부디 고개를 올려 주십시오. 제 눈을 보고 얘기해 주세요."

결심하는 순간, 모든 매듭이 풀려나갔다. 꽁꽁 묶어 놨던 줄이 하나둘 사라졌다.

이제 칼렌 아디스는 필요 없다. 착한 누나 흉내도 끝이다.

"귀찮아."

비웃음이 진득하게 흘러나온다. 칸나는 그가 원하는 대로 고개를 들어 주었다. 그리고 보여 주었다.

자신의 얼굴을, 그리고 진심을.

"귀찮게 하지 말고 꺼져, 칼렌 아디스."

칼렌은 그 순간을 똑똑히 목격했다.

아름다운 칸나의 얼굴, 그림 같은 가면 위로 쩌적쩌적 금이 간다.

우수수 흩어진다. 재처럼 무너지는 껍질 아래 오래된 경멸이 서슬 퍼렇게 빛나고 있다.

칼렌은 무표정한 얼굴로 그 순간을 견뎌냈다.

아팠다. 그러나 놀랍지는 않았다. 그런 자신을 보며, 역시나 진즉에 그녀의 진심을 깨닫고 있었음을 알아차렸다. 그래서 그저 태연하게 물었다.

"이제 와서요?"

칸나는 그를 빤히 쳐다봤다. 분명히 놀랄 줄 알았는데 그러지 않는다. 이미 그녀의 혐오를 짐작하고 있던 사람처럼.

"응."

"제가 쓸모가 없어졌습니까?"

"응."

"어째서요?"

"아르곤 황자가 있잖아. 이제 넌 필요 없어."

"아뇨, 그렇지 않습니다."

칼렌은 딱 잘라 그녀의 말을 부정했다.

"아르곤 황자의 지위는 허울뿐입니다. 본인의 세력을 쌓기는커녕 일부러 무너뜨리는 인물이죠. 아르곤 황자는 황위에 관심 없을뿐더러, 언젠가는 반드시 황가를 박차고 나갈 거라는 데 제 모든 것을 걸 수 있습니다."

"그래?"

"예. 미래에 사라질 밧줄입니다. 썩은 동아줄이나 마찬가지죠. 그따위 것을 고른 누님의 안목에 실망입니다."

"……"

"저를 잡으세요. 제가 아르곤 황자보다 유용합니다."

그는 물건을 파는 상인처럼 자신의 가치를 늘어놓았다.

"저는 아디스의 가주가 될 몸입니다."

"……."

"권력을 원하신다면 누님의 손에 쥐어 드릴 것이고, 재물을 원하신다면 누님의 발밑에 깔아 드리겠습니다."

그러고는 그녀를 달래듯이 속삭인다. 아주 유혹적인 음성이었다.

"저는 누님이 원하시는 모든 것을 현실로 만들어 드릴 수 있습니다."

"……모든 것을?"

"예. 그것이 무엇이든."

칸나는 동요 없는 눈으로 그를 빤히 올려다보았다.

칼렌의 얼굴은 자신만만했다. 결국엔 칸나가 저를 선택할 거라고 믿어 의심치 않고 있었다.

그럴 만했다. 그가 가질 수 없는 게 무엇이 있을까?

칼렌 아디스. 후에 알렉산드로 아디스의 자리를 고스란히 물려받게 될 남자. 이 세상 어디를 가도 칼렌만큼 강력한 말을 구하기는 힘들 것이다.

그래서 손에 넣었다. 마음껏 주물러 댔다.

그런데 이제 필요 없어졌다. 재활용도 하지 않을 거다.

돈과 명예와 권력으로 쌓아 올린 첨탑, 그 정상에 서도 아디스와 함께라면 결코 행복해질 수 없을 테니까.

"싫어."

칼렌의 얼굴이 흐려졌다. 칸나는 미소를 지었다. 그리고 아주 오랜만에 속마음을 말했다.

"칼렌, 난 네가 싫어. 도저히 너를 좋아할 수가 없어."

얻어맞은 듯, 그의 입매가 굳었다.

"네가 아무리 내게 좋은 것을 줘도 소용없어. 너와 함께한다면 나는 절대 행복할 수 없을 거야."

한참의 침묵 끝에 칼렌이 입을 열었다.

"······어릴 때의 일 때문입니까?"

간신히 긁어내는 듯한 음성이었다.

"응."

"그래서 제가 지금 이렇게 잘해 드리고 있지 않습니까?"

칼렌은 애가 타들어 가는 듯했다.

"여러 번 용서를 빌었습니다. 그리고 누님이 시키는 거라면 뭐든 했습니다. 그런데도 부족합니까?"

"······."

"대체 언제까지 옛날 일에 사로잡혀 사실 겁니까!"

칸나는 대답할 수 없었다. 그녀조차도 의문이었으니까.

왜 자신은 동화 속에 나오는 상냥한 주인공들처럼 굴 수 없는 걸까? 그 어떤 상처를 받아도 결국엔 모두를 용서하는 사람이라면, 그런 성격이었더라면 차라리 편했을 텐데.

그런데도 도저히 잊을 수 없다.

칼렌이 자신을 이 지하실에 굶어 죽기 직전까지 가둬놨던 일. 자신의 얼굴에 사과 주스를 부으며 오물 냄새가 나니까 저리 가라고 말했던 일. 창문 밖으로 물건을 떨어뜨린 후 주워 오게 시키는 일을 온종일 반복해서 결국 지쳐 혼절하게 만들었던 일. 제 모친에게 머리채가 잡혀 질질 끌려가 장롱에 감금당하는 장면을 마치 도축장에 끌려가는 돼지 보듯 구경한 일.

그 수많은 경멸, 수많은 모욕. 그때 그의 눈빛. 표정. 목소리.

도저히 잊을 수가 없다. 잊히지 않는다.

'그래서 어쩌라고?'

자신이 이렇게 생겨먹은 걸 어쩌란 말인가? 칸나는 삐뚜름하게 웃었다.

"내가 나쁜 년이라서 그런 거겠지."

"……."

"넌 나쁜 년한테 잘못 걸린 거고."

그렇게 말한 후, 다시 몸을 돌렸다. 대화의 종결이었다. 칸나는 문을 열고 연구실 안으로 들어갔다. 다행히 칼렌은 더 이상 그녀를 붙잡지 않았다.

'어두워.'

지하실인지라 희미한 달빛조차 스며들지 않았다. 등불을 찾기 위해 주위를 두리번거리던 순간.

탁.

문이 닫히는 소리가 들렸다. 그와 동시에 시야가 완전히 어두워졌다.

"……."

칸나는 놀라서 등을 돌렸다.

문이 닫히자 지하 연구실에는 미세한 빛 한 점 흘러들지 않았다. 온통 새카맸다. 그리고 들려오는 음성.

"누님은 정말 제멋대로시군요."

시커먼 암흑 속에서 칼렌의 목소리가 내리깔렸다.

"저를 이용하시는 건 괜찮습니다. 누님이 원하신다면 도구처럼 사용하셔도 좋습니다."

칸나는 저도 모르게 뒤로 물러나다가 탁상에 부딪혀 멈춰 섰다.

"하지만 저는 인간입니다."

발걸음 소리조차 들리지 않는다. 그런데 그의 목소리는 조금씩, 조금씩 가까워지고 있었다.

"도구처럼 쉽게 버릴 수 있을 것 같았습니까?"

순간 소름이 확 돋았다.

어느새 다가온 걸까. 어둠 속, 아주 가까운 곳에서 초록색 안광이 스쳤다. 그 귀신불 같은 눈이 형형하게 타올랐다.

"그건 안 되지, 누님."

칸나는 숨을 죽였다.

아무 말도 하지 않았다. 아무 말도 할 수 없었다.

그러는 사이 시야가 조금씩 어둠에 익숙해진다. 칼렌의 형체가 잡히기 시작했다. 그는 손을 뻗으면 바로 닿을 거리에 아주 여유롭게 서 있었다.

"꺼져, 칼렌 아디스."

"말을 곱게 쓰셔야지, 누님."

칼렌이 차분하게 대답했다.

"상냥한 누님 흉내는 그만두시는 겁니까?"

"그래."

"아쉽군요."

칼렌은 웃었다.

"정말 아쉽습니다."

정말이지 그의 누님은 눈물이 날 만큼 잔인했다.

지금껏 지어 준 웃음은 역시나 모조리 다 거짓이었다. 상냥한 목소리도, 자신의 머리칼을 쓰다듬어 주었던 그 다정한 손길도.

모두 다 가짜.

진짜라고는 하나도 없었다.

알고 있었다. 그는 마냥 속아 줄 만큼 어리석지 않았다. 언뜻언뜻 스치는 그녀의 짜증, 성가심, 경멸, 꿋꿋하게 못 본 척했지만 보고 말았다.

차라리 몰랐더라면 좋았을 텐데.

그동안 자신이 외면했던 의혹이 진실로 드러난 이 순간, 칼렌은 그저 아쉬웠다.

좋았는데. 계속 속고 싶었는데. 계속 속여 주었으면 했는데.

"다시 한번 생각해 보세요. 저는 누님이 생각하는 것 이상으로 쓸모 있습니다."

"……."

"아르곤 황자와의 만남도 더는 만류하지 않겠습니다. 그와 재혼하십시오. 원하신다면 그를 차기 황제로 추대하겠습니다. 누님께 황후의 관을 씌워 드리지요."

진심이었다. 누님이 원한다면 그녀를 이 제국의 꼭대기까지 올려놓을 용의가 있었다.

하지만 내 누님은 고집이 심하니까 거절하겠지.

"싫어."

역시.

"그따위 것 필요 없어."

그럴 줄 알았다. 이 꽉 막힌 고집불통 같으니라고.

본래의 자신이라면 상대도 안 했을 유형의 사람이다. 그저 짜증스러웠을 것이다. 그런데도 그는 저 철벽을 도저히 미워할 수 없었다.

누님의 삐죽삐죽한 가시가 자신을 사정없이 찌르는데, 그것이 너무나 고통스러워 피가 흐르는데. 그런데도 싫지가 않았다.

"내가 너한테 바라는 건 단 하나야. 당장 이곳에서 나가."

"나가면, 내일은 상대해 줄 겁니까? 내일모레는?"

칼렌이 자조적으로 말했다.

"아뇨. 누님은 평생 저를 상대하려 들지 않을 겁니다."

"그래서 지금 날 위협하는 거니?"

"그럴 리가."

그 말이 가소로운 듯 웃었다.

"제가 누님을 위협하고자 했다면 이렇게 시시하게 굴지 않았을 겁니다. 제가 바라는 건 진솔한 대화죠."

"내가 원하지 않는다면?"

그러자 칼렌이 아주 정중하게 답했다.

"곧 원하게 될 겁니다."

칸나는 천천히 손을 들어 올려 목걸이를 말아 쥐었다.

이 안에 독이 들어 있다. 살갗에 뿌리면 치명적인 고통을 느낄 테고. 입안에 털어 넣는다면.

아마 죽을 테지.

쓸 일이 없길 바란다. 썼다가는 돌이킬 수 없을 정도로 일이 커질 테니까.

하지만 만약에, 칼렌이 폭력적으로 나왔다가는 자신도 똑같이 대응할 생각이었다.

"이럴 거면 처음부터 잘 대해 주지 마시지. 누님의 변덕은 도저히 종잡을 수가 없습니다."

"그래서 말했잖아. 넌 나쁜 년한테 잘못 걸린 거라고."

"아니요."

칼렌은 어둠 속에서도 또렷한 그녀의 얼굴을 응시했다.

"잘못 걸린 건 누님이지."

⋇⋇⋇

요안나는 불쾌했다. 아니, 이것은 이미 불쾌함을 넘어선 불안함이었다.

'대체 왜 이러는 거야?'

파티장에서 춤을 추는 내내 칼렌의 신경은 다른 곳을 향해 있었다.

칸나 아디스였다.

'역시 이건 이상해.'

이상한 정도가 아니다. 수상하다.

숨 막히는 불편함 끝에 마침내 춤이 끝났다. 그러나 칸나는 없었다. 테라스로 나간 후 아직까지 돌아오지 않은 것이다.

한참을 기다리던 칼렌은 도저히 견디기 힘들었는지 시종들을 잡아 수소문했다. 그리고 그녀가 아르곤 황자와 사라졌음을 알아냈다.

"아르곤 황자 전하와?"

그 순간 칼렌의 표정을 도저히 잊을 수가 없다.

사나운 짐승이 이를 드러내듯 일그러지는 그 얼굴. 소름이 확 돋았다.

'아무리 사이가 좋아도 그렇지, 이건 좀 심하지 않아?'

그리고 그는 곧장 저택으로 돌아갔다. 칸나의 침실 앞에서 기다리다가, 그녀가 즐겨 가는 지하 연구실로 향했다고 한다.

잠이 오지 않는다. 요안나는 말똥한 얼굴로 천장만 바라보다가 벌떡 일어났다. 슬리퍼를 신고 등불을 들고 나섰다.

'이건 너무 이상해.'

칸나의 그 처연한 미소가 자꾸만 떠오른다. 이제는 왜 그렇게 웃었는지 알 것 같았다.

'그녀는 칼렌의 관심을 원하지 않아.'

요안나가 조심조심 계단을 내려가자 마침내 두 사람이 보였다.

칸나와 칼렌이다. 이야기를 나눈다. 잘 들리지 않지만, 분위기가 좋지 않다. 그러다가 칸나는 연구실 안으로 들어간다.

칼렌은 그 뒷모습을 가만히 응시하더니…….

안으로 따라 들어갔다.

탁. 문이 닫혔다.

"……."

요안나는 순간 자리에 주저앉을 뻔했다.

'뭐지? 무슨 일이 일어나고 있는 거지?'

뭔지는 모르겠지만, 저건 칸나가 원하는 상황이 아니다. 그것만큼은 확실했다.

요안나는 어찌할 바를 모르다가 일단 계단 위로 올라갔다. 도와야 한다. 곤란한 상황에 빠진 여성을 보고만 있을 수 없다.

하지만 정말 곤란할까? 아닐 수도 있다. 자신이 오해하고 실수하는 걸 수도 있다. 그러나 자신의 실수는 얄텐 왕국의 실수가 된다. 절대로 섣불리 움직여서는 안 되는 처지였다.

그러니까 누군가를 찾아야 한다. 누군가, 저 일에 끼어들 수 있는 누군가를 찾아야만…….

"오르시니 경!"

순간 안도의 한숨이 터져 나왔다. 오르시니가 이제 막 훈련을 마쳤는지 어슬렁거리며 걸어오고 있었다!

"무슨 일이십니까?"

"제가 잠이 안 와서 산책을 하는 중이었는데 말이죠, 그런데……."

"본론만 말하십시오."

오르시니가 그녀의 말을 중간에 싹둑 잘랐다. 참으로 예의 없는 태도였지만 지금 이 순간에는 차라리 반가웠다.

"지금 칸나 아디스 공작 영애와 칼렌 경이 대화를 나누고 있어요. 그런데 두 사람, 분위기가 좋지 않아서……."

"어딥니까?"

"지하 연구실이에요."

말을 끝맺기도 전, 오르시니가 빠르게 그녀를 지나쳤다. 요안나는 허겁지겁 그를 따라 달렸다. 순식간에 지하로 내려간 오르시니는 문을 거칠게 열었다. 쾅! 천둥 같은 소리와 함께 문짝이 파르르 진동했다.

연구실은 시커먼 어둠에 잠겨 있었다. 문을 열자 그제야 희미한 빛이 쏟아진다. 그 안에 칼렌과 칸나가 오도카니 서 있었다.

"너희 뭐 하냐?"

살짝만 손을 뻗으면 상대의 얼굴도 만질 수 있는 거리. 아주 가까운 곳에 서서 서로를 바라보고 있다.

순간 오르시니의 머리에서 무언가가 뚝 끊겼다.

"뭐 하냐고."

그렇게 말하면서 성큼성큼 다가갔다. 다짜고짜 칼렌의 멱살을 거칠게 잡아챘다.

"여기서 뭐 하냐고 물었잖아."

그러나 대답을 바라지도 않는 듯, 칼렌의 몸을 탁상 위로 내동댕이쳤다. 유리 플라스크와 마석들이 아래로 와르르 쏟아졌다.

그걸로 끝이 아니었다. 오르시니는 칼렌의 멱살을 다시 한번 끌어당겨 뺨을 후려쳤다.

"오르시니!"

그러나 그 순간 칸나가 팔꿈치에 매달려 빗나갔다. 제대로 맞았더라면 광대가 함몰됐을 것이다.

"뭐 하는 거야, 그만둬!"

"놔."

"그만두라고! 내 연구물들이 망가졌잖아!"

오르시니의 얼굴이 격렬하게 일그러졌다.

팔을 꽉 붙잡은 미약한 무게감. 같잖다. 저를 막기는커녕, 휘두르면 그대로 딸려 올 만큼 연약한 힘이었다.

그러나 지금 이 순간 그에게는 쇳덩이처럼 무거웠다. 꿈쩍도 할 수 없었다. 지독한 무력감에 휩싸인 그는, 이를 악물며 팔을 천천히 내렸다. 그 수밖에 없었다.

"맙소사, 내 연구물이……."

칸나는 현기증을 느끼는 듯 탄식했다. 그 음성에 조금씩 조금씩 오르시니의 열기가 가라앉았다. 그리고 칼렌은 천천히 몸을 일으켰다. 어째서인지 완전히 얼이 빠진 얼굴이었다.

생각해 보면 처음부터 그랬다. 멱살을 잡고 후려치는데 반항은커녕 반응조차 하지 않았다.

마치 무언가에 넋이 나간 사람처럼.

"……뭡니까?"

뒤늦게 자신이 얻어맞은 것을 알아차렸는지, 칼렌이 이제야 분노했다.

"무슨 짓입니까, 형님."

"너야말로 무슨 짓이냐?"

"보면 모르십니까? 누님과 대화를 나누고 있었습니다."

"대화?"

오르시니는 다시 한번 그를 패대기치고 싶었지만, 참았다. 칸나가 아직 그의 팔을 붙잡고 있었던 것이다.

"네놈은 이런 곳에서 대화를 나누나?"

"이런 곳이라니. 이곳이 어때서 말입니까?"

칼렌은 하등 이상할 거 없다는 듯 태연하게 대답했다.

"문제 있습니까?"

불처럼 타오르는 오르시니의 눈을, 칼렌이 빙하 같은 시선으로 응시했다.

"대체 무슨 생각을 하셨기에 이렇게 분노하시는지 모르겠군요."

흘끗. 그의 시선이 오르시니의 팔을 잡은 칸나의 손으로 향했다.

"오누이가 대화를 나누는데 피해야 할 장소라도 있습니까? 도무지 형님의 행동을 이해할 수가 없군요. 아니면⋯⋯."

내면에서 난폭한 충동이 슬그머니 고개를 든다. 칼렌은 그 흉포함을 지그시 내리누르며 말했다.

"다른 이유가 있으신 겁니까?"

혹시 형님도 알고 있는 걸까?

칼렌은 경계 어린 눈으로 오르시니를 노려보았다. 문득 그가 들어오기 직전, 칸나와 나눴던 대화가 떠올랐다.

"잘못 걸린 건 누님이지."

"누님이라니. 계속 그렇게 부르는 걸 보니 아직 못 들은 모양이구나?"

"예?"

"사실은 말이지, 칼렌 네가 이렇게 내게 신경 쓸 이유 없어. 너와 나는 아무것도 아니거든."

심장이 두근거린다. 입안이 바짝 타들어 갔다. 온몸의 피가 활활 끓어올라 견디기가 힘들었다.

"우린 남매가 아니야, 칼렌."

"남매가 아니라니, 그게 무슨 소리입니까?"

"말 그대로야. 내가 알렉산드로 아디스의 딸이 아니라는 소리지."

"거짓말하지 마십시오, 누님."

"못 믿겠으면 아디스 공작 각하께 여쭤 봐."

"……."

"난 너와는 피 한 방울 안 섞인 남이야."

"……."

"그러니까 이제 나에게 관심 꺼."

남이라고? 남매가 아니라고?

머리가 멍해졌다. 정신을 차려 보니 성난 황소 같은 오르시니에게 얻어맞고 쓰러진 상태였다.

오르시니의 눈이 흉흉하게 타오른다. 그가 자신을 저렇게 보는 것은 태어난 이래 처음이었다. 그들은 결코 절친한 형제는 아니었지만 언제나 서로를 존중했다.

칼렌은 오르시니가 후계자 자리에 흥미가 없어 순순히 넘겼음을 알고 있었다. 오르시니는 칼렌이 그 귀찮은 자리를 순순히 떠맡았음을 알고 있었다.

언제나 그런 식이었다. 그들은 불과 얼음처럼 너무나도 달랐다. 서로가 원하는 것, 원하지 않는 것이 귀신처럼 어긋나는지라 부딪칠 일이 없었다.

내심 다행이라고 생각했다. 만일 자신과 형님이 같은 것을 원하는 날이 온다면 누군가 한 명이 끝장이 날 때까지 싸울 테니까.

그러나 그런 일은 없었고, 다툴 일도 없었다.

지금 이 순간을 제외하고는.

"대체 왜 그렇게 화를 내시는지 모르겠군요."

그러고 보니 이상했다. 형님이 언제부터 누님의 일에 신경을 썼던가? 그렇게나 누님을 괴롭혀 놓고 이제 와서 환심이라도 사고 싶은 건가?

'이제 와서 감히?'

불쾌감이 용암처럼 끓어올랐다. 난생처음 제 형에 대한 적의가 칼날처럼 일어섰다.

"그렇게 굴면 누님께서 형님을 용서해 줄 것 같습니까?"

잠자코 듣고 있던 오르시니의 입술이 비틀어졌다.

"말이 많구나, 칼렌 아디스."

그리고 칸나는 더는 그의 팔을 잡고 있지 않았다. 즉, 더는 망설일 이유가 없다는 것.

오르시니가 달려들었다. 칼렌도 더는 당하고 있지만은 않았다.

"야! 너희들 나가서 싸워!"

칸나는 비명을 질렀다. 그러나 소용없는 외침이었다. 형제에게는 이미 들리지 않는 것 같았다. 주먹질과 발길질이 오갈 때마다 탁상이 무너지고 기둥이 부서지고 바닥이 깊게 패었다. 쾅쾅거리는 요란한 소음이 연구실을 때렸다.

"여기서 싸우지 마! 다 망가지잖아!"

마석들, 재료들, 약물들. 10여 년에 걸쳐서 쌓아 온 것들이 모두 다 사라지고 있었다.

"하, 하……."

너무 화가 나서일까? 웃음이 나왔다. 칼렌도 미치고 오르시니도 미치고 이제는 자신도 미칠 지경이다.

그래. 다 같이 미치자. 칸나는 웃음을 터뜨리다가 흩어진 마석을 주워 들어 오르시니와 칼렌에게 마구잡이로 집어 던졌다. 제발 아무라도 좋으니 좀 얻어맞길 기대하면서.

이 모든 것을 지켜본 요안나 공주의 안색이 창백해졌다.

'다들 제정신이 아니야.'

미쳤어. 이 사람들 다 미쳤다고!

형제의 첫 몸싸움은 그들의 부친이 오고 나서야 끝이 났다.

"……."

알렉산드로 아디스는 한동안 아무 말도 꺼내지 못했다.

그는 무언가 말하기 위해 입을 열었다가, 차마 잇지 못하고 다시 다물었다. 골치 아픈 듯 제 관자놀이를 문질렀다.

그럴 만했다. 난장판이 된 연구실. 엉망이 되어 있는 칼렌과 오르시니.

그리고 넋이 나가서 '다 무너졌어'라고 연신 중얼거리고 있는 칸나까지.

"이게 대체……."

알렉산드로는 다시 입을 다물었다. 그러나 결국 던져야 할 질문이었다.

"무슨 일이지……?"

사실 알고 싶지 않은 것 같은 기색이었으나, 부친 된 의무로 반드시 물어야만 했다. 그러자 기다렸다는 듯 오르시니가 눈을 획 치켜떴다.

"칼렌 이 개자식이 칸나를 위협했습니다."

그러자 칼렌이 코웃음을 쳤다.

"위협이라뇨. 저는 누님과 대화를 나누고 있었을 뿐입니다."

"시커먼 지하실에서 문을 닫고? 누가 대화를 그딴 식으로 나누지?"

"그야 요안나 공주님께서 계단에 숨어 엿보고 있었으니까요."

"그게 뭐. 보면 안 될 짓이라도 하려고 했냐?"

"대체 무슨 상상을 하시는 겁니까? 그런 생각을 하는 형님의 머릿속이 더 위험합니다만."

"이 새끼가!"

형제가 벌떡 일어난다. 2차전이 시작되기 직전이었다.

"그만."

알렉산드로는 찌르는 듯한 두통을 느끼며 말했다. 형제가 다시금 자리에 앉는다. 그러나 여전히 서로를 죽이고 싶어 하는 눈빛이었다.

"……."

알렉산드로는 난감했다. 그의 삶에서 이런 일이 벌어진 적은 단 한 번도 없었다. 게다가 자신 역시 라르고스와 이 정도로 다툰 일이 없는지라 어떻게 중재를 해야 할지 감을 잡을 수 없었다.

어떻게 해야 할까. 생전 처음 맞이하는 거대한 역경 앞에서 알렉산드로는 나름 고군분투했다.

그리고 아주 형편없는 부친다운 해답을 찾아냈다.

"둘 다 서로에게 사과해라."

"……."

"음. 악수를 하는 게 좋겠군."

오르시니와 칼렌이 기겁하는 눈으로 그를 쳐다봤다. 알렉산드로는 꿋꿋하게 강요했다.

"못 들었나? 화해하라고 했다."

맙소사. 누가 화해를 그렇게 시키나요? 칸나는 알렉산드로의 뒤통수를 때리고 싶어졌다.

"저는 잘못한 게 없습니다."

"저 또한 마찬가지입니다. 저는 형님께 사과할 일이 없습니다."

"그게 중요한가? 내가 하라면 하라는 거야."

잘들 논다, 잘들 놀아. 오르시니와 칼렌도 그렇지만, 알렉산드로는 정말이지 0점짜리 부친이었다.

"그런 부당한 명령은 따를 수 없습니다."

오르시니가 반박하자, 알레산드로의 눈썹이 슬쩍 올라갔다.

"따를 수 없다?"

"예."

"칼렌, 너는 어떻게 생각하나?"

"저 또한 같은 생각입니다."

"그래?"

"예. 죄를 저질렀다면 마땅히 죗값을 치러야겠지만, 저는 오르시니 형님께 아무 잘못도 저지르지 않았습니다."

"둘 다 대단히 큰 착각을 하고 있구나."

의자에 앉아 있던 알렉산드로가 몸을 일으켰다. 해일이 일어나는 것 같은 위압감이 단숨에 모두를 내리눌렀다.

"너희들이 결정해야 할 것은 하나다. 내 말에 따를 것인지, 말 것인지."

가관이다.

칸나는 한숨을 내쉬었다. 이대로 가다가는 더 큰 싸움이 벌어질 게 뻔했다. 이번엔 알렉산드로마저 가세한 스케일 큰 집안싸움이 되겠지.

'그러든가 말든가.'

셋 다 싸워서 망하든 말든 상관없지만, 이곳은 그녀의 연구실이었다.

'하여간, 저 빌어먹을 빨간 머리들.'

언젠가는 저 머리에 불을 질러 버릴 테다.

"잠시만요."

칸나가 끼어드는 순간, 알렉산드로의 매서운 눈에서 열기가 푸시시 빠져나갔다. 그가 누그러진 시선으로 그녀를 내려다보았다.

'뭐라고 말하지?'

일단 말리긴 했는데, 뭐라고 해야 할까?

'셋 다 연구실 밖에서는 죽든 말든 관심 없으니까 일단 꺼져 달라고 할까?'

그랬다가는 이 싸움이 더 커지겠지.

"……."

알렉산드로는 조용히 침묵했다. 그녀가 말을 고르는 것을 얌전히 기다려 주고 있었다.

오르시니와 칼렌은 그것을 아주 괴기한 현상 보듯 지켜보았다.

"밤이 너무 늦었어요. 다들 피곤해서 이성적인 판단을 못 하는 것 같은데…… 일단 각자의 방으로 돌아가고, 날이 밝은 후에 다시 얘기하는 게 어때요?"

"……."

"네? 그렇게 해요."

칸나가 알렉산드로의 옷깃을 잡아당겼다. 요구하는 눈으로 올려다보았다.

"그래. 네 말대로 하지."

드디어 아디스의 세 남자가 나간 후, 칸나는 마침내 혼자가 되었다.

'이걸 언제 다 치우냐?'

중간중간 위험한 연구물들이 터져 있어서 하인들을 시키기도 곤란했다. 칸나는 결국 한숨을 내쉬며 두 팔을 걷어붙였다. 일단은 남이 건드려서는 안 될 것만 먼저 치울 생각이었다.

그렇게 한참을 청소하던 중.

"어?"

부서진 벽 안에 묻혀 있는 책을 발견했다. 칸나는 홀린 듯 끄집어냈다.

"설마."

아주 오래된 낡은 책이었다.

서둘러 펼쳐 보니, 역시나. 셀리아가 말한 고대 연금술 서적이었다!

'이걸 이렇게 찾을 줄이야.'

개판이 되도록 싸운 오르시니와 칼렌에게 고맙다고 해야 할까? 책을 넘겨 보았다. 한 장 한 장 넘길수록 얼굴에 경악이 어렸다.

'대단해.'

고대의 연금술은 그녀가 아는 연금술과는 차원이 달랐다.

'이거라면 정말 도망갈 수 있겠어. 충분히 도망가고도 남아.'

희망을 발견하자 가슴이 두근거렸다.

고대의 연금술을 구현할 수 있다면 천하의 알렉산드로 아디스라 할 지언정 자신을 잡을 수 없을 것이다.

'도망갈 수 있어.'

아디스 저택에서 떠날 수 있다.

'새로 시작할 수 있어!'

칼렌은 바로 돌아가지 않았다. 상념에 빠진 채 알렉산드로의 뒤를 쫓아 걸어갔다.

"아버지."

마침내 도착한 침실 앞, 그가 들어가기 직전 칼렌이 불러 세웠다.

"잠시 드릴 말씀이 있습니다."

"내일 해라."

"누님에 관한 이야기입니다."

알렉산드로가 몸을 돌렸다.

"뭐지?"

"누님이 이상한 말씀을 하시더군요."

"내 딸이 아니라고 했나?"

"……예."

알렉산드로는 침실 문고리를 잡았던 손을 뗐다. 칼렌에게 다가갔다.

"그렇다면 어찌할 거냐, 칼렌 아디스?"

칼렌의 얼굴에서 표정이 사라졌다. 저 대답은 즉, 정말 그녀가 제 누이가 아니라는 뜻이었다.

"변하는 건 아무것도 없어. 칸나는 내 딸로 남을 것이고, 여전히 아디스의 일원이다."

"……."

"네가 알아야 할 것은 그것뿐이다, 칼렌."

끝났다는 듯, 알렉산드로가 몸을 돌린다.

칼렌은 그 자리에 우두커니 서서 그가 침실로 들어가는 것을 지켜보았다. 그러고는 즉시 몸을 돌렸다. 자신의 방을 향해 저벅저벅 걸어갔다.

그러다가 언제 멈춰 섰는지 알 수가 없다.

칸나 아디스. 그가 숭배하는 누님.

그녀와 자신은 남매가 아니다.

누님이 아니다. 가족이 아니다.

그럼 뭐지?

'뭐긴. 여전히 누님이다.'

하지만.

'아니, 하지만은 없어. 아버지 말씀이 옳다. 누님은 여전히 누님이야.'

하지만. 하지만……. 순간 배 속에서 끓어오르는 열이 머리끝까지 치밀었다.

'누님이 아니라면.'

칼렌의 얼굴이 새빨갛게 달아올랐다.

'그렇다면.'

그는 힘없이 벽에 몸을 툭 기대었다. 패배자처럼 고개를 수그렸다가, 떨리는 손으로 얼굴을 덮었다.

손가락 틈으로 드러난 초록색 눈이 음산하다. 짙은 열망으로 번들거린다.

'누님.'

나의 누님.

나의……

〈누군가 내 몸에 빙의했다〉 3권에서 계속